D1726545

JOACHIM LEHNHOFF

Queck-silber

BASTEI
LÜBBE

BASTEI-LÜBBE-TASCHENBUCH
Band 10 436

Für Gerda

Im Sommer 1944 fuhr das deutsche Unterseeboot U 859 von Kiel bis kurz vor die malaiische Insel Penang. In unseren Tagen wurde seine Quecksilberfracht geborgen. Der vorliegende Roman basiert zwar auf den historischen Tatsachen, seine Handlung, die Charaktere, Schauplätze und Institutionen sind jedoch frei erfunden. Ähnlichkeiten mit lebenden oder toten Personen sind nicht beabsichtigt und daher rein zufällig.

Das im Bundes-Militärarchiv verwahrte Kriegstagebuch von U 859 bricht mit dem 4. April 1944 ab. An diesem Tag beginnt die Geschichte von QUECKSILBER.

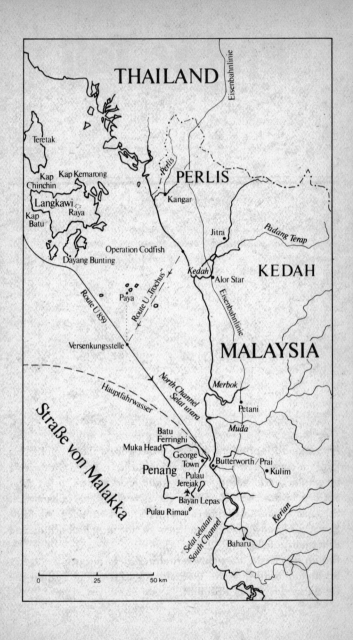

Erster Teil

Ein Wrack taucht auf

1 Die Klimaanlage an der Bar des Transitraumes von Singapurs Paya-Lebar-Airport half nicht mehr. Dietrich von Thaur war ekelhaft heiß gewesen, als er im Bergwald von Bogor angehenden indonesischen Forstwirten deutsche Spezialmaschinen für den Holzeinschlag im Dschungel vorführte, und noch heißer dann auf den sechzig Kilometern Autofahrt über den dampfenden Asphalt zurück zum Flughafen Halim im Süden Djakartas, wo er gerade noch die aus Sydney kommende LH 691 nach Frankfurt erwischte. Doch alles war nichts im Vergleich zu dieser Schwüle. Obwohl es inzwischen tiefe Nacht war, klebte ihm das durchgeschwitzte Hemd am Körper.

»Noch ein Bier, Sir?«

Dietrich von Thaur nickte. Er hatte mitbekommen, daß der Barmann diesmal nach einer Flasche einheimischem *Anchor* langte statt nach *Import-Carlsberg*, doch ihm fehlte die Kraft, Einspruch zu erheben. Zu sehr war er mit dem beschäftigt, was seinen Schweißausbruch ausgelöst hatte — eine Meldung auf der Titelseite der Zeitung, die der Chinese auf dem Hocker neben ihm las. Sie lautete: MYSTERIOUS NAZI U-BOAT OFFERS DEAD AGAIN — Geheimnisvolles Nazi-U-Boot verheißt erneut Tod.

Dietrich von Thaur war überrascht, daß Erinnerungen ihn derartig aus der Fassung bringen konnten. Schließlich war er ein nüchterner Kaufmann, ein abgeklärter Mann von fünfundfünfzig und auch durchaus nicht unvorbereitet, mit seiner Vergangenheit konfrontiert zu werden.

Denn als der Jumbo in langer Schleife nach Singapur einschwebte — rechter Hand die Johore-Dammbrücke zum malaiischen Festland mit Ketten von Autolichtern —, da hatte er daran denken müssen, daß dies einmal der *Stützpunkt Siegfried* der in asiatischen Gewässern operierenden deutschen Unterseeboote gewesen war. Wenn es gutgegangen wäre, hätte er die Stadt schon damals kennengelernt, zumindest das Dock von Seletar, wo die Überholungsarbeiten durchgeführt werden sollten, und die Unterkünfte in Pasir Panjang. Es hatte ihn plötzlich nicht mehr in seinem Sessel gehalten. Er hatte den Anschnallgurt wieder gelöst und die Stewardeß herbeigewunken: »Sie wissen nicht zufällig, wo Seletar liegt?«

»Nein, tut mir leid. Ist das nicht der Kriegsschiffhafen im Norden?«

»Und Pasir Panjang?«

»Das liegt im Westen. Eine Vorstadt an der Straße, die am Ufer entlang nach Jurong Town führt. Aber Sie können es nicht sehen, wir fliegen genau drauf zu.«

Sie war neben ihm stehengeblieben. »Aber Sie wollten doch mit uns nach Deutschland!«

»Ja, schon. Aber ich habe an etwas denken müssen. Sagen Sie — wußten Sie, daß in diesem Pasir Panjang einmal deutsche Soldaten lagen?«

»Wann?«

»Im Krieg.«

»Du mein Güte«, hatte sie gelacht, und sich herabgebeugt, um ihn wieder anzuschnallen, »da war ich noch nicht mal geplant. Das ist doch Geschichte, oder?«

»Ja«, hatte Dietrich von Thaur gesagt, »das ist es wohl. Danke sehr. Vielen Dank für Ihre Auskunft.«

Doch es war nicht Geschichte, wie die Zeitungsmeldung bewies. Denn es bestand kein Zweifel, daß von seinem Boot die Rede war, von U 859. Zwar waren auch andere U-Boote attackiert worden in dieser Gegend, doch die meisten konnten mit Glück und Geschick davonkommen, und die drei, die es traf, traf es weit weg in der Java-See. Und ›geheimnisvoll‹, wenn überhaupt, war nur dieses eine.

Monumental und herausfordernd standen die Lettern MYSTERIOUS NAZI U-BOAT OFFERS DEAD AGAIN vor seinen Augen. Doch mehr wollte sich nicht entziffern lassen, und seine Brille, die ihm hätte helfen können, war dummerweise in der wartenden Maschine zurückgeblieben.

Dietrich von Thaur wußte auch so, wovon die Rede war. Wer anders als er hätte es besser wissen sollen? Er war der einzige Überlebende von den zwei, drei Menschen, die darüber informiert waren, daß in U 859 tatsächlich der Tod steckte. Gezogen auf Stahlflaschen, von denen jede exakt 34,473 Kilo barg. Quecksilber!

Wenn damals solche Flaschen aus dem explodierenden U-Boot geschleudert worden waren, mochten sie im Verlaufe der rund fünfunddreißig Jahre seither in der dreißig Grad warmen Salzbrühe des Indischen Ozeans verrostet sein. Das war durchaus möglich. Und das freigesetzte Quecksilber konnte das Wasser vergiftet haben und die Muscheln in ihm, die Fische, die von diesen lebten, und schließlich die sich von Fisch ernährenden Menschen.

Unwillkürlich streckte er die Hand aus, als der Chinese umblätterte: »Dürfte ich vielleicht . . .«

Der kleine Mann sah ihn verständnislos an. Er verstand wohl kein Englisch, oder auch nur das von ihm gesprochene nicht, welches er in Kriegsgefangenen-Camps erlernt hatte. »Schon gut. Entschuldigen Sie.«

Dietrich von Thaur stand auf, um sich zum Zeitungsstand durchzufragen. Doch der war längst geschlossen. Hinter einer dicken Schaufensterscheibe sah er den gestapelten Rest *Straits Times*, und wie zum Hohn gab der Knick der gefalteten Blätter nicht mehr frei als die Schlagzeile MYSTERIOUS NAZI U-BOAT OFFERS DEAD AGAIN.

Als er zurückkam, hatte der Chinese seinen Platz verlassen und sich vorm Flugsteig für den Zubringer des Malaysian Airline System nach Kuala Lumpur eingereiht, die vermaledeite Zeitung hatte er unter den Arm geklemmt. Dietrich von Thaur ging zögernd zu ihm hinüber. Zu zögernd, denn eben, als er ihn erreichte, entschwand der Mann, nun vollends verwirrt, durch die Sperre.

Die Lufthansa rief ihren Flug Nummer 691 auf — Frankfurt via Bombay. Zwei Minuten nach halb elf rauschte die Boeing 747 meerwärts über Singapur hinweg in den Nachthimmel. Pasir Panjang war nicht zu sehen, zugedeckt von plötzlich einsetzendem Monsunregen. Nur die roten Schweife des abgefackelten Gases von Ölraffinerien waren zu sehen — auf den vorgelagerten Inseln

Merlimau und Ayer Chawan, wie die freundliche Stewardeß ihm erklärte.

»Bitte, noch eine Frage: Fliegen wir vielleicht über die Insel Penang?«

»Wir müssen sogar. Die ganze Küste hinauf bis in die Höhe von Alor Star und von dort immer westwärts. Bei dem Wetter heute dürften es fünfzig Minuten werden. Wenn es klar ist, werden Sie die Lichter von George Town auf Penang sehen können und gegenüber Butterworth.«

Penang, das war einmal der *Stützpunkt Paula*, und während ihm bei dem Gedanken daran wieder heiß wurde, schaute sie lächelnd auf ihn herab.

»Lagen dort auch deutsche Soldaten?«

»Da in der Nähe liegt mein Boot.«

Sie ging. Dietrich von Thaur wandte den Kopf zum Fenster. Es war nicht einfach, sich an 1944 zu erinnern. Die Einzelheiten erschienen ihm vergilbt und verklebt wie Photos in einem alten Album. Vergangenheit, sinnierte er, in die schwarze Nacht starrend, uralte Vergangenheit. Als Penang kam, war er eingeschlafen. Er hätte es, wie ihm die Stewardeß dann bei der Zwischenlandung in Bombay sagte, auch gar nicht sehen können, denn es herrschte Seenebel. Seenebel wie damals . . .

Dietrich von Thaur sah den Staren zu, die die Wartehalle des Bombayer Flughafens durchschwirrten. Er erlebte auf einmal wieder die Schreie und den furchtbaren, nie überwundenen Knall, welcher ihnen vorausging, erlebte sich selber, wie er durch das abgesoffene Boot irrte, von der Idee getrieben, die Offiziersmesse und die Offiziere darin an einer Stelle wiederfinden zu müssen, wo doch nur noch wahnwitziges, von Corditschwaden durchzogenes, in glucksendem, stinkendem Wasser versinkendes Stahlgewirr war.

Er erlebte die Begegnung mit jenem Maat wieder, der im Unteroffiziersraum in seinen Spind zu kriechen versuchte, anscheinend um seinen Verstand gekommen, wollte er doch mit seiner Frau sterben. Er hatte nicht begriffen, hatte das Sinnlose verhindern wollen und Kräfte vergeudet beim Ringen mit dem Mann, die er später noch brauchen sollte. Bis er es dann sah, das Bild dieser Frau innen an der

Spindtür, und nun verstand und doch nicht verstand — nämlich wie einer sich aufgab, wie er abschloß mit dem Leben und selber seinen Sarg bestieg. Wütend und verzweifelt hatte er es noch einmal versucht, aber da hatte der andere plötzlich ein Messer gezückt und, während er selber zurückwich, schon wieder den Kopf im Spind gehabt und die schmalgemachten Schultern nachgeschoben.

Erinnerungen, dachte Dietrich von Thaur, Erinnerungen, die du eines Tages mit ins Grab nehmen wirst.

Er trat ans Fenster, um sich durch das Bild der von Tankwagen umgebenen beleuchteten Maschine abzulenken, aber er schaffte es nicht. Statt dessen begann er darüber zu grübeln, wie dieser Maat wohl geheißen habe.

KIEL

Im Frühjahr 1944 war Marsens *Hansa-Hotel* am Kieler Bahnhofs-platz kein einladender Ort. Den Sprossenfenstern im Souterrain waren Sandsäcke vorgebaut, dem rund überdachten Portal eine Splitterdeckung, und viele Scheiben, vor allem in der obersten, vierten Etage, die durch den Luftdruck der jetzt fast jede Nacht abgeworfenen Bomben zerplittert waren, hatte man durch Pappe ersetzt. Auch das Innere konnte kaum gastlich genannt werden — die furnierte Holztheke des Empfangs hätte längst renoviert werden müssen: sie war zerkratzt von Koppelschlössern und Ehrendolchen, den oxydierten Goldstreifen an den Ärmeln der Marineoffiziere. Das einst so gediegene Vestibül des nun sechsunddreißigjährigen Hauses war ausstaffiert mit den üblichen Mahnungen »Pst! Feind hört mit!« und »Erst siegen, dann reisen«. Es gab einen Hinweis auf die nächstgelegenen Luftschutzkeller, einen SFR-Fahrplan — das Reichsbahnangebot an Sonderzügen für Fronturlauber — sowie eine wieder und wieder korrigierte Liste jener Lebensmittelmarken, für die man in dem in der Ecke zum Sophienblatt gelegenen Restaurant speisen konnte. Die düstere Szenerie beleuchteten nur wenige schwache Birnen, die strahlenden Lüster von einst ersetzend. Und doch wirkte es auf den Offizier, der das Hotel am Abend des 29. März mit einem Blumenstrauß und einer Aktentasche betrat, wie eine Offenbarung — Inbegriff all dessen, was man unter Frieden verstand.

Er öffnete seinen Ledermantel, reckte sich und wandte sich an den Portier: »Mein Name ist Hansen. Meine Frau müßte bei Ihnen abgestiegen sein.«

»Ist sie, Herr Kapitänleutnant, ist sie. Vor 'ner guten Stunde schon. Frau Doktor hat auch gleich anrufen wollen, aber seit dem letzten Angriff hapert's bei uns am Telefon.«

»Wo kann ich sie finden?«

»Zimmer zwohundertundvierzehn, Herr Kapitänleutnant, zweiter Stock.« Der Portier nahm die Hacken zusammen. »Wenn ich mir die Bemerkung erlauben darf, Herr Kap'tänleutnant: Das sieht ja wohl nach Abschiednehmen aus, und für solche Anlässe hat das Haus eine besondere Zuteilung echten französischen Champagner. Wenn Sie möchten, sage ich Bescheid. Könnte sein, daß auch das Zimmertelefon nicht funktioniert.«

»Tun Sie das, mein Lieber. Verbindlichsten Dank für den Tip. Also dann: eine Pulle auf Zimmer zwovierzehn!«

»Sie könn' auch mehr haben. So viel Sie wollen.« Der Portier lächelte dünn. »Gibt ja nicht mehr so viel ›besondere Anlässe‹, nicht wahr.«

Kapitänleutnant Hans Hansen sah den Mann an. Erst jetzt bemerkte er, daß dessen linke Hand eine lederne Prothese war, sein linkes Auge ein Glasauge. Er berührte ihn kurz an der Schulter und gab das Lächeln zurück: »Nochmals schönen Dank.«

Dagmar Hansen, eine feingliedrige, brünette Frau, stand mitten im Zimmer. Sie wirkte zugleich blaß und doch auch blühend, während sie die eine Hand auf ihren gewölbten Leib hielt, die andere freudig ausstreckend. »Dich kennt man sofort an deinem Schritt. Wirst du denn ewig laufen, als ob du Schulschiffplanken unter den Füßen hättest?«

Sie umarmten sich, wobei Hansen darauf achtete, nur ihre Schultern an sich zu pressen.

Der *Dom Pérignon* wurde in einem Eiskühler ohne Eis, nur mit kaltem Wasser, gebracht, als Hansen seinen Ledermantel ablegte. Er war ein hochgewachsener, kantiger Mann, friesenblond und blauäugig: straffes Gesicht, steile Stirnfalten, doch die Mundwinkel von öfterem Lachen hochgezogen.

»Auf dein Wohl — Euer Wohl!« Er korrigierte sich und grinste: »Wie geht's ihm denn?«

»Dem Hänschen? Gut, scheint es. Seit er dich vorhin gehört hat, stampft er mit dir um die Wette.«

»Was denn?! Er bewegt sich schon? Und das sagst du so ganz beiläufig?«

»Ich weiß nicht, ob ich fürs erste überhaupt mehr als Beiläufiges zusammenkriege. Ich bin viel zu aufgeregt. Ich weiß auch gar nicht, wo ich anfangen soll.«

»Das Kind«, sagte Hansen leise. »Unser Hänschen. Erzähl mir von ihm.«

»Oder unsere Anja . . .«

»Das wird ein Junge. Bei uns auf Sylt sagt man: Mädchen nehmen der Mutter die Schönheit. Und du bist hübscher denn je.« Er wurde ernst: »Du gehst nach Wenningstedt, wenn es soweit ist. Zu Hause freuen sie sich schon.«

»Wenn ich von Hamburg wegkomme . . .«

»Du fährst mit einem Lkw der Marine, wenn kein Zug geht.« Er zeigte auf die Aktentasche. »Ich habe jede Menge nützliche Adressen für dich.«

»Ich meinte es anders. Ich meinte: Wenn ich mich bei uns im Krankenhaus freimachen kann. Wir sind nur noch vier Ärzte auf der Station, und der einzige Mann darunter rechnet täglich mit seiner Einberufung.«

Ihr Blick war seiner Hand gefolgt und an der braunen, abgegriffenen Aktentasche hängengeblieben. »Wann müßt ihr?« fragte sie gepreßt.

»Am Ersten.«

»Dann haben wir gerade zwei Tage . . .«

»Aber drei Abende. Du mußt das optimistisch sehen.«

»Mein Gott«, sagte sie noch dumpfer und starrte auf die Aktentasche, als ob alle Gefahr von ihr ausgehe.

»Unkraut vergeht nicht«, sagte er.

»Bitte, Hans! Keine solchen Sprüche.«

»Es gibt nur Sprüche. Auch bei der Verabschiedung wirst du Sprüche hören. Große Sprüche, wunderschöne große Sprüche. Aber mir sind die kleinen lieber. Die sind besser geeignet für die Enge eines U-Boots.«

Sie wandte ihm ihr Gesicht zu, das jetzt ganz weich war. »Ich liebe dich.«

Er lächelte. »Wie sehr?« Dies war ein Spiel zwischen ihnen, seit sie, vor rund drei Jahren, geheiratet hatten, und mußte eigentlich mit »Von hier bis zur Uwe-Düne« beantwortet werden, jenen Platz in Erinnerung rufend, wo sie in den Flitterwochen im Strandhafer nackt und allein wie im Paradies unsagbar glücklich gewesen waren. Doch sie sagte. ». . . bis ans Ende der Welt.«

Er erschrak und konnte kaum seine Bestürzung verbergen. »Das wird diesmal auch nötig sein«, sagte er und kratzte sich aus einer Gewohnheit, die er als U-Boot-Fahrer angenommen hatte, den Hinterkopf.

Sie wußte, daß er nicht mehr sagen würde, sagen durfte — selbst ihr nicht, seiner eigenen Frau, die ein Kind erwartete.

So formulierte sie vorsichtig: »Ich habe U 859 gesehen. Das Boot kann sehr weit fahren, nicht wahr?«

»Ja«, sagte Hansen, »sehr weit — sehr, sehr weit. Theoretisch um die ganze Welt.«

»Und — praktisch?«

Er grinste breit. »Praktisch auch.«

Er zog sie wieder an sich. »Zieh dir etwas Elegantes an. Ich möchte fein ins Restaurant essen gehen.«

»Ich habe das alte Blaue bei mir«, sagte sie, »das ich damals zum Standesamt angehabt habe. Seitdem habe ich mir nur noch Kostüme angeschafft, die sind für eine Ärztin praktischer.« Sie schürzte ihre Lippen. »Aber es ist natürlich etwas eng jetzt.«

Er sagte nichts. Mit aufgeknöpftem Jackett und offenem Hemdkragen lag er auf dem Bett und schaute ihr beim Umkleiden zu.

»Ich bin schon ganz schön dick!«

»Schön ja«, sagte er, »ich mag dich so. Laß mich einmal fühlen. Ich . . .« Er hatte sagen wollen: »Ich möchte dies Gefühl mitnehmen können.« Statt dessen sagte er nach winziger Pause. »Ich habe das Kind ja noch nie gefühlt.«

Sie stand vor ihm. Sie zögerte nur einen kleinen Augenblick, dann hob sie den Saum ihrer schwarzseidenen, spitzenbesetzten Hemd-hose, die er ihr aus Frankreich mitgebracht und die sie heute zu seiner Freude angezogen hatte. Es war plötzlich still, so als ob sie ganz allein auf der Welt wären.

Hansen zog seine Frau an sich, legte erst seinen Mund auf ihren bloßen Leib, dann seine Wange. Er spürte das Kind nicht. Was er spürte, waren Wärme und Duft und etwas unbeschreiblich Sanftes — so sanft, daß er nicht zu sprechen wagte aus Furcht, es zu zerstören.

Erst als Dagmar mit jenem ›Blauen‹, einem Taftkleid mit Glocken-rock und verwegenem Ausschnitt, vor dem Frisiertisch saß, sagte er wie beiläufig, während er ihr ein Sektglas reichte: »Was meinst du — ob dir Japanseide stehen würde?«

Erschrocken starrte sie ihn im Spiegel an: »Hans!«

»Auf dich«, sagte er leise und prostete ihr mit seinem Glas im Spiegel zu. »Auf Hänschen! Auf uns!«

Nach Japan also, dachte sie, und ihre Knie wurden ganz heiß. Sie spürte, wie sich ihr Herz verkrampfte, spürte ihren Leib und das Kind darin. Das war doch nicht möglich! Das konnte einfach nicht möglich sein. Und wenn dies nicht möglich war, dann erst recht nicht, daß das U-Boot von dort wieder zurückkam.

Das Kind strampelte, als sich Dagmar Hansens Augen mit Tränen füllten. Verstohlen wischte sie sie weg, sie wollte sich nichts anmerken lassen. Das Kind aber gab keine Ruhe. Es wollte sich nicht mehr beruhigen bis zu dem Augenblick, als sie — schon bei der Roten Grütze angelangt — Dietrich von Thaur in der Tür zum Restaurant erscheinen und suchend umherblicken sah. Spontan winkte sie ihm zu, glücklich über die Störung.

Der Ingenieur-Leutnant Dietrich von Thaur, ein dunkelhaariges, gescheites Milchgesicht, grüßte durch leichtes Hackenzusammen-menschlagen. Dann beugte er sich zu einem Handkuß über Dagmar Hansens Hand.

»Setzen Sie sich, um Gottes willen!« Hansen faßte ihn am Ärmel. »Was gibt's denn so Wichtiges? Erzählen Sie bloß nicht, das Auslau-fen wäre vorverlegt?!«

»Nein, nein, Herr Kaleu. Der L. I. schickt mich nur. Kaleu Palleter meint, ich sollte diese Sache mit Ihnen direkt besprechen.«

»Welche?«

Leutnant (Ing.) von Thaur wandte seinen Blick betont zu Frau Hansen.

»Ich wollte sowieso mal raus«, sagte diese, nahm ihre Handtasche und erhob sich.

»So, nun schießen Sie los! Was gibt es so Geheimnisvolles?«

»Ich weiß gar nicht, ob es das überhaupt ist. Nur — es ist da etwas nicht in Ordnung. Um es kurz zu machen: Wir hatten doch heute nachmittag Schwierigkeiten beim Probetauchen, das Boot kam nicht richtig lehnig, war eindeutig zu schwer. Wir haben das genau durchgerechnet und wissen nun, um wieviel.«

»Ja?«

»Eine unglaubliche Menge — zwanzig tons! Und wenn jetzt noch in Kristiansand Ausrüstung und Proviant dazukommen, vor allem die Aale . . . «

»Vorschlag?«

»Kaleu Palleter meint, daß es am Ballast liegt. Die Werftgrandis müssen da einen Fehler gemacht haben, als sie uns die alten Trimmgewichte rausholten und gegen diese komischen Stahlflaschen umtauschten.«

»Mit anderen Worten, das Zeug muß wieder raus?«

»Ja.« Dietrich von Thaur hatte den Eindruck, daß der Kommandant erleichtert war, und wiederholte darum bestimmter: »Jawohl, es muß raus. Zwanzig Tonnen davon müssen unbedingt wieder raus.«

»Tja, denn man los. Was sein muß, muß sein. Aber — nicht selber machen, hören Sie! Lassen Sie das diese Werftgrandis machen. Rufen Sie am besten sofort bei den Howaldtswerken an, und verlegen Sie morgen beim ersten Tageslicht. Und nur mit so viel Leuten, wie Sie unbedingt brauchen. Ich wünsche, daß die Werft alles macht. Ist das klar?«

»Jawohl, Herr Kaleu, ist klar.« Der junge Offizier fügte respektvoll hinzu: »Ich habe Herrn Kaleu völlig verstanden.«

»So, haben Sie?« Hansen schmunzelte. »Na, dann haben Sie ja wohl auch verstanden, daß Sie über die Angelegenheit den Mund zu halten haben. Was natürlich erst recht dann gilt, wenn Sie noch 'n bißchen mehr verstanden haben.«

Gold, dachte Dietrich von Thaur und schluckte, wir schaffen Gold fort! Aber Gold würde doch in Barren gegossen sein. Und wieso sollte es den Kommandanten erleichtern, etliches davon wieder loszuwerden? Nein, es mußte etwas anderes sein, das in diesen thermosflaschenartigen Stahlbehältern im Ballastkiel steckte. Doch was? Was, zum Teufel, war es, was U 859 dem japanischen Verbündeten bringen sollte? Denn daß es in die Tropen ging, war ja eindeutig, seit sie Khakizeug bekommen hatten, und wohin dort, das hatte sich ebenfalls aus den Aufschriften der Transportkisten mit Werkzeugen, Werkzeugmaschinen und Waffenmustern zusammenreimen lassen: *Paula* und *Siegfried* — gleich Penang und Singapur.

Beide erhoben sich, als Dagmar Hansen zum Tisch zurückkehrte. Von Thaur rückte ihr wie ein Kavalier den Stuhl zurecht: »Sie gestatten.«

Wieder schmunzelte Hansen: »Dafür müssen Sie noch einen Cognac mit uns trinken, Leutnant — auf uns alle!«

Dagmar Hansen zog den jungen Mann sofort ins Gespräch. Ob zu Hause alles in Ordnung sei oder ob die Eltern hätten evakuiert werden müssen. Ob er sich schon eingelebt habe in der neuen Bordgemeinschaft. Und ob er eine Braut habe.

Dietrich von Thaur gab etwas stockend Antwort, erst nach noch einem Cognac wurde er lockerer. Er wünschte noch ein paar schöne Tage, möglichst ungestört vom Fliegeralarm. Wieder beugte er sich über Dagmars Hand, aber diesmal küßte er sie richtig.

Als er gegangen war, fragte Dagmar: »Wie alt ist der?«

»Zweiundzwanzig. Er *wird* zweiundzwanzig!«

»Ein netter Junge.«

»Ich habe nur nette Jungs«, sagte Hansen mit ironischem Unterton, »sechsundsechzig nette Jungs. Die Zeit der Dollbrägen ist vorbei. Heute hast du nur noch mit netten Jungs Chancen, die nicht immer nur siegen, sondern auch wieder heimkommen wollen. Was von Thaur angeht — er ist ein Schüler von Palleter, sogar sein bester seit langem, ein wirklich exzellenter WI. Aber Gott sei Dank eben auch ein netter Junge. Ebenso Rügen, unser Zweiter WO. Der ist sogar gerade erst einundzwanzig.«

Dagmar dachte daran, daß auch er bald Geburtstag habe, im Mai, seinen achtundzwanzigsten, und daß sie ein Geschenk mitgebracht hatte. Das goldene Medaillon mit Halskette steckte in ihrer Handtasche. Doch mochte es ein schlechtes Omen sein, vorher zu gratulieren; ihr Hans war viel zu sehr Seemann, um nicht abergläubisch zu sein. Außerdem war dies nicht der rechte Ort, ein Medaillon zu überreichen, das eine Haarlocke von ihr enthielt. Aber welcher war es dann, wo sie doch nur noch Stunden zusammensein würden? Andererseits war sie Offiziersfrau und hatte als solche tapfer zu sein. Keine Tränen. Kein früher Glückwunsch. Kein Medaillon hier am Tisch zwischen Cognacgläsern und Aschenbechern.

Dagmar Hansen sagte nichts von dem, was sie berührte. Statt dessen sagte sie: »Was machen deine Augen?«

»Oh, die Weitsichtigkeit hat sich wieder völlig gegeben, war nur eine Sache der Überanstrengung, aber die Adaption macht noch etwas Schwierigkeiten. Ich soll, wenn ich mich von künstlichem Licht auf Tageslicht umstellen muß, eine rote Brille tragen.« Hansen nahm ihre Hand: »Mach dir keine Sorgen, Daggi. Überhaupt keine, hörst du? Du mußt lachen! Ich seh' dich doch so gern lachen.«

Die Kapelle, die bis dahin konzertiert hatte, spielte zum Tanz auf: »Roter Mohn, warum welkst du denn schon?« Es waren Matrosen, die spielten, in weißem Hemd und Marinehosen, ihre Sängerin eine ältere Blondine, die durch die Wehrbetreuung noch einmal ins Rampenlicht gebracht wurde. Doch sie machten ihre Sache nicht schlecht. Das Schlagzeug war vielleicht zu stark, zuviel Bum-Bum wie bei Herms Niel, doch das Saxophon herrlich schmelzend.

»Komm«, sagte Dagmar.

»Wenn es dir nichts ausmacht? Ich hatte mich nicht zu fragen getraut.«

»Ich hätte selbst im neunten Monat noch Lust, mit dir zu tanzen.«

»Du faßt nicht richtig zu«, sagte er irritiert und drückte sie fester an sich. »Hast du etwas in der Hand?«

»Steck's ein«, stammelte sie, »steck es rasch ein.« Sie hatte das Medaillon doch mitgenommen, ohne sich dessen bewußt zu werden. Sie tanzten, bis die Sirenen gingen und sie in den Keller mußten. Da war es kurz nach Mitternacht.

18

Die Werftpier hatte erst durch einen Trupp Werkschutz abgeriegelt werden müssen, von Männern, welche sonst mit geschultertem Karabiner durch die Werft streiften, um Saboteure abzuschrecken. So dauerte es fast eine Stunde, bis mit dem Ausladen begonnen werden konnte, und die dafür abgestellten Werftgrandis dösten in der Morgensonne, den Schlaf nachholend, um den sie der Fliegeralarm gebracht hatte. Daß der Wach-Ingenieur von U 859 wie ein Rohrspatz fluchte, ließ sie unbeeindruckt. Der junge Mann hätte ihr Sohn sein können.

Ebenso unbeeindruckt ließ sie, daß von der Kieler Bucht her ab und zu ein dumpfes Wummern zu hören war, von den Detonationen der nachts in den minenfreien Weg abgeworfenen Treibminen stammend, die nun von den Minensuchern mit nachgeschleppten Geräuschbojen aufgespürt wurden. Es waren graugesichtige, übernächtigte Männer, für welche einzig die Zigaretten zählten, die sie von den U-Boot-Leuten zugesteckt erhielten.

Schließlich kam die Sache doch in Gang, mühsam, obwohl Dietrich von Thaur das vordere und achtere Torpedoluk hatte öffnen lassen, damit die Arbeiter nicht durch die Zentrale mußten und womöglich mit ihrer wuchtigen Fracht gegen den Sehrohrbock schrammten. Die Stahlflaschen waren so schwer, daß jeder immer nur eine tragen konnte.

»Was wiegt denn so was?«

»Was weiß ich? 'n halben Zentner, vielleicht auch mehr.«

»Lassen Sie mich mal heben. Mensch, das sind dreißig Kilo! Das sind sogar mehr!«

»Ich sag' ja.«

»Dann brauche ich eine Waage. Ich muß es genau wissen.«

Die Waage machte neue Schwierigkeiten. Klar, die Werft oder wer immer dafür verantwortlich war, wollte sich nicht in die Karten gucken lassen. Von Thaur ließ die Arbeit unterbrechen. Den Werftgrandis war es recht, die legten sich wieder in die Sonne. Es wurde elf, ehe der Bescheid kam: Keine Waage! Doch wenn das Boot zwanzig Tonnen los werden wolle, müßten exakt 580 Behälter ausgeladen werden.

Dietrich von Thaur rechnete. Jede Drei-Liter-Flasche wog rund 34,5

Kilo. Der Rest war ein Kinderspiel, wenn man sich mit dem spezifischen Gewicht von Metallen auskannte. Zinn und Wolfram waren leichter, nur Blei war ähnlich schwer. Doch Blei wäre nicht auf Flaschen gefüllt worden. Also blieb nur eines: Quecksilber.

Er blickte auf die ausgeladenen Flaschen, die, immer in Blöcken zehn zu zehn, auf der Pier standen, schimmernd im Sonnenlicht, aber doch schon von einem Hauch Rost gerötet, und ihn schauderte. Wie viele mochten es sein, die unten im Kiel verblieben? Tausend? Noch mehr? Was ihre Gefährlichkeit betraf, kam es auf die Zahl nicht an. Der Ballastkiel, so hatte die Werftbelehrung bei der Bremer Deschimag-AG über ein U-Boot vom Typ IX D 2 besagt, war, grob gesprochen, eine Art Stahlkiste, die unter den röhrenförmigen Druckkörper, der das eigentliche Tauchschiff bildet — in diesem Fall ein wahres Monstrum von 4,40 Metern Durchmesser —, geschweißt war. Ein Leck am Boden der ›Röhre‹ bedeutete in der Regel auch eine Beschädigung dieses ungleich dünneren Kielkastens. Im Krieg pflegten solche Lecks durch Feindeinwirkung hervorgerufen zu werden: durch Wasserbomben, Minen, Torpedos. Längst nicht alle wirkten katastrophal, oft kam es nur zu Rissen. Was aber, wenn durch einen solchen Riß Quecksilber freigesetzt wurde und aus dem Kielkasten ins Bootsinnere verdampfte? Vielleicht ganz unmerklich und über Wochen? Die Mannschaft nach und nach vergiftend, ohne daß sie es überhaupt gewahr wurde?

Leutnant (Ing.) Dietrich von Thaur blickte auf die Quecksilberflaschen und mußte an sein Soldbuch mit dem U-Stempel denken. *U* wie U-Boot-tauglich. *U* wie: Für alles zu gebrauchen.

Der Vorarbeiter der Werft kam, um zu melden, daß der Ballast um die gewünschten zwanzig Tonnen verringert sei, und, wie üblich, um Zigaretten zu schnorren. Von Thaur gab ihm sein eben erst angebrochenes Blechschächtelchen *Güldenring*. Aus irgendeinem Grund hatte er keine Lust mehr zu rauchen.

Auch in dieser Nacht wieder hatte es in Kiel Fliegeralarm gegeben. Als die Besatzung von U 859 zur Verabschiedung antrat, hing immer noch der ätzende Nebel in der Luft, mit dem Hafen und Innenförde unsichtbar gemacht worden waren. Den Bläsern des

Musikkorps, das sich vor dem 17 000-Tonnen-Liner *St. Louis* aufgestellt hatte, machte er beim Atemholen Schwierigkeiten. Doch den Ehefrauen, Müttern und Freundinnen kam er ganz gelegen — man konnte vorschützen, daß es die Chemie war, welche einem die Augen naß machte.

Das Zeremoniell war das gebräuchliche. Marschmusik. Reden. Blumen. Und nicht ein Wort darüber, daß der Geleitzugkampf westlich England bereits im Februar offiziell eingestellt worden war. In den damals herausgegebenen neuen Richtlinien von *Koralle*, der U-Boot-Führung in Bernau bei Berlin, hieß es wörtlich: »Es kommt in der gegenwärtigen Phase des Kampfes nicht so sehr auf die Erfolge an wie auf die Erhaltung der Boote und Besatzungen. Also nicht mehr Rangehen auf Biegen und Brechen; das hat keinen Sinn.«

Die U-Boot-Männer, in olivfarbenem Bordzeug und braunen Bordschuhen, gaben sich gleichmütig. Was blieb ihnen auch übrig. Das Ganze war Glückssache. Und wichtiger als das nahtlose Ineinandergreifen der einzelnen Aufgabenbereiche an Bord war immer noch der Galgenhumor. Aber der Anblick der Angehörigen ließ doch manchen schwach werden. »Sieg-Heil!«

Es ging dem Ende zu. Trompeter, Posaunisten und Tubabläser husteten sich vom *Engeland-Lied* zu den *Grauen Wölfen* durch. Und nun kam das Schwerste, der Abschied.

»Hört auf!« flüsterte Dagmar Hansen tränenerstickt an Hansens Brust, als sie eine ältere Mutter in Trauerschwarz ohnmächtig zusammensinken sah. »Hört um Himmels willen auf und fahrt los! Sonst halte ich auch nicht durch.«

»Wenn du willst, nimmt dich der Flotillenchef in seiner Barkasse mit.«

»Ja. Aber rasch, nur rasch.« Sie spürte wieder das Kind.

Kommandant Hansen befahl alle Mann an Bord. Von der Brücke aus erteilte er seine Kommandos: »Achterleinen los! Herr Oberleutnant Metzler, bitte lassen Sie die Freiwache antreten.«

»Achterleinen sind los . . .«

Bootshaken stemmten U 859 von der grünglitschigen Kaimauer ab. Während noch die Fender eingeholt wurden, begann es schon am

Heck im ölschillernden, schmutzigen Hafenwasser zu sprudeln. Und als der fast neunzig Meter lange stählerne Wal Fahrt aufnahm, schwenkte der hochragende schlanke Bug mit den rassig geschwungenen Flanken vom Pier weg in Richtung Fahrrinne. Dietrich von Thaur war der letzte, der an Bord gesprungen kam.

Winken nach hüben und Winken nach drüben, mit Blumen, Taschentüchern, Mützen. Und immer noch dröhnte das Lied der U-Boot-Waffe von den *Grauen Wölfen auf grauem Meer.*

Hansen verzog sein Gesicht und trat an die Sprechanlage: »Kommandant an Funkraum — legt mal ein paar Platten auf! Aber 'nen Hot! Den Rühmann mit seinem *Seemann* oder besser: *Schönes Wetter heute.* Rosita Serranos *Roter Mohn!* Und dann den *Tiger-Rag* von Kurt Widmann! Bloß keine Begräbnismusik.«

Entgegen aller Vorschrift, aller Übung, ließ er auf die Dieselmotoren umkuppeln, die viermal mehr Kraft auf die Schrauben abgaben als die E-Maschinen. Er wollte so schnell wie möglich wegkommen.

Das letzte, was Dagmar Hansen von U 859 sah, war sein silbrig überschäumtes Heck in einer Insel aus all den Blumen, die von der Mannschaft über Bord geworfen worden waren. Sie hätte sich gern eine davon gefischt, doch die Bordwand der Barkasse war zu hoch.

2 Marco DeLucci blickte alles andere als glücklich auf die Chips, die sich vor ihm häuften. Schwarzgoldene Einhundert-Dollar-Chips, goldene Tausender. Zusammen eine halbe Million, wenn nicht mehr — und auf jeden Fall zuviel. Nicht daß es ihm etwas ausmachte, zu einem Vermögen gekommen zu sein. Es war nur . . . Er wollte auf keinen Fall Aufsehen erregen.

Nur deshalb hatte er ein Verkehrsflugzeug genommen statt des eigenen Jets, nur deshalb von Los Angeles aus einen dieser Luftbusse, die wie ein Bagger Besucher nach Las Vegas schaufelten. Umsonst. Nachdem er auf Impair ersten Rückschlägen zum Trotz bis zur Ausspielung des Sechsunddreißigfachen durchgehalten hatte, war sein »Pech« unabwendbar, und als die Menge von

Gaffern, welche in der letzten Stunde im *Emerald Lawn* zusammengeströmt sein mußte, ohne daß er es bemerkt hatte, zu applaudieren begann, wurde ihm bewußt, im Grunde verloren zu haben.

Einfach närrisch, wie er sich benommen hatte. Nur um einem kleinen Mädchen zu imponieren, von dem er nicht mehr wußte, als daß es sich Nancy Scott nannte, Sekretärin war und ein Flittchen. Doch wie es aussah, war selbst der Partie-Chef — oder *Pit Boss*, wie sie es hier nannten — der Meinung, daß es sich bei ihm um etwas Besonderes handeln müsse. Sonst hätte er nicht Pause geboten, um den Handcroupier auszuwechseln, einen durchaus tauglichen Mann, dessen einziger Fehler gewesen war, ein System bei seinem Gegenüber erkennen zu wollen, während doch der Trick nur darin bestand, hoch zu spielen. Geh mit dreißigtausend in ein Casino, wenn du mit hunderttausend wieder raus willst — das war der ganze Witz.

Verwunderlich war allerdings, daß man keine Warnung durchgegeben hatte, nachdem er an der Kasse diese dreißigtausend Dollar in Chips umgewechselt und sich nach dem Roulettesaal erkundigt hatte. In Monte Carlo oder gar Baden-Baden wäre so etwas nicht passiert, Las Vegas war also doch nicht so smart, wie immer behauptet wurde.

Die Ablösung ließ auf sich warten. Die stumme Geste, mit der der Partie-Chef seinen fragenden Blick beantwortete, amüsierte DeLucci. In einem Casino wie *Empress'Gardens* mußte es jede Menge Ersatz-Croupiers geben; also legte man es darauf an, ihm seine Serie kaputtzumachen. Als er hinter sich an der Bar auch noch Champagner entkorken hörte, stand er auf. »Kommen Sie.«

Nancy Scott sah zu ihm auf, als habe sie Mühe, ihn wahrzunehmen. Unter ihrem Haaransatz glänzte es feucht, und ein ebensolches Glänzen, das Licht all der Kristallüster auffangend, zeigte sich auch im Tal zwischen ihren Brüsten.

»Wachen Sie auf, Nancy! Oder mögen Sie keinen Champagner?«

»O doch, ja.« Sie gab einen Laut von sich, der wie ein Ächzen klang, und verdrehte die Augen. »Ich kann es noch gar nicht fassen. Das ist . . .« Wieder ließ sie dieses Ächzen hören, um dann unvermittelt loszulachen.

»Bitte!« bat Marco DeLucci und faßte unter ihren nackten Arm, um sie hochzuziehen. »Kommen Sie!«

Das *Pit Girl*, für den Service verantwortlich, hatte schon bereitgestanden, um ihnen aus den Sesseln zu helfen, doch Nancy Scott verharrte noch immer, auf den schwarz-goldenen Chipshaufen deutend und die goldenen Zehner-Türme aus Tausendern.

»Keine Angst, darauf passen mehr als genug Augen auf.« Marco DeLucci gab dem *Pit Girl* zwei Goldene, die sofort unter dessen weißem Schürzchen verschwanden. »Wenn Sie Zeit dazu finden, Miss, schaffen Sie doch das Ganze an die Kasse zur Gutschrift für . . .«

»Oh, ich weiß, Sir. Wie Sie es wollen. Immer zu Ihren Diensten.« Das *Pit Girl* neigte den Kopf, behielt aber die Augen auf Marco DeLucci gerichtet, und als es sein Serviertablett an die Tischkante brachte, beugte es sich so vor, daß sich der üppige Busen aus der Korsage wölbte. Das Mädchen lächelte DeLucci an, strich die Chips an sich heran und sagte: »Wenn ich sonst noch etwas für Sie tun kann . . .«

DeLucci spürte ein Gefühl des Mitleids für Nancy Scott, die von alledem nichts mitbekam, weder von dem Blick noch dem Lächeln, den zweideutigen Worten und der lasziven Bewegung der Hand. Gegen solche Konkurrenz war sie ohne Chance und konnte von Glück sagen, auf ihn getroffen zu sein.

»Einen Augenblick noch!« Mit beiden Händen griff er in die Chips und wandte sich dann an Nancy Scott: »Machen Sie mal die Handtasche auf.«

»Aber das geht doch . . .«

»Sicher geht das. Es gehört sich sogar, sich bei seiner Glücksfee zu bedanken.« Selber drückte er die Handtasche wieder zu. »Und nun kommen Sie — wenn ich etwas hasse, dann ist es abgestandener Champagner.«

Während sie vor ihm herging, ließ er seinen Blick über ihr Haar gleiten — langfallendes Haar, schwer und voll; und genau jene Mischung aus dunklen und blonden Strähnen, von der er bisher geglaubt hatte, daß es sie nur in Italien geben könne.

Es war dies Haar, sein aufregendes Schimmern im Zwielicht des Flugsteiges, weswegen er sich im *Pink-Cloud*-Frachter neben sie gesetzt hatte. Angenehm überrascht hatte er dann entdeckt, daß sie auch von vorne passabel war, ja sogar hübsch, nur merkwürdigerweise im Abendkleid.

»Verzeihung«, hatte er gesagt, tatsächlich so verwirrt, daß er zunächst italienisch sprach, »mir scheint, daß Sie zu irgendeiner Gruppe gehören, und falls dieser Platz reserviert ist, werde ich mir natürlich einen anderen suchen.«

Und sie hatte ihn angesehen wie jetzt am Spieltisch und mit diesem eigentümlichen Ächzen gelacht. »Tut mir leid, aber ich verstehe nicht.«

Mit seinem Kinn hatte er auf ihr Kleid gezeigt, ein Futteral aus flaschengrüner Seide, in dessen Dekolleté appetitlich gebräunte Brüste ruhten.

Und sie, sie hatte mit Erröten reagiert und Öffnen ihres vollippigen Mundes, wobei wieder dieser ächzende Laut hörbar wurde. Dann hatte sie fast heftig gesagt: »Bleiben Sie um Gottes willen, wo Sie sind! Ich habe sowieso schon das Gefühl, daß alles zu mir herschaut.«

DeLucci hatte den Eindruck gewonnen, daß sie vor irgend etwas auf der Flucht sei, möglicherweise vor ihrem Ehemann, und dieser Eindruck verstärkte sich durch ihre Zutraulichkeit. Sie wollte ihm mit dem Sicherheitsgurt helfen. Sie bot ihm, nachdem Raucherlaubnis signalisiert worden war, von ihren Mentholzigaretten an. Vielleicht gefielen ihr aber auch seine grauen Schläfen. Sie selber mochte fünfundzwanzig sein.

Nach dem zweiten Gin-Tonic – den ersten hatte sie geradezu gierig verputzt – hatte sie begonnen, ihn auszuhorchen. »Mein Name ist Nancy Scott – und wie heißen Sie?«

»DeLucci. Marco DeLucci.«

Sie hatte seinen Namen englisch ausgesprochen, das U als A, und er wiederholte: »Nein, De-Luc-ci. Wie lucciare – leuchten.«

Sie hatte ihn aufmerksam angesehen. »Weinhändler?«

Er hatte amüsiert an sich herabgesehen, sich an den Wahnsinnspreis erinnert, den sein blauer Rohseidenanzug in der Via Borgognona in Rom gekostet hatte, und sich gesagt, daß die Weinhändler in Amerika nicht schlecht verdienen müßten.

»Entschuldigen Sie, Sir. Ich hab' nämlich gedacht, daß Sie vielleicht beruflich nach Vegas reisen?«

»Halb und halb.«

»Aber Sie kennen sich aus?«

»Wieso meinen Sie?«

»Es gibt viele Italiener in Vegas — gerade Italiener.« Ihr Blick hatte etwas ängstlich Forschendes bekommen.

»Ich glaube zu wissen, was Sie meinen. Aber zu dieser Sorte Italiener gehöre ich nicht. Ich bin in keinem amerikanischen Italienerviertel zu Hause, sondern in Mailand. Und was ich von Las Vegas kenne, das ist gerade das *Queen's Palace*, und auch davon nicht mehr, als man dort für mich reserviert hat.«

Der Name des Hotels hatte sie beeindruckt. »Sie wohnen wirklich im *Queen's*?«

»Ja. Warum?«

Sie hatte nachgedacht, sich dann einen Ruck gegeben und die Hand auf seinen Arm gelegt. »Ich glaube, ich muß Ihnen etwas erklären. Aber Sie müssen mir zuerst versprechen . . . Ach, was soll's? Können Sie mir noch einen bestellen?«

»Das wäre dann der dritte . . .«

»Bei fünf komme ich erst in Stimmung.« Die gelackten Fingernägel hatten plötzlich zugedrückt. »Nein, ich bin nicht so. Bitte glauben Sie mir, daß ich nicht so bin.«

»Sie wollten mir etwas erklären.«

Ein kleines Zögern, dann hatte sie ihre Handtasche aufgemacht, um sie ihm hinzuhalten. »Eine Zahnbürste und ein Kamm, ein Bikini, die Zigaretten, ein Slip zum Wechseln und fünfundsechzig Dollars und dreißig Cents, das ist alles, was ich mithabe — abgesehen von diesem Kleid, aber das ist geliehen.«

Erneut dieses Lachen wie ein Ächzen. »Ich wäre Ihnen riesig dankbar, wenn Sie mich mitnehmen könnten ins *Queen's*«. Dann noch ein lockender Blick. »Das ist nicht bloß so dahergesagt.«

Marco DeLucci hatte verstanden, daß es sich um ein Angebot handelte, ansonsten jedoch nichts. Denn daß dies keine Prostituierte war, hatte er sofort gemerkt. DeLucci, immer darauf aus, seine Menschenkenntnis zu vervollkommnen, war neugierig geworden. Es war sonst nicht seine Art, aber er hatte die Frage trotzdem gestellt: »Warum machen Sie das eigentlich?«

Die Geschichte, die sie ihm erzählt hatte, hörte sich dramatisch an, war aber eher trivial. Ein Mädchen, das von seinem verheirateten Liebhaber wieder und wieder vertröstet und schließlich sitzengelassen wird, und das nun wissen will, was es noch wert ist. Dazu eine nymphomanische Kollegin im Büro, die gleich eine ganze Reihe in Las Vegas zusammengebumster Nerzmäntel als Maßstab dafür vorzuweisen vermag.

»Ob Sie es glauben oder nicht, Sir, ich bin im Begriff, ein *Weekender* zu werden.«

»Was ist das?«

Nancy Scott hatte erst auf die Handtasche, danach auf ihren seidig überspannten Magen geklatscht: »Das hier! Von der Donnerstagsabendmaschine bis zu der am Montagmorgen drückst du dich in der Lounge herum oder am Swimmingpool — und wenn sich dir ein Zimmer bietet, achtest du darauf, daß es den richtigen Mieter hat. Aber mit einem Nerz kommst du wieder.«

»Ich werde Sie mitnehmen, okay. Aber hören Sie auf, so frivol zu reden.«

»Sie werden's nicht bereuen, Marco. Ich — darf Sie doch Marco nennen?«

»Nennen Sie mich, wie Sie wollen, aber hören Sie auf.«

Es war ihr Haar, das ihn für sie einnahm. Es würde schön sein, mit diesem wundervollen Haar zu spielen.

Im Taxi, den *Strip* nordwärts, hatte sie nach seiner Hand gefaßt: »Finden Sie mich hübsch?« Er hatte geantwortet: »Ja, sehr hübsch« und dann beim Betreten des Hotels, vorbei an einem Kerl, der aussah wie ein abgetakelter Preisboxer und in einem rotgoldenen Rock nach Art eines Towerwächters steckte, ihren Arm genommen. Die Spiegel an Säulen und Wänden zeigten ihm, daß man sie dennoch kaum für ein Paar halten konnte. Neben ihm sah ihr Abendkleid erst richtig ordinär aus.

»Für eine gute Stunde bin ich jetzt beschäftigt, Börsenkurse einholen, mit meinen Leuten telefonieren und so.«

»Mit Ihrer Frau?«

»Ich bin nicht verheiratet.«

»Geschieden?«

»Ich bin nie verheiratet gewesen.«

»Was? Wie haben Sie das geschafft, sich nicht angeln zu lassen?«

»Später, Nancy. Ich muß jetzt. In Mailand warten sie schon darauf, daß ich mich melde.«

»Ist okay. Sie finden mich irgendwo hier oder draußen am Swimmingpool. Es sei denn . . .« Sie blickte ihn an.

»Später.«

Er hatte sie dann tatsächlich am Swimmingpool wiedergetroffen, auf einer weißen Liege im grünen Gras, das, wie sich seinen bloßen Füßen unangenehm mitteilte, künstliches war. Sie war allein, und ihr winziger Tanga lenkte die Blicke von Frauen auf sich, die doppelt so alt und doppelt so gewichtig waren wie sie.

»Marco, Sie sind meine Rettung! Keine zehn Minuten mehr, und ich wäre von ihren Blicken aufgefressen.«

»Wir haben einen Kongreß amerikanischer Spielzeugfabrikanten im Hotel − und die mitgebrachten Gattinnen machen sich wohl Gedanken, ob Sie in Ihrem Aufzug nicht ganz zur Branche passen.«

Nancy Scott sah an sich herunter. »Zu Hause vorm Spiegel schien er mir ganz vernünftig. Finden Sie ihn zu gewagt?«

»Sie sehen aus wie ein Mädchen von Copacabana. Und ich mag das.«

»Ach, Marco, warum bringt eigentlich kein Amerikaner solch einen Satz zustande? Ich glaube, ich könnte mich in Sie verlieben.«

»Dann wird's höchste Zeit zum Abkühlen. Sie haben keine Angst, daß der Stoff im Wasser noch mehr einläuft?«

Nancys Blick vertiefte sich. »Haben Sie?«

»Ich? Ich bin doch kein Spielzeugfabrikant.«

»Sie sind Millionär, nicht wahr?«

Marco DeLucci nickte.

Nach dem Schwimmen hatte er ihr dann seinen Zimmerschlüssel gegeben, damit sie sich in Ruhe umziehen und zurechtmachen konnte. Danach verabschiedete er sich erneut. »Ich bin nämlich beim Masseur angemeldet. Aber wir können uns in einer Stunde zum Cocktail an der Bar treffen, wenn Sie Lust haben, und dann ein bißchen spielen.«

Seit sie ihre Plätze am Roulettetisch eingenommen hatten, war die

Zeit nur so geflogen. Als er jetzt Nancy Scott zu der Bar brachte, wo man für den *großen Gewinner* Champagner aufgefahren hatte, mußte Marco DeLucci zweimal auf seine Uhr blicken, um sicher zu sein, daß es wirklich schon fünf war und früher Morgen.

Im *Emerald Lawn* herrschte das gleiche Licht wie am Abend — verschwenderisch über den Spieltischen, heimelig in den Sesselekken, damit ein Ermüdeter nicht erst aufs Zimmer mußte. Von draußen drang das gleiche Geräusch der Spielautomaten herein, ein ewiges Schnurren und Klingeln, akzentuiert von dem Klackern, mit dem sich bei einem Gewinn die Münzen in deren Plastikschalen ergossen. Und durch die getönten Scheiben zur Ladenstraße hin waren die gleichen weit geöffneten Pelz-, Lederwaren- und Modeboutiquen zu sehen.

»Auf Ihr Wohl, Sir, wenn ich mir erlauben darf. Sie machen doch dem Haus das Vergnügen, Sie einladen zu dürfen? Und weiterhin viel Glück in unserem Casino.« Der Saalchef hielt seine Stimme in der Schwebe, während er die gefüllten Sektschalen von der Theke hob.

»Danke«, antwortete Marco DeLucci und nahm sein Glas. »Ich werde mir Mühe geben.«

Der Mann ließ ein pflichtschuldiges Lachen hören, um dann sofort wieder zur Sache zu kommen: »Sie können selbstverständlich auch privat spielen in Ihren eigenen Räumen, und im Turm oben gibt es unseren speziellen Saal, wo Sie mit Einsätzen ab zehntausend beginnen können.«

»Danke für den Hinweis. Ich werde gern darauf zurückkommen.«

So verbindlich Marco DeLucci sich nach außen gab, so zugeknöpft war er in seinem Innern. Den Teufel würde er tun! Weiterzumachen und möglicherweise noch mehr zu gewinnen und dann angestarrt zu werden wie Nancy in ihrem Tanga. Wenn sein Bild in der *Sun* oder im *Las Vegas Review-Journal* erschien, würde John C. Lakin ihm garantiert die Freundschaft kündigen, von den bissigen Kommentaren Luis Cañas' und Pablo de Beriros ganz zu schweigen. Marco DeLucci streckte seine gespreizten Finger gegen den Mann im Smoking, um sich dann Nancy Scott zu widmen, die ihren Champagner gekippt hatte und sich nun mit der Bar-Karte das Dekolleté fächelte.

Einen Rülpser unterdrückend, schlug sie sich die Karte vor den Mund: »Ich glaube, ich habe zu hastig getrunken, aber ich hatte einen solchen Durst nach den ewigen Daiquiris am Tisch. Sie haben doch nichts gehört?«

»Trinken Sie ruhig. Er ist gut. Hat genau die richtige Temperatur.« DeLucci reichte ihr das nachgefüllte Glas. »Salute!«

Nancy Scott trank auch dieses Glas sofort leer. Dann streckte sie ihre beiden Hände aus, um ihm mit den Fingerspitzen über den Kopf zu fahren. »Ich muß Sie einfach anfassen. Daß es so etwas gibt?! Ein Gewinner — wo doch die ganze Welt voller Verlierer ist.«

Ihr Blick wurde trüb, und auf einmal lösten sich zwei Tränen. »Ach, verdammt«, schüttelte sie den Kopf, »man kann nicht alles haben. Wenn man schon selber kein Millionär ist, sollte man Gott danken, mit einem bekannt zu sein. Wir sind doch bekannt — oder?«

»Es könnte noch besser sein.«

»Wenn die Flasche leer ist, okay? Oder lieber noch eine zweite. Der Schatten, über den ich springen muß, ist doch größer, als ich dachte.«

Marco DeLucci zupfte sein Brusttaschentuch heraus, doch sie dankte, und rutschte vom Hocker. »Ich geh' mal rasch ›für Ladies‹.« Nach drei Schritten kam sie noch einmal zurück: »Aber laufen Sie mir ja nicht weg!«

Von der Stelle, an der sie kurz ihre Finger in seinen Oberschenkel gedrückt hatte, strömte Wärme in seinen Körper. Marco DeLucci bekam Lust auf sie.

Er sah sie dann jenseits der Glaswand vor dem Schaufenster des Pelzgeschäfts, und ungefähr dort war es auch, wo er sie später zusammen mit einem schmalen, dunkelblau gekleideten Typ mit einer Adlernase, ölig schwarzem Haar und ausgeprägten, blau schimmernden Wangen wiederentdeckte, der auf sie einzureden schien. Vermutlich ging es um nichts Schlimmeres als das, weswegen sie nach Las Vegas gekommen war, doch Nancy Scott umklammerte ihre Handtasche vor der Brust, als handele es sich um Raub, und der Blick, den sie durch die Scheiben zu ihm herüberwarf, als er ihr zuwinkte, war ein merkwürdig wehmütiger.

Die beiden trennten sich wieder, doch Nancy kam nicht zurück.

Ungeduldig ging er hinaus, konnte aber nichts mehr von ihr entdekken. Er ging zurück, wartete weitere fünf Minuten, ging dann wieder hinaus und fragte im Pelzgeschäft, in den Boutiquen und schließlich sogar in der Damentoilette, doch überall ohne Erfolg. Dann glaubte er, die Lösung gefunden zu haben. Sie war bei ihm — und er ein Narr.

Doch das Zimmer war leer. Und leer und unberührt war auch das Bett. Nancy war nicht dagewesen, denn im Badezimmer überm Wannenrand hing nach wie vor ihr Tanga. Impulsiv hob DeLucci ihn hoch. Er roch nach nichts anderem als Chlor, und doch war es dieser völlig unpersönliche Geruch, der ihm bewußt machte, daß er sie verloren hatte.

Marco DeLucci griff nach dem Telefon, fand es dann aber besser, sich den Empfangschef persönlich vorzuknöpfen. Und er hatte recht gehabt, als er vermutete, der Typ gehöre zum Hotel. Es gab jemand mit Adlernase, schwarzen Haaren und starkem Bartwuchs, den dritten Direktor, einen Mister Sarti, doch hatte der — bedauerlicherweise — vor ein paar Minuten seinen Dienst beendet. Jedenfalls hieß es so. Die Dame? Langes, auffällig schönes Haar und flaschengrünes Kleid? Niemand wollte sie gesehen haben. Was Mister Sarti von der Dame gewollt habe? Keine Ahnung.

Als Marco DeLucci vor das Hotel trat, schlug ihm eine trockene Hitze entgegen, obschon die Sonne noch rot war. Schweiß sprang ihm aus der Stirn, und das Hemd begann zu kleben. Der Chauffeur, in dessen Taxi er stieg, bezweifelte, daß er noch eine Chance habe. Die erste Los-Angeles-Maschine müsse gerade aufgerufen werden.

»Fahren Sie trotzdem.«

»Wenn Sie ein *V. I. P.* sind, Sir — ich könnte in McCarren die Kollegen anfunken, daß sie Bescheid geben.«

»Ich will nicht fliegen. Ich suche jemand.«

Der Taxifahrer, der sich bisher mit Blicken in den Rückspiegel begnügt hatte, drehte seinen Kopf: »Wenn ich Ihnen einen Rat geben darf — machen Sie keinen Ärger, Mister. Sheriff Mutton versteht keinen Spaß. Wenn Ihnen also jemand etwas gestohlen hat — ich könnt' auch die Polizei anfunken.«

»Nein, nein! Es ist nichts, gar nichts. Ich will nur mal etwas sehen.«

Die Maschine nach Los Angeles war tatsächlich schon aufgerufen. Die meisten Passagiere waren Frauen. Einige trugen einen Nerzmantel über dem Arm. Nancy Scott trug nur die Handtasche, mit der sie auch gekommen war.

In der frühen Sonne leuchtete ihr Haar reizender denn je. Doch wäre es sinnlos gewesen, nach ihr zu rufen. Selbst wenn sich die Scheibe hätte öffnen lassen, wäre das Dröhnen der Düsen nicht zu übertönen gewesen. Und vielleicht war es auch gut so — man konnte nicht immer nur gewinnen.

ROSENGARTEN I

Der Boden des Meeres ist reich gegliedert durch Schelfe und Becken, regelrechte Gebirge und Schluchten, die sich um den halben Erdball erstrecken. Der Faröer-Island-Rücken zum Beispiel zwischen Atlantischem Ozean und Norwegen-Becken erhebt sich aus Tiefen von 4 000 Metern. Dieses knapp 250 Seemeilen breite Areal, welches bis zu 137 Faden Meerestiefe aufsteigt, in seinen Bänken sogar nur 50 Faden, was etwa 90 Metern entspricht, wird überflossen von den warmen, stark salzigen Wassern des Golfstroms und ist daher der bevorzugte Aufenthalt von Rotbarschen, im Englischen *rose fishes*, weshalb das Gebiet bei den Hochseefischern als Rosengarten bekannt ist.

Dieser Rosengarten war nach vier Jahren Krieg für Deutschlands Unterseeboote der einzige noch verbliebene Zugang zu Operationsgebieten jenseits der Britischen Inseln. Sie hatten sich beim Passieren nördlich zu halten, um jene Bänke zu umgehen, denn zweihundert Meter Wassertiefe brauchte man, wenn man den Wasserbomben entgehen wollte. Dadurch gleichsam nur noch eine Meerenge, wurde der Rosengarten 1944 durch Flugzeuge und Schiffe der Alliierten geradezu quadratmeterweise bewacht. Was nicht durch Bewacher abgeriegelt war, war vermint. Und um die U-Boote vollends zu verunsichern, hatte man auch noch Bojen ausgesetzt, die das Schraubengeräusch eines Kriegsschiffs simulierten oder Funkimpulse aussandten, welche zum Verwechseln wie jenes »Ping, ping, ping« klangen, mit dem sich ein mit Ultraschall arbeitendes Asdic-Gerät an den Stahlrumpf eines getauchten Boots heranarbeitete. Die Chancen für ein U-Boot standen eins zu fünfzig. Auf jeden U-Boot-Fahrer kamen hundert Möglichkeiten, ihn zu töten.

Als Kommandant Hansen am 8. April 1944 bei strahlendem Sonnenschein mit U 859 vom Stützpunkt Kristiansand in Südnorwegen zum Kriegsmarsch auslief, schickte er ein Stoßgebet zum Himmel, daß im Rosengarten ›besseres‹ Wetter herrschen möge — Nebel oder Schnee oder Regen, am besten auch noch Seegang von mindestens Stärke acht, weil hohe Wellen und Gischt die Ortung durch den Feind erschwerten. Gerne würde er dafür in Kauf genommen haben, selber seemännisch in Schwierigkeiten zu geraten. Der IX D 2-Typ war wohl ein gutes, doch nicht gänzlich ausgereiftes Schiff — bei schwerer See erwiesen sich seine Tiefenruder als zu klein, um es in der Waagerechten zu halten. Hinzu kam, daß bei solchen Verhältnissen der Schnorchel, der U 859 bei den Howaldtswerken in Kiel nachträglich eingebaut worden war, nicht mehr viel taugte.

Kapitänleutnant Hansen wußte das, und er wußte auch, daß U 859 nicht voll einsatzfähig war. Um wieviel Prozent die Einsatzfähigkeit gemindert war und wo sich spezielle Schwachstellen befanden, hätte er allerdings nicht sagen können.

Im Grunde wäre das kein Problem gewesen. Ein U-Boot-Fahrer war darauf gedrillt, auch mit einem Boot zurechtzukommen, dessen Einsatzfähigkeit nicht hundertprozentig war. Besonders Wasserbomben konnten alle möglichen Leckagen, Ausfälle und Störungen verursachen, und die *Ausbildungsgruppen Front* in Horten, Norwegen, und auf der Halbinsel Hela waren besonderes auch damit beschäftigt, frisch zusammengestellte U-Boot-Besatzungen auf den Ernstfall vorzubereiten, indem man solche Störungen absichtlich in ihre Boote manipulierte.

Im Falle U 859 jedoch war das Handikap von anderer Art. Es bestand darin, daß das Boot nicht nur mit Quecksilber beladen, sondern mit Kisten und Kästen und Munition vollgestopft war bis unter die Decke. Im Offiziersraum saß man auf Eierkisten statt auf Stühlen, im Funkraum war nicht genügend Platz, sich zu drehen, in den Mannschaftsräumen vorn und achtern stapelten sich die Kisten so hoch, daß man auf allen vieren kriechen mußte, und im Maschinenraum war es nicht viel besser, wenngleich hier wenigstens Zwischenräume ausgespart waren für die Bedienungsgestänge der Bodenventile.

Was war selbst die eingespielteste Mannschaft noch wert, wenn sie sich nicht flink genug bewegen, nicht fest genug zupacken konnte? Ganz zu schweigen vom Ernstfall, wenn es durch Feindeinwirkung zu Pannen kam. Alles Wissen, wie man mit einem Leck fertig wird, mußte umsonst sein, wenn man nicht zugleich wußte, wie man herankam.

Es war am Spätnachmittag des 12. April, als U 859 den Rosengarten erreichte. Man marschierte unter Wasser, auf Sehrohrtiefe. Ein ausdrücklicher BdU-Befehl schrieb allen nach Ostasien gehenden Unterseebooten, im Sprachgebrauch *Monsun-Boote*, vor, sich bis zum 15. Breitengrad Süd — also etwa in Höhe der britischen Insel St. Helena — tagsüber auf gar keinen Fall an der Wasseroberfläche sehen zu lassen.

Im allgemeinen lief das darauf hinaus, daß die Boote nur nachts auftauchten und auch dann nur so lange, wie sie brauchten, um ihre Akkumulatorenbatterien, welche die Elektromotore antrieben, wiederaufzuladen. Deshalb benötigten sie für diese relativ kurze Strecke in der Regel gut zwei Monate; ein mit E-Maschinen fahrendes U-Boot unter Wasser war nicht schneller als ein gemütlicher Radfahrer. U 859 allerdings bildete eine Ausnahme: es war der einzige *Monsuner*, der über einen Schnorchel verfügte. Mit diesem hochklappbaren hohlen Stahlmast, der die Rohrleitungen enthielt, durch die die Luft für die Dieselmotoren angesaugt beziehungsweise deren kohlendioxydhaltiger Giftqualm abgeleitet werden konnte, war das Boot unter Wasser sehr viel schneller — so lange jedenfalls, wie diese Ausrüstung funktionierte. Tat sie es jedoch nicht, was meistens mit den automatischen Schwimmerventilen, die das Eindringen von Wasser zu verhindern hatten, zusammenhing, war U 859 ebenso wie die anderen U-Boote zu Elektroantrieb und nervtötendem Radfahrertempo verdammt.

Doch die Ventile schlossen sich nicht. Zu- und Abluft fanden ihren Weg. Die Diesel klopften ihr monotones Lied. Hansen hätte ruhig weiterschlafen können hinter dem Filzvorhang seines Kommandantenschapps, wenn er nicht angeordnet hätte, ihn auf jeden Fall bei Erreichen des berüchtigten Rosengartens zu wecken.

»Das Wetter?« war seine erste Frage.

»Typisches Aprilwetter, Herr Kaleu. Immer wieder Schauer, teils Regen, teils Schnee.«

»Und die See?«

»Wenn's hochkommt — Stärke fünf.«

»Scheiße!«

Hansen schwang sich, die ölbefleckte, verbeulte weiße Mütze ins Genick geschoben, durchs Kugelschott in die Zentrale, stieg in den Turm hinauf, wo ihm der Rudergänger den anliegenden Kurs meldete, und tauchte unter den Verdunkelungsvorhang des Sehrohrs.

U 859 befand sich in einem Wellental, und die parallel laufenden Wellen waren eher mäßig und ohne Schaumköpfe, also mit Stärke vier zu beurteilen. Doch was noch ärgerlicher war: Sie wurden überglänzt von einer strahlenden Sonne. Kein Anzeichen von Schauern, im Gegenteil, es schien aufzuklaren.

Mit einem wortlosen Klaps überließ Hansen das Sehrohr wieder seinem Ersten Wachoffizier Metzler, um sich zur Fortsetzung seines Kontrollganges nach unten zu begeben. Die Diesel, glänzend im rötlichen Licht, grummelten fleißig, es roch vertraut nach erhitztem Öl und Schmierfett, aber auch nach deren Resten, die in der Bilge unter den mit Versorgungskisten vollgestellten Flurplatten ranzig geworden waren. Die mollige Wärme machte Hansen bewußt, wie ekelhaft kalt es im Turm gewesen war.

In die Zentrale zurückgekehrt, gab er selber den Befehl durch, das Leinen-U-Boot-Zeug, welches die Mannschaft trug, mit Lederzeug zu vertauschen. »Es wird bald verdammt kalt werden, Herrschaften, und ich möchte nicht erleben, daß mir jemand wegen Grippe ausfällt.« Dann ging auch er sich umziehen. Die Kälte des Wassers, die vom Schiffsstahl weitergeleitet wurde, war immer deutlicher zu spüren.

Als die Nacht kam, stand U-Hansen 46 Seemeilen tief im Rosengarten. Der Seegang hatte zugenommen, war aber noch längst nicht stark genug, um dem Boot einen Vorteil gegenüber dem Feind zu gewähren, der irgendwo lauerte, sich aber seltsamerweise still verhielt. Nur ein vereinzeltes Asdic war zu hören, jedoch weit entfernt und auf ungezielter Suche, denn sein tastendes »Ping« kam in langen, regelmäßigen Abständen. Das zugehörige Schiffsschraubengeräusch war im Horchraum gerade noch aufzufangen. Allem Anschein nach ein Einzelläufer, der es nicht gerade eilig hatte.

»Vielleicht ist King Georges Geburtstag oder sonst ein englischer Feiertag . . .«

»Oder der Krieg ist aus.«

»Herrschaften – bitte!«

Hansen war die Sache so unheimlich, daß er sich schließlich selber in den Funkraum begab.

Der Chef dort, Funkobermeister Erwin Grabowski, hatte keine Erklärung. Weder sein Funkmeß-Beobachtungsgerät noch das Horchgerät nebenan gab etwas Brauchbares von sich, und die am Kopf des Schnorchels angebrachte Antenne des eigenen Aktivortungsgeräts blieb sogar völlig still. »Tut mir leid – weder Schraubengeräusche noch Peilimpulse. Bis auf dieses eine Asdic.«

»Aber warum bringt unser FuMO nichts ran? Ich denke, das *Hohentwiel*-Gerät sei das Beste, was es augenblicklich gibt?«

»Könnt' eine atmosphärische Störung sein, Herr Kaleu. Je empfindlicher diese Ottos, desto stärker reagieren sie logischerweise auch auf so etwas.«

Hansen hielt Kriegsrat mit dem I. WO, einem im Rosengarten ebenso erfahrenen U-Boot-Fahrer wie er. »Verstehen Sie das, Metzler?«

»Nur so, Herr Kaleu, daß der Feind alle Bewachung auf den Rosengartenausgang konzentriert hat.«

»Aber was sollte ihm das bringen? Zwei, drei Bewacherlinien, gut gestaffelt, und dazwischen noch ein paar Einzelfahrer sind doch ungleich effektiver?«

Der Oberleutnant zuckte die Achseln. »Ich weiß es nicht. Vielleicht steckt wieder irgendeine Schweinerei dahinter.«

Hansen kratzte sich im Nacken. Ihm wurde bewußt, daß ihn zuvor schon etwas beunruhigt hatte – der Verlauf der Wellen. Der Nordwestwind, zusammen mit der nordostatlantischen Strömung von Südwest her, ergab nämlich Wellen, welche genau in der Fahrtrichtung von U 859 verliefen. Als er durch das Sehrohr geblickt hatte, war ihm, angesichts eines über hundert Meter breiten und drei Meter hohen Wellenbergs, der Gedanke gekommen, daß in dem Wellental jenseits jemand auf gleichem oder auch entgegengesetztem Kurs laufen könnte, ohne daß man einander bemerkte. Auch dies war ein Grund, warum ihm stärkerer Seegang mit unruhigen, vom Winde zerfetzten oder gar in sich zusammenbrechenden Wellen lieber gewesen wäre.

Nach der bewährten U-Boot-Fahrer-Regel ›Vorsicht ist der bessere Teil der Tapferkeit‹ faßte Hansen einen Entschluß: »Machen wir's wie früher – gehen wir zum Horchen in den Keller.«

»Tauchklar«, bestätigte bald darauf Ingenieur-Kapitänleutnant Palleter. Abblasen wurde befohlen und die Luft in den Tauchtanks, die das Boot bisher auf Schnorcheltiefe in der Schwebe gehalten hatte, aus den Entlüftern freigegeben. Sie entwich mit Brausen.

Das Boot war erst 25 Meter tief, nur zehn Meter unter Sehrohrtiefe, als Grabowskis ruhige, tiefe Stimme aus dem Lautsprecher tönte: »Ortung! Ortung!« Wenig später erneut: »Ortung!« Doch immer in der gleichen Tonlage, kein bißchen aufgeregt, sondern so sachlich, als ob Graboswki an einer Straßenecke die vorbeikommenden Autos zählte.

»Woher?« wollte Hansen wissen und wurde, als er ohne Antwort blieb, dringlicher: »Frage: Aus welcher Richtung?!«

»Aus verschiedenen Richtungen, Herr Kaleu, eigentlich aus allen. Vor uns und hinter uns. Und auch in allen Lautstärken.«

Und schon war es von jedem mit eigenen Ohren zu hören. »Ping, ping, ping, ping« – wie wenn Silberhämmerchen an die Bootshaut klopften. Das verfluchte Asdic! Und dann auch ein Geräusch, als ob immer wieder eine Handvoll Erbsen gegen den Stahl geworfen würde. Eine andere, noch mehr an die Nerven gehende Art von Ortungsimpulsen.

Jetzt meldete sich auch der Horchraum: »Schraubengeräusche! Sehr hohe Frequenz, vermutlich Zerstörer.«

»Jetzt aber nichts wie weg!«

Während U 859 kopfüber die rettende Tiefe aufsuchte, wünschte Hansen Auskunft, ob der Zerstörer sich nähere.

»Nein.«

Die Stimme des Horchers klang schleppend.

»Was heißt das — nein?! Kommt er, geht er — kurvt er im Kreise? Mensch, wenn der Kerl fährt, muß er doch eine Richtung haben?!« Erbost schwang sich Hansen aus der Zentrale.

Der Mann, der das GHG bediente, hob seine Schultern, als er den Kommandanten sah. »Nichts zu machen, Herr Kaleu — das Schraubengeräusch wird immer undeutlicher.«

»Also läuft er ab.« Doch das wäre völlig unerklärlich, außerhalb jeder Regel. »Bloß, wieso läuft er ab, wenn er uns geortet hat?«

Der Horcher war verwirrt. Verzweifelt suchte er auf der Skala des Geräts vor und zurück. »Das Geräusch . . . Es ist weg!«

Hansen starrte ihn an, nach Worten suchend, doch Grabowski am FuMB kam ihm zuvor: »Die Ortung scheint zusammenzubrechen, Herr Kaleu! Sie wird immer leiser und unregelmäßiger.«

Erst jetzt wurde Hansen gewahr, daß es völlig still war im Boot. Nur noch die E-Maschine konnte man hören, auf die beim Tauchen umgekuppelt worden war, und die Stimme des Mannes, der die Anzeige des Tiefenmessers ablas: »Achtzig — neunzig — fünfundneunzig — hundert . . .« Die Stille war noch zermürbender als vorher das Lärmen der Ortung.

Hansen stieß den Horcher an: »Na?«

»Nichts, Herr Kaleu.« Auch Grabowski am FuMB konnte nichts ausmachen.

»Wenn uns da nur keiner einen Wurm reingebracht hat«, sagte Hansen besorgt.

»Sie meinen Sabotage?«

»Man hört so allerhand.«

»Nein, Herr Kaleu, keine Sorge. Die Geräte sind einwandfrei. Und für die Grandis, die sie uns eingebaut haben, lege ich die Hand ins Feuer. Das waren alles Spitzenleute von Post und Rundfunk. Der eine hat vorm Krieg in Königswusterhausen mit mir zusammengearbeitet.«

Der Kommandant trommelte die Offiziere zusammen. I. WO Metzler, II. WO Jost Rügen, Leitender Ingenieur Palleter und Wach-Ingenieur Dietrich von Thaur sollten sich anhören, was der Funkobermeister zu sagen hatte.

Grabowski massierte sein stoppeliges Kinn. »Es gibt nur eine Erklärung: atmosphärische Störungen. Zu denen möglicherweise noch etwas hinzukommt, und zwar die Ablenkung und Brechung durch Wasserschichten unterschiedlicher Dichte. Wir haben hier oben noch Winter, während es in der Karibik, aus der der Golfstrom kommt, sicher schon verdammt heiß ist. Und Sie wissen ja, daß sich Salzgehalt und Temperatur auf der linken Flanke dieser Strömung geradezu sprunghaft vom umgebenden Wasser abheben – vielleicht genau hier, wo wir fahren! So eine extreme Wasserschichtung kann sogar die eigenen Schall- und Funkmeßwellen spiegeln.«

»Sie könnten recht haben, Grabowski. Aber wir können es ja ausprobieren. Der Empfang hat in dem Moment eingesetzt, als wir auf fünfundzwanzig Meter waren, und zwar aus verschiedenen Richtungen, vorher war nur ein einzelnes Asdic zu hören. Wenn es stimmt, was Sie sagen, müßte es doch aufwärts ebenso sein, oder?«

Hansen nahm die Offiziere mit in die Zentrale. »Anblasen! Und, Palleter, lassen Sie mir den Bock so ab vierzig Metern schön langsam kommen! Funkraum – bitte dann genau aufpassen!«

U 859, bei hundertzwanzig Metern vom ›Leitenden‹ auf ebenem Kiel eingesteuert, hob seinen Bug wieder nach oben. »Einhundertzehn. Einhundert – neunzig – achtzig . . .«

Da! Bei ziemlich 70 Metern tobten die Silberhämmerchen wieder los, und es begann diese schaurige Sache mit den ans Boot geworfenen Erbsen. Erneut kam Grabowskis sonore Stimme aus dem Funkraum mit den Meldungen: »Ortung! Ortung!«

Die Männer im Turm sahen sich verblüfft an.

»Siebzig, sechzig, fünfzig . . .«

»Schraubengeräusche von verschiedenen Turbinenschiffen«, meldete der Horcher, »vermutlich Zerstörer.«

Und immer weiter Grabowski: »Ortung! Ortung!«

Hansen wünschte sich, daß aus Grabowskis Stimme etwas herauszuhören wäre, ein Zögern, irgendein Zeichen von Unsicherheit. Aber nichts dergleichen; sie klang eintönig und steril.

Metzler sagte: »Hört sich verflixt danach an, als würden wir mitten in einer Mahalla raufkommen.«

Er sprach damit aus, was allen durch den Kopf ging: Es mußte falsch sein, wenn man jetzt auftauchte — nämlich wider jede Erfahrung. Hansen spürte seinen Schweiß ausbrechen. Er dachte daran, daß er die Verantwortung für das Boot trug, für das Unternehmen, für den Quecksilbertransport, für sechsundsechzig ihm blind vertrauende Männer. Er dachte, daß er eine Frau zu Hause hatte und daß diese Frau ein Kind erwartete. Doch er dachte auch daran, daß es nicht angängig wäre, sich zum Spielball einer Laune der Natur machen zu lassen. Er schob seine Mütze in die Stirn und kratzte sich den Kopf. Die Finger wurden feucht von dem Schweiß, der ihm den Nacken hinunterrann.

»Vierzig — fünfunddreißig . . .«

Die fraglichen 25 Meter waren verdammt wenig für ein U-Boot wie U 859, dessen Höhe von der Unterkante des Kiels bis zur Oberkante des Schanzkleides 10 Meter 15 betrug. 15 Meter über Kiel waren ja bereits Sehrohrtiefe.

»Sachte, Palleter, sachte!«

». . . dreißig . . .«

Was ist es eigentlich, ging es Hansen durch den Kopf, was dich dazu befähigt, diese Entscheidung zu treffen? Ist es, weil du eine bessere Ausbildung hast, eine fundiertere Kenntnis, oder weil du vielleicht das bist, was man jetzt eine ›Führernatur‹ nennt? Womöglich ist es genau das Gegenteil, und du bist ganz einfach leichtsinniger und verantwortungsloser . . .

»Ortung! Ortung! Ortung!«

». . . achtundzwanzig — siebenundzwanzig — und sechsundzwanzig . . .«

War es der Mann am Tiefenmesser, der diesen Kloß im Hals hatte, oder lag es an seinen eigenen Ohren, wenn dessen bisher geleierte Litanei plötzlich gepreßt klang?

Jetzt! Die Silberhämmerchen waren fort, fort war auch das Erbsengerassel! Und in der Sekunde darauf setzten Grabowskis Meldungen aus.

»Frage: Ortung!?«

»Keine Ortung mehr, Herr Kaleu. Absolute Stille. Selbst dieses einzelne Asdic ist nicht mehr festzustellen.«

»Sehrohrtiefe!« befahl Hansen und atmete, während er ans Sehrohr trat, tief durch. »Sehrohr ausfahren!«

Glück gehabt, dachte er, wischte sich über die schweißfeuchte Stirn und preßte die Augen ans Okular. Aber was, verdammt noch mal, ist denn Glück? Bestimmt mehr, als daß du wieder mal recht behalten hast. Zufall ist es, nichts weiter.

Es war gut, den Motor des Sehrohrs schnurren zu hören, gut und beruhigend. Das Wasser, durch das das Objektiv nach oben stieß, war dunkelgrün, und wie konnte es auch anders sein, war es doch mittlerweile Nacht geworden. 21 Uhr 34 zeigte Hansens Armbanduhr. Doch was war das? Er erschrak. Denn jetzt wurde es wieder heller, immer heller! War vielleicht doch alles falsch? Waren sie mitten zwischen Suchschiffen herausgekommen, die schon ihre Scheinwerfer auf sie richteten? Der ganze Himmel, so schien es, war ein einziges Licht. Der Schreck würgte Hansen. Doch für eine Umkehr war es zu spät — das Sehrohr war draußen.

Es waren keine Scheinwerfer, weit und breit war nicht ein Schiff zu sehen. Es war etwas ganz anderes.

»Der Grabowski soll mal raufkommen.«

Hansen blieb am Sehrohr, bis der Funkobermeister neben ihm stand. Erst dann machte er ihm seinen Platz frei: »Da, schauen Sie sich das mal an! Sie haben recht gehabt mit Ihren atmosphärischen Störungen.«

Was Erwin Grabowski zu sehen bekam, war einzigartig. Von 280 über Null Grad bis tief nach Osten hinunter war der nächtliche Himmel orangefarben ausgestrahlt durch s-förmige Lichtschlieren, durchhängend zur Kimm wie die Sofitten von einem Bühnenhimmel, ganze Schlangen rötlichen Lichts.

»Polarlicht! Aber eines, wie ich's noch nie erlebt habe. Oder Sie, Herr Kaleu?«

»Nein, nie. Und Polarlicht ist ja im Rosengarten beileibe keine Seltenheit. Sagen Sie, halten Sie es für möglich, daß dies der Grund ist für die merkwürdigen Ausfälle, die wir registriert haben? Daß Funk und Radio beeinträchtigt werden können durch die Reflektion von Polarlicht, ist ein alter Hut — aber auch Funkmeßsignale, die unter Wasser ausgesendet werden?«

»Keine Ahnung, ob und wieso. Aber wir haben es ja selber erlebt. Ich könnte mir vorstellen, Herr Kaleu, daß es einfach damit zusammenhängt, daß bei den Bewachern an Bord grundsätzlich Wellensalat herrscht. Und da ist dann auch noch die Abstrahlung durch die Wasserschichtung dazugekommen. Die haben schlichtweg Pech, die Brüder. Und wir haben Glück.«

»Wirklich?« Hansen sah Grabowski an und verzog sein Gesicht.

»Überlegen Sie mal — wenn schon beim Tommy alles zusammenbricht, der uns auf diesem Gebiet immer einen Schritt voraus ist, wieviel wird dann unser schönes *Hohentwiel* noch wert sein? Wenn Sie mich fragen, mein Lieber, dann haben wir höchstens ein Patt. Aber — und das ist die große Frage —, wann ist es damit vorbei? Wann haben unsere Freunde von der andern Feldpostnummer die Sache wieder im Griff? Mir ist ganz und gar nicht wohl in meiner Haut. Viel lieber wäre's mir, das Spiel ginge nach den gewohnten Regeln weiter. Dann wüßte ich wenigstens, wer am Zuge ist.«

Hansen wandte sich ab und trat ans Sprachrohr: »Wir bleiben auf Schnorcheltiefe. Palleter, machen Sie Dampf auf! AK voraus!«

Matteo Sarti schnüffelte mit seinem markanten Riecher in den Kleiderschrank. »Das ist aber ein verdammt teures Duftwässerchen, was dieser Bursche gebraucht. Und schau mal hier, Hank« — er zog den Ärmel eines bleigrauen Seidenanzugs hervor —, »das ist handgemacht! Die Knöpfe, siehst du, nicht bloß so aufgenäht, sondern richtig zum Knöpfen.« Er schlug das Jackett auseinander und las laut das Herstellerzeichen: »Brioni, Alta Moda da Maschile, Roma. Mann, für den Preis dieses Anzugs kriegst du einen guterhaltenen Chevy.«

Flink durchwanderten seine Finger die Anzugtaschen. »Nichts.«

»Was hast du erwartet? Ein Billett für 'ne Peep-Show? Das ist eine große Kanone, mit der wir's hier zu tun haben.«

Das Telefon ging, und Hank Barton nahm ab, ohne seinen Namen zu nennen. »Der Taximann, der ihn zum Flughafen gefahren hat«, erklärte er dann. »DeLucci hat am Fenster gewartet, bis das Flugzeug weg war. Jetzt hat er sich in der Cafétería einen Espresso bestellt. Das heißt also — selbst wenn er sich Zeit damit läßt, haben wir höchstens noch eine Viertelstunde. Also laß die Anzüge und kümmere dich um den Koffer.«

Sartis Blick wanderte zu dem Attaché-Koffer auf dem Tisch, eine Kostbarkeit aus handverarbeitetem Leder. Die Zahlenschlösser waren solide Arbeit. Nachdem Sarti die Ziffernräder gedreht und einige Male die Schnappschlösser probiert hatte, stellte er die ursprünglich eingestellten Zahlen wieder ein.

»Ich kriege ihn auf, keine Frage — aber nicht in einer Viertelstunde. Das ist ja nicht etwas, was unsere Kongreßleute vom Chef geschenkt kriegen.«

»Der Mann wird wissen, warum. Und dahinter, verdammt noch mal, möchte ich kommen.«

Hank Barton nahm den Koffer und reichte ihn einem der beiden schwarzen Zimmermädchen, die damit beschäftigt waren, den Inhalt von Schrank und Kommode zu entleeren und auf einen Karren zu packen. »Schafft mir das Ding aus den Augen, bevor ich mich vergesse. Und seht zu, daß ihr fertig werdet.«

Das andere Mädchen kam aus dem Bad. »Was soll damit?« Es hatte Nancy Scotts Tanga in der Hand.

»Ah«, sagte Matteo Sarti und feixte, »das war es, wodurch uns die Kleine aufgefallen ist.« Er wandte sich an Barton. »Der Bademeister hat mir 'ne Notiz reingeschickt!« Er grinste. »Und das Mädchen war auch wirklich Klasse. Wenn die in die richtigen Hände käme, die würde was ranschaffen. Ich habe mir für alle Fälle den Namen notiert. Vielleicht sollte man Tonio Amati einen Tip geben, falls er ›Frischfleisch‹ braucht.«

»Warum hast du dann nicht einen Bullen eingeschaltet, damit wir an die Adresse kommen?«

»Weil sie schon das Flattern kriegte, als ich das Wort Polizei nur in den Mund nahm. Und wir wollten doch auch nicht sie, sondern ihn.«

Wieder ging das Telefon. Doch keiner nahm ab, und nachdem es dreimal geklingelt hatte, wurde es wieder still.

»Beeilung, meine Damen! Er ist abgefahren. Alles auf Suite ›Versailles‹, wie ich gesagt habe. Dort könnt ihr euch dann ruhig Zeit lassen. Gibt höchstens Trinkgeld, wenn er euch antrifft. Vergeßt die Blumen nicht. Und ja die Vorhänge geschlossen halten! Er muß selber aufmachen und überwältigt sein von dem Blick.« Barton klatschte aufmunternd in die Hände und trieb alle hinaus.

Als die beiden Männer in Bartons Büro kamen, fand sich dort eine abgelegte Karteikarte. Barton las die Eintragungen: »Producer; whorer?« Er kommentierte säuerlich: »Geschäftsmann, Freier — und das auch noch mit einem Fragezeichen«. Wütend schlug er mit der Faust auf die Schreibtischplatte: »Da kassiert einer fünfhundertdreiundvierzigtausend Dollars ab, und alles, was wir über ihn wissen, ist, daß es sich um einen Geschäftsmann handelt, der etwas für Weiber übrig hat.«

Seine Augen wurden eng, als er sich über den Schreibtisch lehnte: »Ich will mein Geld wieder, hast du verstanden! Mach, was du willst — aber verschaff mir mein Geld zurück!«

Bevor Sarti etwas erwidern konnte, klopfte es. Herein kam ein schwarzer Boy mit einem großen gelben Umschlag, den Barton augenblicklich öffnete. Er überflog die Blätter und sah dann Sarti an, einen unbestimmbaren Ausdruck auf dem Gesicht. »Setz dich lieber, bevor du das hier hörst.«

Er nahm das erste Blatt. »Das ist die Auskunft aus Rom. Hör zu! DeLucci, Marco Maria Césare, geboren am 26. Februar 1937. Großindustrieller. Firmensitz in Mailand, Via Filippo Turati 27. Werke in Mestre, Carrara und Arcidosso. In Klammern: Monte Amiata. — Es scheint, als gehöre ihm da ein ganzer Berg. Hauptinteressen: Stahl, Marmor, Quecksilber . . . Das ist doch das Zeug in guten Thermometern, hm?«

»Ja. Aber vor allem nimmst du's, in bestimmten Verbindungen, zum Beizen von Saatgut, zur Schädlingsbekämpfung und für die Zünder von Granaten oder Bomben. Auf der Schule galt ich mal als angehender Chemiker, und ein bißchen ist davon hängengeblieben.«

Barton nahm ein Bündel in die Hand, das aus Papieren verschiedener Farben und Größen zusammengeheftet war: »Seine Telefonate von gestern abend und die Sachen, die er über den Ticker laufen lassen hat. Und nun halt dich fest! Weißt du, wer darunter ist?«

»Nein.«

»Lakin!«

»Im Ernst?«

»Aber ja! John C. Lakin — schau, hier! Zweimal sogar. Und Cañas.

Und Ford. Und Rothschild. Und jemand in Montreal und irgendwer in Tokio.«

»Du meinst, du willst lieber verzichten?«

»Auf eine halbe Million? Dies ist ein Spielcasino und kein Wohltätigkeitsinstitut!« Er erhob sich, durchmaß das Zimmer und baute sich vor einem der signierten Schauspielerporträts auf, die an der Wand hingen. Nach einer Weile drehte er sich um. Seine Stimme war wieder kalt und sachlich. »Laß uns Nägel mit Köpfen machen. Also: Wer kommt in Frage? Kein Amateur, sondern ein Profi. Zucker — aber mit einem Stahlkern. Und Klasse muß das Girl haben.«

»Dann würde ich sagen, dieses eine Show-Girl da — Fay Johnson. Sie hat den Öltexaner, der zu Anfang dreihundert Riesen gemacht hatte — du erinnerst dich —, anderthalb Monate lang festgehalten und nicht bloß die dreihundert wieder rausgekitzelt, sondern noch sechshundert dazu. Der Mann war froh, das Geld für den Bus aufzubringen, als er abhaute.«

»Zu wem gehört sie?«

»Clayton Reefs. Der Manager vom Body-Building-Club bei der Luftwaffe draußen. Das heißt, daß er zu Hause am Swimmingpool liegt oder den Rasen mäht und den Telefondienst für sie macht. Sie haben einen Bungalow in der Nähe vom Baker Park.«

»Ein Tonio-Mann?«

Sarti nickte.

»Dann geben wir Tonio Bescheid. Ich möchte, verdammt noch mal, nicht auch noch den Zuhälter spielen müssen! Tonio kriegt einen regulären Auftrag und garantiert uns, daß alles klappt.« Barton betätigte die Sprechanlage zum Vorzimmer: »Ein Gespräch mit Mr. Amati in Los Angeles — auf den Apparat von Mr. Sarti.« Dann tippte er auf seine Armbanduhr. »Unser Freund dürfte inzwischen eingetrudelt sein. Ich werde ihm mal meine Aufwartung machen. Und sobald du mit Tonio fertig bist, kommst du nach und stellst fest, ob die Spiegel richtig sauber sind und die Abhöranlage funktioniert.«

3 Marco DeLucci brütete über seinem vierten *Chivas Regal*, als diese schöne Frau in die fast nur mit Männern besetzte Lounge kam und sich mit einem knappen, unverbindlichen Lächeln neben ihn an die Theke setzte.

Er langweilte sich, ein Zustand, welcher ihn stets nervös machte und heute mehr denn je. Von wegen Vergnügungsparadies! Nun ja, es gab Golfplätze, Tennisanlagen und Swimmingpools, und es gab die Broadway-Revuen und Shows, doch die waren überfüllt, laut und auf Umsatz aus. Wo gab es ein *L'Esquinade?* Wo ein *Lello's?* Dem Taxifahrer, den er am Abend für eine Entdeckungsfahrt angeheuert hatte, war nicht begreiflich zu machen, was er meinte.

Marco DeLucci wünschte, Lakin wäre da. Er wünschte, wenigstens einer von den anderen wäre da. Aber sie waren nicht da, würden auch frühestens morgen erscheinen, und so hockte er nun hier, den vierten Whisky vor sich und einen Aschenbecher voll zerknickter Trinkhalme, und bekritzelte sein Notizbuch mit Buchstabenkombinationen.

John C. Lakin sprach sich für das Kürzel OMEP aus, Organization of Mercury Producers, ihm selber gefiel Organisation of Mercury Interessants besser, ein Wort, das OMI ergab und im Deutschen Großmutter bedeutete, also harmlos klang, Cãnas und Beriro hatten als Kompromiß AME, Associations of Mercury Exporters, in die Diskussion eingebracht, doch Lakin mißfiel der Begriff Vereinigung. Er roch ihm zu sehr nach Kartell und monopolistischer Marktbeherrschung – genau nach dem, worum was es sich handelte.

Es war weniger das Auftauchen der schwarzhaarigen Schönen, was Marco DeLucci munter machte, obschon ihr Duft es in sich hatte. Vielmehr waren es alle die Blicke, die nun in seine Richtung zielten und aus denen Neid sprach.

Eigentlich fühlte er sich nicht mehr jung genug für solche Art Herausforderung. Ohne Langeweile wäre er nie darauf eingegangen. Außerdem kam ihm die Frau bekannt vor. Er steckte sein Notizbuch weg und nahm noch einen kleinen Schluck, bevor er sie ansprach.

»Verzeihen Sie, aber haben wir uns nicht schon einmal gesehen?«
Sie zog hochmütig die Brauen hoch, um sich sofort wieder abzuwenden und beim Barmann eine Cola mit Rum zu bestellen. Ihr Profil war geradezu klassisch, die Nase lang und griechisch gebogen, mit schwellenden Flügeln, welche Energie und Sinnlichkeit verrieten. Den Mund prägte die Unterlippe. Auch der Hals war wohlgeformt, und erst recht der Busen — eine Pracht von einem Busen, der von einer roten Pailetten-Korsage mit rosafarbenen Perlen zusammengehalten wurde. Darüber trug die Frau ein durchsichtiges weißes Jäckchen, ansonsten einen knöchellangen Wickelrock in Lila, der beim Sitzen auseinandergefallen war. Das Bein, das er freigab, leuchtete aus der Dunkelheit.

Dieses schöne, lange nackte Bein war es, das Marco DeLucci darauf kommen ließ, woher er die Frau kannte.

»Sie sind das Girl aus der Eröffnungsszene der Show, das in der Muschel«, sagte er freundlich.

Sie gönnte ihm nicht mehr als einen Seitenblick, doch sie lächelte. Und den verrutschten Rockteil nahm sie zwar hoch, doch so, daß er, als sie nach ihrer Bestellung langte, wieder herabrutschte.

Ihr Parfum begann sich immer stärker mitzuteilen — ein schwerer, tropisch schwüler Duft. Und dann war da noch der feinere Geruch ihres blauschwarzen Haares, der Marco begeisterte.

»Sie haben phantastisch ausgesehen. Wenn ich etwas zu sagen hätte, würde ich Sie in jeder Nummer auftreten lassen.«

»Ich trete in jeder Nummer auf«, sagte sie.

»Oh, Verzeihung. Mir scheint, ich brauche eine Brille.«

»Das fand ich aber ganz und gar nicht, als ich in dieser Muschel stand.« Sie lachte auf eine nette Art. »Wenn Sie nach dieser Szene gegangen wären, hätten Sie mich wohl kaum wiedererkannt — denn Sie haben überallhin geschaut, nur nicht in mein Gesicht.«

Er erinnerte sich, sie tatsächlich wie ein kleiner Junge angestarrt zu haben: eine der schönsten Frauen, die er je gesehen hatte — und mit nichts am Leib als einem Pailettendreieck. Er langte nach seinem Glas. Zugleich spürte er die Wirkung des Alkohols, denn er mußte nach Worten suchen. »Sie haben mir gefallen«, sagte er schließlich.

»Es ist der Sinn meines Auftretens, Gefallen zu finden.«

Sie lachte wieder, ein Lachen, das so dunkel war wie ihr Duft und ihr Haar. »Bei der Zwei-Uhr-Show würden Sie noch mehr davon haben. Nicht daß ich noch weniger anhabe, aber ich komme aus der Muschel heraus bis ganz vorn an die Rampe. Und wenn Sie mir sagen, daß Sie wieder da sein werden und an welchem Platz . . .« Sie führte den Satz nicht zu Ende. Der Barmann fragte, ob noch etwas gewünscht werde. Und Marco DeLucci deutete, ohne es eigentlich zu wollen, auf sein noch gar nicht ausgetrunkenes Glas. »Und Sie?«, erkundigte er sich. »Darf ich Sie einladen?«

»Vielleicht noch eine Cola. Aber diesmal ohne Rum!« Sie zeigte an sich herunter. »Man kriegt einen solchen Mordsdurst durch die Scheinwerferhitze, daß man sich nicht mal Zeit nimmt, sich richtig anzuziehen.«

Als er sie ansah, bemerkte er, daß ihr schimmernder Schenkel kaum noch eine Handbreit von seinem Knie entfernt war. Ihre Beine waren entspannt geöffnet, und das wirkte auf eine arglose Weise intim. Er hätte gern ihren Namen gewußt. Als er seinen eigenen nannte, holte sie eine pinkfarbene Visitenkarte aus ihrem Täschchen, auf der in englischer Schreibschrift ›Fay Johnson, Las Vegas‹ stand. »Stecken Sie sie ein«, sagte sie. »Im Show-Gewerbe kann man nicht genug Visitenkarten verteilen.« Als sie ihm das Kärtchen aus der Hand nahm, um es in seine Brusttasche zu schieben, stieß ihr Knie gegen sein Bein. Die Berührung war kurz, nur ein Moment, doch das davon ausgehende Gefühl wirkte elektrisierend auf ihn.

Sie lehnte sich zurück, ihre Cola in beiden Händen. »Ihrem Akzent nach sind Sie kein Amerikaner?«

»Ich bin Italiener.«

»Ah«, sagte sie und begann zu lächeln, »ein *latin lover*. Ein Liebhaber voller Selbstlosigkeit, Ausdauer und Zärtlichkeit, wie die Fama wissen will. Wenn ich Zeit hätte, würde ich's gern mal probieren.«

»Nehmen Sie sich die Zeit.«

»Und wer soll dann in der Muschel stehen?«

Wieder kam sie heran — diesmal, um auf seine Armbanduhr zu blicken —, und wieder kam es zu einer Berührung ihrer Beine. Diesmal dauerte sie mehrere Sekunden, denn sie hielt die ganze Zeit seinen Arm, während sie sagte: »Mein Gott, nur noch zehn Minuten. Wir haben uns regelrecht verplaudert.«

Er spürte ihr Bein. Er spürte die Wärme, die davon ausging. Er mußte sich erst räuspern, um sprechen zu können: »Aber wenn Sie nun krank werden? Ich meine — wenn Sie einmal krank sind . . .?«

»Ich weiß, was Sie meinen.«

Sie blickte ihn mit großen, fragenden Augen an. »Reizen würde es mich schon . . . «

»Ich könnte uns ein Boot mieten auf dem Lake Mead. Oder ein Flugzeug chartern, und wir fliegen irgendwohin. Nach Mexico. In die Karibik.«

»Sie sind ein Schatz, Mister DeLucci.«

»Kennen Sie schon Saint Barthélemy?«

»Das ist nicht fair. Sie nutzen aus, daß ich Sie mag.« Sie seufzte. »Obwohl ich mir das gar nicht leisten kann. Ich bin nur ein Show-Girl. Wen interessiert schon, was unsereins denkt und fühlt — und ob man vielleicht eine heimliche Sehnsucht hat.«

»Aber es muß doch jemand geben, der Sie vertreten kann?« Marco DeLucci wurde eifrig: »Sagen Sie ihr, daß sie noch einmal soviel von mir dazubekommt wie die Gage!«

»Muß denn Ihresgleichen immer gleich an Geld denken?« Sie entzog ihm die Hand, vergaß jedoch ihr Bein.

»Tut mir leid, es war nicht so gemeint.«

»Fast hätten Sie alles kaputtgemacht.«

Sie klappte ihr Täschchen auf, brachte aber kein Taschentuch zum Vorschein, sondern drei Einhundert-Dollar-Chips. »Ach Gott, die hatte ich ganz vergessen.« Sie blickte auf. »Von Gästen der Show in meine Garderobe geschickt.« Ihr Blick wurde bittend. »Würden Sie mir einen Gefallen tun?«

»Jeden.«

»Man sagt, geschenkte Chips brächten Glück. Aber ich darf hier nicht spielen. Für Angestellte des Hauses ist das Casino tabu. Würden Sie es für mich tun? Roulette, Craps, Poker oder Blackjack, ganz wie Sie wollen.«

»Roulette. Haben Sie eine bestimmte Zahl? Eine Farbe?«

Sie zuckte die Achseln. »Ist ja sowieso nur Glücksache.«

Erst jetzt zog sie ihr Bein zurück, dann stand sie auf. »Ich muß leider.«

Ihre Brüste waren in Höhe seiner Augen, als sie vor ihm stand. Er mußte den Blick heben, um sie anzusehen. »Wie kann ich Sie wissen lassen, ob ich Glück gehabt habe?«

Sie atmete tief, und ihr Busen hob sich. »Ich glaub', ich mag Sie wirklich . . .«

»Wann machen Sie Schluß?«

»Nicht heute«, sagte sie, »ich melde mich, wenn ich ausgeschlafen bin.« Die Stimme klang nüchtern, doch der Busen schien zu vibrieren. »Ich bin nämlich ziemlich anspruchsvoll . . .«

Sie ging mit stolzem, schwingendem Gang hinaus, den hauteng verpackten Po in heftiger Bewegung, und nachdem Marco DeLucci ausgetrunken hatte, folgte er ihr.

Als der Barmann ihn zum *Emerald Lawn* abschwenken sah, zog er sich ans Haustelefon zurück. »Eine Nachricht für Mister Sarti. Erstens: Er ist ab ins Casino — und mit fünf Whisky im Leib! Zweitens: Sie hat ihn am Haken.«

ROSENGARTEN II

Alles war feucht im Boot, feucht und klamm. Alles stockte, quoll auf und quoll zusammen, schimmelte, faulte, moderte. All die schönen frischen Brotlaibe — die man in Hängematten verstaut hatte und die darum den wenigen verbliebenen Lebensraum der Mannschaft auch noch von oben her einengten — waren mit einem weißen, flaumigen Schimmelpilz überzogen. Die Schuhsohlen waren grün verschimmelt, ebenso die Lederuniformen, die durch weiße Ränder anzeigten, wo der Schweiß sich in ihnen staute: in Magengrube, Ellenbogenbeuge und Kniekehle. Grün gesprenkelt sahen die Mützenschirme aus und oxydgrün die Rangabzeichen und Ärmelstreifen. Als Dietrich von Thaur seine ganz hinten im Spind steckende neue Boxcalf-Brieftasche mit den Fotos herauskramte — das Schloß bei Schweinfurt, die Eltern, die Schwester —, da waren auch sie völlig grün. Der Schimmel hatte bereits stellenweise die Emulsion abgehoben. Über dem Gesicht Adeles, die sich vor einem Fotoapparat immer etwas zu zieren pflegte, war in der Gelatineschicht eine Beule entstanden, so daß sie nun fröhlich lachte.

»Darf ich mal sehen?« Rügen, der junge Leutnant z. S., der U 859 frisch von der Marineschule für die Planstelle des Zweiten Wachoffiziers zugeteilt worden war, streckte die Hand aus.

Dietrich von Thaur reichte ihm das ganze Bilderpäckchen. Er mochte den Jüngeren, wenngleich er genau der Typ eines Offiziers war, den man schneidig nannte. Aber Jost Rügens Schneid war nicht soldatisch, sondern sportlich; der Krieg war für ihn wie die Herausforderung zu einem Wettkampf.

Mit dieser Einstellung hatte er sich auch seine bisher einzige Auszeichnung verdient, das Kriegsverdienstkreuz. Während der schweren Bombenangriffe im November 1943 auf Heimaturlaub in Berlin, war er beim Losheulen der Sirenen nicht in den Keller gegangen, sondern frischweg losgeradelt, um zu sehen, wo er helfen konnte. Und das eine Mal, als der Kurfürstendamm in Schutt und Asche sank, war er rechtzeitig gekommen, um beim Ausräumen der Häuser zwischen Fasanenstraße und Joachimstaler Straße helfen zu können, deren Brand wegen Wassermangels nicht zu bekämpfen war. Während sich das Feuer von Stockwerk zu Stockwerk herunterfraß, hatte er, damals schon Leutnant, Geldkassetten, Schreibmaschinen, Gobelins, Gemälde und echte Perserteppiche auf die Straße geschleppt. Auch die Parfüm-Essenzen einer Kosmetikfirma und so unwiederbringliche Dinge wie eine Schallplatten-Sammlung mit fast ausschließlich jüdischen Komponisten und Interpreten und sogar die Unterlagen des Handelsattachés der Chinesischen Botschaft.

Vor allem der Mann, dem die Schallplatten gehörten, hatte sich dafür eingesetzt, dem selbstlosen Marine-Leutnant eine Auszeichnung zukommen zu lassen. Rügen, ohnedies ein Schandmaul, witzelte später immer, er habe das KVK nicht für das stundenlange Rauf-und-Runter bekommen oder für die angesengten Haare, sondern schlicht dafür, daß er, als ein neugieriger ›Goldfasan‹ auftauchte, jene Schallplatten um einen Meter weiter zu den Botschaftssachen gestellt habe. Wie gesagt, er war ein Schandmaul, aber mit der Bord-Flak, die ihm unterstand, ein As.

»Ist das Ihr Mädchen?«

»Meine Schwester Adele. Wenn ich sie ärgern will, nenne ich sie ›Sandrock‹.«

»Hat sie denn so eine tiefe Stimme?«

»Sie ist siebzehn. Im nächsten Jahr macht sie ihr Abitur.«

»Siebzehn«, sagte Jost Rügen und lächelte versonnen. »In Berlin laufen sie da schon als Dame herum mit Lippenstift und Nagellack und mit einer Entwarnungsfrisur und schwarzseidenen Strumpfhaltern. Ein Mädel mit bloßen Knien, das gibt es höchstens noch beim BDM. Der letzte Schrei bei den andern ist ein Kettchen ums Fußgelenk.«

»Adele ist noch ein richtiger Junge. Klettert auf Bäume, schießt und reitet. Wir haben ein Gut und eine Jagd.«

»Wir haben Karnickel im Garten, die kommen immer aus dem Grunewald. Und das hier?«

»Meine Mutter.«

»Was? Die ist doch höchstens . . .«

»Einundvierzig. Meine Eltern haben jung geheiratet.«

»Und kein Bild von — ihr?«

»Wüßte nicht, von wem. Ich habe noch keine feste Freundin.« Dietrich von Thaur spielte mit der Brieftasche, klappte sie auf und zu. »Ich bin in dieser Beziehung ein Spätzünder. Noch mit siebzehn habe ich Mädchen nur dann beachtet, wenn sie so waren wie jetzt Adele. Mit achtzehn traf ich mal einen Klassenkameraden, der sein Mädel bei sich hatte — da bin ich stur auf seiner Seite gegangen, damit die Leute in Schweinfurt nicht etwa glaubten, sie gehöre zu mir.«

Rügen schwieg, und es war eine Weile still zwischen ihnen. Plötzlich sagte er leise: »Sie kennen gewiß das Foto in meinem Spind, dieses große Porträt. Wissen Sie, daß ich diese Frau überhaupt nicht kenne, nicht einmal beim Namen? Ich habe es damals am Ku-Damm mitgenommen. Ich hatte das Gefühl, es nicht verbrennen lassen zu dürfen, und bin deswegen sogar noch einmal zurückgegangen. Es hing an der Wand in einem Salon mit grüner Tapete und rotbraunen Biedermeiermöbeln. Den Rahmen habe ich später weggeworfen. Können Sie sich vorstellen, daß es für mich keine andere Frau gibt, zu der ich ein solches Verhältnis habe, nicht mal meine Mutter? Mit den Mädchen habe ich ziemlich früh angefangen: *Café Melodie* und *Uhlandeck*, mein Gott, an der Havel das *Haus Gatow am See* und die *Stadionterrassen* am Olympiastadion. Eine hübscher als die andere. Die Verheirateten, deren Männer im Krieg waren, waren die schlimmsten.«

Er machte eine Geste und fuhr fort: »Wenn ich an Berlin denke, dann denke ich an diese unbekannte Frau. Nach dem Krieg — falls ich gesund zurückkomme — werde ich nach ihr suchen.«

Er lachte auf: »Wissen Sie, daß sie sogar einen Namen hat? — Marcelline. Ich hab' nie eine Marcelline gekannt, nur einmal, im *Melodie,* saß eine am Nebentisch, und da habe ich den Namen aufgeschnappt. Eigentlich paßte er gar nicht zu ihr, denn sie war dick und blond. Marcelline . . . Ich finde nämlich, daß sie einen französischen Einschlag hat. Vielleicht eine Hugenottin, es gibt ja viele Hugenotten in Berlin. Beim Flak-Lehrgang habe ich meine Stubenkameraden völlig verrückt gemacht mit ihr. Daß wir verlobt wären und so.«

Er schwieg und fing wieder an. »Manchmal glaube ich das wirklich, können Sie sich das vorstellen?«

»Ja«, sagte Dietrich von Thaur leise. »Ja, doch . . .«

»Und wissen Sie was, Thaur — vor allem ihretwegen möchte ich wieder nach Hause kommen.«

»Verstehe.«

Dietrich von Thaur hatte während des Gesprächs ständig an Frau Hansen denken müssen. Dagmar hieß sie ja wohl und war approbierte Ärztin, in einem Hamburger Krankenhaus dienstverpflichtet, wie er einmal vom Kommandanten aufgeschnappt hatte. Im Speisesaal des Kieler *Hansa*-Hotels, kurz vor dem Auslaufen, hatte sie einen Eindruck auf ihn gemacht, den er nicht mehr vergessen hatte. Aber er war nicht etwa verliebt in sie, es gab da eine Sperre, und er würde nichts tun, um diese zu beseitigen. Auch hatte er, wenn er jetzt so darüber nachdachte, sie weder besonders attraktiv noch klug, witzig oder aufreizend gefunden. Trotzdem hatte sie ihn damals so befangen gemacht, daß er ohne den vom Kommandanten offerierten Cognac kein Wort herausgebracht hätte.

Er sah sie wieder vor sich, das schmale, aber vollippige, von lockigem braunen Haar umrahmte Gesicht. Marcelline, dachte er. Und: Komisch, daß sie einander so ähnlich sehen.

Er sagte zu Jost Rügen: »Wenn wir wieder zu Hause sind und auf Urlaub — kommen Sie doch mal zu uns. Meine alten Herrschaften würden sich bestimmt freuen, und Adele ist wirklich ein patentes Mädel.«

Rügen gab die Bilder zurück, das Bild von Adele von Thaur als unterstes. Mit bedeutungsvollem Grinsen sagte er: »Habe ich Ihnen eigentlich mal von dieser rothaarigen Marinehelferin erzählt, die ich in Schlicktau kannte? Die so geil war, daß sie im ersten Stock aus dem Fenster der Kaserne gesprungen ist?«

Er lachte. »Sie behielt nie etwas an — egal, ob sie es auf der Stube mit einem trieb oder auf einer Parkbank. Sie hatte weißes, leuchtendes Fleisch, und einmal, wir waren auf 'ner Bank in dem Park gegenüber dem Werfteingang, wo die Notbaracke mit der Post steht — da hatte sie sich so auf mich gesetzt, daß . . .«

Er brach ab und wurde ernst. »Irmgard hieß sie, Irmi genannt, den Nachnamen weiß ich nicht mehr. Sie muß irgendwie krank gewesen sein.« Er machte eine Pause. »Eigentlich sollte sie einem leid tun.« Dann, plötzlich und überraschend, stieß er Dietrich von Thaur an: »Sagen Sie, haben Sie auch Schweine auf Ihrem Gut? Ich habe mir erzählen lassen, daß Schweineställe furchtbar stinken. Aber bestimmt nicht so wie ein Unterseeboot.«

Es war nicht mehr der anheimelnde Geruch nach warmem Maschinenöl, bei Gott nicht. Was aus dem Maschinenraum drang, das hatte keine Chance mehr gegen die Gerüche anderen Ursprungs. Besonders die Kartoffeln, die in Fäulnis übergegangen waren und nun Schleim absonderten, verbreiteten einen widerlichen Geruch, der sich, wenn er sich in der Bilge mit Schwitzwasser und übergeschwapptem Kaffee, mit zerkauten Zigarren, Schweiß, Öl und Torpedofett, mit von Seekranken Erbrochenem, vom Koch Verschüttetem und auf der Toilette Vorbeigepißtem vermischte, zu einem unerträglichen, pestilenzartigen Verwesungsgeruch steigerte.

Als dann auch noch ein Kabel durchschmorte, nach einem Kurzschluß in der Zentrale, und dieser synthetische Geruch des verkohlten Isoliermaterials hinzukam, war es ganz aus. Kein Mensch wollte mehr essen. Dietrich von Thaur wurde einmal allein davon speiübel, daß er nebenan in der Kombüse Kaffee aufsetzen hörte.

Ekelerregend waren natürlich auch die Düfte aus den WCs, die diesen Namen allerdings nicht mehr verdienten, weil die Wasserspülung, die mit Preßluft arbeitete, wegen des damit verbundenen Geräusches außer Funktion gesetzt worden war. Was dem Erfinder der Konstruktion vorgeschwebt hatte, war eine Klosettschüssel, die sich durch einfaches Umlegen eines Hebels entleeren sollte. Doch mit Preßluft mußte in einem U-Boot, dessen Tauchmanöver von ihr abhängen, besonders sparsam umgegangen werden, und da diese Preßluft auch noch als ein Bündel verräterischer Blasen an die Wasseroberfläche stieg, wurde die WC-Pumpe auf den meisten Booten von Hand betätigt. Das aber machte Lärm – und der konnte unter Umständen nicht weniger verräterisch sein.

Als U 859 tiefer in den Rosengarten vorstieß, wurde die Benutzung der Spülung generell verboten. Der Kommandant ließ einen Kübel in die Kabinen stellen – die Sitzbrille die Bastelarbeit eines Diesel-Heizers –, und wenn der voll war, dann eben noch einen zweiten. Bald wußte jeder über die Verdauung des anderen Bescheid.

Unangenehmer als alles war jedoch der eigene Geruch. Obwohl mit Unmengen von *Kolibri*, dem U-Boot-Standard-Parfum, zugedeckt, schlug er immer wieder durch, peinlicherweise meistens dann, wenn es am wenigsten erwünscht war. Wenn man vor Hansen stand oder vor jemand, dem man gern unter die Nase gerieben hätte, wie widerwärtig er doch zum Himmel stinke.

Dabei wurde getan, was getan werden konnte, um die Situation erträglicher zu machen. Tag und Nacht – auf einem U-Boot ohnehin ein Rhythmus, welcher durch das stets brennende Licht aufgehoben und durch den des Wachegehens ersetzt wird – waren auch in bezug auf die Mahlzeiten abgeschafft: gefrühstückt wurde am Abend und zu Mittag gegessen um Mitternacht, weil danach im Finstern aufgetaucht und die Küchendünste aus dem Boot entlüftet werden konnten. Nur gerade eine Viertelstunde lang – den sechsundneunzigsten Teil von vierundzwanzig Stunden. In dieser kurzen Zeit mußten während der schwierigen Tage im Rosengarten auch noch die randvollen Toilettenkübel möglichst ohne Panne über die steile Leiter hinauf in den Turm und weiter auf die Brücke bugsiert und über Bord entleert werden. Und dabei passierte es regelmäßig, daß, während noch aus den Lüftern der Mief entwich, ganze Kubikmeter des sich draußen verbreitenden Kloakengeruchs durch den Zuluft-Schacht des Diesels ins Bootsinnere zurückdrangen.

Nur Rügen schien unerschütterlich. »Ist doch wenigstens ein geregeltes Leben«, kommentierte er, »tags unter Wasser – und nachts getaucht!«

»Humor haben Sie, das muß man Ihnen lassen.«

»Humor? Mein Gott! Rühmann – das ist Humor. *Quax, der Bruchpilot;* ich habe mich totgelacht über diesen Film. Und Moser, Karl Napp. Ludwig Manfred Lommel mit seinem *Paul und Pauline Neugebauer aus Runxendorf.* Würden Sie ein Kind, das im Wald pfeift, musikalisch nennen?«

Dietrich von Thaur sah ihn nachdenklich an. Jost Rügen erinnerte ihn an jemand, der mit ihm auf der Schweinfurter Oberrealschule gewesen war, einen Hallodri, der die Riesenwelle ebenso gut beherrschte wie das Logarythmen-Rechnen. So wie er wäre er gerne gewesen: gewandt, locker und ungezwungen. Er hätte sich gern mit Rügen geduzt, doch selbst das brachte er nicht fertig. Und vielleicht wäre es auch gar nicht richtig gewesen. Altersmäßig zwar nur fünf Monate auseinander, gehörte er zur Crew '41, Rügen zur Crew '42, und das war nun mal ein Unterschied. Selbst Gefreite legten Wert auf das ›Sie‹, wenn der andere kein alter Hase war.

»Wissen Sie«, kam Rügen auf sein Thema zurück, »daß ich überhaupt nur zur Marine gegangen bin, weil ich Angst hatte?«

»Hören Sie auf.«

»Ich war beim Arbeitsdienst in Polen, da kamen Werber von der Waffen-SS, und die haben mich so bekniet, daß ich mich nur zu retten wußte, indem ich ihnen vorlog, ich sei schon bei der Marine. Kaum waren sie weg, habe ich mich dann telefonisch in Berlin freiwillig gemeldet.«

»Aber Sie sind doch Offizier geworden?«

»Wenn schon, denn schon.« Rügen grinste. »Ist doch auch ganz gemütlich, oder? Südsee-Kreuzfahrt – und Taschengeld dazu. Wenn wir jetzt auch frieren wie die Schneider, es wird schon noch richtig heiß kommen, warten Sie's ab.«

Am schlimmsten, schlimmer als der allgegenwärtige Schimmel und schlimmer auch als der Würgegriff des Gestanks, war die Kälte. Als man auslief in Kiel, war es Frühling gewesen, und auch noch in Norwegen hatte eine fast sommerreife Sonne das Gesicht gewärmt. Dann war das Thermometer rapide gefallen, um sich schließlich zwischen drei und vier Grad Innentemperatur einzupendeln. Drei, vier Grad — das hieß, daß die Kälte von den Füßen her höher und höher kroch, sich im Leib festsetzte, die Nieren zusammenzog, sich in den Magen hängte, und von dort nur mit brühheißem Kaffee oder Suppe zu vertreiben war; die Füße blieben Klumpen. Niemand hatte mehr als eine Garnitur wollenes Unterzeug mit, es sollte ja schließlich in die Tropen gehen. Und es wäre auch gar kein Platz gewesen, mehr unterzubringen; der meiste Spindraum hatte für den Proviant reserviert werden müssen. Wer irgendwie konnte, kroch, auch wenn er dafür Schlaf opfern mußte, bei den Heizern unter, die nach wie vor nur im Hemd liefen, denn am Diesel herrschten ständig um die 30 Grad.

Doch auch damit war es aus, als U 859 sich dem Ausgang des Rosengartens näherte. Jetzt wurde nur noch mit den E-Maschinen gefahren, auf geräuscharme Schleichfahrt geschalteten — das war nicht einmal mehr Fußgängergeschwindigkeit. Zusätzlich wurden Gummimatten ausgelegt, um die Geräusche im Boot zu dämpfen, doch dem Kommandanten schien es immer noch zu laut; er befahl, daß nur noch auf Socken gelaufen werden dürfe. In dieser Kälte auf Socken! Außerdem war jede Unterhaltung verboten, für die notwendigen Befehle Flüsterton vorgeschrieben.

Einmal erschien Hansen fuchsteufelswild in der Zentrale: »Warum haut ihr nicht gleich mit einem Hammer an die Wandung? Was ist das?«

»Die Relais, wenn der Strom wechselt.«

Erst durch die Stille war offenbar geworden, wie stark dieses bei einem Stromwechsel in den Schaltgeräten entstehende Knacken war. Ab sofort ließ Hansen die Tiefenruder von Hand bedienen. Ein andermal war es die Toilette zwischen Unteroffiziersraum und Mannschaftsraum. Irgendein Brett dort ächzte, sobald man dem Kübel auch nur nahe kam. Hansen ließ das WC absperren: »Müßt halt warten, bis wir durch sind.«

Es konnte sich nur noch um Stunden handeln, denn ununterbrochen pingte, rasselte, schepperte es im Boot durch feindliche Ortung, ein regelrechter Riegel von Impulsen. In dieses Höllenkonzert drängte sich plötzlich ein Ton, der neu war.

»Was ist denn das nun wieder?«

Hansen tappte zu Grabowski, aber der zuckte die Schultern. Der neue Ton, in dem das Boot wie zu schwimmen schien, gab sich zunächst als ein summender Baß, der sich höher und höher geigte und schließlich zu einem so schrillen Diskant anschwoll, als müßte einem das Trommelfell platzen. In der Zentrale standen sie nur noch mit den Händen an den Ohren.

Wieder einmal war es Rügen, der die Situation beschwichtigte: »Ach was! Die feiern da oben ein Bordfest — das ist 'ne Singende Säge.«

Hansen fuhr herum, funkelte ihn an. Dann aber atmete er tief durch und drehte sich weg, um ebenfalls zu grinsen.

Doch als kurz darauf geniest wurde, und nicht nur einmal, fauchte er wütend: »Wer war der Idiot? Den Namen!«

»Hardt«, kam die Antwort, »Matrosengefreiter Hardt.«

»Das ist doch der von der Flak! Ich werde den Kerl . . .«

Niemand sollte je erfahren, was der Kommandant mit dem Matrosengefreiten vorhatte. Denn in diesem Moment fuhr etwas wie ein Donnerschlag auf das Boot nieder und ließ es überall erzittern, knacken und klirren. Irgendwo schrie jemand voller Angst auf, wurde aber sofort zum Schweigen gebracht.

In der Zentrale blickte man besorgt auf den Kommandanten. Hansen, mehr eingepackt als angekleidet, einen Schal um Hals und Ohren, hohlwangig und blaß und von goldfarbenen Bartstoppeln fast zugewachsen, lehnte an der Turmleiter, soldatisch straff, doch auch lässig. Er holte seine Hände aus den Jackentaschen: »Keine Angst, das ist noch weit weg. Nur eine Schreck-Wasserbombe.«

»Ich dacht' schon, der Hardt hätte wieder geniest.«

Hansen sah Jost Rügen an: »Manchmal könnte ich verdammt nicht sagen, ob ich Sie gern an Bord habe oder nicht.«

Das war um 5 Uhr 30 am Morgen.

Um 6 Uhr 30 war es vorbei. Alles still. Sie waren durch.

Es war vorbei für genau vier Stunden und vierzig Minuten. Denn um 11 Uhr 10, nachdem sie sich nur knapp 14 Seemeilen weitergeschlichen hatten, ging es wieder los. Ortungsimpulse, Schraubengeräusche, diese verfluchte ›Singende Säge‹, und in unregelmäßigen Abständen wieder und wieder Wasserbomben. Sie blieben alle ohne Wirkung, nur einmal fiel für die Dauer von wenigen Minuten die Beleuchtung aus. Der Kommandant nutzte das unaufhörliche Krachen, um mit dem Boot Haken zu schlagen, die Fahrstufe, die Position und die Tiefe zu wechseln. Um 12 Uhr 30 war es dann wirklich ausgestanden. Die Ortung war leiser und immer leiser geworden. Nun war sie ganz weg.

»Na, dann woll'n wir doch mal . . . Auf Seerohrtiefe!«

Grünlich wurde das Wasser und hell. Als das Objektiv zum Tageslicht emporstieß, war sprühende Gischt davor.

»Höher!«

Doch die Gischt blieb. Denn es war keine. Es war Schnee, und die dicken, nassen Flocken klebten das Objektiv sofort so zu, daß es erst mal wieder saubergespült werden mußte. Böen trieben das weiße Zeug in ganzen Paketen heran, ein Nordwest von mindestens Stärke neun.

Die See türmte sich, und das Dunstgewölk gestattete kaum eine Sicht.

»Haben wir einen Massel! Los — Schnorchel hoch und auf Diesel gehen und dann nichts wie weg! Wenn das Wetter so bleibt, Herrschaften, gehen wir, sobald es dunkel ist, nach oben.«

Hansens Stimme verströmte Optimismus, und er ging dann auch selber durchs Boot — ohne viel zu sagen, nur sich und seinen Optimismus sehen lassend und hier und da einen Klaps verteilend. Als sich im Bugraum ein schmales, blasses Bürschchen grüßend vor ihm aufbaute, wußte er nichts mit ihm anzufangen. »Was ist?«

»Matrosengefreiter Hardt . . .«

»Und?«

»Der Nieser, Herr Kaleu.«

»Ah, ja.« Hansen betrachtete den Mann genauer. Hardt war der einzige hier vorne im Reich der Torpedomechaniker, der noch keinen Stoppelbart hatte. »Wie jung sind Sie eigentlich, Menschenskind?«

»Achtzehn, Herr Kaleu.«

»Achtzehn Jahre . . . «

»Ich bin seit 1. April letzten Jahres bei der KM, Herr Kaleu. Grundausbildung im Norden, Ostfriesland, dann E-Meßlehrgang in Brest und zum Schluß Flak-Lehrgang. Danach bin ich auf U 859 gekommen.«

Hansen kratzte sich am Kopf. »Bei uns auf Sylt sagt man: Wer lange niest, der lebt lange. Lassen Sie sich trotzdem von Dr. Krummreiß etwas geben, denn mit verstopften Nasengängen sind sie, wenn wir schnorcheln, schlecht dran.«

Es war feucht im Boot, es war kalt und stank. Und nun kam auch noch die ›Trommelfellmassage‹ – laut Rügen. Sobald nämlich der Schwimmer des Schnorchels unterschnitt, schloß sich die Zuluftleitung, damit kein Wasser in die Maschine geriet. Dann holte sich der Diesel die nötige Luft für das Verbrennungsgemisch aus dem Bootsinnern, wodurch ein solcher Druckabfall entstand, daß man das Gefühl hatte, in die dünne Luft von viertausend Metern hinaufgeschleudert zu werden – die Augen quollen heraus, und die Trommelfelle beulten sich. Dauerte dieses Unterschneiden zu lange und wurde der Druck der von dem Wasser in der Abluftleitung zusammengepreßten Abgase zu stark, bliesen die Sicherheitsventile diese ins Bootsinnere ab – Qualm, Ruß und das gefährliche Kohlenoxydgas, das zu schweren Vergiftungen führen kann.

An den chronischen Überdruck gewöhnt, welcher in einem U-Boot zu herrschen pflegt, weil keine Preßluftanlage der Welt dicht genug ist, nicht stets etwas ›Schleichluft‹ entweichen zu lassen, mußte die Besatzung bei solchem Unterschneiden des Schnorchelschwimmers plötzlich mit Unterdruck zurechtkommen. Und hatte man sich, in Atemnot nach Luft schnappend, diesem gerade angepaßt, kam prompt draußen der Schnorchelkopf wieder frei, und der Unterdruck wechselte schlagartig mit solch einem Überdruck, daß es wie eine Windbö durchs Boot brauste.

Immer wieder und immer öfter schlug der Auspuffqualm zurück, alles mit einer fettigen, schwarzen Schmiere überziehend, Armaturen und Manometer, Handräder, Schalter, Hebel und natürlich auch

Uniformen und Gesichter. Wohin man langte, überall blieb man kleben.

Dr. Krummreiß kam den Kommandanten warnen: »Der Kohlen-oxydgehalt hat den Grenzwert erreicht. Wir müssen auftauchen und an die frische Luft oder durch Kalipatronen atmen.«

»Vor allen Dingen müssen wir fort von hier! Also sagen Sie Palleter, er soll Sauerstoff ins Boot geben.«

Es begann harmlos mit Kopfschmerzen, Benommenheit und Schwindel. Doch um 16 Uhr 30 wurde dem Mann am Bug-Tiefen-ruder unvermittelt so schlecht, daß er es nicht mal mehr bis zum WC-Kübel schaffte. Als der L. I. nach Ablösung rief, blieb er ohne Antwort. »Was ist denn da los? Sülzt der Kerl oder was?« Dann kam die Antwort. Der Ablöser schlief keineswegs. Er war — schon auf dem Weg zur Zentrale — plötzlich bewußtlos zusammengebrochen und unglücklicherweise auch noch mit dem Schädel auf die Ecke der Back in der Offiziersmesse geschlagen, so daß er sich die Kopfhaut aufgerissen hatte. Während sich Dr. Krummreiß um ihn kümmerte, fielen auch zwei Heizer am Diesel um, rot im Gesicht wie gekochte Krebse. Sie röchelten schwer nach Luft.

»Das ist es, warum ich immer predige, die Leute sollen essen, und wenn es ihnen noch so sehr den Appetit verschlagen hat!«, fluchte Hansen. »Ein Mensch, dem der Magen hängt, hat keine Wider-standskraft.« Er befahl, daß durch das Mundstück des Tauchretters und Kali-Patronen geatmet werden solle.

Das war um 16 Uhr 50.

Fünf Minuten später, um 16 Uhr 55, meldete sich das FuMB über den Lautsprecher: »Ortung! Ortung aus 300 Grad, hat Stärke zwo. Ortung kommt näher. Ortung steht! — Kommt näher!« Kaum war die Meldung durch, schaltete sich auch das GHG ein: »Schrauben-geräusche eines Turbinenschiffes! Deutliche Kavitationsgeräusche von Zerstörer oder Korvette — schnell anlaufend aus 300 Grad.«

»Alarrrm — —!«

Die Glocken rasselten. Palleter meldete das Boot tauchklar. Wäh-rend in rasender Eile das Seerohr eingefahren, der Schnorchelmast umgelegt, die Maschine auf E-Antrieb umgekuppelt wurden, neigte sich das Boot schon kopfüber in die Tiefe.

»Das ist er! Der hat nur auf uns gewartet.«

Hansen verzog sein Gesicht. »Sind gar nicht dumm, diese Tommies. Natürlich hatten sie uns mitgekriegt, heute vormittag, doch in der Bewacherlinie standen sie sich bei diesem Sauwetter selbst im Wege, und da haben sie sich als Einzelfahrer postiert.«

Er trat ans Sprachrohr: »Schleichfahrt!« Dann wandte er sich zum Rudergänger: »Neuer Kurs — 270 Grad. Wollen mal zusehen, daß wir spitz an dem Burschen vorbeikommen, vielleicht verrennt er sich ja.«

Und schon war er wieder am Sprachrohr: »Kommandant an alle: Kein Mucks mehr! Absolute Ruhe! Und, Herrschaften, was jetzt kommt, sind nicht mehr Wabos zum Erschrecken — was jetzt kommt, ist verdammt so gemeint, wie es sich anhört.«

Viereinhalb Jahre Krieg hatten nicht nur die Funkmeß-, sondern auch die Waffentechnik reifen lassen. Die jetzt eingesetzte Wasserbombe war mit der vom September 1939 nicht mehr zu vergleichen. Das neue Sprengmittel *Torpex* wirkte brisanter als Nitroglyzerin, und ein Salvenwerfer mit Namen ›Hedgehog‹ war so eingestellt, daß zwei Dutzend auf verschiedene Tiefen eingestellten Bomben fast gleichzeitig detonierten.

Um 17 Uhr 03 — das Boot hatte gerade erst eine Tiefe von 80 Metern erreicht — war es soweit. Auf die siebenundsechzig Männer, welche, verölt und verdreckt, von Kälte gelähmt und von Gestank gewürgt, röchelnd und im Dioxyd delirierend, eigentlich kaum noch vegetierten, fiel die erste Bombe.

Sie detonierte in etwa 400 Metern Entfernung, um 25 Grad versetzt, und verursachte ein schreckliches Krachen, aber nur unbedeutende Schäden. Durch Schicksalsfügung war im entscheidendem Moment auf der mit 22 Knoten heranpreschenden Korvette HMS *Stalward* der Hedgehog ausgefallen, so daß nur der Einzelwerfer zum Einsatz gebracht werden konnte. Und dieser auch erst, als das Ziel bereits überlaufen war. HMS *Stalward* mußte also Fahrt wegnehmen, von 140 Grad auf 300 Grad zurückkurven und einen neuen Angriff einleiten. Dafür benötigte das Schiff mehr als zwei Minuten, genug für U 859, um auf über 120 Meter Tiefe zu gehen. So lag dann die zweite Wasserbombe zwar genauer, doch zu hoch.

Trotzdem schob sich das Boot unter dem Aufprall des Wasserdrucks so zusammen, daß die Spinde knackten und die Schweißnähte ächzten. Es wurde finster, doch planmäßig schaltete sich die Notbeleuchtung ein. Erleichtert stellte man fest, daß es keinen Wassereinbruch gegeben hatte, abgesehen von einer Leckage der Abgasklappen, die sich aber als unbedeutend erwies. Eigentlich waren nur ein paar Druckmesser und Wasserstandsgläser defekt.

»Auf ein nächstes«, ließ Rügen sich hören, als der Mann am Horchgerät abwandernde, dann wieder rasch näher kommende Schraubengeräusche meldete.

Bei diesem dritten Angriff war U 859 schon auf 180 Metern angelangt. Jetzt kam der von den Briten inzwischen reparierte ›Hedgehog‹ zum Einsatz, doch waren die in Form eines Würfels gestaffelten Wasserbomben allesamt viel zu hoch eingestellt. Das donnernde Krachen — vierundzwanzigmal in ganz kurzen, sich manchmal überlappenden Abständen — war fürchterlich, und der immer wieder sich ändernde Wasserdruck ließ das U-Boot kippen, rutschen und bocken. Doch die einzigen feststellbaren Schäden wurden dann in der Zentrale registriert: Glasbruch, Herausspringen der Sicherungen, Zischen von Wasser.

»Frage Lot: Wie tief ist es hier?«

»Zwohundertachtzig.«

Hansen trat zum Obersteuermann, der auch als III. WO fungierte, an den Navigationstisch. »Wir müssen unbedingt weg. Wenn der da oben wieder mit großen Koffern schmeißt, prallt der Wasserdruck vom Meeresboden ab, und wir kriegen den Segen auch noch von unten.« Mit dem Finger zeigte er auf die Seekarte: »Ich möchte hierher — an die Kante des Greenland-Iceland-Rise, wo's plötzlich vierhundert Meter steil abfällt. Wenn wir das Loch auch fürs Tauchen nicht nutzen können — es öffnet immerhin dem Wasserbombendruck Raum. Und wenn wir Glück haben, hat es sogar noch Rückwirkungen auf die Ortung unseres Verfolgers. Wie lange, meinst du, werden wir brauchen?«

»Das sind gut neuntausend Meter. Also mindestens eine Stunde.«

»Eine Stunde?! Zwischen dem ersten und zweiten Angriff hat der Bursche gerade zwei Minuten gebraucht, und das auch nur, weil er uns überlaufen hat! Wenn seine Ortung erst mal steht, dann braucht er sich nur noch an uns anzuhängen.«

Hansen rang noch um einen Entschluß, als schon die nächste Wasserbombe herunterkam. Die siebenundzwanzigste, wie Rügen, der laut mitgezählt hatte, meldete. Auch diesmal war es wieder eine schwere, deren Sprengkraft das Boot mit so gewaltiger Wucht traf, als ob es auf einem Amboß liege. Doch sie traf nicht in der Flanke, sondern von vorne, so daß U 859 zwar zu einem Nicken vornüber- gestaucht wurde, das alles von den Füßen brachte, doch weiter keinen Schaden anrichtete. Bald nach diesem Angriff breitete sich beklemmender Gestank aus: im achteren WC hatte sich der Kübel selbständig gemacht und seinen Inhalt zum Maschinenraum hin entleert. Zwei Heizer, die das plötzliche Nicken umgeworfen hatte, waren mitten in der Brühe gelandet.

»O nein!« stöhnte der Kommandant, als er davon hörte, und fuhr Rügen an: »Sag jetzt nichts! Halt um Gottes willen den Mund!«

Es hatte Verletzungen gegeben durch die Stürze. Ein Mann hatte sich den Arm ausgekugelt, als er Halt an einem Rohr suchte, dessen Halterung plötzlich abbrach. Zwei Torpedo-Mechaniker waren mit ihren Köpfen gegen die Verschlüsse der Torpedorohre geprallt. Der eine hatte sich mit dem Tauchrettermundstück die Oberlippe aufge- rissen, der andere zwei Zähne ausgeschlagen. In der Zentrale war ein Mann durchgedreht; er wimmerte, schlug um sich und wollte nach draußen. »Aussteigen! Raus, raus! Die bringen uns doch um.« Er schrie so lange, mit Schaum auf den Lippen, bis ihn der Zentrale- maat k.o. schlug.

Hansen verwarf den Gedanken an Flucht wieder. Eine Flucht war nicht durchführbar — wenn man die Zeit in Betracht zog, die man dafür brauchte. Ein schleichendes U-Boot, in das sich eine Korvette verbissen hatte, war ebenso ohne Chance wie ein Huhn mit einem Habicht im Genick. Hätte man es nicht mit einem Einzelfahrer zu tun gehabt, wäre wahrscheinlich alles schon vorbei gewesen. Wenn überhaupt noch etwas half, dann ein Trick: U 859 mußte den Eindruck erwecken, daß es erledigt war. Das Huhn mußte sich totstellen.

Sofort nachdem die nächste Wasserbombe heruntergekommen war, ließ Hansen Dieselöl aus dem Backbord-Treibstoffbunker ablassen und gleichzeitig eine so große Menge Preßluft ausblasen, daß sie dieses Öl mit sich riß. Der Schwall aus Luft und Öl würde durch die Wasseroberfläche stoßen und, zumal bei dem Schneegestöber und der stürmischen See, wie die letzte Hinterlassenschaft eines versenkten Unterseebootes wirken. In Wirklichkeit aber vollführte U 859 einen raffinierten Hakenschlag, indem es sich, die Irritation durch die Schallwellen gegnerischen Funkmeß- und Horchgerätes nutzend, aufwärts auf das Schiff zubewegte.

»Maschine stopp! Alle Geräuschquellen abstellen! Absolute Stille jetzt! Nichts, aber auch gar nichts!«

Die nächste Wasserbombe lag völlig falsch. U 859 kriegte nicht mehr davon mit als einen Stüber, der das nunmehr 90 Meter tief dahintreibende Boot seitlich von achtern traf und ein bißchen zum Schaukeln brachte. Hansen kratzte sich den Kopf, sagte aber nichts. Erst als auch die folgende Wasserbombe, ihr Ziel weit verfehlte, begann er zu feixen.

Doch dann kam der Obersteuermann. Er war sehr ernst. »Die Strömung beträgt selbst in dieser Tiefe noch gut dreieinhalb Knoten − und drückt uns genau dorthin zurück, woher wir gekommen sind.«

»Das glaube ich nicht. Ich glaube, wir sind schon im Irmingerstrom − und der schiebt uns nach Norden.« Hansen sagte es wie ein Stoßgebet.

Wieder eine Wasserbombe. Wieder an der gleichen Stelle. Der Verfolger wollte sichergehen.

Hansen ließ mit zunächst nur einer E-Maschine Fahrt aufnehmen und dann, als das Boot noch höher stieg, um die ganze Kraft der Wasserströmung ausnutzen zu können, die zweite dazuschalten. Noch zweimal fielen Wasserbomben in großer Entfernung. Dann wurden die Geräusche des Verfolgers immer leiser, bis sie schließlich nicht mehr zu hören waren. Wie der Kommandant vorausgesagt hatte, tauchte U 859 auf, als es dunkel war. Es schneite dünn von einem eisigen Himmel.

Zwei Tage später, am 20. April 1944, ging das Boot auf Südkurs. Am 26. April 1944 versenkten Kapitänleutnant Hans H. Hansen und seine Männer den als ›Schnelläufer‹ auf England-Route allein fahrenden 6000 BRT großen panamesischen Frachter *Cyrus*. Alle Anspannung löste sich in einem vielstimmigen gewaltigen Schrei, und die alte Lebensfreude kehrte zurück.

Kurz vor elf rief Fay Johnson an und zehn Minuten später John C. Lakin. Beide kündigten an, zu ihm unterwegs zu sein.

Marco DeLucci, der aus einem unruhigen Schlaf erwachte, wollte das Mädchen noch zurückhalten, konnte jedoch keine Telefonnummer auf ihrer pinkfarbenen Visitenkarte finden. So entschloß er sich zunächst einmal zu einer kalten Dusche.

Wozu Panik? Die Suite hatte Platz für einen ganzen Harem! Um einen Vorraum herum waren drei Salons, drei Schlafzimmer und drei Bäder gruppiert, und falls der gute John C., der für derlei etwas übrig hatte, tatsächlich darauf bestand, ausgerechnet den zum Swimmingpool gelegenen Westbalkon zu besichtigen, konnte das Mädchen immer noch in den begehbaren Schrank entschwinden.

Während Marco DeLucci sich ankleidete, gab er sich der prickelnden Vorstellung hin, mit Lakin zu parlieren, während nebenan die schöne, willige Frau auf ihn wartete. Und daß Fay Johnson willig war, daran gab es keinen Zweifel. Irgendwann in der Nacht war ihm vom *Pit Girl* ein Telefonapparat zum Roulettetisch gebracht worden, aus dem es heiß flüsterte, daß alles okay und eine Vertreterin zum Einspringen bereit sei.

Fay sah bezaubernd aus. Sie trug enge, abgeschnittene Bluejeans, ein unter der Brust verknotetes Cowboyhemd und hochhackige Sandaletten. Sie wirkte genau so, wie er es sich vorgestellt hatte, und sie flog ihm um den Hals, kaum daß die Tür zu war.

Obwohl er kein Freund von Küssen war, sondern viel lieber Mund und Nase über bloße Haut wandern ließ, gefiel ihm das aggressive Spiel ihrer Zunge. Sie ließ es geschehen, daß er ihr das Hemd aufknotete, doch als er ihre Brüste berührte, machte sie sich abrupt los.

»Ich muß erst etwas trinken. Ich habe einen wahnsinnigen Durst.«

»Im Salon ist eine Bar.«

Durch die vielen Spiegel verstärkte sich der Reiz ihres Anblicks, und auch sie schien entzückt, denn sie blieb vor einem stehen, drehte sich und stemmte die Hände in die Hüften: »Eine Wucht ist das hier!«

Die Barauswahl fand nicht ihre Zustimmung. »Bestell uns Champagner! Den teuersten!« Sie drückte seinen Arm: »Ich möchte eine richtige Liebesfeier.«

Zum ersten Mal kam ihm der Verdacht, daß sie ihm etwas vormache – ein Show-Girl wie Tausende. War sie vielleicht gehalten, Umsatz zu machen? Die Sache mit den Chips, die sie ihm gegeben hatte, damit er für sie spiele, mochte da Klarheit schaffen . . .

»Was deine drei Hunderter betrifft . . . «

»Welche Hunderter?« Sie runzelte die Stirn. »Ach ja, meine Chips. An die hatte ich gar nicht mehr gedacht.«

Es war eine Reaktion, die er nicht erwartet hatte. Sie war also nicht so wie die anderen – oder aber besonders abgefeimt.

DeLucci holte Scheckheft und Kugelschreiber hervor und setzte sich. »Was meinst du denn, was du zu bekommen hast?«

Fay Johnson stand vor der Spiegelwand und zog den angefeuchteten Finger über ihre Augenbrauen. »Ich habe keine Ahnung. Aber natürlich hat sich herumgesprochen, was für ein Glückspilz du bist. Wenn du aus dreißig Riesen fünfhundertdreiundvierzig zaubern kannst, dann macht das bei drei Hundertern . . .«

»Fünftausendvierhundertunddreißig Dollar«, sagte er, während er im Kopf schon umrechnete: hundertsechzigtausend Lire.

Sein Mund verzog sich. Nie vorher hatte er so eine Menge Geld für ein Abenteuer ausgegeben. Doch war es nicht das, was ihn bestürzte. Es war ihr Jargon, sie hätte nicht ›Riesen‹ sagen dürfen. Die Frauen, mit denen er schlief, waren anders.

Sie war hinter ihn getreten, während er schrieb, und sein Nacken versteifte sich, als er dort ihren Busen spürte. Marco DeLucci wußte längst, daß Glück nichts Dauerhaftes war, sondern nach Augenblicken zählte, doch dieses hier war denn doch ein bißchen sehr kurz gewesen.

»Instituto Bancario San Paolo di Torino«, las sie leise den Scheckaufdruck, lauter fortfahrend: »Ein Scheich aus Saudi-Arabien – du weißt, daß viele Ölscheichs bei uns absteigen? –, also der hat mir einmal erzählt, daß es bei ihnen keine einheimischen Banken gebe, weil der Islam den Gläubigen verbiete, Zinsen für ausgeliehenes Geld zu nehmen. Und bei uns tragen die Banken sogar den Namen von Heiligen.«

Während sie sprach, hatte sie angefangen, den Scheck zu zerreißen, in immer kleinere Fetzen. »Du bist verrückt.«

»Es waren nur Lire«, sagte er.

»Ob Dollars oder Lire — du bist verrückt.«

Marco DeLucci konnte keinen falschen Ton in ihrer Stimme entdecken und fühlte sich plötzlich wieder glücklich.

Gerade wollte er sich umdrehen, um sie auf seinen Schoß zu ziehen, als der Champagner gebracht wurde. Nachdem der Kellner gegangen war, fand er Fay Johnson im Schlafzimmer. Sie saß im Schneidersitz auf der Steppdecke, die Gläser in den Händen. Ihre Brüste reckten sich aus dem Cowboyhemd, ihr Bauch hatte sich in strichdünne Falten gelegt. Sie sah wunderbar aus.

»Mach die Flasche auf und komm. Und mach Musik an. Und die Vorhänge auf, damit wir uns sehen können. Nein, nicht ausziehen! Oder nur die Jacke. Das andere mache ich schon.«

Er setzte sich so, daß sie schräg zwischen seinen Beinen war, und tippte mit seinem Glas an ihres: »*Tiamo.*«

»Ich mag dich, Mister.«

Ihm fiel auf, daß sie es vermied, ›Ich liebe dich‹ zu sagen, doch das mochte mit ihrem Beruf zu tun haben. Wichtiger war auch, daß sie aus der Art und Weise, wie sie ihm das Hemd aufknöpfte, eine Kunst zu machen verstand. Seine Hände wehrte sie ab. »Warte!«

Er hätte nicht für möglich gehalten, daß sich mit dem wenigen, was sie am Leibe trug, Striptease veranstalten ließ. Allein für das Cowboyhemd benötigte sie zwei Minuten. Danach kamen diese knappen Bluejeans, die eigentlich viel zu eng waren für eine solche Show. Aber sie schaffte auch dieses Kunststück, und da sie nichts darunter trug, war sie nun nackt, und er begann, hingerissen zu applaudieren. »Komm!«

Doch sie tanzte weiter, und tanzte nicht nur, sondern führte sich vor. Eine Ewigkeit schien vergangen, als sie endlich zum Bett kam. »Sag mir, daß ich dir gefalle.«

»Gefallen? Ich wünschte, es gäbe einen besseren Ausdruck.«

»Leg dich zurück«, sagte sie. »Mach nichts, laß mich machen.«

Ausgerechnet in diesem Moment ging die Türklingel, und er erkannte an der resoluten Art sofort, daß es Lakin war.

»O, nein! Nein!« schrie sie auf. »Diese Idioten!«

»Ich vermute eher, ein Geschäftsfreund von mir.«

»Mach nicht auf!« Sie warf sich über ihn. »Bitte! Wir tun einfach, als sei niemand da.«

»Aber er weiß, daß ich da bin.«

»Dann schick ihn fort!« Ihr Tonfall wurde kalt. »Du kannst so etwas mit einer Frau nicht tun. Nicht mit mir. Ich habe Indianerblut.«

Es klingelte erneut, noch stürmischer, und er war schon in den Schuhen, bevor es wieder still wurde. Vom Vorraum aus raunte er ihr zu, sich im Schrank zu verstecken, falls sie ihn und seinen Gast kommen höre.

An der Tür blieb er noch einmal stehen: »Ich werde versuchen, ihn loszuwerden. Du hast doch gesagt, daß du Zeit hast. Wirst du warten?«

Ihre Stimme klang tonlos. »Was bleibt mir anderes übrig?!«

John C. Lakin war ein mittelgroßer, eckig gebauter Mann mit blauen Augen und grauem, soldatisch kurzem Haar. Überschwenglich breitete er die Arme aus, und mit der gleichen Gebärde umarmte ihn auch Marco DeLucci. Nach den üblichen Komplimenten bat Lakin um Sodawasser. »Ich hatte gar nicht mehr in Erinnerung, daß diese Wüste solchen Durst macht. Gefällt's dir im *Queen's Palace?*«

DeLucci machte eine mehrdeutige Geste. Dann fragte er: »Mit oder ohne ›Geschmack‹?«

»O nein, keinen Whisky! Und du besser auch nicht. Cānas und de Beriro sind wahrscheinlich schon auf dem Wege. Ich habe an der Rezeption Anweisung gegeben, sie gleich heraufzuschicken.«

Marco erschrak. »Warum diese Eile? Um ehrlich zu sein: das paßt mir gar nicht. Ich habe mir gerade Notizen für einige Telefonate gemacht, und vor einer Stunde oder besser zwei . . .«

John C. Lakin durchwanderte mit dem Glas in der Hand das

Zimmer. »Keinen Balkon? Eine Suite wie diese hat doch einen Balkon. Wenn ich Vegas mag, dann wegen des Ausblicks.« Er unterbrach sich: »Es ist etwas passiert. Ich sage es dir gleich. Aber führe mich erst einmal auf den Balkon.«

Als sie durch das Schlafzimmer kamen, war dort von Fay Johnson nichts übriggeblieben als eine Mulde in der Steppdecke.

Lakin achtete nicht darauf. »Na, also«, sagte er ins Freie hinaustretend, »ahnte ich es doch, daß man einen solchen Ausblick haben muß. Die Staubwolke dort ist übrigens die Autorennstrecke. In dieser Richtung geht es ins Death Valley, eine ganz eklige Gegend — fünfzig, fünfundfünfzig Grad Hitze und nur ein Prozent Luftfeuchtigkeit und alle zehn Schritte eine Klapperschlange.«

Er ging ins Zimmer zurück. »Mich würden all diese Spiegel verrückt machen.«

»Die ›Versaille-Suite‹ — was willst du machen.« Marco DeLucci beeilte sich, das heikle Thema zu wechseln: »Du wolltest mir etwas sagen?«

Lakin blieb stehen. »Du kennst Misaki?«

»Den Japaner. Was ist mit ihm?«

»Er hat mich gestern um eins angerufen.«

»In der Nacht?«

»In der Nacht. Er wollte mir eine Zeitungsmeldung vorlesen. Hör zu: Am Nordende der Malakkastraße sind zwei Flaschen Quecksilber aufgefischt worden. Misaki hat die Meldung sofort überprüft. Sie stammt aus der *Straits Times* in Singapur. Der Fundort liegt in der Nähe der Insel Penang — und es handelt sich nicht nur um zwei Flaschen, sondern um ein ganzes Arsenal, das dort auf dem Meeresboden liegt.« Lakin machte eine Kunstpause.

»In einem Schiff? Gesunkenem Frachter?«

»Schiff ja — aber kein Frachter.« Lakin machte wieder eine Pause. »Du rätst es nicht. Es ist ein U-Boot! Ein deutsches U-Boot unterwegs nach Japan, das von den Engländern gegen Ende des Krieges torpediert worden ist.«

»Mit Quecksilber an Bord?«

»Nicht nur, wenn man den Zeitungen Glauben schenken kann. Sie überschlagen sich förmlich: Diamanten, Gold, die Devisenreserve der Reichsbank, Hitlers Geheimpapiere, Drogen und Betäubungsmittel, waffentechnische Erfindungen! Wenn es nach denen geht, handelt es sich um eine wahre schwimmende Schatztruhe.«

Marco DeLucci wiegte skeptisch seinen Kopf. »Vor Korsika soll der ›Rommel-Schatz‹ liegen. Sechs Munitionskisten voll Juwelen! Aber alles, was Amerikaner, die 1963 danach tauchten, entdeckt haben, war Sand.«

»Mich interessieren auch keine Schätze, mich interessiert das Quecksilber. Wieviel ist es? Wer holt es raus? Und was zum Teufel macht er damit? Diamanten hin, Diamanten her — das Quecksilber ist's, das das Wrack zu einem Millionending macht.«

Lakin nahm DeLucci am Arm. »Komm, gib mir noch einen Schluck Soda, und dann laß uns besprechen, was zu tun ist.« In der Tür blieb er stehen, um noch einmal kopfschüttelnd ins Zimmer zurückzublicken. »Diese Spiegel! Ein Alptraum!«

Marco DeLucci zog die Tür so hinter sich zu, daß die Falle des Schlosses deutlich hörbar einrastete. Er hatte ein unbehagliches Gefühl. Allem Anschein nach würde es länger dauern, und er hatte keine Ahnung, wie er das Fay Johnson beibringen sollte. Wenn sie wirklich so wütend war, wie sie ausgesehen hatte, als er sie verließ, würde sie vielleicht splitternackt in diese Besprechung platzen. Oder sie verschwand einfach durch die Feuertür. Auch das wäre ihm nicht recht gewesen. Er mußte sich so bald wie möglich um sie kümmern. Vorerst war keine Gelegenheit. Luis Cañas und Pablo de Beriro erschienen. Sie sahen aus wie Brüder mit ihren Lippenbärtchen, dem schwarzen Haar und dem olivfarbenen Teint, doch die Gemeinsamkeit bestand nur darin, daß sie beide Quecksilber produzierten, Cañas in Spanien, de Beriro in Mexiko — zusammen mehr als ein Drittel Weltproduktion. In Verhalten und Charakter zeigten die beiden wenig Ähnlichkeiten: Cañas, aus traditionell reichem Hause, gab sich bescheiden und salopp — sein Reiseanzug war aus einem knitterfreien Material in der Farbe von Schwesternleinen. De Beriro, durch Heirat und Skrupellosigkeit zu Geld gekommen, wirkte protzig und geschniegelt. Mit einem weißen Blazer herausgeputzt wie ein Tennis-Crack, baute er ein massivgoldenes Feuerzeug, einen vergoldeten Taschenrechner und die neueste *Patek-*

Philippe vor sich auf dem Tisch auf, nicht ohne Hinweis auf deren Gesamtwert von zwanzigtausend Dollar.

Nach südländisch temperamentvoller Begrüßung waren sie sofort bei der Sache. Beide machten sich Notizen, als Lakin, der größte Quecksilber-Produzent der Vereinigten Staaten, über den Vorfall in der Malakkastraße referierte. Jeder war sich klar, was der Fund bedeuten konnte: Ein unkalkulierbares Angebot auf dem Weltmarkt von nicht zu berechnender Größe und – weitaus schlimmer – eine unkalkulierbare Konkurrenz. Was die Folgen anging, waren die Meinungen allerdings unterschiedlich.

»Ich weiß nicht«, meinte Pablo de Beriro, auf seinen Taschenrechner tippend, »ich komme auf fünftausendzweihundertsechsundvierzig Tonnen Jahresproduktion für uns alle, die rund zweihundert von Misaki mitgerechnet. Was kann da diese U-Bootfracht viel ausmachen? Selbst wenn es, was zu hoch gegriffen sein dürfte, fünfzig oder sechzig Tonnen sind?«

»Nun, das wäre immerhin das Anderthalbfache des Jahresbedarfs der japanischen Elektroindustrie. Und das Doppelte von dem, was in Amerika die Rüstung verbraucht.« Lakin ging seine Unterlagen durch. »Für Deutschland und Frankreich habe ich nur überholte Zahlen, aber sie dürften – in der Rüstungsindustrie – ähnlich zu bewerten sein.«

Luis Cañas runzelte die Brauen. »Du willst sagen, daß die U-Boot-Fracht allein die amerikanische Rüstungsindustrie für zwei Jahre versorgen könnte?«

»Und von uns unabhängig machen!«

John C. Lakin machte eine bekräftigende Gebärde. »Die OMEP – falls wir uns hier über sie einig werden – kann nur funktionieren, wenn es ihr gelingt, Vertrauen zu verbreiten. Unser Ziel soll ja nicht sein, den Quecksilberpreis zu diktieren – wir sind keine Ölscheichs! –, sondern zu stabilisieren.«

»Und außerdem, Freunde«, mahnte Marco DeLucci, »vergeßt nicht – der Absatz soll wiederbelebt, muß wiederbelebt werden. Wir hatten trotz gedrosselter Produktion lange genug ein Überangebot am Markt mit dem üblichen Preisverfall. Bei euch mag das nicht so zum Tragen kommen. Ihr reagiert einfach mit Entlassungen, verringert die Kapazität. Doch wenn ich am Monte Amiata auch nur einen Lastwagenfahrer entlasse, weil er untätig herumhockt, habe ich die Gewerkschaft auf dem Hals. Kurzum — auch Absatzbelebung hat Vertrauen zur Voraussetzung. Wenn wir sagen, der Preis ist soundso hoch, dann muß das verbindlich sein — und zwar auf jedem Markt der Erde.«

Pablo de Beriro strich mit Daumen und Zeigefinger sein Bärtchen auseinander. »Was mich betrifft, ich hasse ganz einfach die Vorstellung, daß mich irgendein obskurer Malaie geschäftlich ausstechen könnte. Darum sage ich: Laßt uns das Wrack kaufen. Wir kaufen uns damit Ruhe am Markt.«

»Bei wem?« sagte Marco DeLucci. »Bei wem kaufen?« Er schätzte de Beriro nicht sonderlich, was ihn immer wieder verführte, ihn zu provozieren.

Der Angesprochene schnappte denn auch sofort zurück: »Beim Staat Malaysia. Das ist doch wohl anzunehmen.«

Lakin wiegelte ab: »Gesetzt den Fall, daß das Wrack innerhalb der Hoheitsgewässer von Malaysia liegt. Aber das wissen wir noch nicht. Überhaupt müssen wir erst einmal die Rechtslage checken. Da es sich um ein Schiff der Deutschen handelt, sollten wir die Fühler also zunächst einmal nach Bonn ausstrecken.«

»Wer das Geld kassiert, ist letztlich egal, Hauptsache wir sind uns einig. Meine Meinung ist: Kaufen! Ich habe keine Ahnung, was man für so ein Wrack hinzulegen hat — aber wenn es tatsächlich sechzig Tonnen Quecksilber sind, die in diesem U-Boot stecken, dann wäre das ein Wert von einer runden Million Dollar.«

»Wozu noch das Wrack käme«, sagte DeLucci. »Und das besteht aus erstklassigem Chromnickelstahl, die Tonne zu achthundert Dollar. Wieviel Tonnen hat so ein U-Boot?«

»Die Zeitungen sprechen von einem U-Kreuzer«, sagte Lakin.

»Also«, sagte DeLucci, »dann können wir bestimmt noch einmal vier Millionen dazurechnen. Fünf Millionen Dollar, das lohnt schon die Bergung.«

De Beriro war irritiert. »Ich höre immer Bergung?«

»Was sonst?«

»Unten lassen! Uns liegt doch nichts an dem Zeug — nur daran, daß es vom Markt ist.«

»Wo es dann eines Tages trotzdem durch Schwarzhändler auftaucht. Oder willst du Wachen aufstellen? Nicht bloß Isao Misaki kann Zeitung lesen. Und was ich über malaiische Piraten gehört habe, so können die mehr als das.«

Wieder mischte Lakin sich ein: »Das Wrack *muß* sogar gehoben werden.«

De Beriro sah ihn an. »Es muß?«

»Ich habe bisher nur aufgeführt, was für uns wichtig ist. Den Leuten drüben geht es um ganz anderes. Sie haben Angst. Todesangst! Die Meldung, die die *Straits Times* gebracht hat, war überschrieben: ›Mysterious Nazi U-Boat offers Dead again‹. Darum ja auch der starke Widerhall in Japan, wo ganze Dörfer, die sich mit quecksilbervergiftetem Fisch ernährt haben, von der Minamata-Krankheit befallen worden sind. Es ist natürlich Unfug, anzunehmen, daß die gesamte Quecksilberladung mit einem Schlag freigesetzt werden könnte – aber die Leute dort tun es. Und es müssen auch nicht gleich sechzig Tonnen sein, um eine Katastrophe herbeizuführen. In diesem Schlauch von Malakkastraße genügt es schon, wenn nur ein paar Dutzend Flaschen zerrosten. Und die zwei, die man aufgefischt hat, waren nahe daran.«

Marco DeLucci grinste. »Mit anderen Worten, mein lieber Pablo: Du tust auch noch ein Werk der Nächstenliebe, wenn du das U-Boot hebst – und ohne deine Geschäftsinteressen vernachlässigen zu müssen.«

Da alle lachten, blieb de Beriro nichts übrig, als mitzulachen.

»Okay«, sagte er, »gründen wir die OMEP oder AME oder wie immer es heißen soll und retten wir unsern Markt – und zugleich diese Malaien, über die ich zu meinem Erstaunen jetzt weiß, daß sie Zeitung lesen können und exzellente Piraten sind.« Dann grinste er. »Und da einer von uns sich darum kümmern sollte, schlage ich Marco vor.«

»Ich? Ich weiß nicht mal, wo dieses Penang liegt!«

Alle sahen Lakin an, doch Lakin zuckte die Achseln. »Wir werden mit Misaki reden und dann weitersehen. Er hat bestimmt seinen Mann in Singapur. Wir müssen unbedingt mehr wissen. Soviel wie möglich. Haben wir zum Beispiel Konkurrenten? Es könnte doch sein, daß sich jemand für all das andere interessiert; die Diamanten, die Waffenerfindungen, die Drogen. Wer sind die Leute? Und: wie können wir sie loswerden? Oder, ebenso wichtig, gibt es Überlebende? Denn das U-Boot wird ja vermutlich Munition und Torpedos an Bord gehabt haben. Gibt es also jemand, der uns sagen kann, ob das Wrack nicht urplötzlich in die Luft fliegt, sobald man daran rührt?« Er wandte sich an DeLucci: »Versuch doch mal, eine Verbindung mit Tokio zu bekommen. Es ist jetzt halb eins. Da dürfte Misaki in seinem Büro sein.«

Marco DeLucci bekam einen Schreck, als er die Uhrzeit hörte. Wahrscheinlich war Fay Johnson jetzt auf und davon. Eine Frau brauchte nicht Indianerblut zu haben, um so zu reagieren.

Er erhob sich: »Ich mache es von nebenan. Wollte mich sowieso für einen Moment entschuldigen.«

Das Schlafzimmer war so leer, wie er vermutet hatte. Ebenso der begehbare Schrank, in den Fay hätte geflüchtet sein können, als sie seinen Schritt hörte, und auch das Bad. Dann sah er, daß die Feuertür zum Treppenhaus entriegelt war. Nichts hatte sie zurückgelassen, kein Briefchen und nicht einmal ein Lippenstiftherz auf dem Badezimmerspiegel. Nur ihr Abdruck in der Steppdecke erinnerte noch an Fay Johnson und eine Spur ihres tropischen Dufts.

Tokio hatte sich bereits gemeldet, als er zu den anderen zurückkehrte. John C. Lakin, der das Gespräch führte, machte ihm Zeichen, still zu sein.

»Dieser Misaki ist Gold wert«, sagte er, nachdem er aufgelegt hatte. »Er hatte schon von sich aus herumtelefoniert. Fazit: Es existieren Überlebende! Es muß sich sogar um mehrere handeln. Die Zeitungen wollen wissen, daß einige von dem englischen U-Boot aufgenommen wurden, das das Quecksilber-Boot torpediert hat. Andere seien später von den Japanern aufgepickt worden und hätten dann dort auf Penang gelebt. Namen gibt es nicht, aber das ist zunächst auch nicht so wichtig. Wenn nur noch ein Mann lebt, werden wir ihn finden.«

Auf Hank Bartons Schreibtisch lag ein 18 mal 24-Foto, schwarzweiß auf Hochglanz kopiert. Es zeigte Fay Johnson, wie sie nackt tanzte. Frontal zur Kamera präsentierte sie ein halb verschwöreri-sches, halb triumphierendes Lächeln. Im Hintergrund war ein Bett zu sehen und auf diesem ein Mann. Doch von dem sah man lediglich die Beine, und die steckten in Hosen.

»Was soll denn das?«, fragte Tonio Amati verständnislos. »Hat dieser Foto-Fritze für sein Privatalbum geknipst? Damit ist doch nichts anzufangen?«

»Das ist der Grund, warum wir Sie herbemüht haben«, sagte Matteo Sarti, der den kühlen Luftstrom der Klimaanlage genoß. »Es gibt nämlich kein anderes Foto. Der Mann hat es durch den Spiegel gemacht, nachdem ihm die Johnson deutlich zugezwinkert hatte, so daß er annehmen mußte, jetzt gehe es los.«

»Und dann war die Kamera kaputt?!«

»Es ging nicht los«, sagte Hank Barton.

Sarti fügte hinzu: »Jedenfalls nicht so, daß es sich gelohnt hätte weiterzuknipsen. Und dann kriegte unser Freund plötzlich Be-such . . .«

»Künstlerpech. Dafür kann das Mädchen nichts.«

»Dafür nicht«, sagte Barton langsam.

»Was wollen Sie damit sagen? Hören Sie, Mann, wenn ich ein Mädchen nach Vegas schicke, ist darauf Verlaß! Die Johnson hatte schon viele Jahre als Stripperin für uns gearbeitet, als Clayton Reefs sie übernahm. So eine denkt nicht mehr an Flausen.«

»Zuerst klappte ja auch alles prima. Sie hat unseren Freund einge-wickelt. Ist bei bestem Fotolicht zu ihm gekommen und hat ihn auch noch die Vorhänge aufmachen lassen. Und hat ihn auch, genau wie verabredet, Champagner bestellen lassen, damit wir wußten, daß die Sache anlief. Ja, sie hat sogar auf fünftausendvierhundertdreißig Dollar verzichtet, um ihn in Sicherheit zu wiegen . . .«

»Und dann?«

»Dann hat sie die Fliege gemacht«, sagte Sarti.

»Obwohl sie«, fügte Barton hinzu, »jede Menge Zeit gehabt hätte — und das unserem Freund auch ausdrücklich gesagt hat.«

»Dann muß sie verrückt geworden sein«, sagte Amati. Er strich über seinen kahlen Schädel. »Sie kann sich doch nicht in ihn verliebt haben? Eine andere Erklärung gibt es für mich nicht.«

»Für uns ja«, sagte Barton leise.

Amati sah ihn ungläubig an.

»Sie hat ein anderes Geschäft gewittert«, sagte Hank Barton, und Sarti fügte gehässig hinzu: »Ein besseres.«

»Nein«, sagte Amati kopfschüttelnd, »so etwas gibt es nicht. Nicht bei mir. Nicht bei einem Mädel von mir.« Er schüttelte den Kopf. »Das hat es nie gegeben. Und wird es auch nie geben.«

Barton und Sarti sagten nichts. Barton nickte nur stumm Sarti zu, und Sarti drückte auf die Taste des Tonbandgeräts auf dem Schreibtisch.

Zuerst war ein paar Minuten lang piepsiges Stimmengewirr zu hören, dann, als Sarti die Taste losließ, klärte es sich zu dem Dialog zweier Männer, bei dem es um ein im Krieg versenktes deutsches U-Boot ging. Eine »schwimmende Schatztruhe«, wie der offenbar Ältere meinte, »ein Millionending.«

»Das ist aber ein dicker Hund«, sagte Amati, während er Schlips und Kragen lockerte.

»Hören Sie weiter!«

Ein Knacken war zu hören, wie wenn eine Tür zugemacht wurde, und danach undeutbares Geräusch. Schließlich knackte wieder eine Tür. Danach war Stille.

Sarti stellte das Gerät ab, und Barton sagte: »Was entnehmen Sie daraus?«

»Hört sich tatsächlich an, als ob sie sich aus dem Staube gemacht hätte.«

»Der Mann hinterm Spiegel hat es bestätigt. Nachdem sie die Sache mit dem U-Boot mitgekriegt hatte, ist sie in ihre Sachen und weg.«

»Sie meinen . . .«

»Ich weiß es nicht. Und es interessiert mich auch nicht. Alles, was mich interessiert, ist, daß sie weg ist — und der Kerl, den sie leimen sollte, auch.«

Tonio Amati erhob sich. Erst wenn er stand, sah man, daß er eher untersetzt war, ein vierschrötiger Mann mit tonnenartigem Oberkörper und langen, baumelnden Armen. Mittlerweile an die Sechzig und mit einem silbergrauen Seidenanzug bekleidet, war ihm der ehemalige Catcher immer noch anzusehen.

»Ich werde mich«, sagte er dumpf, »dieser Sache annehmen.«

»Wir haben Ihnen einen Auftrag erteilt, und Sie haben ihn angenommen. Ist das richtig?«

»Ich sagte ja: Ich werd' mich der Sache annehmen.«

»Da ist nichts mehr anzunehmen, Mister Amati. Unser Freund ist abgereist — mit fünfhundertdreiundvierzig Riesen.«

Tonia Amati lief rot an.

»Mit fünfhundertdreiundvierzig Riesen abgereist, Mister Amati, weil die Person, die *Sie* mit der Angelegenheit betraut hatten, uns auf Kreuz gelegt hat.«

»Worauf, zum Teufel, soll das hinaus, Barton? Glauben Sie etwa, Sie kriegten den Sack Riesen von mir?«

Hank Barton blieb ganz ruhig. »Ich werde für den Verlust meinen Kopf hinhalten müssen bei den Lizenzträgern von *Empress' Gardens*. Aber ich habe nicht die geringste Lust, es allein zu tun. Ich möchte Sie also bitten, mir dabei zu helfen. Was nicht allzu schwer sein dürfte, denn es gibt ja gewisse Verbindungen zwischen meinen und Ihren Brötchengebern, nicht wahr?«

»Mann! Ich bitte Sie! Muß das wirklich gleich an die große Glocke?!«

Hank Barton stieß mit einem Ruck seinen Sessel zurück und fuhr kerzengerade hoch. »Haben Sie fünfhundertdreiundvierzig Riesen, mit denen Sie mir helfen könnten? Habe ich sie? Und wissen Sie, wie Mister Calabrese mit jemandem umgeht, von dem er glaubt, daß er ihn auch nur um fünf Riesen gebracht hätte?!«

»Ich werde mit Don Gino reden«, sagte Tonio Amati kleinlaut.

»Tun Sie das! Und tun Sie es, bevor er mit mir redet!«

Mit schleppendem Schritt bewegte sich Tonio Amati, das Gesicht rot und von Schweiß bedeckt, zur Tür.

Hank Barton hielt ihn zurück: »Und noch eins, Amati: Kümmern Sie sich um die Johnson! Mich legt keine Schnepfe ungestraft aufs Kreuz.«

»Sie wird nie mehr Ihren Weg kreuzen«, sagte Tonio Amati. Eigentlich war er nur ein plumper, alter Glatzkopf, doch Barton erinnerte sich mit Schaudern, daß er den Spitznamen *Squeeze* trug — Tonio *Squeeze* Amati, die *Quetsche*.

4 Fay Johnson wurde erst aufmerksam, als Schatten auf sie fiel. Sie lag nackt auf einer ausgemusterten Hotel-Steppdecke im Windschatten der kniehohen Brüstung des Bühnenhaus-Flachdaches. Hier pflegten die Girls, wenn es nicht allzu heiß war, zu proben und sich zu sonnen, denn das Plätzchen war ausschließlich über den Schnürboden zugänglich und nur von einem Fenster der Wäschekammer aus einsehbar.

Als sie Tonio Amati erblickte, wünschte sie, daß es mehr Fenster gewesen wären, am besten die gesamten Fenster des *Queen's Palace*. Aber zugleich wurde ihr bewußt, daß selbst das, so wie er dastand, nichts geholfen hätte.

Es war ein Fehler gewesen, zum Sonnenbaden hierherzugehen, um den freien Tag zu nutzen – der, wie ihr mit heißem Schreck aufging, durchaus nicht zufällig ein freier war. Sie war gefeuert worden. Und daß Marsha, ihre Vertretung, sich noch ein paar Vorstellungen lang einüben sollte, war nur eine Ausrede gewesen. Man hatte nicht gewagt, ihr die Wahrheit zu sagen.

Von panischer Angst ergriffen schlug sie die Hände vors Gesicht, um ihre Wangen vor jenen Rasiermesserschnitten zu schützen, die sie zu einer Ausgestoßenen machen würden, der kein Bordell auch nur die Besenkammer überließ, ohne vom Syndikat die Erlaubnis dazu einzuholen. Doch die Zeit verging, und als sie schließlich durch die Finger zu blinzeln wagte, stand Amati immer noch zu ihren Füßen, ausdruckslos auf ihren Körper herunterstarrend.

Sie fühlte keine Scham, nicht einmal Befangenheit. In ihrer Leistenbeuge waren, wie es sich gehörte, die fingernagelgroßen Plastikbuchstaben C und R auf die Haut geklebt, damit an dieser Stelle die Initialen von Clayton Reefs in der Bräune ausgespart blieben als Erkennungszeichen, zu wem sie gehörte. Impulsiv hob sie das Becken an, um es Amati zu demonstrieren.

Hatte er sie nicht immer gemocht? Hatte er sie nicht deshalb mit Clayton nach Las Vegas ziehen lassen, wo das große Geld war? Und hatte sie sich ihm nicht zur Verfügung gestellt, so oft ihn danach gelüstete? Ja, hatte er sie nicht sogar ›Schatz‹ genannt in den ersten Wochen, nachdem er sie halbverhungert vor den Toren von Metro-

Goldwyn-Mayer aufgelesen und als Sechzehnjährige unter seine Fittiche genommen hatte? Und hatte sie ihm nicht jeden damals vorgeschossenen Dollar hunderttausendfach zurückgezahlt?

Fay Johnson wagte ein Lächeln, ein zaghaftes, damit sie es gleich wieder zurücknehmen konnte, wenn Tonio Amati nicht darauf reagierte. Und er reagierte nicht.

Ohne sich zu rühren, stand er da, keine Handbreit von ihren Füßen, vorgeneigt in der lauernden Haltung, die für ihn typisch war, und seine Affenarme so gedreht, daß die Handflächen nach vorn zeigten. Sein Hemdkragen war geöffnet, der grellgemusterte Schlips auf die Brust gezogen und der breitkrempige schwarze Filzhut in die Stirn. Er schwitzte, schwitzte ganze Bäche, und dieser Umstand war es, der sie das Lächeln entsetzt wieder zurücknehmen ließ. Denn er würde nicht mehr lange so schwitzen wollen. Tonio *Squeeze* Amati haßte es, zu schwitzen, was damit zusammenhing, daß er als Catcher einmal einen Titelkampf nur darum verloren hatte, weil der Gegner schlüpfrig von Schweiß war.

Sie richtete sich auf, nahm die Ellenbogen zurück, um ihren straffen Busen zur Geltung zu bringen, der ihn bisher noch jedesmal entzückt hatte.

Tonio Amati zeigte nicht die geringste Reaktion. Er wirkte geistesabwesend, so als ob er sich nicht erinnern konnte, weshalb er überhaupt gekommen war. Mit steigendem Entsetzen verfolgte sie, wie die Schweißbäche sich auf dem feisten Doppelkinn vereinigten, ohne daß er Anstalten machte, etwas dagegen zu unternehmen.

»Laß dir doch erklären!« stieß sie hervor. »Gib mir wenigstens die Chance, mich zu rechtfertigen.«

Er schüttelte den Kopf. Es galt nicht ihr. Es galt nur den Tropfen, die ihn kitzelten.

»Ist es meine Schuld, wenn der Freier abhaut? Was hätte ich denn tun sollen? In einer Suite voller Kerle, die nichts als Geschäfte im Kopf haben? War doch vollkommen klar, daß da für Stunden nichts mehr laufen würde. Ich hätte ihn mir schon noch an Land gezogen, so fest wie ich ihn an der Angel hatte. Du weißt doch am besten, daß ich keinen mehr loslasse, wenn er erst mal angebissen hat. Du kennst mich doch. Aber ich war ohne Chance, glaub mir, der hatte doch nur noch sein U-Boot im . . .«

Die Stimme versagte ihr.

Denn Tonio Amatis schwimmende Augen blickten sie plötzlich an, und dieser Blick war ein Gemisch von Trauer und Genugtuung. Erst jetzt erkannte sie, warum er geschwiegen und geschwitzt und geduldet hatte. Er war nicht gekommen, um sie zu strafen. Er war gekommen, um sie zu töten.

Das Stück Zinkblech fiel ihr ein, das hinter ihr auf der Brüstung lag, als Bauabfall von den Dachdeckern zurückgelassen und von den Girls beiseite gelegt, weil sich damit vorzüglich weichgewordener Teer von den Schuhsohlen kratzen ließ. Und ihre Großmutter Lea Pik-we fiel ihr ein, die einmal — gar nicht so weit weg in Moenkopi im Navajo-Reservat — mit nichts anderem als einer Glasscherbe einen aufdringlichen weißen Schafaufkäufer in die Flucht geschlagen hatte.

Fay Johnson zog langsam ihre Knie an. Ein alter, in den Bars von Long Beach von den Matrosen der Marine-Operationsbasis vielbeklatschter Trick, den sie sich als Tänzerin antrainiert hatte: Ohne Hilfe der Hände aus dem Sitzen in den Stand zu kommen, indem sie den Oberkörper anhob und zugleich kräftig die Fersen auf den Boden stemmte. Sie konnte das langsam und schnell und auch ganz schnell. Tonio Amati würde gar nicht mitkriegen, wieso sie plötzlich auf den Beinen war.

Doch Tonio Amati kannte den Trick, er hatte ihn oft genug gesehen. Als er bemerkte, daß sich Fays Waden und Schenkel spannten, warf er sich mit gestreckten Armen nach vorn. Sie kam zwar phantastisch schnell hoch, doch aus dem Gleichgewicht, da sie erschrocken zurückwich. Und weil sich dabei unglückseligerweise die Steppdeckenunterlage verschob, geriet sie ins Straucheln und kippte, hilflos fuchtelnd, rücklings über die Brüstung.

Als Tonio Amati ihr nachblickte, lag sie auf dem Asphalt vor dem Bühneneingang zwischen weggestellten Kaschierungen und Versatzstücken.

Mit seinem Taschentuch hob er vorsichtig das Stück Zinkblech auf, das von Fay Johnson im Fallen von der Brüstung gewischt worden war. Die dolchscharfe Spitze, schartig und teerverschmiert, hätte ihn ziemlich schmerzhaft verletzen können. Der dicke Mann warf noch einen letzten vorwurfsvollen Blick auf die Tote und ging.

Don Gino Calabrese war ein Herr. Selbst seine erbittertsten Gegner, denen er sich durch Brutalität, Heimtücke, Geldgier und unüberbietbare Skrupellosigkeit unvergeßlich gemacht hatte, mußten zugeben, daß er trotz allem ein Herr war. Als Tonio Amati vor ihm stand, hätte man meinen können, die beiden gleichaltrigen Männer stammten aus zwei ganz unterschiedlichen Gesellschaftsschichten. Doch ihre Sprache korrigierte diesen Eindruck sofort.

»Nun halt mal dein Maul und markiere nicht den Helden«, sagte Gino Calabrese, während er die Lage seiner Beine auf der seidengepolsterten rosa Gartenliege veränderte und die Bügelfalte der cremefarbenen Hose zurechtzupfte. »Mich interessiert nicht, auf welche Weise deine Schnepfen ihr Leben beschließen, mich interessiert: Was hat sie gesagt?«

»Was ich dir gesagt habe. Daß sie unschuldig ist.«

»Danach habe ich nicht gefragt. Was hat sie sonst gesagt?« Don Gino hob den Oberkörper aus den Polstern: »Verdammt noch mal, sie muß dir doch gesagt haben, aus welchem Grund, sie die fünfhundertdreiundvierzig Riesen hat sausen lassen?!«

»Es ist doch alles so schnell gegangen. Das Ganze hat keine fünf Minuten gedauert.«

Gino Calabrese sah sein Gegenüber lange an, bevor er nach seinem Campari auf dem rosalackierten Servierwagen langte. Er senkte seine Stimme und gab ihr einen sachlichen Tonfall: »Der Grund war, daß sie ein größeres Geschäft gewittert hat, wahrscheinlich ein viel größeres. Aber natürlich hat sie gewußt, daß sie allein nicht zurechtkommen würde. Also ist sie mit ihrem Wissen zu ihrem Stenz gegangen. Halten wir also fest: Da gibt es in Vegas einen Mister Reefs, der zu meinen Leuten gehört. Und dieser Mister Reefs, weiß etwas von einer Sache, die ein Mehrfaches von fünfhundertdreiundvierzig Riesen verspricht — und von der ich, Gino Calabrese, nichts weiß.«

Er knetete sein massives Kinn und fuhr dann, noch sachlicher und in ironisch belehrendem Tone fort: »Ich will dir sagen, um was es geht. Es geht um ein U-Boot-Wrack. Fahr hin und frage ihn. Frag ihm die Seele aus dem Leib, verdammt noch mal! Und dann bring ihm Manieren bei. Aber erst dann, hast du verstanden?«

»Ja, Gino.«

»Und nimm Harry zu eurer Unterhaltung mit, der hat immer recht hübsche Einfälle.«

»Ja, Gino.«

Calabrese klopfte mit der Hand auf die auf dem Servierwagen abgelegte *Sun* aus Las Vegas, die so gefaltet war, daß die Meldung ›Tödlicher Unfall eines Show-Stars‹ ins Auge sprang. »Diesmal darf so etwas nicht an die Öffentlichkeit — damit die Leute nicht erst anfangen zu kombinieren.«

»Ja, Gino. Geht klar.«

Gino Calabrese sah sein ergeben nickendes Gegenüber stirnrunzelnd an. »Du bist in meiner Schuld, das weißt du . . .«

Amati machte mit den Händen eine devote Geste.

»Ich könnte sagen, mein Anteil steigert sich nunmehr auf achtzig Prozent, aber mit effektiven Zahlen rechnet sich's leichter. Also sage ich: Am nächsten Ersten und jedem folgenden fünfzig Riesen! Deine Schnepfen müssen also ein bißchen fleißiger flattern.«

Tonio *Squeeze* Amati nickte. Der Vorschlag ging in Ordnung. Er war noch einmal davongekommen.

Don Gino Calabrese nippte erneut am eisklingelnden Campari. Dann sagte er, demonstrativ die Hände vor der Brust kreuzend: »Ist gut. Du kannst gehen.«

Amati blieb nichts anderes übrig, als seine schon ausgestreckte Hand wieder zurückzuziehen. »Danke, Don Gino«, sagte er. Als er sich umwandte, um über den penibel geschorenen Rasenhang zu der mit Patios und Bogengängen im mexikanischen Stil erbauten roséfarbenen Villa zurückzugehen — im Hintergrund der blaue Pazifik mit den Inseln San Miguel, Santa Rosa und Santa Cruz —, überlegte er, welchem Umstand er Don Ginos Calabreses Edelmütigkeit wohl zu verdanken hatte.

Er sollte es bald erfahren. Der silberhaarige Herr auf der Gartenliege rief ihn noch einmal zurück: »Schick mir diesen Barton raus, der aus Vegas gekommen ist. Das ist auch so ein Narr! Hat doch einfach die Tonbänder vernichtet.«

Da begriff Amati. Er war nicht der einzige Schuldner. Es gab noch einen anderen, dem sich Daumenschrauben anlegen ließen. Don

Gino würde zweimal kassieren — von ihm und von Hank Barton. Es mochte eine etwas subjektive Art von Gerechtigkeit sein, die Don Gino praktizierte, aber immerhin war es die, die ihn zum unangefochtenen Patriarchen der kalifornischen Familie des Syndikats machte. Tonio *Squeeze* Amati hatte, als er in sein Kabriolett stieg, ein Gefühl von Respekt und Dankbarkeit.

Ein kalter Wind pfiff, doch der für Sylt typische Regen, der von der Seite kommt anstatt von oben, hatte nachgelassen, als Dietrich von Thaur den Friedhof von Sankt Severin in Keitum betrat, um nach einem Grab zu suchen.

Die Meldung in der Singapurer Zeitung hatte ihn nicht in Ruhe gelassen. Sie hatte ihn im Schlaf verfolgt in der Lufthansa-Maschine nach Deutschland, und schließlich zu dem Entschluß gebracht, sein Wissen weiterzuleiten, am besten an die U-Boot-Kameradschaft in Kiel, die das U-Boot-Ehrenmal im benachbarten Möltenort betreute und Kontakt zu Hinterbliebenen von gefallenen U-Boot-Männern hatte. Doch als er am Morgen, der Jumbo flog gerade über die Alpen in Richtung Frankfurt, zum Rasieren in den Waschraum ging, kam ihm eine andere Idee.

Der Spiegel zeigte ihm sein Haar, und er erinnerte sich, daß es damals grau geworden war, als er um das Herauskommen aus dem gesunkenen Boot kämpfte. Der Tag, der 23. September 1944, war seitdem wie ein zweiter Geburtstag für ihn. Aber immer wieder bedrängte ihn auch der Alptraum, in Atemnot unter einem Luk, das sich nicht öffnen lassen wollte, eingesperrt zu sein. Je älter er wurde, desto öfter. Wenigstens die Angehörigen des Kommandanten, entschied er sich, wollte er unterrichten, seine Frau Dagmar, die nun auch schon grau sein mochte, und die Tochter — Anja hatte sie wohl geheißen —, die ihren Vater nie erlebt hatte.

Während die schwere Boeing rüttelnd in dichtere Luftschichten tauchte, faßte er einen Plan. Es war Freitag, und das Wochenende stand bevor, an dem er sowieso nichts hatte arbeiten wollen. Eine gute Gelegenheit also, einen Abstecher nach Sylt zu machen, der Heimat des Kommandanten. Zu Hause wurde er ohnehin erst eine Woche später erwartet.

Er besprach sich mit der Stewardeß, und stieg dann in Frankfurt anstatt in die LH 961 nach München in die LH 762 nach Hamburg um. Vorher blieb ihm genügend Zeit, in Hamburg anzurufen, um auf dem dortigen Flughafen einen Mietwagen reservieren zu lassen. Zum Mittagessen war er schon in Husum. Am Nachmittag rollte er in einer kalten Regenbö mit dem gemieteten Mercedes im Bahnhof Westerland vom Autozug.

Was dann kam, war der schwierige Teil. Das Einwohnermeldeamt war im Begriff zu schließen, die einzige noch zu erhaltende Information wenig ermutigend: Es gab Dutzende von Hansens. Schließlich landete er in Hörnum, was völlig falsch war, doch immerhin erinnerte sich hier ein Fischer, daß es einen Hansen gegeben hatte, welcher ein U-Boot befehligte, doch liege der auf dem Keitumer Friedhof.

»Das kann nicht sein. Der Hansen, den ich meine, ist im Indischen Ozean geblieben.«

Der Mann ließ sich nicht beirren. »Du meinst den U-Boot-Kommandanten, nicht? Und das ist dem Johann sein Sohn. Und was der ist, der liegt in Keitum.«

Also fuhr von Thaur wieder zurück nach Keitum auf der Wattseite, ein Dorf mit schönen alten Friesenhäusern mit sattrotem Ziegelwerk, grünlackierten Türen und Klinken und Klopfern aus massivem Messing. Es gab mehrere Hansen-Gräber in Sankt Severin. Erst der Küster konnte helfen. Aber das Grab, welches er dann zeigte, gehörte einem Jan Mewes Hansen, der, 1926 geboren, bei seinem Tode gerade erst 19 Jahre alt gewesen war.

»Aber das ist Johanns Sohn. Und er ist U-Boot gefahren.«

»Mein Hansen war zehn Jahre älter.«

»Dann ist er vielleicht das?«

Das Grab, das der alte Mann meinte, war gleich daneben. Ein Jens Uwe Hansen lag darin, auch er ein Sohn Johann Hansens. Er war 37 Jahre alt, als er starb, und das war im Jahre 1955.

Der Küster hatte sich geirrt. Dieser Hansen war vor dem Lister Ellenbogen ertrunken. »Warum reden Sie nicht mal mit dem Johann selber? Der muß das doch wissen.«

»Niemand hat mir gesagt, daß er noch lebt.«

»Sie haben nicht danach gefragt. Sie haben nach dem Sohn gefragt. Johann ist zweiundneunzig, aber er lebt. Und wenn Sie Pech haben, ist er gar nicht zu Hause, sondern hilft seinem Enkel beim Netzeflicken.«

Johann Hansen war ein vierschrötiger Mann mit schlohweißem Haar und einem Indianergesicht wie aus Leder. Der Enkel, dem er auf dessen Krabbenkutter im Lister Hafen half, war ein Sohn von Jens Uwe. Sein Vater, erzählte er, war bei einer Seenotrettung verunglückt. Jan Mewes, der Onkel, war in den letzten Tagen des Krieges gefallen, und tatsächlich hatte er ein U-Boot gehabt, doch war es ein Ein-Mann-U-Boot gewesen; er gehörte zum Erprobungskommando *Graukoppel* in Wilhelmshaven und war nach einem Tauchversuch in der Jadebucht nicht mehr hochgekommen. Von einem Onkel, der Hans Hinrich geheißen und U 859 kommandiert hatte, wußte der Krabbenfischer nicht viel mehr als den Namen. Was den alten Mann betraf, so konnte er sich überhaupt nicht erinnern. Zwar wußte er, daß er drei Söhne gehabt hatte, doch wenn er sie aufzählen sollte, nannte er immer nur Jens Uwe und Jan Mewes.

»Ich glaube, Großvater hat das verdrängt. Die Todesmeldungen von dem Ältesten und dem Jüngsten sind ja ziemlich zur gleichen Zeit gekommen, und Großmutter ist praktisch an gebrochenem Herzen gestorben. Und dann gibt's ja doch auch noch dieses Grab hinten im Garten.«

»Was? Ein Grab von Kommandant Hansen?«

»Es steht Hans Hinrich drauf.«

Sie fuhren mit dem Leih-Mercedes hinüber. Der alte Mann wollte an Bord bleiben und weitermachen, und Dietrich von Thaur war froh darüber. Er hatte sich alles ganz anders vorgestellt. Es tat ihm leid, all den Schmerz wiederaufgerührt zu haben. Als sich Dietrich von Thaur verabschiedete, hielt Johann Hansen seine Hand fest und sagte: »Grüßen Sie schön.«

Der Stein im Garten des Hansen-Hauses war ein Findling, wetterseitig bemoost und von einer mächtigen Ulme beschattet. Darauf stand:

HANS HINRICH HANSEN
15. 5. 1916 − 22. 9. 1944

»Es war der Dreiundzwanzigste«, sagte Dietrich von Thaur.

Der Neffe sagte: »Ich habe bis heute keine Ahnung gehabt, daß das Grab leer ist. Ich glaube, daß es das gewesen ist, was die Großeltern so mitgenommen hat — daß sie nicht einmal etwas zu begraben hatten. Onkel Jan Mewes konnte ja auch erst später überführt werden, weil damals zwischen Wilhelmshaven und hier schon der Tommy stand.«

»Sagen Sie, gab es nicht auch eine Schwester?«

»Tante Henny. Sie hat in Westerland eine Hotelpension. Aber viel wird sie Ihnen auch nicht sagen können. Sie heißt jetzt Dierks. Das Haus heißt *Seestern*.«

»Vielleicht weiß sie die Adresse von Frau Hansen?«

»Vielleicht. Sie führt ihr eigenes Leben. Sie ist Witwe.«

Dietrich von Thaur sah den großen blonden Mann an, der Mitte Dreißig sein mochte.

»Onkel Dierks ist in derselben Sturmnacht wie mein Vater ertrunken. Sie sind vorm Ellenbogen mit dem Seenotkutter gekentert.«

Er nahm den Gast mit ins Haus. Die Stube war klein und gemütlich. Es war inzwischen Abend geworden, das Wetter besser. Eine rosa Sonne kam schräg durch die kleinen, geranienbestandenen Fenster und wärmte die durchgebogenen Deckenbalken. »Das Haus hat dreihundert Jahre auf dem Buckel«, sagte der junge Hansen nicht ohne Stolz, als er von Thaurs Blick umherwandern sah.

Er goß ihnen beiden einen Korn ein. Dann sagte er: »Wissen Sie, wir Hansens bleiben auf See, das war immer so, zur Zeit der Walfänger sind ganze Zweige der Sippe ausgestorben. Was Großvater und Großmutter so mitgenommen hat, war nicht der Tod, sondern seine Sinnlosigkeit. Sie müssen sich vorstellen, daß sie die Nachricht erhielten, als der Krieg schon vorbei und verloren war. Wenn ich mich an etwas erinnere, dann daran, wie die beiden sich an diesem Tisch hier gegenübersaßen und fragten: Warum?«

»Und Frau Hansen?«

»Die war damals auch hier. Ich kann mich schwach an ein Baby erinnern. Sie ist dann noch ein paarmal zu Besuch gekommen, und die Anja hat auch etliche Male ihre Ferien hier verbracht. Aber obwohl wir nur ein Jahr auseinander sind, hatten wir uns nicht viel zu sagen. Sie war ein Stadtkind, und ich bin schon mit zwölf, dreizehn mit hinausgefahren. Ich will nicht sagen, daß wir uns nicht verstanden hätten. Sie kam eben aus einem anderen Stall.«

Es gab eine beachtlich gut gemalte Gebirgslandschaft in der Stube und einige große, braune Photos, von denen eines die Einweihung des Kampener Leuchtturms durch den dänischen König zeigte, ein anderes den Panzerkreuzer, auf dem Johann Hansen im Ersten Weltkrieg gefahren war. Bilder von Angehörigen gab es nicht, auch nicht von den toten Söhnen. Dietrich von Thaur lehnte einen zweiten Korn ab.

»Als was sind Sie eigentlich gefahren?« erkundigte sich der junge Hansen, als sie schon draußen auf der Straße vor dem Mercedes standen.

»Ich war Wach-Ingenieur.«

»So.«

Es war der aus Kaisers Zeiten überkommene und selbst auf U 859 noch lebendige Standesdünkel der Offiziere der Brücke gegenüber den Offizieren an der Maschine. Von Thaur hätte nicht geglaubt, daß es das heute noch gab, zumindest nicht bei einem Mann, auf dessen Kutter der Maschinist der Kumpel war. Doch vielleicht gehörte auch dies zu den Stützen einer aus Traditionen gefügten Welt. Jetzt erst, so viele Jahre später, wurde ihm bewußt, warum er seinerzeit immer gezögert hatte, dem II. WO Rügen das Du anzubieten: Leutnant Rügen war ein Seeoffizier, er selber ein Leutnant (Ing.), und dieses Ing. war wie das Stigma einer niedrigeren Kaste. Er hatte sich ihm unterworfen, ohne es gewahr zu werden.

Bis er nach Westerland kam, hatte es vollends aufgeklart. Der *Seestern* war schnell gefunden, der Parkplatz am Hallenbad nicht weit davon entfernt. Henny Dierks, in blendend weißer Kittelschürze in einer blendend weißen Küche, war eine schlank und blond gebliebene Fünfzigerin mit hartem, blassem Mund. Sie machte kein Hehl daraus, daß sie sich mit ihrer Schwägerin nie besonders gut verstanden hatte.

»Dagmar Hansen — nun, sie ist sehr charmant.«

Später, beim Tee, sagte sie: »Sie hat ziemlich bald wieder geheiratet, schon ein Jahr, nachdem die offizielle Todeserklärung gekommen war. Einen Tropenarzt. Sie heißt jetzt Benningsen.«

»Es war ja wohl auch nicht so leicht, in den ersten Nachkriegsjahren allein mit einem Kind?«

»Ich habe jedenfalls nicht wieder geheiratet.«

Es war still. Das Meer, das jenseits des Deiches brandete, machte sich bewußt.

Henny Dierks sagte: »Tja, sie hätte sich ja hier eine Praxis einrichten können. Vater wäre ausnahmsweise bereit gewesen, Land dafür zu verkaufen. Aber sie wollte nicht. Sie konnte es auf einer Insel nicht aushalten.«

Dietrich von Thaur fragte nach der Adresse.

Henry Dierks wußte nur so viel, daß die Schwägerin in Hamburg oder bei Hamburg wohnte, die Nichte irgendwo in Süddeutschland.

»Vater könnte es wissen. Ihm schreiben sie noch ab und zu.«

Obwohl es Abend geworden war und er nicht wußte, wo er drüben ein Hotel finden sollte, nahm er den letzten Autozug um 19.30 Uhr zum Festland zurück. Die Sonne ließ den goldfarbenen Heideginster und die roten Früchte des Hagedorns wunderschön leuchten, und von den Wattwiesen duftete es nach Wermut. Doch er wurde ein Gefühl des Unheimlichen nicht los. Dietrich von Thaur mußte an den Maat im Spind denken und daß man ihn hier wohl verstanden hätte.

Die junge Frau, die Dietrich von Thaur in Volksdorf öffnete, war eine Schönheit, vor allem wegen ihres Haars. Es war dunkel mit blonden Strähnen, und er erinnerte sich, solches Haar einmal bei einer italienischen Stewardeß auf einem Alitalia-Flug nach Westafrika gesehen zu haben. Die Frau ähnelte der Mutter, doch er war nicht sicher, Anja vor sich zu haben, denn sie schien ihm jünger als Mitte Dreißig.

»Sind Sie Anja Hansen?«

»Anja Jäger.«

»Natürlich . . .«

Sie wirkte ablehnend. »Worum geht es, bitte?«

Er stellte sich vor. »Ich war so überrascht, Sie vor mir zu sehen. Es hieß, Sie seien in Süddeutschland.«

Zurückhaltend verharrte sie weiter an der Tür.

»Thaur«, sagte er noch einmal und verbeugte sich, »Dietrich von Thaur. Wenn Sie mich Ihrer Frau Mutter melden könnten.«

»Meine Mutter ist nicht da, sie macht einen Krankenbesuch. Es kann länger dauern, weil sie Wochenendbereitschaft hat. Wenn es Ihnen nichts ausmacht, können Sie sich ins Wartezimmer setzen. Ist es etwas Schlimmes?«

»Ich bin kein Patient. Es handelt sich um einen privaten Besuch.«

»Müßte ich Sie kennen?«

»Ich weiß nicht. Vielleicht. Ich war einmal zu Besuch bei Ihnen, kurz nachdem ich aus der Kriegsgefangenschaft in Ägypten entlassen worden war, aber da waren Sie gerade vier. Ich bin mit Ihrem Vater auf U 859 gefahren.«

»Ah, so ist das.«

Sie bat ihn herein. Durch einen Korridor, vorbei an den Zimmern der Praxis, gingen sie in einen großen, gediegen möblierten Raum, der zum Garten führte. »Bitte, nehmen Sie doch Platz. Aber wie gesagt — ich weiß nicht, wie lange es dauern wird, bis meine Mutter wieder zurück ist. Sie wollte auch noch bei meinem Stiefvater vorbeischauen. Er arbeitet im Tropeninstitut an einem schwierigen Projekt, für das sie ihm irgendwelche wichtigen Unterlagen bringen wollte. Darf ich Ihnen etwas anbieten? Kaffee? Tee? Oder lieber etwas Alkoholisches?«

Dietrich von Thaur bat um einen Cognac. Er hatte ihn nötig. Der Empfang war nicht gerade so ausgefallen, wie er ihn sich vorgestellt hatte. Etwas mehr als nur ein »Ah, so« hatte er doch schon erwartet. Er sah zu, wie Anja Jäger, die ein großblumiges, schmales Kleid trug, mit gelassenen, anmutigen Bewegungen den Cognac in einen Cognacschwenker goß, und fragte sich, wie eine Frau mit so wenig Gefühl so schön sein konnte. Ihr Interesse an seiner Person war gleich Null, und sie gab sich geradezu spröde.

Auch als er berichtete, was er während seines Aufenthaltes in Südostasien über U 859 erfahren hatte, hörte sie zwar aufmerksamhöflich, aber ohne Beteiligung zu. Sie selber hatte sich einen Orangenlikör eingeschenkt, an dem sie ab und zu nippte. Erst als er die Vermutung äußerte, daß man die Quecksilberladung möglicherweise bergen werde, begann sie Interesse zu zeigen.

»Heißt das, daß das U-Boot gehoben wird?«

»Könnte sein. Das Quecksilber steckt ja im Kiel, und als ich das Boot damals verließ, stand es gewissermaßen aufrecht auf diesem. Ich kenne die Strömungsverhältnisse nicht, und es kann sein, daß das Wrack inzwischen gedreht oder umgeworfen worden ist. U-Boote, die zu Kriegsende in der Ostsee gesunken sind, hat es inzwischen ganze Meilen weitergetrieben auf dem sandigen Grund. Aber dort unten in der Malakkastraße besteht der Meeresboden, soviel ich weiß, aus Schlick. Also ist es wahrscheinlicher, daß das Boot tief in den Untergrund gesackt ist. Am einfachsten wäre es wohl, das Wrack zu heben, um an den Kiel heranzukommen. Aber ich bin kein Fachmann.«

Sie blickte in ihr Glas, das sie mit beiden Händen hielt. »Und was geschieht mit den Toten?«

»Man wird sie bergen und bestatten.«

»Wo?«

»Dort drüben. Es sei denn, die Angehörigen . . .« Er unterbrach sich: »Es dürfte schwierig sein, wahrscheinlich sogar unmöglich, sie einzeln zu identifizieren.«

Sie starrte weiter in das Glas und sog an ihrer Unterlippe. Als sie dann aufblickte, war ein Zug in ihr Gesicht getreten, der sie so alt erscheinen ließ, wie sie war.

»Ich kenne meinen Vater nur von Bildern und Erzählungen, eine richtige Beziehung hat nie entstehen können. Vor allem, daß er Offizier war, Berufsoffizier sogar, macht ihn mir fremd.«

Von Thaur wollte etwas sagen, doch sie hielt ihn mit einer Geste zurück.

»Als ich klein war, habe ich mir diesen Vater als eine Art Märchenfigur vorgestellt, als jemand, der weit, weit fort war, in einem fernen Land. Meine Mutter hat dann wieder geheiratet, und mein Stiefvater ist mein eigentlicher Vater gewesen. Ich mag ihn, wir kommen gut miteinander aus. Was übrigens auch der Grund ist, daß ich hier bin und nicht in Baden-Baden. Ich bin seit kurzem geschieden, und es war vor allem mein Stiefvater, von dem der Vorschlag ausging, fürs erste wieder nach Hamburg zu kommen. Es hat mir tatsächlich über vieles hinweggeholfen.«

»Ich glaube, ich muß mich entschuldigen. Ich hätte mich vorher anmelden sollen.«

Sie schüttelte den Kopf. Dann sagte sie: »Ich kann mir vorstellen, was in Ihnen vorgeht, seit Sie von der Sache gehört haben.«

Trotz ihres fast sachlichen Tonfalls klang es nicht wie eine Floskel. Von Thaur begann, seine Meinung über Anja Jäger zu revidieren. Es war nicht ihre Schuld, wenn sie seinen Erwartungen nicht entsprach. Sie war schön, aber sie war nicht niedlich. Ihm fiel ein, wie ihre Mutter damals für ihn der Inbegriff alles Weiblichen gewesen war.

»Scheußlicher Gedanke«, sagte Anja, »daß das Boot heraufgeholt werden könnte . . .«

»Es ist so lange her, wie Sie alt sind«, warf er ein.

»Trotzdem. Es gibt doch so etwas wie Totenruhe.«

Dietrich von Thaur mußte wieder an den Maat im Spind denken. Er dachte auch an all die Kameraden, die damals in dem Boot als Leichen umherschwammen. Er trank seinen Cognac mit einem Schluck aus.

Anja hob den Kopf. Die Sache ließ sie nicht los. Sie wirkte verstört.

»Haben die Amerikaner nicht eines ihrer Schlachtschiffe, das in Pearl Harbour versenkt wurde, unberührt gelassen und eine Gedenkstätte daraus gemacht?«

»Die ›Arizona‹.«

»Warum kann man das nicht auch mit dem U-Boot machen?«

»Das Quecksilber«, erinnerte sie von Thaur. »Man kann es nicht dort lassen.«

»Aber vielleicht kommt man heran, ohne gleich das ganze Boot heben zu müssen?«

»Ich weiß es nicht. Aber Sie stellen sich das auch zu sehr als den berühmten ›stählernen Sarg‹ vor. In Wirklichkeit handelt es sich nicht einmal um einen Hohlraum. Durch das Leck und dadurch, daß die Luks geöffnet worden sind beim Aussteigen der Überlebenden, ist alles voller Wasser — und Fische.«

Er bat noch um einen Cognac. War ihm ihr Engagement zuerst zu gering gewesen, so nun fast zu intensiv. Das Bild von diesem verrückten Maat im Spind wollte sich nicht mehr verjagen lassen.

»Man müßte mit den Leuten reden«, sagte sie erregt, während sie aufstand und zu der Hausbar ging, die auf einem Tischchen aufgebaut war. Sie blieb stehen und drehte sich um. »Könnten Sie nicht mit ihnen reden? Es geht doch um Ihre Kameraden.«

»Mit wem reden? Und mit welchen Argumenten? Man wird es so machen, wie es am billigsten ist.«

»Bitte! Sie würden eine Last von mir nehmen.«

»Ich wüßte nicht, an wen ich mich da wenden sollte.«

Von Thaur fühlte sich überfordert. Als er sich entschloß, mit Hansens Angehörigen Kontakt aufzunehmen, hatte er am wenigsten daran gedacht, selbst aktiv werden zu sollen. Er wollte nur eine Neuigkeit überbringen und ein paar Erinnerungen auffrischen. Jetzt merkte er, daß mehr daraus geworden war. Er hatte, wie man so sagt, einen Stein ins Rollen gebracht.

Spontan sagte er: »Vielleicht könnte ich Bonn informieren.«

»Danke«, erwiderte Anja und begann, ihm den gewünschten Cognac einzuschenken.

»Aber ob etwas dabei herauskommt?« Er hob seine Hände und sah Anja zu, bezaubert von ihrer Art sich zu bewegen.

Als sie ihm das Glas reichte, sagte sie noch einmal: »Danke«. Mit einer leisen, warmen Stimme und einem so sanften Lächeln, daß es von Thaur verwirrte.

Gerade als sie sich wieder setzen wollte, war die Haustür zu hören und dann ein resoluter Schritt im Korridor. Die Frau, die eintrat, war nicht die alte Dame, auf die von Thaur sich eingestellt hatte. Sie war schlank, hielt sich kerzengerade, und ihr dunkles Haar durchzogen erst wenige graue Strähnen. Auch die Stimme war jung geblieben.

»Ich habe den Wagen gesehen und . . .« Sie stutzte. »Sie sind mit Hansen gefahren, stimmt's? Aber ich komme nicht auf den Namen — helfen Sie mir.«

Anja stellte ihn vor.

»Aber ja, natürlich — der Herr von Thaur! Ich habe nie vergessen, wie Sie mich in Kiel, im *Hansa-Hotel*, auf die Toilette geschickt haben, weil es etwas ungeheuer Wichtiges zwischen Ihnen und Hansen zu besprechen gab.« Sie lachte und fuhr fort: »Sie waren im

Sommer achtundvierzig schon einmal bei uns, damals noch in der Schäferkampsallee, als ich im Elisabeth-Krankenhaus arbeitete. Wie geht es Ihnen? Was machen Sie? Was bringt Sie zu uns nach Hamburg?«

Nachdem sie sich gesetzt hatte, bat sie ihre Tochter um einen trockenen Sherry und schlug die schlanken, immer noch gutaussehenden Beine übereinander. »Sagen Sie, hatten Sie nicht etwas mit Kugellagern zu tun?«

»Mein Vater. Und jetzt mein Schwager. Ich habe mich in der Nähe von München selbständig gemacht, mit Forstmaschinen. Ich hätte in die Fabrik eintreten können, als ich aus der Gefangenschaft kam. Aber der Mann meiner Schwester hatte die ganzen Trümmer weggeräumt nach dem Krieg, und da sollte er auch weitermachen. Es ist nichts Überwältigendes – aber ich bin mein eigener Herr.«

»Was sind Forstmaschinen?«

»Spezial-Lkws, Motorbaumspritzen zur Schädlingsbekämpfung, Motorsägen – unsere Spezialität sind Raupenschlepper mit Seilwinden für den Holzeinschlag im Dschungel.«

Er mußte lächeln. Ähnlich war er von ihr auch damals im Kieler *Hansa-Hotel* ausgefragt worden. Er rückte unwillkürlich an seiner Krawatte und nahm die Beine, die er leger übereinandergeschlagen hatte, wieder nebeneinander.

»Unser Besuch kommt geradewegs aus Singapur«, mischte Anja sich ein, während sie der Mutter den Sherry reichte. »Er hat Interessantes zu erzählen. Das U-Boot macht Ärger.«

»Genauer gesagt, das Quecksilber darin«, sagte von Thaur.

»Also das war es! Hansen hat es mir nicht verraten wollen. Nur daß Wichtiges zu transportieren sei. Quecksilber – sagen Sie, war das nicht gefährlich?«

»In gewisser Weise. Aber wir hatten ja ohnehin alle mögliche Munition an Bord.«

Wieder strich sich Hansens Witwe über ihr Haar – eine Geste, die er von früher kannte. Sie sah auf: »Wußten Sie, daß Hansen nicht einmal das Ritterkreuz bekommen hat?«

»Dieses Quecksilber«, sagte die Tochter betont. »Es soll geborgen werden.«

Die Mutter blickte verständnislos.

»Man will das Boot heben, Mutter.«

»Moment, ich weiß es nicht«, bremste von Thaur. »Ich nehme es nur an, so wie die Dinge stehen.«

»Erzählen Sie!« Sie lächelte, um sich für ihren forschen Ton zu entschuldigen. »Bitte.«

Von Thaur berichtete. Als er auf die Zeitungsmeldung zu sprechen kam, unterbrach ihn Hansens Witwe: »Wie hat diese Zeitung geschrieben — Nazi-U-Boot? Das ist ja eine Ungeheuerlichkeit?! Wo war denn da ein Nazi auf dem Boot? Hansen war keiner. Waren Sie einer? Oder Herr Metzler? Herr Palleter? Von der Besatzung will ich gar nicht reden — mein Gott, das waren ja noch Kinder. Ich finde, das ist eine solche . . .« Empört suchte sie nach Worten.

»Mutter!«

»Man muß das nicht für bare Münze nehmen«, sagte von Thaur. »Und wahrscheinlich ist es auch gar nicht so gemeint. Nazis ist nun mal ein Synonym für Deutsche. In Wirklichkeit wird man da unten höchst freundlich behandelt.«

»Ich hasse diese Vorurteile«, sagte sie.

Wieder strich sie sich über ihr Haar. Dann trank sie den Sherry. Lange blickte sie schweigend aus dem Fenster in den Garten. Kein protziger Swimmingpool, keine großartige Terrasse — nur Bäume und Rosenrabatten beiderseits eines Kieswegs.

Schließlich sagte sie: »Ich möchte es nicht. Nein, ich möchte das nicht.«

Von Thaur sah Anja Jäger an, die ihm ein Zeichen machte, nichts zu sagen. Er spürte plötzlich den Kragen an seinem Hals und lockerte ihn mit einem Finger, aber das Unbehagen blieb. Er wünschte, er wäre nicht gekommen.

Frau Hansen — oder Benningsen, wie sie jetzt hieß — sagte noch eindringlicher: »Sie müssen das verhindern, hören Sie.«

»Herr von Thaur hat doch gar keinen Einfluß darauf, Mutter. Es ist eigentlich nur gekommen, weil er uns sagen wollte . . .« Anja brach ab. »Die Toten, falls man welche birgt, müßten dann ein Grab erhalten.« Sie sah von Thaur an. »Habe ich das richtig verstanden?«

Er nickte, obwohl es nicht stimmte, zumindest nicht so. Erst in diesem Augenblick wurde ihm klar, was ihn eigentlich angetrieben hatte. Und jetzt wußte er auch, warum ihn das Bild dieses Maats verfolgte, der in seinen Spind wie in einen Sarg gekrochen war: Er hätte ihn davon abhalten müssen, hätte ihn retten müssen. Es wäre seine Pflicht gewesen. Und Pflicht war es auch, sich um die toten Kameraden zu kümmern. Die Fahrt von U 859 war noch immer nicht zu Ende.

Frau Hansen, die jetzt Benningsen hieß, Dr. med. Dagmar Benningsen, blickte unverwandt auf von Thaur während es in ihrem Gesicht arbeitete. Dann sagte sie sehr leise: »Es war eine Sache, die mir sehr, sehr zugesetzt hat — einen Toten zu haben, den ich nicht begraben konnte. Ich weiß nicht, wie ich es beschreiben soll, es war ein unangenehmes Gefühl. Für Hansens Leute ist das anders, für die ist auch das Meer ein Grab. Aber mir wäre es lieber gewesen, ich hätte etwas zu begraben gehabt. Ich nehme an, daß es vielen Frauen in meiner Lage ähnlich ergangen ist damals.«

Sie zupfte an ihrer Bluse. »Ich weiß nicht, ob Sie mich verstanden haben?«

»Doch, ja.«

»Hansen hat seine Ruhe gefunden da unten, und er hat sie sich verdient. Man sollte sie ihm lassen. Ihm und den anderen.«

Als jetzt das Telefon läutete, ging Anja hinaus. Es war ein Notruf, ein neuer Fall für Frau Dr. Benningsen, die sich schnell verabschiedete.

Wieder allein mit von Thaur, sagte Anja: »Ich habe nicht gewußt, wie sehr sie das damals mitgenommen hat.«

Dietrich von Thaur rückte an seiner Krawatte. Er wußte, daß er nun aufzustehen und zu gehen hatte, doch irgendwie fühlte er sich gefesselt. Er hätte immerfort sitzenbleiben, Anja ansehen und ihrer Stimme lauschen können. Denn sie brachte Erinnerungen zurück, und zwar so, daß er sich nicht alt, sondern wieder jung fühlte.

Er spielte ernsthaft mit dem Gedanken, sie für den Abend zum Essen einzuladen, doch da sagte sie mit einem freundlichen Lächeln, daß sie mit ehemaligen Klassenkameradinnen verabredet sei und sich nun leider zurechtmachen müsse.

5 Clayton Reefs befand sich in seinem Body-Building-Club am Nellis Boulevard, als Tonio *Squeeze* Amati kam.

Schon gleich als er die Nachricht von Fays Tod hörte, hatte er gewußt, daß er in der Bredouille saß, und sein erster Gedanke war gewesen, alles stehen- und liegenzulassen und nach McCarren zu rasen, um das nächstbeste Flugzeug zu nehmen. Doch er hatte noch nicht einmal den Wagen aus der Garage, als das Büro des Sheriffs anrief: Captain Mutton bitte ihn, sich zur Verfügung zu halten. Das war das Aus. Er konnte keinen Schritt mehr aus Las Vegas tun, ohne das FBI auf sich zu ziehen. Andererseits war dies seine Chance, der Vergeltung des Syndikats zu entgehen. Die Greifer würden aufpassen, daß man ihn nicht verschwinden ließ. Als er die schwere, graue Limousine der Polizei langsam am Haus vorbeifahren und einen Steinwurf weiter parken sah, fühlte er sich schon wieder etwas besser.

Clayton Reefs glaubte nicht an einen Unfall. Fay, daran bestand für ihn kein Zweifel, hatte büßen müssen, einen Alleingang gewagt zu haben. Was ihn beunruhigte, war denn auch nicht so sehr ihr Tod, sondern es waren die Schlußfolgerungen, die sich daraus ziehen ließen.

Es war nur üblich, daß ein Girl, das sein eigenes Spiel zu spielen versuchte, einen Denkzettel verpaßt bekam — und zwar von dem, der dafür zuständig war, in diesem Fall also ihm. Wenn von dieser Regel abgewichen wurde, so konnte dies nur eines bedeuten: Man verdächtigte ihn, das falsche Spiel mitgespielt zu haben. Also mußte er sich auf ein ähnliches Urteil gefaßt machen.

Was ihn außerdem beunruhigte, waren die Umstände des sogenannten Unfalls. Nichts, aber auch gar nichts, so war aus dem Sheriff-Büro durchgesickert, ließ auf einen Kampf schließen — keine Druckstellen, keine Merkmale für eine Strangulierung, kein Rasierklingenritzer, aber auch keinerlei Spuren unter den Fingernägel der Toten. Das war nicht zu verstehen, denn Fay war nicht der Mensch, der sich wehrlos ergab. Auf jeden Fall hätte sie wie eine Furie gekämpft, ehe sie — in Panik — geredet hätte. Alles deutete also darauf hin, daß sie nicht geredet hatte. Und das hieß, daß man versuchen würde, ihn zum Reden zu bringen. Doch man würde verhandeln müssen: Sein Wissen für sein Leben — plus einer Beteiligung an diesem U-Boot-Schatz!

Reefs war sich seiner Sache sicher, und er glaubte, beste Trümpfe zu haben: Vor dem Club die Greifer und innen die muskelbepackten, streitlustigen Flieger vom Nellis-Luftwaffenstützpunkt.

Als *Squeeze* auftauchte, war er geradezu enttäuscht, daß man keinen Cleveren ausgeschickt hatte. »Bist du allein?« fragte er lässig.

Amati sah ihn kurz an. »Hast du noch jemand erwartet?«

Sie gingen in Reefs schmuddliges Büro. Amati holte eine lehmfarbene Versandtasche von doppelter Postkartengröße aus der Jacke. »Hier, das wird dich interessieren.«

»Was ist das?«

»Guck nach.«

Reefs öffnete den Umschlag vorsichtig. Was zum Vorschein kam, war nur ein Stück patiniertes Zinkblech in Form eines spitzwinkligen Dreiecks.

»Was ist das?« fragte er mißtrauisch.

Tonio Amati hielt ihm die Versandtasche hin, und erst als das Blechdreieck wieder darin verstaut war, sagte er: »Das ist ein Beweisstück.«

»Wofür?«

»Für die Schuld eines gewissen Clayton Reefs an dem Tod einer gewissen Fay Johnson.«

Reefs starrte auf die Versandtasche, die Amati wieder sorgfältig verschloß. »Bist du verrückt?! Ich habe dieses Scheißding nie in meinem Leben gesehen!«

Amati bog sorgsam die Flügel der Verschlußklammern um. »Und wie, bitte, kommen dann deine Fingerabdrücke darauf?«

Reefs starrte ihn an. Er wollte hoch, wollte dem dicken, alten Kerl an die Gurgel. Aber er konnte nicht. Er hatte ein Gefühl, als schwanke der Boden unter seinen Füßen.

»Ich habe ein Alibi«, sagte er und zuckte die Achseln. »Und du weißt, daß es okay ist«.

»Ich weiß sogar noch mehr, Klugscheißer – ich weiß, von wem dein Alibi stammt. Es sind fünf Fliegeroffiziere, alle ehrenwert, aber nur so lange, wie nicht bekannt wird, daß du Fay an sie verkuppelt hast – anläßlich einer privaten Striptease-Party.« Amati schüttelte seinen Kopf: »Kein Richter würde ihre Aussage unter Eid nehmen – vorausgesetzt, daß die Luftwaffe überhaupt zuläßt, daß die ehrenwerten Herren vor Gericht auftreten.«

»Es gibt auch noch andere Zeugen dafür, daß ich mich zur fraglichen Zeit hier aufgehalten habe.«

»Die Putzfrau?« Amati machte eine wegwerfende Handbewegung. »Hör mir gut zu«, sagte er dann. »Dieses Blech hier kennt jedes Girl, das in den letzten Jahren im *Queen's* aufgetreten ist, und das sind Hunderte. Sie alle können aussagen, daß es genau an der Stelle deponiert war, wo sie sich immer sonnen. Wie also erklärst du die Fingerabdrücke von dir – wenn du es nicht warst, der Fay Johnson damit vom Dach gejagt hat?«

Er hob, als Reefs antworten wollte, die Hand. »Schau, ich kenne das doch aus eigener Erfahrung: Einem Zuhälter glaubt man nicht. Und einem mehrfach wegen Körperverletzung vorbestraften wie dir schon gar nicht. Man wird dich grillen, Clayton Reefs.«

»Was – was willst du von mir?«

»Meine Ehre will ich zurück, den guten Draht, den ich immer zu Don Gino gehabt habe! Ein ebenso gutes Mädchen wie Fay will ich. Und den Haufen Geld, der mir durch deine Schuld entgangen ist! Das ist, was ich von dir will, du Mistkerl.« Amati hatte die Worte zornbebend hervorgestoßen. Jetzt wurde er ruhiger. »Was Don Gino betrifft, der will von dir nur eine Auskunft. Du sollst mir alles über dieses U-Boot erzählen, du weißt schon.«

»Was für ein U-Boot?«

»Du sollst es natürlich nicht umsonst tun . . .« Amati ließ seine Stimme schleppen.

Clayton Reefs sah ihn abwartend an.

Amati hielt ihm die Versandtasche unter die Nase. »Wir bringen das hier an Ort und Stelle zurück – natürlich von Fingerabdrücken gesäubert.«

»Es tut mir leid, Tonio, aber ich weiß nicht, wovon du redest. Was ist das für ein U-Boot?«

Amati seufzte und sagte: »Du kennst Captain Mutton nicht. Der ist nicht der Mann, der einen vorbestraften Zuhälter wieder laufenläßt. Wenn die Presse erst einmal in der Öffentlichkeit breitgetreten hat, daß du diese schicke Fay Johnson vom Dach gestürzt hast, wird er auf jeden Fall dafür sorgen, daß du in Carson City einsitzt. Ob er dir einen Mord anhängen kann oder nicht. Und dort, mein Lieber, schickt dir dann Don Gino einen anderen auf den Hals als mich.« Amati kippte mit dem Oberkörper nach vorn: »Los! Sei kein Narr, und mach das Maul auf!«

Als Reefs mit seinem schweren goldenen Talisman spielte, merkte er, daß sein Brusthaar naß war von Schweiß. Er wünschte sich Zeit und Ruhe, um seine Situation genau überdenken zu können. Vielleicht wartete Sheriff Mutton wirklich auf etwas Derartiges?! Und ließ ihn deshalb beschatten? Seine einzige Chance wäre dann, ihm den wirklich Schuldigen zu liefern.

Amati schien seine Gedanken erraten zu haben. Er grinste: »Die einzigen Fingerabdrücke, die darauf sind, sind deine.«

In der Stille war das Pumpen und Stoßen und Schlagen der Kraftmaschinen im Trainingsraum zu hören.

»Okay«, begann Reefs einzulenken. »Ich habe in der Tat was von einem U-Boot läuten hören.«

»Spuck's aus!«

Reefs schüttelte den Kopf. »Wenn ich rede, dann einzig und allein mit Don Gino.«

Amati wirkte, als gebe er sich zufrieden. »Er wollte zwar, daß du mit mir redest. Aber bitte.«

»Und dieses . . .?«

»Es ist Zinkblech, wie's die Dachdecker benutzen, aber es sieht verdammt aus wie ein Dolch.« Amati grinste kalt. »Und ohne Frage wirkt es auch so.«

Reefs streckte fordernd seine Hand nach dem Päckchen aus.

Amati übersah es. »Wir bringen es beim Vorbeifahren zurück.«

»Aber wir fahren doch nicht jetzt gleich?«

Wieder fuhr Amati auf: »Ich habe genug Ärger deinetwegen gehabt, du Laus! Wir fahren gleich — oder gar nicht.«

Reefs überlegte. Er sah keinen Anlaß, die Partie verloren zu geben.

War seine Position nicht jetzt eher noch gefestigt? Denn das war ja genau das, was er gewollt hatte — verhandeln, ins Geschäft kommen. Und Don Gino Calabrese war der Partner, der dafür in Frage kam.

Bis zu dieser Bucht zwischen Santa Barbara und Carpinteria, wo Calabrese wohnte, war sein Leben geradezu versichert — mit einem Mafioso neben und mißtrauischen Greifern hinter sich. Und Don Gino würde bestimmt niemanden killen lassen, der unter den Augen der Polizei bei ihm zu Besuch gewesen war. Es mochten dreihundertsechzig Meilen sein bis zu ihm, eine Fahrt von vier, viereinhalb Stunden. Schon am Nachmittag konnte er ein reicher Mann sein.

»Reg dich ab, Dicker«, sagte er versöhnlich. »Wir fahren ja.«

Er beugte sich ebenfalls vor: »Und hör verdammt noch mal damit auf, mich Laus und Mistkerl zu nennen!«

Amati sagte nur: »Laß uns fahren, bevor die große Mittagshitze kommt.«

»Und mit meinem Wagen! Und du am Steuer!«

Amati zuckte gleichmütig die Achseln: »Wenn du kein Vertrauen hast . . .«

Als sie vor die Tür traten, stand da die schwere graue Polizei-Limousine. Und rollte im gleichen Augenblick an, in dem Reefs' auffälliger weißer Porsche sie passierte.

»Wir werden Begleitung haben«, sagte Clayton Reefs, um Amati aufmerksam zu machen.

Amati zuckte mit den Achseln. »In Nevada gibt es keine Geschwindigkeitsbegrenzung, und in Kalifornien werde ich mich strikt daran halten.«

Aus der Ferne waren die Warnsignale eines Zuges der Union Pacific zu hören, und als sie ins Stadtzentrum kamen, fuhr dieser Zug — eine lange Kette von Kühlwagen mit Fleisch und Wurst von den Chikagoer Schlachthöfen für Las Vegas' nie zu sättigende Riesenhotels — rechter Hand neben ihnen.

Reefs fühlte sich sicher und machte sich weiter keine Gedanken. Amati fuhr über die Main Street, die nach drei Meilen in den Südlichen Las Vegas-Boulevard münden würde. Danach begann der berühmte *Strip*, an dem all die Hotel-Casinos wie *Circus Circus*, *Stardust*, *Flamingo*, *Caesar's Palace* sowie auch *Queen's Palace* lagen, wo sie dieses verdammte Blechstück wieder loswerden wollten.

Auch als Amati an der Kreuzung der Main Street mit der Washington Avenue beim Umspringen der Ampel so heftig Gas gab, daß der Porsche jaulend davonschoß, schöpfte Reefs noch keinen Verdacht. Vielmehr war er stolz auf die Spurtstärke seines rassigen Wagens, und lachte, als Amati diesen, den übrigen Autos um ganze Meter voraus, quer über die Straße nach rechts zog: »He, paß auf, wo du hinfährst!«

Erst als Amati in die Washington Avenue einbot, dämmerte ihm etwas. Hundert Schritte entfernt befand sich der Bahnübergang, wo in diesem Augenblick die Warnlampen zu blinken und die Schranken sich zu senken begannen, um den Kühlzug vorbeizulassen. Amati gab Vollgas. Es ging nur um Zentimeter − aber es ging. Als Reefs, das Aufknallen der Schranke über seinem Kopf erwartend, zurückblickte, da war diese geschlossen und von der Polizei-Limousine nichts mehr zu sehen.

»Du bist ja verrückt«, sagte er abfällig. »Hast du je von jemand gehört, der es geschafft hat, in Nevada die Polizei abzuhängen? Nach vier Meilen beginnt die Wüste.«

»Abwarten.‹

»Hör zu: Entweder ich rede mit Don Gino − oder ich rede gar nicht.«

»Wart's ab, habe ich gesagt.«

»Nimm doch Vernunft an, Squeeze! Du kannst mir Ärger machen, okay. Aber du wirst dir auch selbst Ärger machen. Captain Mutton sieht es nämlich gar nicht gern, wenn man seinen Leuten davonfährt.«

»Wart's ab.«

Amati bog links in den Highland Drive ein, von diesem rechts ab auf den Charleston Boulevard und schließlich auf die Bundesstraße 95, der Route zur alten Silberstadt Tonopah und nach Reno. Reefs wurde unruhig, nachdem sie die Autobahn erreicht hatten. Doch als er sich erneut umdrehte, sah er wieder eine graue Limousine hinter ihnen. Auch Amati mußte sie im Rückspiegel entdeckt haben, denn er beschleunigte das Tempo nicht, sondern ließ den Verfolger aufrücken.

»Na, also, jetzt glaubst du mir doch, oder?«

Amati schwieg. Er hatte wohl eingesehen, daß er einen Fehler gemacht hatte, denn er fuhr noch langsamer und betont rechts. Doch als der Verfolger sich nun neben den Porsche setzte, mußte Reefs erkennen, daß die graue Limousine gar nicht die war, die ihn beschattet hatte. Es war der gleiche Chevrolet, es war die gleiche militärgraue Farbe. Doch der Mann, der sie steuerte, hatte nichts, aber auch gar nichts mit einem Polizisten gemein. Es war einer von Don Ginos Killern: Harry Fox.

Tonio *Squeeze* Amati grinste. »Du kannst schon mal anfangen zu reden.«

Er hielt ihm Notizbuch und Kugelschreiber hin. Reefs Hände zitterten. Geduldig sagte Amati: »Also: Was ist das für ein U-Boot?«

»Ein deutsches.«

»Das weiß ich auch. Aber wieso nennen sie es eine schwimmende Schatztruhe, ein Millionending?«

»Weil Diamanten drin sind. Und Gold, Devisen, Drogen. Auch eine riesige Fracht Quecksilber.«

»Quecksilber?« Amati blickte Reefs zweifelnd an. »Bringt das was?«

»Große Leute sind von überall her wegen dieses Quecksilbers bei diesem Italiener DeLucci zusammengekommen.«

»Hm. Und wo liegt das alles?«

Clayton Reefs blieb stumm. Amati sah ihn ein paar Sekunden stirnrunzelnd an. Dann schlug er mit dem Handrücken zu, schräg von unten nach oben, genau unter Reefs Kinn. Clayton Reefs würgte und riß sein Taschentuch hervor. Als er es wieder vom Gesicht nahm, war es voll von Blut und ausgespuckten Zähnen.

»Ich möchte, daß du es *mir* erzählst und nicht Harry«, sagte Amati in einem erklärenden, fast bittenden Ton. Und fügte hinzu: »Du verstehst, ich muß da ein bißchen an mich denken.«

Er gab Reefs, der seinen Kopf in den Nacken gelegt hatte, um wenigstens das Nasenbluten zu stillen, einen Schubs mit dem

Ellenbogen. »Wollt'st du mir nicht sagen, wo dieses Millionen-U-Boot liegt . . .«

»Penang«.

»Penang? Was ist das?«

»Eine Insel am oberen Ende der Malakkastraße. Am unteren Ende liegt Singapur. Die Malakkastraße ist die Meerenge zwischen der Malaiischen Halbinsel und der Insel Sumatra.«

»So ist es recht. Und schön aufschreiben, hörst du!«

Als Blut auf den Notizblock tropfte, zerknüllte Reefs das Blatt und begann auf einem neuen von vorn. Er mußte darauf aus sein, seine Aussage zu verzögern, denn noch waren sie auf der 95, und jede Sekunde konnte, von Tonopah her oder auch von Las Vegas, ein echtes Polizeiauto auftauchen. Doch nachdem sie die Geisterstadt Carrara und bald darauf das über tausend Meter hoch gelegene Städtchen Beatty in den Bare Mountains erreicht hatten, war diese letzte Chance dahin.

Erst in Rhyolite, einer Ruinenstadt, hielten sie an. Harry Fox erschien am Schlag des Porsche mit einer schallgedämpften Pistole, und Reefs mußte in den Chevrolet umsteigen. Die Sonne stand im Zenit, es mochten fünfzig Grad herrschen.

Eigentlich hätten sie sich bei dem Posten am Daylight Pass vor der Einfahrt ins gefährliche Sanddünen-Areal des Death Valley abmelden müssen, doch Harry Fox umging den Kontrollpunkt durch den Titus Canyon.

Erst in der Sandwüste begann er zu sprechen. »Hat unser Freund gesungen?«

Amati zeigte ihm das Notizbuch und berichtete. Harry Fox hörte aufmerksam zu. »Etwas fehlt aber noch«, sagte er, als Amati geendet hatte.

Tonio *Squeeze* Amati lief rot an. »Was soll denn da fehlen?« Er sah Reefs an: »Du hast doch alles ausgespuckt, oder?« Er legte die Fingerkuppen seiner Hände gegeneinander und ließ sie warnend federn.

Clayton Reefs nickte. Er konnte nicht mehr sprechen, Lippe und Nase waren völlig verschwollen.

»Ich will dir sagen, was fehlt, Alterchen«, sagte Harry Fox. »Es fehlt das, was er mit seinem Wissen gemacht hat!«

Er wandte sich an Reefs: »Du hast doch sicher Erkundigungen eingeholt? Dich vielleicht auch schon um Geldgeber bemüht – um Leute, die etwas von Wracks verstehen und vom Tauchen?«

Clayton Reefs sagte nichts.

Plötzlich fuhr Amati aus seinem Sitz hoch: »Mensch, er war ja selber mal da unten! Es ist Jahre her, aber ich erinnere mich. Auf Guam und in Manila mußte er für Don Gino etwas erledigen. Der Heroin-Transfer klappte nicht mehr.«

Haßerfüllt sah er Clayton Reefs an. »Du warst auf Guam und auf den Philippinen. Du warst auch in Hongkong und Singapur. Deswegen weißt du so gut Bescheid. Von wegen Penang und Malakkastraße! Los, wie heißt dein Mann? Wie dein Mann heißt, will ich wissen!«

Er hatte angefangen, Reefs mit den Fingerknöcheln auf den Hinterkopf zu schlagen, doch Harry Fox hielt ihn zurück: »Nicht im Auto, Dicker, er hat schon genug Dreck gemacht. Wir nehmen ihn raus.«

Ein paar hundert Meter weiter hielt der Wagen an.

»Der Name des Mannes liegt mir auf der Zunge«, sagte Amati, als sie neben dem Auto standen. Sein schöner Seidenanzug war durchnäßt von Schweiß.

»Don Gino wird ihn wissen«, sagte Harry Fox. »Laß es.«

Amati schüttelte den Kopf. »Es gibt da Rivalitäten zwischen den Tongs, Harry, das ist nicht wie bei uns. Jede Sippe, jedes Viertel, jeder Straßenzug hat einen anderen Boß. Und wenn du dich an den falschen wendest . . .« Er machte eine Geste.

Harry Fox stieß Reefs fast sanft an. »Nun sag schon! Ich hab' keine Lust, mir deinetwegen das Hirn versengen zu lassen.«

Trotz seiner blutverkrusteten Schwellungen war zu sehen, daß Reefs grinste. Er hatte ein Flugzeug gehört, es mochte ein Polizei-Helikopter sein.

»Ich hab's«, schrie Amati. »Der Chinese, der diesen Tong kommandiert, heißt Son-Lee. Nein – Sun-Lee! Er ist der Mann in Singapur, durch dessen Hände sowohl unsere Mädchen gehen als auch das Heroin. Was sagst du nun?«

»Klasse, Dicker! Tja, das wär's denn also.« Er blickte auf Reefs. »Was machen wir mit ihm?«

»Wegen so einer Ratte muß unsereins schwitzen.«

Harry öffnete den Wagen, doch was er herausholte, war zu Reefs Erstaunen nicht seine Pistole, sondern ein Plastikbeutel, in dem sich die Kontur einer Flasche abzeichnete. »Wir lassen dir etwas hier, wir sind ja keine Unmenschen. Aber du rührst dich erst vom Fleck, wenn du mich hupen hörst, verstanden?«

Es dauerte eine Ewigkeit, bis Clayton Reefs endlich das Hupen hörte. Wahrscheinlich mußte Harry den Weg, den sie gekommen waren, rückwärts zurückstoßen, einige Male war zu hören, wie die Räder im Sand durchdrehten. Der Schuß, mit dem er gerechnet hatte, kam nicht. Als Clayton Reefs sich umdrehte, war der Chevrolet nicht mehr zu sehen. Aber die Reifenspuren waren unübersehbar. Clayton Reefs rechnete mit höchstens einer Stunde Rückmarsch ins schattige Gebirge.

Auf seiner Uhr war es kurz nach eins. Gewiß war es verrückt, in der größten Mittagshitze loszumarschieren, aber noch verrückter wäre gewesen, es nicht zu tun. Es gab nirgendwo Schatten, nur hier und da einen verdorrten Mesquitestrauch. Er nahm den Plastikbeutel und ging los, auf der Zunge den Messinggeschmack von Blut und in den Augen das brennende Jucken, mit dem die heiße, trockene Luft ihnen die Feuchtigkeit entzog. Ein dumpfer Druck in seinem Schädel verstärkte sich beängstigend.

Nach hundert Schritt holte er sein Taschentuch hervor, um damit seinen Kopf zu schützen, wieder hundert Schritte weiter blieb er stehen, um nachzusehen, was sich in dem Beutel befand. In der Flasche schien Sprudel zu sein, doch hatte er keinen Öffner. Dann war da noch eine große runde Biskuitdose, deren Deckel klemmte. Clayton Reefs mußte mit beiden Händen zupacken, um sie aufzubekommen, und so hatte er nicht die geringste Chance, als die wütende Klapperschlange aus ihrem Nest aus Watte emporschnellte und ihn in die Hand biß.

Clayton Reefs schrie wie wahnsinnig und stürzte blindlings davon. Sich gewaltsam beruhigend versuchte er, die Wunde auszupressen, doch es wollten sich nur ein paar Tropfen Blut lösen. Also ging er zurück, packte die Flasche und zerschlug sie am nächsten Stein. Der Inhalt war schon im trockenen Sand verschwunden, bevor er noch die am besten geeignete Scherbe ausgesondert hatte. Reefs machte einen tiefen Schnitt und ließ den Arm kreisen, damit das Blut richtig floß. Als er den Finger an der Stelle in den Sand steckte, wo das kostbare Naß versickert war, und daran leckte, schmeckte es nach Salz. Es war nicht Sprudel gewesen, was die Flasche enthalten hatte, sondern Meerwasser. Wenn ihn die Schlange nicht erwischt hätte, wäre es das Salz gewesen.

Reefs, der den Arm kreisen ließ, damit das Blut richtig fließe, hielt inne. Ein entsetzlicher Verdacht kam ihm. Und wirklich – da gab es keinen roten Streifen die Blutbahn entlang, wie sie das Gift sonst binnen Sekunden hervorzurufen pflegte. Die Klapperschlange hatte wohl zugebissen, doch ihr Gift mußte vorher gemolken worden sein. Er mußte an Harry Fox denken und daß er, Clayton Reefs, wahrscheinlich genauso gehandelt hatte, wie von diesem vorausgesehen worden war, als er die Flasche in Scherben schlug. Das Ganze war ein grausiger Witz. Der Hitzschlag fällte ihn mitten in seinem verzweifelten Gelächter.

Als Harry Fox und Tonio *Squeeze* Amati auf dem Rückweg durch Rhyolite kamen, stoppten sie, um jene Versandtasche mit dem spitzen Zinkblech in Reefs Porsche zu deponieren. Sie trug jetzt in Druckbuchstaben die Aufschrift: »Für Cpt. George D. Mutton – Sheriff von Las Vegas.«

Dann fuhren die beiden weiter nach Tonopah und zwischen den Viertausendern der White Mountains hindurch südwärts zur Küste. Es war schon späte Nacht, als sie an ihrem Ziel ankamen, doch es war nicht zu spät für Don Gino Calabrese, noch ein Telefongespräch mit Singapur zu führen.

ÄQUATOR

Man hätte ihn für einen Araber halten können, wenn auch einen ziemlich blassen. Kommandant Hansen trug eine Badehose und ein wie einen Turban um den Kopf gewickeltes weißes Handtuch. Trotzdem war sein magerer Körper naß von Schweiß. Er perlte aus jeder Pore und sammelte sich scheußlicherweise genau in der Gesäßkerbe. Oberleutnant Metzler hatte sich davon schon den Wolf geholt und mußte eine mit Zinköl getränkte Windel tragen, damit keine Pilzerkrankung daraus entstand. Etwas, mit dem bei der allgemeinen körperlichen Erschöpfung nicht zu spaßen war, wie Dr. Krummreiß warnte.

In U 859 herrschten vierzig Grad Hitze, als es sich am 30. Breitengrad-West dem Äquator näherte. Im Maschinenraum waren es sogar siebzig Grad. Die Heizer, vor sechs Wochen noch von allen beneidet, mußten sich in immer kürzeren Abständen abwechseln; keiner schaffte mehr als zwei Stunden. Der Diesel war ein einziger Heizofen inmitten heißen Nebels. Aus der Bilge dünstete es wie aus einer Sickergrube, und obwohl sie vom Zentralemaat alle paar Stunden durchgespült wurde, sagte L. I. Palleter jedesmal, wenn er von achtern kam, seine Leute seien nun am Ende.

»Die wollen nicht mehr essen, die wollen nicht einmal mehr davon hören, nur immer Kujambel saufen. Und sind voller Pickel, Ausschlag und Furunkel — kannst richtig sehen, wie es aus der Haut aufblüht. Und wie es da nach Schweiß stinkt! Wie in einem Affenkäfig.«

Er wandte sich an Hansen: »Meine größte Sorge ist, daß sich da hinten jemand eine Gelbsucht einfängt. Da wird dann nämlich leicht eine Epidemie daraus.«

»Sind ja nur noch ein paar Tage. Morgen passieren wir die Linie, und von da ab lassen sich die Breitengrade, die wir uns noch zu verstecken haben, fast schon an den Fingern abzählen.«

Hansen schaute sich an, was der Obersteuermann auf dem Navigationstisch mit Kursdreieck, Zirkel und Rechenschieber erarbeitet hatte. Danach würde U 859 unweit der brasilianischen Insel São Paulo den Äquator überqueren.

»Wo käme man hin, wenn man sich an ihm entlanghangelte?«

»Amazonasmündung. Der nächstgelegene Hafen wäre Belém, auch Pará genannt, hundertvierzig Kilometer landein am gleichnamigen Mündungsarm. Aber wir kommen nicht ran. Das Amazonasschelf reicht weit und steigt an bis dreißig Meter unter Null. Über den Flußablagerungen sind es sogar nur fünfzehn.«

»Amazonas!« Der Kommandant schüttelte sich. »Schon das Wort ist schweißtreibend.«

Am 5. Juni, kurz nach 13 Uhr, rückte der große Moment heran.

Hansen ließ es sich nicht nehmen, ihn höchstpersönlich einzuläuten: »Der Matrosengefreite Hardt schnellstens zum Kommandanten!«

Als der kleine Hardt im Turm anlangte, wurde er schon erwartet. »Sie waren doch auf E-Meß-Kurs, hm? Also — wie weit ist 's noch bis zum Strich?«

Während Hansen das Sehrohr freigab, untertauchte der schmächtige Gefreite, schweißtriefend von der Lauferei, den Verdunkelungsvorhang.

»Na«, stieß der Kommandant ihn an, »wie weit?«

»Da ist nichts. Ich meine . . . Bitte melden zu dürfen: Ich kann da nichts sehen.«

»Menschenskind — Lage Null. Genau vor uns. Von ganz außen Back hinüber nach Steuerbord. Da ist doch ein Strich?!«

»Nichts als Wasser, Herr Kaleu.«

»Ja, sicher. Und *in* diesem Wasser?«

»'ne Idee darüber, Herr Kaleu, wenn ich mir erlauben darf«, berichtigte der II. WO., der, zu Hardts Bestürzung, dieses verdammte blöde Ding also auch gesehen haben mußte. Ausgerechnet Leutnant Rügen, sein Chef an der Flak, der so große Stücke auf ihn hielt.

»Wieso darüber?« mischte Oberleutnant Metzler sich ein. »Nie und nimmer liegt dieser Strich darüber! Das gäbe ja sonst ein völlig falsches Bild, oder?«

»Nur ein bißchen.« Rügen zeigte es mit Daumen und Zeigefinger.

»Was?! Ich werde verrückt! Das wären ja mindestens drei Millimeter. Stellen Sie sich doch mal vor, Rügen, Sie nehmen das mit über vierzigtausend Kilometern mal — was das ausmacht?! Ph, drei Millimeter.«

»Na, gut — dann nur so viel. Ich laß ja mit mir handeln.«

»Immer noch viel zuviel! Keinen Millimeter, und auch keinen halben«, schnauzte Metzler rechthaberisch. »Es gibt überhaupt keinen Zwischenraum, jedenfalls keinen meßbaren.«

»Aber dann wäre das Ding ja doch im Wasser, wie der Kommandant gesagt hat, und das kann es wiederum nicht, denn . . .«

»Aber, aber, meine Herren! Ob nun darüber oder darin oder auch genau drauf, das ist doch jetzt nicht so wichtig. Hauptsache, er sieht es früh genug. Damit wir nicht dagegenrumsen.«

Doch Klaus Hardt sah nichts. Konnte auch gar nichts sehen, weil ihm der Schweiß in die Augen biß, und er viel zu verwirrt war. »Tut mir leid, Herr Kaleu . . .«

»Hardt! Es hängt jetzt alles von Ihnen ab und Ihren Augen. Wir reißen uns womöglich die FuMO-Antenne ab, verbiegen uns Seerohr oder Schnorchel, verlieren gar den gesamten Turm! Und dann, mein Lieber, so leid es mir tut . . .«

»Jetzt!« wurde er unterbrochen, ein Schrei des Obersteuermanns. Und wirklich erfolgte ein Rumpeln wie bei einem Auto, wenn es über ein Schlagloch fährt (eine Spielerei mit der Pufferschaltung), und der Kommandant äußerte lakonisch: »Das wär' sie dann gewesen«, und Rügen fluchte: »Wenn wir sie bloß nicht mit uns mitschleppen – wir würden die ganze Geodäsie durcheinanderbringen.«

Hardt, nun völlig konfus, wurde von ihm angestoßen: »Na, Sie Unglücksrabe, dann kommen Sie mal!«

Als er unter der Verdunklung hervortauchte, schweißgebadet und durcheinander, erwarteten ihn ein Neger und eine Frau. Die schwarze Haut kam natürlich von Schuhwichse und Dieselruß, und das blonde, in Locken fallende Haar der Frau war eine Perücke. Es schien ihm, als stecke einer der Torpedomechaniker darunter, ein ziemlich ordinärer Zeitgenosse. Der andere war wohl der Zentralemaat.

Hardt kapierte – Äquatortaufe! Während er versuchte, sich alles zusammenzureimen, begann der schwarze Zentralemaat – er war es wirklich – zu deklamieren: »Neptun, der Gott der fließenden Wasser, schickt uns – die schönste seiner Meerjungfrauen und mich, seinen schwarzen Diener –, um dich, Erdenbürger, wissen zu lassen, daß du soeben den Äquator passiert und dich dadurch einer gründlichen Reinigung bedürftig gemacht hast. Denn wisse: Jeglicher, der vom Norden her, wo es so beschissene Gegenden gibt wie einen Rosengarten, auf die südliche Erdhalbkugel übertritt, der muß gereinigt werden, bevor er all der Freuden teilhaftig werden darf, die hier seiner warten . . .«

»Geisha, Geisha!« unterbrach die *Meerjungfrau*, rollte ihre Augen und leckte sich bedeutsam die Lippen.

»Seiner warten«, wiederholte der in Laken eingehüllte Zentralemaat, um in rascherem Tonfall fortzufahren, weil ihm der Schweiß die Bemalung aufzuweichen begann. »Und da du, Gefreiter Hardt, jene Linie, die die beschissene Hälfte der Erde von der paradiesischen trennt, als erster gesehen — beziehungsweise nicht gesehen — hast, sollst du auch die Ehre haben, als erster dieser Reinigung und der nachfolgenden Taufe teilhaftig zu werden. Sei ohne Arg, mein Sohn, und folge mir!«

»Geisha, Geisha«, zwitscherte die *Meerjungfrau* wieder, Hardt mit heftig schlingernden Hüften umtanzend. Sie faßte ihm, als er sich auf die Steigleiter schwang, während sie sich mit der einen Hand lüstern über den ausgestopften Busen strich, mit der anderen ganz ekelhaft zwischen die Beine. »Oh, oh! Glosse Fleude elwaltet alme Japan-Mädchen!«

Was sich vorfand, als Hardt unten ankam, war ziemlich das, was er aus Erzählungen kannte — ein phantastisch gewandeter und gekrönter *Neptun* auf seinem Thron und unter dessen Gefolge ein *Friseur* mit einem ellenlangen Messer aus Holz, riesiger Pinselquaste und einer Pütz voll blasig geschlagener Schmierseife. Ihm wurde Hardt überantwortet, während die *Meerjungfrau* sich drastisch über ihre Entdeckung ausließ, welche den Japanerinnen ganz schön zu schaffen machen würde.

»Wo soll ich denn schaben?« meldete sich der *Friseur* zu Wort. »Der hat doch noch gar keinen Bart?!« »Halt!« rief der Zentralemaat dazwischen, dessen Bemalung durch die Schweißbäche langsam streifig zu werden begann. »Nicht so schnell! Wir haben ja noch etwas vergessen — den Trunk. Der Täufling soll sich doch erst einmal Mut antrinken.« Er wandte sich den Mittelgang hinunter nach vorn: »He, die Pütz her! Wo bleibt denn die Pütz?!«

Was herbeigeschleppt wurde, war nichts anderes als der WC-Kübel — jedenfalls war der gleiche runde Deckel darauf, und alle, die prüfend hineinrochen, verzogen denn auch angewidert das Gesicht. Hardt wußte, daß er sich weder sträuben noch Angst zeigen durfte. Sonst würde es ihm zweifellos noch schlimmer ergehen.

Es wurde still, als er den Holzeimer ergriff, den Deckel herunternahm und das randvoll schwappende Ding an den Mund stemmte.

Erst im letzten Augenblick kriegte er das verschwörerische Zwinkern des Zentralemaats mit, aber da hatte er es schon selbst gemerkt: Es war gar nicht der Kübel aus dem WC, er war ihm nur zum Verwechseln ähnlich — und was darin war, war Bier. Oder roch jedenfalls nach Bier, denn beim Trinken schmeckte er, daß dieses Bier stark verdünnt war, und zwar mit Seewasser.

Man lobte ihn, klopfte ihm anerkennend auf die Schultern, und während von den Bugräumen her die anderen Tauf-Aspiranten herbeigetrieben wurden, kam erneut der *Friseur.* Wieder wandte er ein, daß es hier nichts zu rasieren gebe. Dieser Milchbart von einem Gefreiten habe ja noch nicht einmal Flaum im Gesicht.

»Na, wenn nicht im Gesicht, dann eben dort, wo er Haare hat«, schrie die *Meerjungfrau.* »Aber rasiert werden muß, das gehört sich so.« Und auch *Neptun* forderte (mit dem Baß Grabowskis): »Reiniget ihn! Egal wie und wo, aber das Ritual muß vollzogen werden.«

Sie faßten ihn an. Doch Klaus Hardt wollte sich nicht anfassen lassen, denn der obszöne Griff der *Meerjungfrau* war nicht ohne Wirkung geblieben, und er genierte sich. Er hatte keine Chance, und als er sich wehrte und um sich schlug, schon gar nicht. Alles, was er erreichte, waren Gröhlen und Lachen.

Bald lag er auf dem Rücken, seine Hände und Füße von Fäusten, sein Kopf von ölverschmierten, schwitzenden Oberschenkeln eingeklemmt, und irgend jemand zog ihn aus. Brüllendes Gelächter und, wie von ihm erwartet, schrilles Jauchzen der *Meerjungfrau.* Und während diese zu schildern begann, zu was für Phantasien das Weib in ihr aufgestachelt sei, pinselte ihm der *Friseur* den Seifenschaum aufs Gemächt. Das prickelte und biß und steigerte Hardts Wut ins Unerträgliche.

Doch es sollte nur Sekunden dauern, denn plötzlich gurgelte es in der Feuerlöschleitung über seinem Kopf, seufzte auf und zischte, und schon platzte Wasser auf ihn herab, pieselwarm zunächst und rostrot, doch rasch kühler und kühler werdend. Der Regen ergoß sich nicht nur über ihn, sondern über alles und jeden.

Hansen selber hatte die Löschanlage angestellt, um die Gemüter abzukühlen. Doch als er den allgemeinen Begeisterungsschrei hörte, befahl er, auch noch die Löschschläuche einzusetzen, die Maschine zu stoppen und das Boot in fünfzig Metern auf ebenem Kiel treiben zu lassen.

Mannschaften, Unteroffiziere und Oberfeldwebel, die Offiziere und der Kommandant rissen sich die Sachen vom Leib, die Handtuchturbane vom Kopf und warfen sich dem spritzenden, kühlen Meerwasser entgegen. Sie kreischten und jubelten, tanzten und spielten verrückt.

»Bier?« wollte der Smut wissen, als er sich endlich zum Kommandanten durchgekämpft hatte, der, wie er und die Mannschaft splitternackt, im Wasser hüpfte.

»Aber ja, Mensch! Für jeden eine Flasche. Man muß die Feste feiern, wie sie fallen.«

Der Smut hatte kein Wort verstanden, den Kommandanten nur nicken sehen, und als er daran ging, das Bier auszuteilen, gab es ein riesiges Hallo. Man ließ ihn hochleben, den Kommandanten, die Heimat und selbst den Krieg – vorausgesetzt daß er sich auf diese Art verbringen ließe.

Vier Stunden ging es so. Wasser, Brüllen, Spritzen, Tanzen. Bis abends um fünf. Dietrich von Thaur, die Lippen inzwischen blau vor Kälte, rechnete aus, daß man in dieser Zeit fünf Tonnen Atlantik durch die Feuerlöschleitung gepumpt hatte.

Dann machte er sich daran, mühselig die Lenzpumpe auseinanderzunehmen – die aufgelöste Perücke der *Meerjungfrau* hatte sich im Filter verfangen.

Sir Peter Brennan saß an seinem Schreibtisch im Erker von Blackgang House nahe Ventnor an der steilen Küste der Isle of Wight. Wie meist um diese Vormittagsstunde war er damit beschäftigt, seine Memoiren zu signieren, als sein Butler mit der Post kam. Es waren die üblichen Päckchen mit Exemplaren seines im letzten Herbst erschienenen Buches, von Männern stammend, die einmal unter ihm gedient hatten und sich nun eine Widmung auf das Vorsatzblatt der Erinnerungen wünschten, welche auch die ihren waren. Heute jedoch befand sich etwas Ungewöhnliches darunter: Ein Einschreiben vom Konsulat in Singapur, das mit der Kurierpost übers Londoner Außenministerium gegangen war.

Sir Peter wog den Brief in der Hand. »Kennen wir jemand in Singapur, Swinton?«

»Nicht daß ich wüßte, Herr Admiral.«

Er reichte den Brief zum Öffnen über die Schulter und richtete seine grauen Augen auf das windbewegte graugrüne Wasser des Ärmelkanals, dessen Ufer nur einen Steinwurf entfernt war. Bilder jenes Singapur stiegen vor ihm auf, wie er es gekannt hatte, bevor es von den Japanern überrannt worden war. Damals war er Junior-Leutnant und Zweiter Wachoffizier auf einem Zerstörer des Pazifik-Geschwaders Seiner Majestät gewesen. Die Stadt hatte ihn beeindruckt: Das schneeweiße *Raffles* mit den riesigen Sikhs als Türstehern, der verrückte Tiger-Balm-Garden an der Straße nach Pasir Panjang, die dümpelnden Sampans auf dem Singapur-Fluß, die Eleganz der marmornen Brücken, die fahrbaren Garküchen mit ihrem gaumenkitzelnden Currygeruch und die elfengleich wirkenden Taxi-Girls in den Spelunken der Tembeling Road. Er hatte lange nicht verwinden können, daß er schon nach kurzer Zeit zur U-Boot-Waffe nach Ceylon versetzt worden war. Doch eben dieser Versetzung verdankte er sein Leben — der Zerstörer, zur Überholung im Dock von Seletar, war gleich beim allerersten Bombardement vernichtet worden.

Der Brief, den Swinton vor ihm auf den Tisch legte, bestand aus drei maschinengetippten Seiten, an die mehrere Zeitungsausschnitte geheftet waren. Der erste Teil des Schreibens war fast geschäftsmäßig. Konsul Sir Henry Crocker teilte mit, daß das deutsche Unterseeboot U 859, welches er, Brennan, seinerzeit torpediert hatte, Schlagzeilen machte. Die Zeitungsausschnitte belegten dies, insbesondere einer aus der *Straits Times* mit der Überschrift ›Mysterious Nazi U-Boat offers Dead again‹.

Sir Peter Brennan hielt beim Lesen inne. »Bring mir doch bitte einen Sherry, Swinton. Und gieß dir auch einen ein. Hör zu! Hättest du gedacht, daß die Quecksilberladung in diesem deutschen U-Boot, das wir mit der ›Trochus‹ versenkt haben, bis heute noch nicht geborgen worden ist? Hier, der Singapurer Konsul schreibt es, und die Zeitungen drüben sind voll davon — Fischern sind in der Malakkastraße Quecksilberflaschen ins Netz gegangen!«

»Fast nicht zu glauben, Sir. Dieses Zeug hat schließlich Wert. Vor allem deswegen haben wir uns doch damals um das U-Boot kümmern müssen statt um die *Codfish*-Leute.«

Brennan setzte seine goldgeränderte Lesebrille ab. Er suchte nach Worten. Die Sache mit *Codfish* schwelte seit dem September 1944 zwischen ihnen. George Swinton war als blutjunger Aufklärer mit ihm auf U ›Trochus‹ gekommen und hatte — wie viele seiner Kameraden — nie verstehen können, warum eine fünfunddreißigköpfige Kommandoeinheit damals im Hinterland der Japaner im Stich gelassen werden mußte.

»Es ist von Wert, sicher. Jedes Metall ist irgendwie von Wert. Aber damals war sein Wert noch viel größer und in einem ganz anderen Sinn — die Japaner hätten mit dem Knallquecksilber, das sich aus dem Quecksilber herstellen ließ, Millionen von Zündern produzieren können. Der Krieg hätte noch länger gedauert, und es wären Tausende von Menschen draufgegangen.«

»So heißt es über Hiroshima auch, Sir.«

»Außerdem gab es einen Befehl.«

»Auch das sagen die amerikanischen Bomberpiloten.«

George Swinton kam mit dem Tablett. »Sir, was mich stört, ist das ›hätte‹. Niemand kann beweisen, daß der Krieg wirklich noch länger gedauert hätte. Die Japse waren doch am Ende. Sonst hätten sie wohl das Quecksilber raufgeholt!«

»Sie haben es versucht. Aber wir haben Flugzeuge geschickt und die See vermint.«

»Sir, wenn die Japse noch die gewesen wären, die Singapur genommen haben, hätten wir keine See vermint. Sie waren k. o. — aber wir haben ihnen dann noch einen Tritt gegeben. Genau wie den Deutschen im Fall Dresden.«

Sir Brennan schwieg. Swinton war alt geworden neben ihm. Einst Untergebener, war er nun sein Freund, mit dem er vertrauter stand als jemals mit seiner vor Jahren verstorbenen Frau. Er konnte Swinton nicht recht geben, aber er konnte auch nicht sagen, daß er unrecht hatte. Die Sache war verzwickt, und natürlich stellte sie sich einem Seemann anders dar als jemandem, der in einer Kadettenanstalt erzogen und Offizier und schließlich sogar Admiral geworden war.

Er nahm den Brief aus Singapur wieder zur Hand. Im folgenden, weniger geschäftlichen Teil äußerte Crocker die Überzeugung, daß das Quecksilber geborgen werden müsse. Allerdings befinde sich die Regierung in einer Zwickmühle. Auf der einen Seite stünden die berechtigten Forderungen der Bevölkerung auf Schutz und Sicherheit, auf der anderen die keineswegs eindeutigen Aussagen des Völkerrechts. Die Amerikaner etwa betrachteten ein gesunkenes Kriegsschiff keineswegs als ›herrenloses Gut‹ im Sinne des Bergungs- und Strandrechts nach dem Brüsseler Seenotabkommen und hätten die Japaner gewarnt, solche Wracks von ihnen auch nur anzurühren. Im Falle des deutschen Quecksilber-U-Boots werde der Sachverhalt noch dadurch kompliziert, daß Malaysia außerhalb seiner Hoheitsgewässer tätig werden müßte. Soweit er, Crocker, informiert sei, wolle das Land sich offiziell heraushalten — aber wohlwollend dulden, wenn ein privates Unternehmen die Bergung durchführe.

»Mein Informant«, schrieb Sir Crocker wörtlich, »hat mich wissen lassen, daß man es nicht ungern sähe, wenn ein solches privates Unternehmen ein englisches wäre. Offiziell kann ich natürlich gar nichts tun; aber ich kann einen Tip geben — und dafür wüßte ich keinen geeigneteren Adressaten als Sie. Vielleicht geben Sie ihn weiter. Vielleicht aber interessieren Sie sich selber dafür, denn ich kenne niemand, der besser weiß als Sie, wo genau das Wrack liegt.«
Brennan nahm einen Rotstift und kreuzte die Stelle an, bevor er Swinton das Blatt reichte: »Was hältst du von der Sache?«
Während Swinton zu lesen begann, nahm er selbst sich den Rest des Schreibens vor, eine Seite, die merkwürdigerweise als privat gekennzeichnet und auch mit der Hand geschrieben war.
»Ihre Memoiren«, hieß es in einer klaren, gefälligen Handschrift, »die mich aus bestimmten Gründen auch persönlich stark angesprochen haben, zeigen, daß Ihnen, verehrter Admiral, die damaligen Ereignisse noch in lebhaftester Erinnerung sind. Und sie sind ja auch in der Tat keineswegs Vergangenheit — falls es wirklich zu der befürchteten Quecksilber-Verseuchung des Meeres kommt. Sie würden viel für meine Stellung und die Stellung Großbritanniens hier in Südostasien tun, wenn Sie sich um die Bergung bemühten.

Was nun jenen bestimmten Grund anbelangt, so bin ich ein wenig auch selber in die Ereignisse vom September 1944 verstrickt gewesen. Ich gehörte zu dem Kommandounternehmen *Codfish*, das Sie damals mit U ›Trochus‹ an der Malayaküste abgesetzt haben. Wie Sie in Ihren Memoiren, die ich sehr schätze, richtig vermuten, war mein damaliger Name ein Deckname. – Erinnern Sie sich an ›Lieutenant Brown‹?«

Schon während des Lesens hatte Brennan gespürt, wie sein Herz rascher schlug. Er ließ das Blatt sinken. Er mußte sich erst räuspern, um sprechen zu können.

»Noch einen Sherry, Swinton. Nein, einen Whisky. Oder nein, Maschine stopp! Ich mache schon selber.«

Er nahm George Swinton den Brief wieder ab. »Lies erst das. Aber halt dich fest.«

Dann erhob er sich, holte Flasche und Glas, und stellte sich erwartungsvoll neben Swinton. »Was sagst du dazu?«

»Brown, Sir? Lieutenant Brown . . .?«

»Ein Junger, Schmaler, der immer aussah wie ein Boyscout. Er war der Unterführer bei Captain Nicholson.«

»Aye, Sir! Der Boyscout – so haben wir ihn ja auch unter uns genannt. Und der hat es also überlebt?! Aber warum schreibt er nichts von den anderen? Vom Captain? Von Staff-Sergeant Finch, dem Halbschwergewichtler?«

»Der Einsatz war geheim. Und anscheinend ist er's heute noch.«

Brennan nahm Konsul Crockers Handschreiben wieder an sich, setzte sich und las es noch einmal Wort für Wort. »Hast recht, nichts über die anderen, nicht die geringste Andeutung. Dabei hätte er nur zu schreiben brauchen ›das erfolgreiche Kommandounternehmen‹ oder ›das verlustreiche‹ – dann wüßte man immerhin, daß einige davongekommen sind.«

»Wenn ich mir dazu eine Bemerkung erlauben darf, Sir . . .«

»Nur zu.«

»Für mich besteht der ganze lange Schrieb im Grunde aus drei Sätzen. Erstens: Das Quecksilber macht Ärger. Zweitens: Es muß raus. Drittens: Der Admiral Sir Peter Brennan würde sich um England verdient machen, wenn er die Sache in die Hand nähme.«

Brennan blickte eine Weile sinnend auf die handsignierten Fotos auf seinem messingbeschlagenen Seglerkapitäns-Schreibtisch: Churchill, George VI. und dessen Tochter, die jetzige Queen.

»Wir hatten doch da mal einen Taucher im Stützpunkt Trinkomalee, der dann nach dem Krieg in London seine eigene Bergungsfirma aufgemacht hat. Der Vorname müßte John gewesen sein oder Jonas . . .«

»Jonathan, Sir. Jonathan Swayers. Stand mal gegen Finch im Ring. Der einzige, der nicht k. o. gegangen ist.«

»Richtig. Jonathan Swayers Limited in London-Wapping. Ruf ihn an. Sag ihm, der Admiral Brennan sei morgen zufällig in London und würde sich gern zum Mittagessen mit ihm treffen.«

Zweiter Teil

Die Pirsch der Wölfe

6 Singapur erwacht früh. Die Verkehrsbeschränkungen in der Innenstadt, dem *Central Business District*, gelten bereits von halb acht Uhr an. Charlie Sun-Lee war gewohnt, noch früher auf den Beinen zu sein. Als der grauhaarige, wie meist in einen Bankiers-Cut gekleidete Chinese die von rot bemalten Terrakottalöwen flankierte Freitreppe seiner Villa in Hillcrest Park herunterkam, um den Mercedes zu besteigen, war die Sonne noch rot und verhüllt von dem Dunst, der von der Mangrovenküste an der Straße von Johore aufstieg.

Wie jeden Morgen, die Sonn- und Feiertage eingeschlossen, ließ er sich zu dem nur wenige Straßenzüge entfernten Turf-Club fahren, um zwei mit Portwein verrührte rohe Eier und einen ungebutterten Toast zu sich zu nehmen und danach seinen zwei Rennpferden bei der Morgenarbeit zuzuschauen. Wie jeden Morgen ließ er seinen Fahrer und Leibwächter Ali erst als man wieder unterwegs war, wissen, wohin es ging.

»Zum Lagerhaus am Kallang-Fluß.«

»Sehr wohl, Tuan.«

Die Stimme des Malaien verriet nichts als Gleichmut, obwohl er mit dem Straßenkreuzer den mörderischen Berufsverkehr zu durchqueren hatte, um auf die östliche Umgehungsstraße zu gelangen.

Sun-Lee hatte die *Business Times* nicht sinken lassen, während er seine Anordnungen erteilte. Doch las er nicht wirklich, sondern benutzte die Zeitung, um dahinter ungestört nachdenken zu können.

Was ihm an diesem schwülen Donnerstagmorgen durch den Kopf ging, hing mit dem U-Boot-Wrack bei Penang zusammen. Der Tip, daß es sehr wahrscheinlich Drogen, Gold, Juwelen, ganz bestimmt aber eine wertvolle Fracht Quecksilber enthielt, war merkwürdigerweise von zwei Leuten gekommen: Gino Calabrese und Clayton Reefs. Reefs war nur ein ›junger Mann‹ des Don und in der Hierarchie der amerikanischen Westküsten-Mafia ein Niemand, auch wenn er vor Jahren einmal die gestörte Heroin-Leitung flicken durfte. Sun-Lee vermutete, daß dieser Halbschwule auf ein privates Geschäft aus gewesen war und sich dabei übernommen hatte. Doch das war nicht sein Problem, sondern Gino Calabreses. Was ihm Sorgen machte, war, daß es zwei waren, die über das Projekt Bescheid wußten — denn wo zwei waren, konnten leicht auch noch mehr sein.

Als sie den Kallang-Fluß erreichten, hatte sich der Nebel zu lichten begonnen. Auf den Wohnbooten, welche die von Kap Rhu vor See und Wind geschützte ›Schmugglerbucht‹ besetzten, war das Leben erwacht. Im trüben, faulen Wasser, zwischen allerlei Abfall, Benzin- und Ölpfützen, badeten Kinder, wuschen Mütter Wäsche und fuhren die *Twakows* der Marktfrauen hin und her, die die schwimmende Stadt und das Pfahldorf am Ufer mit Lebensmitteln versorgten. Dazwischen suchten sich mit Kisten, Ballen, Säcken und Fässern beladene *Tongkangs* ihren Weg zu den Speichern, und vereinzelt auch eine Dschunke, um eine der Reparaturwerften aus der Gründerzeit anzusteuern. Der Fortschritt, auf den Singapur mit Recht stolz war, hatte diese Gegend noch nicht erreicht.

Der weiße Mercedes mit den getönten Scheiben bog in den Kampong Bugis ein, die Siedlung zwischen den Flüssen Kallang und Rochor, die von Celebes eingewanderte Buginesen gegründet hatten, berühmte Seefahrer und Piraten. Überall in den verstopften, engen Gassen wurde dem Wagen sofort Platz gemacht. Straßenhändler machten ehrfürchtige Verbeugungen, und kein Bettler oder Straßenjunge wagte sich zu nahen, als er schließlich hielt und der Mann im Fond ausstieg. Erst als Sun-Lee sich suchend umschaute, trat ein alter Mann vor, doch nur einen Schritt.

Etwa fünf Minuten lang erstattete der Alte Bericht über die Vorkommnisse im Viertel, beantwortete einige Fragen und erhielt schließlich von Sun-Lee einen schmalen Umschlag mit einem Bündel Banknoten. Der Mann bedankte sich, mit Verbeugungen rückwärts gehend, und auch Leute in der Menge verbeugten sich, besonders die älteren. Charlie Sun-Lee hob noch einmal grüßend die Hand, bevor er sich abwandte und in der Einfahrt eines alten heruntergekommenen *Godowns* verschwand, dessen blinde Fenster vergittert und dessen Straßenfront mit Reklamen bepflastert war.

Er durchquerte mehrere Hinterhöfe und eine der alten, mit Gerümpel vollgestellten Dschunkenwerften, bis er schließlich zur Pier gelangte, wo er einem Arbeiter ein Zeichen gab. Der Mann half Sun-Lee devot in eines der vertäuten Boote, einen mit einem Verdeck versehenen Outborder aus Mahagoni, ließ den Motor an und legte ab.

Nach einer drittel Meile ging das Boot an einem schwimmenden Restaurant längsseits, das auf chinesisch und englisch den Namen *Floating Paradise* trug. Hinter dem mit hölzernen Schnitzwerk tempelartig aufgemachten Etablissement lag noch ein Dutzend anderer Hausboote Bord an Bord, allesamt durch Laufplanken verbunden.

Die Tür in ein elegantes, um diese Stunde noch leeres Speiserestaurant tat sich in demselben Moment auf, als das Motorboot anlegte. Ein weißgekleideter *Pelayan* verbeugte sich tief, und wie dieser verbeugten sich auch Köche, Küchenhilfen und sogar Lieferanten, als Sun-Lee das Küchenboot durchschritt.

Das dritte Boot war als Nachtclub aufgemacht. Es gab eine Bar, eine Bühne und hinter dieser einen von schweren Samtdrapierungen versteckten Durchlaß, in dem eine Frau Charlie Sun-Lee erwartete. Sie war ziemlich groß und von unbestimmbarem Alter, eine Mischung aus chinesischem und malaiischem Blut, mit schrägen Augen, stumpfer Nase und aufgeworfenen Lippen. Der aufgestellte Kragen ihres knöchellangen *Cheongsam* aus flaschengrüner Seide reichte bis unter das Kinn, doch der Seitenschlitz gab das Bein bis zum Schenkel hinauf frei. Die Haltung der Frau war statuenhaft, nur das schöne, zu einer Maske gepuderte Gesicht zeigte ein Lächeln, und erst als Sun-Lee vor ihr stand, streckte sie ihm die ringgeschmückten Hände entgegen.

»Welch eine Ehre, dich wieder einmal begrüßen zu dürfen. Viel zu lange schon hast du uns die Freude deines Anblicks vorenthalten.«

»Die Freude ist meinerseits. Du scheinst das Geheimnis der ewigen Jugend entdeckt zu haben, Lily Su-Nam.«

Nach einer Verbeugung sahen sie einander an, lächelnd und voller Zuneigung. Dann sanken sie sich in die Arme.

»Du warst volle fünf Wochen nicht mehr hier«, murmelte sie.

»Geschäfte«, antwortete er und streichelte ihr über den Rücken, »nichts anderes.«

Sie richtete sich auf. »Ich hatte dich schon an der Hupe erkannt, aber du kamst nicht, und ich habe mir Sorgen gemacht.«

»Lee Yün-Tang hatte die Hupe auch gehört, da wollte er natürlich seinen Bericht loswerden.«

»Ja, zwei seiner Leute haben sich erwischen lassen. Hat er dir das erzählt?«

»Ich hatte schon davon gehört und ihm Geld mitgebracht für die betreffenden Familien. Sie selber sollen meinetwegen ruhig schmoren. Vor allem die vier Stockschläge, hoffe ich, werden sie klüger machen.«

»Sie sind noch jung.«

»Mit sechzehn?! Selbst ein Kind, das noch nicht zur Schule geht, weiß, das erste Gebot für einen Taschendieb lautet: Du sollst nicht allein arbeiten.«

Sun-Lee machte eine Geste, die das Thema beendete und ging voraus.

Hinter dem Durchlaß befand sich eine Stahltür und dahinter ein Raum, der halb als Büro und halb als Boudoir eingerichtet war. Das beherrschende Möbel war ein Tresor mit modernen Sicherungen, dekoriert mit einem Deckchen, auf dem eine Buddhafigur und schwelende Räucherstäbchen standen, deren Rauch von dem langsam rotierenden Propeller an der Decke verteilt wurde.

Lily Su-Nam wartete ab, bis Sun-Lee Platz genommen hatte, ehe sie zum Tresor ging und die Geschäftsbücher holte. Mit der Hüfte an den Schreibtisch gelehnt, verharrte sie erwartungsvoll. Erst als Sun-Lee mit der Prüfung der Unterlagen fertig war, machte sie es sich auf der Chaiselongue bequem, das Bein im *Cheongsam*-Schlitz wie zufällig bloß legend. Charlie Sun-Lee zeigte, daß er es bemerkte, indem er den Jackenärmel zurückschob und auf seine Armbanduhr blickte.

Lily Su-Nam hatte eine kleine Glocke ergriffen. »Möchtest du etwas essen? Ich habe eben Haifischflossen eingekauft. Und frische Austern für ein *or luah*«. Sie klingelte, während sie noch Sun-Lees Reaktion abwartete. »Du kannst es dir ja überlegen. Der neue Hokkien-Koch verdient, von dir ausprobiert zu werden.«

Als gleich darauf der *Pelayan* erschien, befahl sie, er solle Tee, Sojabohnensaft und einen Korb Obst bringen. Dann betätigte sie das Glöckchen erneut.

Während Sun-Lee sie noch fragend ansah, öffnete sich die Tür abermals, und zwei Frauen traten ein. Die eine war Chinesin. Sie steckte in einem großgeblümten roten *Cheongsam*, der an beiden Seiten geschlitzt war. Die andere, eine vollbusige, weißhäutige Blondine, trug einen angeschmuddelten pinkfarbenen Morgenrock. Sie roch nach Seife und machte einen geistesabwesenden Eindruck.

»Die Amerikanerin«, wandte sich Lily Su-Nam erklärend an Sun-Lee. »Sie ist vor einer Woche eingetroffen und hat vorgestern ihre Arbeit aufgenommen. Ihr Name ist Carol, doch wir nennen sie Suzie.«

Sie machte der Chinesin ein Zeichen, und diese sagte: »Ihre Kunden scheinen zufrieden.«

»Warum erst vorgestern?« fragte Sun-Lee stirnrunzelnd.

Lily Su-Nam winkte die Blondine heran: »Zeig deinen Arm!«

Als sie nicht sofort reagierte, riß ihr die Chinesin den Morgenrock-ärmel hoch. Die Ellenbogenbeuge der Frau war blau und braun unterlaufen und mit Punkten besät.

»Sie war verrückt nach Heroin«, erklärte Lily Su-Nam, »aber inzwischen hat sie festgestellt, daß Kokainschnupfen viel schöner ist. Nicht wahr, Suzie?«

Die Angesprochene antwortete mit Lächeln und Nicken, beeilte sich aber, ein »Ja« hinzuzufügen, als die Chinesin sie grob anstieß.

»Wie heißt das?« fragte Lily Su-Nam.

»Ja, Mama-San«, sprach die Chinesin vor, und die Blondine wiederholte brav: »Ja, Mama-San.«

»Sie ist dumm«, sagte Lily Su-Nam zu Sun-Lee, »doch fleißig.«

Sie blickte die Chinesin an, die sofort Auskunft gab: »Vorgestern zwölf Kunden, gestern neunzehn. Ihre Trägheit macht sie begehrt.« Dann öffnete sie den unordentlich gegürteten Morgenrock und schob das entblößte Mädchen auf Sun-Lee zu. Der lehnte sich zurück und musterte den üppigen Körper stumm. Schließlich sagte er: »Mein Geschmack wäre sie nicht. Wie alt ist sie?«

Lily Su-Nam lächelte: »Sie ist erst zweiundzwanzig.«

Das babyhafte, rosa Fleisch der nackten Frau begann zu frösteln, doch die Chinesin schlug ihr die Hände herunter, als sie den Morgenrock zusammennehmen wollte. Sun-Lees musternder Blick ruhte nämlich noch immer auf ihr. »Man müßte sie tätowieren«, sagte er überlegend. »Bei solchen Wülsten und Bergen machen sich Jagdszenen gut.«

Mit wenigen Griffen schälte die Chinesin den Morgenrock ganz herunter und führte auch die Hinterfront vor.

»Oh, ja«, sagte Sun-Lee mit einem Anflug von Begeisterung, »die berühmte ›große Tigerjagd‹. Du könntest sie dann auch auf der Bühne vorführen. Aber sie muß natürlich immer enthaart sein.«

Die Chinesin nickte eilfertig, und Lily Su-Nam weckte die Amerikanerin aus ihrer Lethargie, während diese wieder herumgedreht und behelfsmäßig bekleidet wurde: »Wir werden dich sehr schön machen, Suzie, du wirst stolz sein auf dich. Bedanke dich bei dem Herrn!«

Die Frau machte vor Sun-Lee einen täppischen Knicks, bei dem ihr der Morgenrock von den Schultern rutschte. »Danke, San.«

Charlie Sun-Lee schloß peinlich berührt die Augen. Sofort winkte Lily Su-Nam mit der Hand: »Ich brauche euch nicht mehr.«

Rückwärts gehend verbeugten sich die Frauen. »Danke, Mama-San«, sagte die Chinesin an der Tür, »danke«, die Amerikanerin.

»Danke, Mama-San!« schrie Lily Su-Nam hinterher. »Bring es ihr endlich bei, zum Teufel!«

Die Schritte der Frauen entfernten sich, und der *Pelayan* brachte das Bestellte.

»Was hast du für das Monstrum bezahlt?« wollte Sun-Lee wissen, als sie allein waren.

»Nichts, keinen Cent, außer den Überführungskosten. Mr. Amati hat sie mir angeboten. Er wollte sie loswerden, denn sie hatte drüben Ärger bekommen mit der Drogen-Behörde. Wenn ihr die Kokainschnupferei eine Boxernase gefressen hat, gebe ich sie weiter nach Dschidda oder Bombay.«

»Laß dir dann aber das Tätowieren bezahlen, hörst du. Und paß auf, daß sie nicht an Geld kommt. Sie könnte versuchen wegzulaufen.«

»Wo denkst du hin?! Sie steht sowieso schon bei mir in der Kreide wegen des Kokains, und außerdem ist sie vollständig kaputt.«

Während sie sprach, begann Lily Su-Nam, mit den Füßen ihre Goldsandaletten abzustreifen. Mit ihren geschmeidigen nackten Zehen streichelte sie sanft über Charlie Sun-Lees Schenkel. Ihre Stimme hatte einen anderen Tonfall, als sie sagte: »Hast du Lust?«

Sun-Lee sah auf seine Uhr.

»Daß du Zeit hast, weiß ich.«

Lily Su-Nam begann zu lächeln: »Wir können nachher über das reden, weshalb du gekommen bist, oder ist es sehr eilig?«

Sun-Lees Antwort bestand darin, ebenfalls zu lächeln.

Er sah ihr zu, wie sie den *Cheongsam* auszog. Sie trug keine Wäsche, und einen Büstenhalter brauchte sie nicht. Wie jedesmal fragte sich Sun-Lee, wie sie es fertigbrachte, in ihrem Alter noch so auszusehen. Er wußte nicht, wie alt Lily Su-Nam war. Er wußte nur, daß sie schon im Krieg auf Penang in einem Militärbordell gearbeitet hatte, und selbst wenn man berücksichtigte, daß sich die Japaner damals manchmal schon Zehnjährige holten, mußte sie jetzt auf die Fünfzig zugehen.

Ohne sich zu rühren, schloß er die Augen und ließ sie gewähren, als sie ihn zu entkleiden begann. Und so, die Augen geschlossen, ließ er sich dann auch zur Chaiselongue führen.

Das Erstaunlichste an Lily Su-Nam war, daß sie ihm Lust bereitete wie noch keine andere, und dies, obwohl sie nun schon dreißig Jahre seine Geliebte war. Ihre Phantasie und ihre Liebeskunst waren unerschöpflich. Sie hatte es verstanden, ihn mit ihrer Sinnlichkeit mitzureißen, wie er es früher nie für möglich gehalten hätte. Gemeinsam hatten sie alles nur Erdenkliche probiert, gemeinsam die altindischen und die taoistischen Geheimnisse ergründet. Mitunter dauerte ihr Liebesspiel Stunden und Tage, und erwies sich dennoch als gesund für Geist und Nerven.

Manchmal erschrak er und fragte sich, ob sie nicht schon mehr von ihm wußte, als er sich leisten konnte, und ob er ihr vielleicht hörig war, wenn er wieder und wieder zu ihr kam. Vor einigen Jahren war er einmal drauf und dran gewesen, sie wie irgendeinen andern Mißliebigen liquidieren zu lassen – zu Tode erschrocken hatte er den Killer in letzter Sekunde zurückgepfiffen. Sie war loyal, vertrauenswürdig und zuverlässig, doch er war sich nicht sicher, ob sie ihn nicht eines Tages ebenso kaltblütig beseitigen würde wie schon einige seiner Gegner. Es lag nicht nur an der von ihr entfachten Lust, wenn Sun-Lee zitterte – es lag auch an der Furcht, daß sie sein völliges Ausgeliefertsein ausnutzen könnte. Und das war der eigentliche Grund, weshalb er sich angewöhnt hatte, die Augen zu schließen, sobald er sich ihr überließ – er wollte seine Furcht verbergen. Hinzu kam, daß es ihn in steigendem Maße irritierte, wenn er ihren mädchenhaft geschmeidigen Körper sah und mit seinem eigenen verglich, der der eines alternden Mannes war. Bei einem jungen Ding machte es ihm nichts aus, bei ihr aber erzeugte es Neid.

Andererseits gab sie ihm – und nur sie – das Gefühl, jugendlich und viril zu sein. Als Sun-Lee wieder auf seine Uhr schaute, waren anderthalb Stunden vergangen.

Er verzichtete auf eine Zigarette, denn sie haßte es – und dies war eine der ganz wenigen Ausnahmen, in denen Lily Su-Nam sich nicht unterwürfig zeigte –, wenn man danach rauchte. Es erinnerte sie, sagte sie, an die japanischen Offiziere, die, während sie sich befriedigen ließen, weitergeraucht, getrunken und *Go* gespielt hatten. Ebenso wie sie es haßte, wenn man in ihrem Beisein eine dieser köstlichen, leider jedoch stinkenden Durianfrüchte aß, denn für sie rochen sie nach Soldaten, Kaserne und Abtritt. Ihre Abneigung gegen alles, was Uniform trug und Obrigkeit darstellte, hing mit Erinnerungen wie diesen zusammen.

Als Sun-Lee gesäubert und wieder angekleidet war, trank er den Sojabohnensaft, um seine Kräfte zu regenerieren.

Sie selber blieb, wie sie war, und sah ihn, schlückchenweise an ihrem Tee nippend, abwartend an.

»Es geht darum, daß ich jemand auf Penang brauche«, begann er. »Jemand, auf den ich mich verlassen kann.«

»Wann müßte ich fliegen?«

»Mit der Fünfzehn-Uhr-fünfundvierzig-Maschine wärst du zehn Minuten vor fünf da.«

Lily Su-Nam überlegte und nickte. »Das geht.« Sie fragte nicht, sondern wartete ab.

»Es geht um dieses Unterseeboot«, sagte Sun-Lee. »Du wirst in der Zeitung darüber gelesen haben.«

Hatte sie bisher entspannt gelegen, die Beine lässig gekreuzt, ihren Kopf auf mehreren Kissen, richtete sie sich nun auf. »Weißt du eigentlich, daß wir damals zum erstenmal in Kontakt miteinander kamen? Freilich nur über Zwischenträger. Ich hatte die Aufregung mitgekriegt, die die Versenkung bei den Japanern auslöste, und daß es vor allem wegen des Quecksilbers war. Unter dem Vorwand, einen Arzt zu brauchen, bin ich nach George Town gerannt, um es meinem ›Briefkasten‹ zum Weitergeben zu melden. Später habe ich gehört, daß eines der Glieder in der Kette zu den Engländern ein gewisser Schwarzhändler in Singapur war.«

»Wie alt warst du?«

»Jung«, sagte sie und lächelte, »sehr jung . . .«

Das Lächeln erlosch jäh. »Aber ich habe trotzdem nicht vergessen, wie dann die Engländer kamen und Wasserminen abwarfen. Die Japaner mußten das Quecksilber aufgeben. Sie mußten die Geishahäuser, Offiziersclubs und Bordelle aufgeben. Ich werde diesen Morgen nie vergessen und nie das Bild der Flugzeuge am hellen Himmel.«

»Es soll auch noch anderes im Wrack sein«, sagte Sun-Lee nach einer Pause.

»Ich glaube nicht«, sagte sie und streckte sich wieder aus. »Die Zeitungen schreiben zwar darüber, doch ich glaube es nicht. Ich habe nie von Diamanten, Drogen oder Geheimpapieren reden hören.«

»Und Gold? – Juwelen?«

Sie schüttelte den Kopf: »Immer war nur von Quecksilber die Rede.«

»Du könntest es vergessen haben.«

»Ich habe nichts von alledem vergessen, nichts! Wenn es jemand gibt, der weiß, warum er Räucherstäbchen brennt, dann bin ich es.«

Charlie Sun-Lee überlegte. Die Sache mißfiel ihm immer mehr. Er war lange genug im Schrottgeschäft tätig gewesen nach dem Kriege, um zu wissen, daß das Wrack eines Schiffes eine Art Bergwerk darstellt für Kupfer, Messing und Stahl. Bei einem U-Boot kam, wegen der Akkubatterien auch noch Blei und bei diesem sogar Quecksilber hinzu. Trotzdem: Gereizt hatte ihn nur die Aussicht auf Drogen und Schätze.

»Wünschst du immer noch, daß ich fliege?«

»Ja«, sagte er, zu einem Entschluß kommend, »ein paar Millionen sind auf alle Fälle drin. Es wird kein leichtverdientes Geld sein, aber doch Geld.« Er wandte den Kopf zur Chaiselongue: »Es wird vor allem auch von dir abhängen.«

»Das Unterseeboot soll gehoben werden?«

»Vielleicht das ganze Unterseeboot, vielleicht auch nur das Quecksilber.«

Sie sagte nichts, zog nur ihre Schultern hoch. »Zunächst einmal muß ich wissen, wo das Wrack ist und in welchem Zustand — aber ohne Aufsehen und große Investitionen.«

»Die Fischer auf Penang sind immer noch sehr arm«, sagte sie.

»Aber sie werden nicht nach unten gehen können?«

»Wenn sie es wollen, werden sie es auch können. Außerdem gibt es Mädchen, die von Touristen gelernt haben, wie man taucht.«

»Du wirst Geld mitnehmen müssen«, überlegte er. »Du könntest dir auch etwas von Chin Fo geben lassen, aber ich möchte, daß die Sache unter uns bleibt. Hast du genügend hier?«

»Dreißigtausend, das übliche.«

»Wenn du mehr brauchst, fragst du über Fernschreiber nach einem Hundertzehn-PS-Austauschmotor. Ich werde dir dann postwendend einen Kurier schicken. Und — sei vorsichtig mit Zeitungsleuten.«

»Ich verstehe mich auf Zeitungsleute. Wenn Suzie ihre ›Tigerjagd‹ hat, werde ich wieder einmal ein paar einladen.«

Sun-Lee überlegte, ob er noch etwas vergessen hatte.

Lily Su-Nam wartete geduldig. Schließlich sagte sie: »Wenn das Wrack gefunden ist, werde ich es dich wissen lassen, indem ich über Chin Fo anfrage, ob du den neu auf den Markt gekommenen Johnson-Außenborder schon zur Verfügung hast.«

»Ja, das ist gut«, nickte Sun-Lee und schaute auf seine Uhr.

Es war zu spät geworden, um noch ins Stadtbüro am Empress Place zu fahren. Und zum Essen war er nirgends besser aufgehoben als im *Floating Paradise*.

»Also, wie war das mit den Haifischflossen?« sagte er aufgeräumt.

»Du kannst sie als *pow chee* haben, mit Rührei oder auch in Brühe.«

Ihre Stimme begann wieder den dunklen, gurrenden Klang anzunehmen: »In jedem Fall wird es etwa eine halbe Stunde dauern . . .«

Er sah sie an und schloß dann wieder die Augen.

KAPSTADT

»Vor drei Wochen haben wir unseren Spaß mit Ihnen gehabt, Hardt, da sollen Sie heute entschädigt werden. Also komm her, Seemann. Schau mal durchs Seerohr.«

Die Wellen gingen ziemlich hoch und waren von Gischt übersprüht, doch der Anblick, der sich Klaus Hardt bot, war grandios. Was sich da in schätzungsweise fünftausend Metern Entfernung über dem klaren, blauen Meer erhob, war nach den über achtzig Tagen, die man, abgesehen vom nächtlichen Lüftungs-Auftauchen, ständig unter Wasser zugebracht hatte, wie eine Fata Morgana. Ein grüner, von schmalen Wolken umgürteter brettflacher Berg und davor eine moderne Hochhausstadt. Hardt hätte nicht sagen können, was ihm besser gefiel, die schimmernde Stadt, das Grün oder das blaue Meer mit den roten Segeln darauf.

»Na?«, fragte Hansen, »Was meinen Sie, was das ist?«

»Kapstadt, Herr Kaleu! Kapstadt mit dem Tafelberg.«

»Gut der Mann! Und wo Sie schon mal hier sind — können Sie irgendwelche Schiffsbewegungen feststellen? Der Hafen ist links. Man kann Silos, Speicher und Drehkräne sehen. Wo der Tafelberg nach rechts abfällt, scheint mir ein Steamer zu liegen, ein weißer.«

»Jawohl, Herr Kaleu, stimmt. Ein Frachter mit zwei Paar Ladepfosten achtern und einem Paar vorn. Aber er liegt sehr hoch, ist also wohl leer. Dahinter sieht es mir nach Werft aus. Vielleicht arbeitet man gerade daran.«

»Den Eindruck habe ich auch, und dann hat's wohl keinen Sinn, auf ihn zu warten. Sonst noch was?«

»Nur die Fischerboote, Herr Kaleu.«

Eines von diesen Booten wanderte überraschend nah ins Blickfeld, ein hölzerner Kutter mit rostfarbenen Segeln und warmbraunen Aufbauten, auf dem zwei Männer auszumachen waren, die sich im Windschatten des Ruderhauses hielten, in Ölzeug und Schals dick vermummt.

»Scheint kalt draußen zu sein, Herr Kaleu. Sonne — aber kalt.«

»Gewiß doch, die haben hier jetzt dicksten Winter. Deswegen ja auch der Seegang.«

Hansen tippte Hardt an: »So, nun laß mich mal wieder. Und richte dem II. WO aus: Jeder der wachfrei hat, kann zum Gucken nach oben kommen.«

Hardt behielt das friedliche Bild der Stadt vor Augen, als er ins Boot hinunterstieg. Erst auf seiner Koje wurde ihm bewußt, auch Bojen gesehen zu haben — auffallend in Reihen geordnet, so daß anzunehmen war, daß Torpedofangnetze daran hingen.

Nachts wirkte es noch idyllischer. Völlig unverdunkelt lag Kapstadt vor dem aufgetauchten Boot, das mit gedrosselter Fahrt auf und ab patrouillierte, um sich nicht durch eine phosphoreszierende Hecksee zu verraten. Das Stadtzentrum und die Hauptverkehrsstraßen hinter dem Passagier-Quai waren als eine Lichtkuppel auszumachen, und sogar die Leuchtfeuer und Einfahrtskennzeichnungen des Hafens waren angesteckt, ein Zeichen, wie sehr man sich im Frieden glaubte. Ein Ortungsgerät, das auf dem Tafelberg stehen mußte und immer nur ein und denselben Sektor kontrollierte, ließ U 859 merkwürdigerweise ein und auswandern, ohne es zu verfolgen.

»Die müssen pennen, die Boys.«

Hansen schüttelte den Kopf und zog das Lederzeug vor der Brust zusammen. Die Temperatur war rapide gesunken, und ein kalter scharfer Wind machte sich bemerkbar. Auch der Seegang hatte schon Stärke acht.

»Das hat nicht viel Sinn, Herr Kaleu«, meldete sich der Obersteuermann. »Die Strömung versetzt ungeheuer in die Kap-Bay hinein und ist bei nur sechs Knoten Fahrt nicht mehr auszugleichen. Lassen Sie uns ablaufen, bevor wir noch mit einer dieser Bojen Bekanntschaft machen.«

Hansen blickte durch das schwere U-Boot-Nachtglas, das stark genug war, selbst sibirische Finsternis in Dämmerung zu verwandeln. »Denen würde ich«, sagte er zu sich selbst, »gern mal einen Aal in den Hafen schicken . . .«

»Der käme gar nicht rein«, meinte Metzler, »bei dem, was da alles als Sperre rumliegt.«

Der Obersteuermann mischte sich ein: »Trotzdem, wir brauchten mal wieder etwas vors Rohr. Die zehn Wochen seit der ›Cyrus‹ sind eine lange Zeit. Ohne das Spektakel bei der Äquatortaufe hätten wir womöglich schon die Blechkrankheit an Bord.«

»Hast recht, Dicker, wir müssen etwas gegen den Stumpfsinn unternehmen. Und deswegen möchte ich morgen auch noch mal ganz nahe ran. Und ich möchte, daß so viele wie möglich sich das begucken, denn das gibt ein Thema, das für lange Zeit vorhalten muß.«

Am folgenden Tag hatten Wind und Seegang noch mehr zugenommen. Beide mochten nun bei Stärke neun liegen; denn die Wellen türmten sich und begannen zu rollen. Die Hälfte der Besatzung lag seekrank auf der Koje und die meisten Männer hatten nur noch einen Wunsch: Kapstadt Kapstadt sein zu lassen und wieder auf Tiefe zu gehen, wo die Dünung nicht mehr so wirksam war.

Nach dem dritten Tag zog U 859 ab, um Afrikas Südspitze, rund fünfzig Kilometer tiefer am Steilabfall der Kap-Halbinsel, zu umrunden und in den Indischen Ozean — im Marinejargon *Indik* — vorzustoßen. Inzwischen herrschte ein Seegang von Stärke elf.

Von den 67 Mann waren 59 seekrank, die meisten sehr schwer. Einige litten an regelrechten Kreislaufstörungen, fast alle an Erbrechen. Im Boot stank es wie im Pissoir einer Bierschwemme.

Mit ganzen sieben Mann fuhr Hansen das Boot ums Kap der Guten Hoffnung, und er fuhr es über Wasser, denn er hatte ja die von den nach Fernost gehenden Monsun-Booten verlangte Meldung, daß der Indik erreicht sei, an den BdU zu funken. Der Nordwest hatte Orkanstärke, die Wellen türmten sich fünfzehn Meter und höher — schwere lange Wellen mit zerfetzten Kämmen, die das Boot immer wieder von achtern her überliefen und die festgezurrte Brückenwache mit Gischt und Wasser überschütteten, während sich von vorn die Agulhas-Strömung bemerkbar zu machen begann, so daß das Boot immer heftiger krängte, zuletzt bis zu 55 Grad nach jeder Seite.

Aber unbeeindruckt tickerte Grabowski zur Programmzeit über die Tausende von Kilometern nach Berlin, was er zuvor peinlich genau verschlüsselt hatte — die Versenkung des Panamesen ›Cyrus‹, die Zahl der noch verfügbaren Torpedos, die Menge des Treibstoffvorrats, dazu verschiedene Informationen über das Wetter, den Gesundheitszustand und die Stimmung der Besatzung sowie das unverdunkelte Kapstadt. Über die künftige Operationsplanung ließ man nur so viel verlauten, daß man nach Port Elizabeth, Durban, Daressalam und weiter an der afrikanischen Ostküste entlang bis in den Golf von Aden gehen wolle, möglicherweise mit Abstechern zu den Inseln Madagaskar, Mauritius und Réunion.

Die Durchgabe benötige nur Minuten. Dann meldete U 859 sich ab.

»So«, meinte Hansen und tippte auf die Chiffriermaschine, »jetzt kannst du das Ding für eine Weile wegstellen. Wollen hoffen, daß uns keiner verstanden hat.«

Grabowski schüttelte seinen Kopf: »Nein, Herr Kaleu, unsern Code ›M‹ knackt keiner. Der Tommy arbeitet ja mit Schlüssellisten, und die kann man eventuell schon mal knacken. Aber die *Enigma* hier mit ihrem Walzensystem ist perfekt.«

Der Kommandant stieg nachdenklich nach oben.

»Ich brauche ein bißchen Wind um die Nase«, meinte er zu Rügen. »Wenn du willst, kannst du runtergehen und dich hinlegen.«

Jost Rügen fiel auf, daß Hansen ihn duzte. Das hatte er bisher fast ausschließlich mit Mannschaftsdienstgraden getan. Es hatte nichts zu bedeuten, war lediglich Ausdruck des von Tag zu Tag enger werdenden Verhältnisses — auch er wurde ja immer öfter als der ›Alte‹ bezeichnet, selbst von denjenigen, die es anfangs nicht einmal fertiggebracht hatten, die Anrede ›Kapitänleutnant‹ in ›Kaleu‹ abzukürzen.

»Wenn Sie erlauben, Herr Kaleu — ich möchte lieber oben bleiben. Erstens tut mir der Schwapp Seewasser ab und zu bestimmt besser als das Flachliegen, zweitens würde ich die Gelegenheit gern nutzen, um die Flak zu kontrollieren. Ich fürchte, daß nach den elf Wochen unter Wasser alles verharzt ist.«

»Gut, machen Sie das. Ich möchte keine Überraschung erleben im Ernstfall.« Hansen klopfte ihm auf die Schulter. »Aber hängen Sie sich um Himmels willen an einen Strapp, wenn Sie auf dem Wintergarten herumturnen – Ihre Sprüche würden mir fehlen, wenn Sie versaufen.«

Dem Zwei-Zentimeter-Zwilling auf der Rückseite der Brücke war die Unterwasserfahrerei gut bekommen, mehr als ein bißchen Pflege war nicht nötig. Anders bei der 3,7-Zentimeter-Schnellfeuerkanone auf dem tiefer gelegenen balkonartigen Turmanbau dahinter. Der Verschluß selbst war zwar in Ordnung, aber die Automatik funktionierte nicht. Sie versagte ausgerechnet bei der Einstellung ›Dauerfeuer‹, die ja das Geschütz erst zu einer echten Flak machte. Es blieb nichts übrig, als sie auszubauen und sie sich Teil für Teil vorzunehmen. Rügen rief Hardt zu Hilfe, der zuerst fürchterlich erschrak, als er die See sah, sich aber erstaunlich gut hielt, und zu zweit bauten sie, immer wieder von Brechern zugedeckt, die Mechanik aus.

»Wie lange werdet ihr brauchen?«

»Wir fangen gleich an, Herr Kaleu.«

Schon nach fünf Minuten war Rügen wieder zurück.

»Was ist los? Sie sehen ja ganz verstört aus?!«

»Bitte Herrn Kaleu melden zu dürfen . . .« Rügen brach ab, er schluckte und schüttelte den Kopf: »Ich versteh's nicht, Herr Kapitänleutnant, ich kann's mir einfach nicht erklären. Da muß entweder ein Vollidiot am Werk gewesen sein – oder ein Saboteur! Die haben uns da einen Kinken reingebracht, der einfach nicht zu fassen ist.«

»Wer? Und was für einen Kinken?«

»Wir haben ausschließlich Leuchtspur-Munition für die Drei-Sieben.«

»Ach, du Scheiße!«

»Wenn ich also jetzt die Automatik wieder einbaue und Funktionsbeschuß mache, ist das wie ein Feuerwerk.«

»Verdammt!« Hansen haute mit der Faust auf die Brückennock. Dann stieß er das Kinn vor. »Na, laß mich mal nach Hause kommen, da schnappe ich mir aber einige. Denn mit den Stromkarten, die sie uns mitgegeben haben, ist es das gleiche: Nichts über diese wahnsinnigen Strömungen, die hier herrschen. Der Dicke hat mir vorgerechnet, daß wir von gestern bis heute ein Etmal von lächerlichen vierzig Seemeilen geschafft haben. Und da wir mit zwölf Knoten marschiert sind, bedeutet das, daß der Agulhas-Strom mit gut zehn Knoten gegenläuft! Doch was steht auf der Karte? — Vergessen wir's.« Ein Brecher kam, sie mußten sich bücken. Danach wandte sich Hansen wieder an Rügen: »Vorschlag?«

»Funktionsbeschuß bei Sonnenaufgang, Herr Kaleu. Wenn der Himmel ohnehin rot ist.«

»Gut. Wie sieht es aus mit der Automatik?«

»Wenn alles gutgeht, kriegen wir sie in zwei Tagen hin. Vorausgesetzt, wir brauchen keine Ersatzteile.«

Hansen sah ihm nach. Er wandte sich an den I. WO: »Wir funken. Wir veranstalten Feuerwerk. Fehlt bloß noch, daß wir über die Toppen flaggen. Sagen Sie, Metzler, machen wir Krieg oder 'ne Seepartie mit Außersichtkommen des Landes?!«

Sir Peter Brennan hatte das *Mayfair* als eine gediegene, wenn nicht vornehme Unterkunft in Erinnerung, die ihrem Standort zwischen Berkeley Square und Green Park durchaus Ehre machte. Er war daher unangenehm berührt, das Vestibül fast ausschließlich von zweitklassigen Touristen bevölkert zu sehen. Wobei ihn am meisten befremdete, daß sie aus ihren ungebügelten und ausgefransten Jeans ganze Bündel von Pfundnoten zum Vorschein brachten, respektlos mit Büroklammern zusammengehalten.

Für sein Treffen mit Jonathan Swayers in dem Polynesien-Restaurant im Souterrain des Hotels kam ihm dies allerdings nicht ungelegen: Er würde in diesem Milieu schwerlich auf Bekannte treffen, die sich Gedanken machen könnten, was wohl ein pensionierter Konteradmiral Ihrer Majestät mit einem Bergungsunternehmer zu schaffen habe.

Als er in dem schummrigen, nur von Wachslichtern erhellten Lokal in die vorsichtshalber auf den Namen Smith reservierte Nische geführt wurde, war Swayers schon da — ein großer, bulliger Mann mit Stirnglatze. Er mußte drei- oder vierundzwanzig gewesen sein damals in Trinkomalee und jetzt also hoch in den Fünfzigern. Bis auf die Boxernase erinnerte nichts mehr an den jungen Maat.

»Setzen Sie sich, mein Lieber. Nur keine Umstände.«

»Ich hätte Herrn Admiral sofort wiedererkannt . . .«

»Pst! Nicht Admiral und auch nicht Sir. Am besten nicht mal Brennan, sondern gar keinen Namen.« Mit einem warnenden Blick in Richtung Kellner drückte er Swayers' kräftige Hand.

Als der andere bestellte, nahm er die Gelegenheit wahr, ihn sich genau anzusehen. Brennans Menschenkenntnis war begrenzt, doch spürte er, daß Swayers ihm sympathisch war. Sein Aufzug — Marineblazer und weißes Hemd mit Traditionskrawatte — ließ nicht mehr erkennen, als daß er dem Anlaß zu entsprechen wünschte, doch alles in allem wirkte er wie jemand, der es geschafft hatte, ohne es unbedingt vorzeigen zu wollen. Man konnte sich vorstellen, daß er noch heute mit hinausfuhr und vielleicht sogar in Taucheranzug und Bleischuhe stieg, wenn Not am Mann war. Er wählte gebackenen Schinken auf hawaiianisch, was auch für ihn sprach — kein Firlefanz, sondern ein handfestes Stück Fleisch.

Noch bevor das Bier kam, zu dem sie sich beide entschlossen hatten, ergriff Brennan das Wort.

»Sie werden sich gewundert haben, was den alten Brennan dazu veranlaßt, sich bei Ihnen zu melden. Nun, es ist etwas, was mit Ihrem Job zu tun hat — eine Bergung. Kein Auftrag, um das gleich klarzustellen, nur ein, sagen wir, Tip unter Bekannten. Und um ehrlich zu sein — ich weiß nicht einmal, ob es sich lohnt. Und noch etwas. Ob Sie nun ja sagen oder nein — kein Wort zu einem Dritten, außer natürlich Ihren Mitarbeitern! Ich weiß selbst nicht, was da im Hintergrund mitspielt, aber wie es aussieht, scheint's die hohe Politik zu sein.«

Swayers grinste vieldeutig. »Aye, Sir. Ich höre.«

»Also: Es handelt sich um ein U-Boot.«

»Von uns?«

»Nein. Wie kommen Sie denn darauf?«

»Nun, von wegen ›hohe Politik‹.«

»Nein, nein, keines von unseren. Es liegt bei Penang in der Malakkastraße.«

»Ah, ich ahne es. Die ›Reginaldo Giuliani‹? Die italienische UIT 23, die die Deutschen nach deren Kapitulation von den Italianos übernommen hatten?«

»Und die dann von U ›Tallyho‹ torpediert wurde?« Brennan schüttelte den Kopf. »Wußte gar nicht, daß das Boot noch unten liegt.«
»Also nicht. Schade, denn das hätte sich sehr wohl gelohnt. Diese UITs sind zum Schluß als Transporter gefahren — mit so feinen Sachen wie Wolfram, Zinn und Molybdän.«
»Das Boot, das ich meine, hatte Quecksilber geladen«
Brennan war gespannt, ob Swayers überrascht sein würde. Tatsächlich beugte dieser sich jäh vor: »Was denn?!«
»Das deutsche U-Boot 859.«
»Das war doch Ihr Boot, nicht?«
Brennans Antwort war eine kleine Geste.
Swayers wiegte seinen Kopf: »Quecksilber. Das hört sich nicht schlecht an. Und da ist also, wenn ich Sie richtig verstanden habe, eine Bergung beabsichtigt?«
»Sagen wir mal so: Es wird darüber geredet in Malaysia und Singapur, fürs erste in den Zeitungen. Dieses Quecksilber ängstigt die Leute.«
»Mit Recht. So lange nach der Versenkung und dann im Indik, da ist doch bestimmt schon alles durchgerostet.« Swayers blickte auf: »Hat sich schon jemand dran versucht?«
»Wie es scheint, noch nicht.«
»Wieviel ist drin? Quecksilber, meine ich.«
»Keine Ahnung.«
»Diese UITs hatten um die zweihundert Tonnen Fracht geladen . . .«
»Ich kann's wirklich nicht sagen.«
Swayers holte Notizbuch und Kugelschreiber hervor. »Die Tonne Chromnickelstahl notiert zur Zeit um dreihundertfünfundzwanzig Pfund, die Tonne Buntmetall um elfhundertundetwas. Bei so einem Fern-U-Boot kann man mit tausendfünfhundert Tonnen Stahl rechnen und hundert Tonnen Buntmetall. Das heißt »— er rechnete es im Kopf aus und blickte auf —« das heißt, daß es sich auf jeden Fall lohnt, selbst ohne das Quecksilber. Vorausgesetzt natürlich, daß die Bergung keine großen Schwierigkeiten macht.«
»Die Wassertiefe beträgt zwanzig Faden.«
»Aber da unten besteht der Meeresboden aus Schlick. Ich weiß

noch, daß wir beim Torpedoexerzieren jedesmal Ärger hatten, wenn ein Torpedo in den Grund ging.«

»Die Malakkastraße ist ein einziger Morast.«

»Aber nur solange nichts drauf lastet. Unter dem Gewicht eines Wracks kann das Zeug wie Stein werden.« Swayers zuckte die Schultern. »Nun ja, man wird sehen. Wie sieht das Boot aus? Ich meine, ist es sehr kaputt? Oder hat es noch in sich Halt? Läßt es sich vielleicht sogar abdichten?«

»Da bin ich überfragt. Ich weiß nur — wir haben einen Dreierfächer geschossen, eingestellt auf zwei Faden Tiefe, also zwölf Fuß, von dem der erste und dritte Torpedo unter Bug und Heck, die bei diesem U-Boot-Typ stark abgeschrägt sind, hindurchgingen, und Nummer zwei ein Treffer mittschiffs war, achteraus unterhalb des oberen Flakstandes. Aber wie groß das Leck ist — ?«

»Wie lange hat es gedauert, bis es gesunken ist?«

»Es gab einen Knall, die übliche Fontäne — und weg war es.«

»Überlebende?«

»Was von uns aufgefischt worden ist, waren ganze elf.«

»Ich habe«, sagte Jonathan Swayers, »das Leck gesehen, das ein einziger Torpedo von diesem Prien in unsere ›Royal Oak‹ gerissen hat. Es war achtzehn mal sechs Yards groß!«

»So groß kann dieses nicht sein, bei weitem nicht — sonst würde es ja den Turm weggerissen haben.«

Jonathan Swayers lehnte sich zurück. »Ich weiß nicht, wieviel Sie über die Bergungstechnik wissen, Sir, darum erlauben Sie, daß ich es kurz erkläre. Grundsätzlich wird nur dann geborgen, wenn es sich rentiert. Ansonsten wrackt man unter Wasser ab oder beseitigt ein Schiff kurzerhand durch Sprengung. Was nun das Bergen betrifft, so kann man einen Schwimmkran dazu nehmen oder auch mehrere, oder man bewirkt die Bergung mittels Auftrieb — also mit Schwimmkörpern, die am Wrack angebracht werden, oder mit Preßluft, die hineingeblasen wird. So kinderleicht sich das anhört, es hat leider einen Haken — der Luftdruck verändert sich bekanntlich mit der Wassertiefe, und das heißt: Was unten stimmt, kann auf halber Höhe schon fraglich und, wenn das Wrack aus dem Wasser ist, vollkommen falsch sein. Ich habe schon erlebt, daß ein Schiff einen so ungeheuren Auftrieb bekam, daß es mehrere Fuß aus dem Wasser schoß — und dann auseinanderbrach.«

Er trank einen Schluck Bier und fuhr fort: »Ich wollte damit verständlich machen, warum ich so viel fragen muß. Man kann gar nicht genug Informationen als Bergungsunternehmer einholen, bevor man auch nur einen Schritt tut.«

Das Essen kam. Eine herrliche Schweinshaxe, goldbraun, mit einer Girlande aus Ananas und Maraschinokirschen, und für Brennan *Satay* aus Stücken von Rindfleisch, Huhn und Shrimps mit einer Sauce wie Wagenschmiere, doch von köstlichem Aroma.

»Ich denke, wir sollten erst mal essen, bevor wir weiterreden.«

»Verzeihung, Admiral, aber ich würde einige Details gern sofort klären. Zum Beispiel die Höhe des Anteils. Und inwieweit Sie persönlich aktiv werden müßten, und wie wir das koordinieren. Auch sollen Sie wissen, mit wem Sie es zu tun haben. Jonathan Swayers Limited Company ist kein großer Laden, hat dafür aber beste Verbindungen überall in der Welt. Wir arbeiten nur mit zwei Hochsee-Bergungsschleppern, aber was Wrackbergungen betrifft, mischen wir an der Spitze mit. Unser Umsatz ist in den letzten Jahren . . .«

»Maschine stopp! Bevor wir aneinander vorbeireden, mein Guter — es kann keine Rede davon sein, daß ich Ihnen mein Wissen für Geld verkaufe. Alles, was ich möchte, ist, Ihnen einen Tip zu geben.«

»Sie wissen, wo das Wrack liegt . . .«

»Auf den Quadratfuß genau.«

»Und verfügen über Beziehungen . . .«

»Den Mann in Singapur, von dem ich den Tip habe, kenne ich kaum.«

»Ich rede von Ihren Beziehungen zu den Deutschen, Sir — zu den damaligen U-Boot-Kommandanten, vor allem auch Ihren Kameraden aus der Zeit, als Sie NATO-Admiral waren.«

»Was sollen Ihnen die nützen?«

»Nun, wir werden die Konstruktionspläne des U-Boots brauchen. Wir werden vor allen Dingen etwas Schriftliches brauchen: Einen Vertrag, wonach Jonathan Swayers Limited berechtigt ist, die Bergung vorzunehmen, und zwar sowohl die des Wracks als auch seiner Ladung.«

Brennan, der nach Eingeborenensitte mit den Fingern gegessen hatte, sah Swayers irritiert an.

»Stellen Sie sich vor, Sir,« fuhr dieser fort, »wir brächten das Quecksilber an Land und würden dort von der Polizei mit einer Beschlagnahmeverfügung empfangen. Dergleichen ist mir mehr als einmal passiert, weil ich keinen hieb- und stichfesten Vertrag in der Tasche hatte.«

»Wenn ich Sie recht verstehe, Swayers, erwarten Sie von mir, daß ich Ihnen einen solchen Vertrag beschaffe?«

»Ich erwarte noch mehr, Admiral — nämlich daß Sie bei der Bergung dabei sind. Ihr Renommee als NATO-Admiral könnte von Wichtigkeit sein.«

»Ausgeschlossen, daraus wird nichts.«

»Warum nicht?«

»Sie vergessen, daß ich auf die fünfundsechzig gehe.«

»Das ist ein Jahr jünger als Kapitän Findley ist, der bei uns die ›Janus‹ fährt.« Swayers wartete die Antwort nicht ab. »Ich biete Ihnen zwanzig Prozent.«

»Swayers!«

»Fünfundzwanzig! Ein Viertel vom Reingewinn, abzüglich der Spesen — die unter Umständen beträchtlich sein können, aber dieses Risiko trage ich.«

»Nein, schlagen Sie sich das aus dem Kopf. Ich mache da nicht mit.«

»Nichts für ungut, Sir, aber entweder Sie machen mit — oder Sie vergessen den Tip. Es ist ein guter Tip, keine Frage — aber eben erst durch Sie. Und ich schätze, das weiß der Mann auch, von dem Sie ihn haben.«

Swayers zog die Hand, die er zum Einschlagen hingehalten hatte, wieder zurück. »Wir sollten vielleicht doch erst in Ruhe zu Ende essen. Lassen Sie sich die Sache durch den Kopf gehen.«

Brennan mußte zugeben, daß Swayers recht hatte. Auch was er über Sir Henry Crocker mutmaßte, hatte seine Berechtigung. Wenn etwas für das Ansehen Englands getan werden sollte dort drüben, dann war er, Brennan, der richtige Mann.

Er blickte auf. »Was müßte ich tun?«

»Zunächst einmal versuchen, Überlebende aufzutreiben. Ich muß wissen, ob es noch Torpedos an Bord gibt. Und dann müßten Sie natürlich nach Bonn.«

»Aber nicht für Geld. Sie zahlen meine Spesen, und es bleibt unter uns!«

»Es *kann* gar nicht unter uns bleiben, Sir. Denn sobald Admiral Brennan für Jonathan Swayers Limited in Bonn auftaucht, wird das Wirbel machen. Und das soll es auch — damit jeder mögliche Konkurrent gleich weiß, woran er ist.«

Swayers lehnte sich zurück und betupfte seinen Mund mit der Serviette. »Das bringt mich auf einen Gedanken. Warum steigen Sie nicht überhaupt bei uns ein? Im Ernst, Admiral. Bergung ist ein Teil der Seefahrt, und Seefahrt ist Ihr Metier.«

»Langsam, langsam! Jede Maschine will eingefahren werden, und —« Brennan lächelte — »ich fühle mich noch gar nicht danach, gleich mit Volldampf loszubrausen.«

7 Wie immer, wenn Lily Su-Nam mit dem Flugzeug nach Penang kam, wunderte sie sich, wie unbewohnt die Insel wirkte. Die waldbedeckten, steilen Hügel verdeckten den Blick auf die Dörfer, und nicht einmal die Reisfelder konnte man sehen und die Plantagen mit ihren Muskatbäumen, die so hoch wie ein sechsstöckiges Haus werden konnten. Erst wenn es zur Landung hinunterging, erblickte man in den südlichen Buchten Fischersiedlungen wie Gertak Sanggul und Telok Kumbar und am Ende der an der Ostküste entlang führenden Straße die Stadt George Town.

Flug 164 der Singapore Airlines war pünktlich, kurz nach fünf hatte Lily Su-Nam ihren Koffer. Sie gab sich keine Mühe, ungesehen zu bleiben. Der Besuch sollte aussehen wie einer von denen, die sie hin und wieder ihren Eltern machte. Deshalb ließ sie das Taxi auch in Sungai Kluang am Schlangentempel halten, um ein paar Räucherstäbchen zu opfern und aus den Figuren, die die von Weihrauch betäubten Vipern bildeten, Hinweise auf Erfolg oder Mißerfolg ihrer Mission zu entnehmen. Noch vor Einbruch der Dunkelheit erreichte sie ihr Heimatdorf am Rande der Betelnußpflanzungen.

Die Begrüßung war gedämpft und heiter. Die Nachbarn, höfliche Leute, wurden eingeladen, am Abendessen teilzunehmen. Lily Su-Nams Reichtum war eine Verpflichtung. Das Mahl dauerte bis Mitternacht. Niemand achtete darauf, daß die Gastgeberin sich für den kommenden Tag mit dem Fischer Ang verabredete.

Lily Su-Nam trug den gleichen hochgeschlossenen schwarzen Hosenanzug wie die Dörflerinnen, als sie über die Planken zum Netzschuppen des *Kelong* schritt. Es war nichts Ungewöhnliches, auch Dorffrauen taten dies zuweilen, wenn sie unter den angelandeten Fischen nicht das gefunden hatten, wonach sie suchten. Die Fischer, mit Netzeflicken beschäftigt, erhoben sich, als sie Lily Su-Nam kommen sahen. Ang trat vor und bat um Entschuldigung, daß er keinen Stuhl anzubieten habe.

»Es macht nichts. Ich habe um Entschuldigung zu bitten, daß ich euch bei der Arbeit störe.«

Sie erkundigte sich, wie der Fang ausgefallen sei. Dann fragte sie nach Gesundheit und Wohlbefinden jedes einzelnen und seiner verehrten Familie.

»Ich hatte gehofft, irgendwo stehe eine Hochzeit ins Haus. Es wäre schön gewesen, wieder einmal ein richtiges großes Dorffest mitmachen zu können.«

Der Fischer Ki'eng seufzte: »Mit den Töchtern ist es heutzutage schlimm. Sie denken nicht mehr an ihre Eltern. Sie denken nicht mehr daran, daß sie Brüder haben, die Brautgeld aufbringen müssen, wenn sie heiraten wollen. Sie leben nur in den Tag hinein.«

Lily Su-Nam wußte sehr wohl, daß ihr hier ein Mädchen angeboten wurde, doch dachte sie nicht daran, von dem Angebot Gebrauch zu machen. Die Zeiten waren vorbei, in denen sie ihren Kunden in Singapur eine Landpomeranze anbieten konnte.

»Meine Tochter Melia«, fuhr Ki'eng fort, »ist jetzt achtzehn. Sie arbeitet im Hotel *Rasa Sayang* und nächtigt auch dort. Sie schläft mit jedem *Pelancung*, der sie darum bittet. Dagegen wäre nichts zu sagen, wenn sie Geld dafür nähme. Doch sie tut es umsonst — nur dafür, daß sie zum Segeln mitgenommen wird und zum Tauchen oder Tanzen. Sie ist eine schlechte Tochter.«

»Kann sie tauchen?« fragte Lily Su-Nam, einer plötzlichen Eingebung folgend.

»Sie kann alles, was einem Mann Vergnügen macht. Sie hat eine hübsche Figur und . . .«

»Ich werde darüber nachdenken«, fiel ihm Lily Su-Nam ins Wort. »Laßt uns nun darüber reden, weshalb ich euch zusammengerufen habe. Es geht um das Wrack des deutschen Unterseeboots. Ein Herr von großem Einfluß ist daran interessiert.«

Lautes Gemurmel erhob sich. Lily Su-Nam forderte Ang auf, für alle zu sprechen. »Es scheint, euch ist bekannt, wo es liegt?«

»Aber ja. Immer wieder hält es die Netze fest.«

Es dauerte eine Weile, bis sich die Männer einig wurden. Das Wrack sollte im Hauptfahrwasser nach George Town liegen — rund drei Stunden nordwestlich von Kap Muka, jedoch nicht dort, wo das 1961 gehobene japanische Unterseeboot gelegen hatte, sondern mehr auf die Inseln Segantan und Paya zu.

Lily Su-Nam war skeptisch, was die Behauptung der Männer betraf, die Stelle auf Anhieb finden zu können. Und tatsächlich wurden sie rasch kleinlaut, als sie darum bat, hingefahren zu werden. Außerdem verstand sich keiner von ihnen darauf, mit einem Sextanten umzugehen oder eine navigatorisch exakte Positionsbestimmung durchzuführen. Es blieb ihr also nichts übrig, als das Wrack zu suchen und mit einer Boje zu markieren. Lily Su-Nam bot den Männern acht Malaysia-Dollar pro Tag, ein Viertel mehr als das, was sie durch Fischen verdienen konnten, und entschied sich für eine Mannschaft aus Ang, dessen Helfer Achmed und Ki'eng, weil sie auf diese Melia spekulierte.

Angs Segler war eine zweimastige Dschunke mit Autoreifen als Fendern und den üblichen glücksbringenden Drachenaugen am Bug. Sie besaß einen Motor, allerdings ohne Zündkerzen und ohne Antriebsschraube, doch war es, wie Ang sagte, nur eine Frage des Geldes, ihn wieder betriebsfertig zu machen.

Das Wrack, so erfuhr Lily Su-Nam, sei beim höchsten Stand der Sonne auf dem Meeresgrund auszumachen, und da Ang die Fahrt mit höchstens fünf Stunden veranschlagte, verabredete man sich für sieben Uhr früh.

»Wo soll ich die Schiffsschraube, die Zündkerzen und das Benzin kaufen?«

Lily Su-Nam gab ihm zweihundert Malaysia-Dollar. »Das ist für Essen und Benzin. Die Schiffsschraube und die Zündkerzen brauchst du nicht zu kaufen. Geh zu Chin Fo und sag ihm, daß du dich für die Schiffsschraube interessierst, für welche er keine Verwendung hat. Er wird Bescheid wissen und sie dir schenken.«

»Ja, Lily-San«, sagte Ang und grinste. »Und was soll ich den Leuten sagen, die mich fragen, warum du mit uns hinausfährst?«

»Ganz einfach«, sie lächelte auch«, daß ich deine Einladung angenommen hätte, die Schiffsschraube, die du meiner Vermittlung zu verdanken hast, einzuweihen.«

Alle lachten, besonders Ki'eng, der sich vorstellte, wie weit es seine Melia in der Obhut einer solchen Frau bringen könnte.

Die Sonne schwamm noch im Nebel, als die Dschunke in den South Channel einfuhr, um sich durch den Fährverkehr zwischen Penang und Butterworth in den North Channel zu tasten. Ang hatte nicht zuviel versprochen, und Lily Su-Nam war froh, daß sie mit Motorkraft fahren konnten, denn sie hätte das Gewimmel all der Fähren, Leichter, Sampans, Frachter und Händlerboote nicht segelnd kreuzen mögen. Sie hißten die Segel erst, als die Meerenge passiert war.

»Ich habe gestern mit deiner Tochter telefoniert«, sprach Lily Su-Nam Ki'eng an. »Mir ist etwas eingefallen, was ihr — und dir — gutes Geld bringt.«

»*Terima kasih*, Lily-San, *terima-kasih!* Ich habe gewußt, daß du sie dazu bringen könntest, daß sie ihren Eltern Ehre macht. Sie ist an sich ein fleißiges Mädchen, du wirst nicht bereuen, sie mitgenommen zu haben.«

»Ich will sie nicht mitnehmen.«

Die Männer sahen sich zweifelnd an. Ang sagte: »Verzeih, wenn ich dir einen Rat zu geben wage, Lily-San, aber ich halte es für ein schlechtes Geschäft, auf Penang ein öffentliches Haus aufzumachen. Warum sollen die Männer für etwas bezahlen, was sie von den Mädchen hier umsonst bekommen können?«

»Melia wird nicht in einem öffentlichen Haus für mich arbeiten — sie wird für mich tauchen.«

»Aber wie wird sie mit Tauchen Geld verdienen können?« fragte Ki'eng.

»Sie wird. Denn ich denke daran, ihr ein Geschäft einzurichten am Strand von Batu Ferringhi, wenn sie mit ihrer Arbeit fertig ist — ein Geschäft, in dem sie Ausrüstungen für den Tauchsport verleihen kann. Sie scheint mir ein kluges Köpfchen zu sein.«

»Du willst, daß sie zu dem Wrack hinuntertaucht, zu dem wir jetzt fahren«, stellte Ki'eng fest. Es war ihm nicht recht, und er suchte nach Gegenargumenten, ohne jedoch Lily Su-Nam als Wohltäterin zu beleidigen. Schließlich sagte er: »Aber das ist gefährlich, es ist tief dort.«

»Melia hat mir gesagt, daß sie hundertdreißig Fuß tief tauchen kann.«

Lily Su-Nams Tonfall hatte zu verstehen gegeben, daß sie keinen weiteren Widerspruch duldete, und Ki'eng schwieg.

»Wir werden also«, griff Lily Su-Nam das Thema wieder auf, »eine Taucherausrüstung benötigen.«

»Es gibt drei, vier Geschäfte«, sagte Ang, »das größte davon in der Jalan Penang in George Town, wo die Hotels sind.«

»Wenn du die Taucherausrüstung kaufst, werden sich die Leute fragen: Wozu braucht Ang eine Taucherausrüstung? Und wie kommt er an das Geld dafür?«

Ang beeilte sich zu nicken. »Ja, Lily-San, wir werden die Ausrüstung also stehlen.«

»Nur diese eine. Ich werde Melia das Geschäft in Batu Ferringhi schon bald einrichten, und Chin Fo wird es reichlich ausstatten. Niemand wird sich dann dafür interessieren, was mit diesen Sachen geschieht.«

»Es gibt eine Ausrüstung in einem Schuppen auf Pulau Rimau«, warf Achmed ein. »Sie gehört einem *Orang Inggeris*, der sie dort hinterlassen hat, bis er wieder auf Urlaub kommt.«

»Sehr gut«, sagte Lily Su-Nam. »Dann wäre sie nicht einmal gestohlen, sondern nur geliehen. Wir bringen sie ja wieder zurück.« Sie klatschte in die Hände: »Ich bekomme Hunger. Geht und holt das Essen.«

Bald roch es nach heißem Curry, und dieser Duft überdeckte den süßlich-faulen Fischgeruch, der sich in den Planken der Dschunke eingenistet hatte. Als es Mittag wurde und der Dunst sich verzog, frischte es auf, so daß sich kurze, gekräuselte Wellen bildeten. Ang ergriff die Gelegenheit, um vorzubeugen, und sagte, möglicherweise könne man das Wrack bei diesem Seegang gar nicht sehen. Lily Su-Nam schwieg; sie wußte jetzt, daß das U-Boot überhaupt nicht zu sehen war – wie hell das Licht und wie glatt die See auch immer sein würden.

Gegen elf änderte die Dschunke ihren Kurs nach Westen und ließ die in Nord-Süd-Richtung verlaufende grüne Küste hinter sich zurück. Lily Su-Nam wollte wissen, wieso die Männer wüßten, daß dies der richtige Kurs sei. Die Antwort lautete, sie wüßten es eben. Als das Essen beendet war, war es zwölf.

»Wir müßten da sein«, wandte sich Lily Su-Nam an Ang. »Ihr habt gesagt, höchstens fünf Stunden, und wir haben flotte Fahrt gemacht.«

»Noch eine halbe Stunde in dieser Richtung,« war die Antwort.

In dieser halben Stunde ließen sie die Ansteuerungstonne für George Town-Butterworth hinter sich zurück sowie eine dichtbewachsene Insel, bei der es sich nach Meinung der Männer um *Pulau Paya*, die Sumpf-Insel, handelte.

Lily Su-Nam kam zum Ruder. »Eure ›halbe Stunde‹ ist längst vorbei. Wo ist die Stelle?«

»Wir machen weniger Fahrt, als es aussieht, denn wir haben die Strömung gegen uns.«

Sie drehte sich brüsk um und marschierte auf klackenden Sandaletten zum Bug zurück. Wenig später war sie wieder da: »Warum ist der Motor abgestellt?«

»Wir müssen Benzin sparen«, druckste Ang, und Achmed fügte hinzu: »Es ist ja nicht mehr weit.«

»Ich werde euch sagen, warum. Der Motor ist abgestellt, damit wir kein so deutliches Kielwasser hinterlassen. Doch ich habe es längst bemerkt – wir fahren im Kreis.«

Ang wollte etwas vorbringen, doch die herrische Geste, die Lily Su-Nam machte, ließ ihn verstummen.

»Warum sorgt ihr euch, euer Gesicht zu verlieren? Ich wußte ja, daß ihr euch nicht auskennt, und habe es hingenommen. Doch eines werde ich nicht hinnehmen – daß ihr mich zum Narren haltet!«

Lily Su-Nam drehte sich weg, um aufs Meer zu starren. Sie war wütend über sich selbst, daß sie sich mit diesen Laien eingelassen hatte. Aber wie anders hätte sie es machen sollen, wo doch Kosten und Mitwisserkreis kleingehalten werden sollten? Schließlich gab sie sich versöhnlich: »Laßt uns darüber reden, was zu tun ist.«

Sie kramte ihr Schreibzeug hervor, um die wenigen gesicherten Angaben zu notieren. Den Männern war die Lage des U-Boot-Wracks dadurch bekannt geworden, daß immer wieder Schleppnetze an ihm hängengeblieben — Netze, die von mindestens zwei Booten geschleppt wurden. Und so würde man das Boot auch jetzt wohl am besten wiederfinden: Indem man ein Netz oder Seil über den Meeresboden schleppte und aufpaßte, wo es hängenblieb.

»Aber dabei können Monate vergehen«, wandte Ang ein.

»Nicht, wenn das Gebiet hier das richtige ist.«

»Es ist das richtige, Lily-San, bestimmt.«

»Gut, dann schaut her.«

Sie zeigte den Männern, was sie gezeichnet hatte. Es war ein nach Norden weisendes Dreieck, dessen Eckpunkte von der Insel Paya, der Penang-Butterworth-Ansteuerungstonne und einer gedachten Stelle gebildet wurden, die im Schnittpunkt einer strikt westwärts führenden und einer anderen, parallel zum Hauptfahrwasser verlaufenden Linie lag. So kompliziert es sich anhörte, so einfach war es. Man brauchte nur — mit Hilfe eines Kompasses — die Grundlinie dieses Dreiecks abzufahren. Das erste Mal circa sechzehn Seemeilen, dann weniger und immer weniger. Ang war voller Bewunderung für diese Lily Su-Nam, die, obwohl sie, wie jedermann wußte, schon als Kind ins Bordell verschleppt worden war, solch eine Rechnung zustande brachte.

»Nun, wie lange wird das brauchen?«

»Die erste Fahrt etwa zwei Stunden.«

»Richtig. Und danach wird die Fahrtzeit immer kürzer. Schon Ende dieser Woche werden wir während eines Tages die Strecke acht-, neunmal abfahren können.«

»Fünf Wochen also«, sagte Ang, von plötzlichem Tatendrang erfüllt.

»Weniger«, erwiderte Lily Su-Nam, »denn das obere Drittel des

Areals können wir uns schenken, weil das Wrack auf keinen Fall so nahe an Pulau Paya liegt.«

Sie sah auf ihre Armbanduhr. »Es ist jetzt zwei. Wir werden bis sieben Uhr arbeiten, so daß wir abends zu Hause sind. Am morgigen Tag wird dann alles eingekauft, und in der folgenden Nacht fahren wir wieder los. Wir wollen keine Zeit vergeuden.«

LONDON

In den ersten Julitagen 1944 lastete bleierne Schwüle über London. Unter einer Hochnebelglocke schien der Asphalt zu schwitzen. Bis in die *Admirality* war dieser typische Geruch der Themse zu riechen, wenn bei Ebbe die Ufer trocken lagen – ein Geruch nach Fisch, Abwässern und gärendem Schlamm. Trotzdem zog Lieutenant-Commander Richard T. Borroughs, der die drei Fenster seines glücklicherweise zum St. James Park gelegenen Büros den ganzen Tag geöffnet hielt, die Dienstjacke an, als ihm der blondgelockte weibliche Lieutenant seines Vorzimmers die Nachricht brachte, daß Major Resseguir ihn bitte, den Dienstschluß ein wenig hinauszuschieben. Er sei mit interessanten Neuigkeiten zu ihm unterwegs. Borroughs, für Freunde ›Dick‹, war schon grau, von Schlaflosigkeit gezeichnet, aber erst achtunddreißig. Als er den Schreibtisch-Job in der Admiralität antrat, da hatte es noch eine Hemmschwelle für ihn gegeben, mit kühlem Kalkül ein U-Boot der Deutschen in den Tod zu schicken. Doch das war vorbei. Auge um Auge und Zahn um Zahn, lautete die Devise nach vier Jahren Krieg. Fast zweitausend Schiffe waren von den Deutschen inzwischen torpediert worden, denen, wenn es hoch kam, knapp hundertfünfzig Unterseeboote gegenüberstanden. Borroughs fragte nicht mehr nach den Männern darauf. Wenn Borroughs überhaupt fragte, dann: Wo ist das nächste Boot? Wie kann ich es knacken?

Richard T. Borroughs, die geliebte Shagpfeife im Mundwinkel, trat vor die Ozeankarte, die eine gesamte Seitenwand des hohen getäfelten Raumes bedeckte. Nachdenklich betrachtete er die roten und blauen Fähnchen darauf, als Major Robert Resseguir eintrat, einen Aktenordner mit rotem Aufdruck *Top secret* unter dem Arm und wie gewöhnlich in Zivil. Der Major trug ein rostbraunes Tweedjakkett, darunter eine Hirschlederweste, graue Flanellhosen und schwarze Schuhe.

»Sie haben da ein Fähnchen zuviel«, sagte er, auf die Karte zeigend.

Borroughs nahm dem Abwehr-Mann die Akte ab.

»Hansen«, las er laut, »U 859« und blickte verblüfft hoch: »Was denn? Der hat sich gemeldet?«

»Vor vierundzwanzig Stunden. Und heute hat Berlin seine Passiermeldung bestätigt.« Er lachte. «Wir dechiffrieren jetzt genausoschnell wie die Berliner.«

»Hansen? Sagen Sie, ist das nicht der mit dem Quecksilber?«

»Richtig. Übrigens haben wir das inzwischen verifizieren können. Ein V-Mann auf der Werft in Kiel hat einige Behälter, die aus irgendeinem Grund wieder ausgeladen worden sind, auf dem Quai stehen sehen — einwandfrei Quecksilber.«

»Aber dieser Hansen ist doch gekillt?!«

Resseguir machte eine Geste, die ausdrücken sollte, daß in Zeiten wie diesen alles möglich war.

Stirnrunzelnd schlug Borroughs die Akte auf.

»»Brigitte««, las er und fragte: »Sind Sie sicher, daß das der Tarnname für U 859 ist?«

Major Resseguir, ein hagerer, braunhaariger Mann von Anfang Vierzig, lächelte. »Wenn wir das nicht mal wüßten . . .« Er nahm seine Hornbrille ab und referierte mit geschlossenen Augen: »Hans Hinrich Hansen, geboren am 15. Mai 1916 in Wenningstedt auf der Insel Sylt, alteingesessene Fischerfamilie mit ausgedehntem Landbesitz, zwei Brüder, eine Schwester, verheiratet seit 1941 mit einer Medizinstudentin. Ging als Neunzehnjähriger nach Abschluß der Höheren Schule als Seekadett zur Marine und wurde, nach Übernahme eines eigenen U-Bootes, zu Jahresbeginn 1943 zum Kapitänleutnant befördert. Kein Nazi . . .«

». . . aber ein Fuchs! Und mit tausend Tricks und Finten.«

»Kein Wunder, Hansen war Leiter der ›Agru Front‹ auf Hela, die die neuen U-Boot-Besatzungen drillt.«

»Und es gibt — verzeihen Sie mir, Robert, daß ich insistiere — keinerlei Zweifel, daß ›Brigitte‹ U 859 ist?«

»Nicht den geringsten.« Resseguir lächelte. »Tut mir leid für Sie, alter Junge, aber das ist kein rotes Fähnchen und noch nicht einmal ein blaues. U 859 lebt! Und sehr munter sogar, wie die Passiermeldung besagt. Keinerlei Ausfälle, nur ein Flakgeschütz defekt — was sie aber sowieso kaum brauchen dürften, wenn sie weiterhin so clever operieren. Und von den dreißig mitgenommene Torpedos erst zwei verschossen. Mit anderen Worten: Dieses Boot kann uns noch verdammt viel Ärger machen.«

Die beiden Männer traten an die Atlantikkarte und gingen die danebengeheftete Liste jener deutschen Unterseeboote durch, deren *kill* als sicher galt. Sie waren durch ein rotes Fähnchen am Versenkungsort markiert, während die lediglich vermuteten *kills* durch blaue Fähnchen angezeigt wurden. Das Fähnchen, welches U 859 repräsentierte, war rot. Es steckte auf der Position 59r/47 N/25r 16 W.

Borroughs entfernte es mit spitzen Fingern und studierte den Vermerk auf der Rückseite. Dann frage er: »Wen soll denn HMS ›Stalward‹ am 19. April 1944 sonst versenkt haben, wenn nicht Hansen?«

»Niemanden. Unser Fuchs hat getrixt.«

»Ich weiß nicht. Ohne eindeutige Anzeichen hätten die doch . . .«

»Er wird Dieselöl abgelassen haben oder Preßluft oder was weiß ich.«

Lieutenant-Commander Borroughs schüttelte den Kopf und ging ans Telefon. »Den Vorgang ›Stalward‹, bitte — vom April dieses Jahres.« Er öffnete die Tür und streckte stumm die Hand hinaus, in die ihm der marineblau gekleidete WAC-Lieutenant gleich darauf einen großen orangefarbenen Umschlag drückte. Borroughs entnahm den Inhalt, überflog ihn und wandte sich an seinen Besuch: »Ich zitiere: › . . . direkt nach Hedgehog-Angriff starker, ausgedehnter Ölschwall, danach keinerlei Geräusche mehr‹. Sie könnten recht haben, Robert. Außer — es war gar nicht U 859, sondern ein anderes Boot. Aus den Unterlagen hier geht hervor, daß der Bursche, an den HMS ›Stalward‹ sich von 16 Uhr 55 an gehängt hat, bereits zwischen 11 Uhr 10 und 12 Uhr 30 Ortszeit von der A/S-Bewacherlinie zwo aufgefaßt worden ist. So einer entkommt doch nicht?!«

»Wenn es Hansen ist?«

Borroughs sog an seiner kalten Pfeife. »Dann ist er also tatsächlich jetzt ums Kap?«

»Das besagt seine Passiermeldung.«

»Nicht zu fassen . . .«

»Und war wahrscheinlich sogar vor Cape Town.«

»Nein!«

»Vor ein paar Tagen ist mir eine Meldung aus Südafrika auf den Tisch geflattert. Die haben neuerdings ein großes Radar auf dem Tafelberg, und das hat plötzlich angezeigt. Aber die Jungs waren sich nicht sicher, ob es sich nicht wieder nur um eine losgerissene Sperrboje handelte wie schon einmal. So haben sie den Peilstrahl stehen lassen — und siehe da, das aufgenommene Objekt ist hinein- und hinausgewandert.«

»Was eine Boje, die abtreibt, natürlich nie getan hätte . . .«

»Es war ein U-Boot — und es war zeitweilig bis auf zweieinhalb Meilen heran!«

»Aber warum haben sie ihm da niemand auf den Hals geschickt?!«

»Hätten sie gerne, aber sie hatten nur Flugzeuge zur Verfügung, weil die 1. Southafrican A/S Trawler Group auf See war, und diese Maschinen konnten wegen eines Orkans nicht hoch.«

Der Lieutenant-Commander trat an die Karte des Indischen Ozeans und fuhr fort: »Ich glaube, damit hätten wir ihn, und jetzt lassen wir ihn aber nicht mehr los. Hier, hier, — die gesamte afrikanische Ostküste hinaus bis Kap Guardafui, und natürlich auch in Aden, überall gibt es automatische Radar-Peiler. Und wenn er sich den Durban-Aden-Konvois oder den Ceylon-Aden-Konvois nähert, wird er sein blaues Wunder erleben. Abgesehen davon haben auch wir unsere Hansens, ich denke nur an Lieutenant-Commander Brennan, der in Trinkomalee liegt.«

Borroughs öffnete die Tür zum Vorzimmer: »Lieutenant Baxter, wir schicken ein dringendes Radiotelegramm an HQ Eastern Fleet, zu Händen von Admiral Sommerville persönlich — kurbeln Sie doch schon mal an, daß die Funker Kontakt kriegen.«

»Nun ja«, sagte Resseguir, Borroughs die Hand hinstreckend. »Ich lasse Ihnen den Akt hier. Aber bitte, Dick — nicht mit nach Hause nehmen, Sie wissen ja!«

PORT ELIZABETH

Es war eine dieser hellen Nächte, für die Südafrika berühmt ist. Man konnte ganz deutlich die Kais mit den Erzladeanlagen und darunter, im Lichte vom Sturm geschaukelter Lampen, Güterzüge mit graubestäubten Sattelwagen sehen. Zwischen zwei stattlichen, hell beleuchteten Bauwerken fiel ein schlank aufragender Turm mit rotem Zeltdach auf, dahinter sah man die Lichter der Gartenstadt auf dem *Hill*, das alte Fort Frederik über der Algoa-Bucht und die breiten, endlosen Sandstrände. Auch Port Elizabeth bot, genau wie Kapstadt, ein Bild des Friedens. Doch Geschützstellungen am Ende der ins Meer ragenden Kais und unterhalb des Forts bewiesen, daß man gewappnet war.

Wohl hatte das FuMB Ortung aufgefaßt — perlende Impulse mit langen Intervallen —, aber der Kommandant wollte trotzdem näher heran. Er wollte sichergehen, ob sich eine Aktion lohne.

Mit seinem Nachtglas stand er im Brückennock, als U 859 auf den Hafen zulief, frontal und mit langsamster Fahrt, um so wenig wie möglich Silhouette zu zeigen. Das merkwürdige Licht ließ das hellblaue Boot mit der See verschmelzen.

»Hoppla! Was ist denn nun los!« Hansen setzte das Glas ab und wandte sich um: »Frage: Ortung?«

Über Metzler wurde die Frage ins Bootsinnere gereicht, und über ihn auch kam die Antwort zurück: »Ortung liegt weit ab.«

»Trotzdem, das gefällt mir aber gar nicht.«

Auf den Kais und in der kilometerweiten Uferzone wie auch im Villenviertel auf den Hügeln erloschen nach und nach die Lichter.

»Was halten Sie davon, Metzler?«

»Ein Alarm.«

»Aber — wieso?«

Metzler sah Hansen an.

»Wenn wir der Anlaß wären, müßten wir doch Ortung haben, oder? Und wären wir geortet, wären längst die Suchscheinwerfer an und die ersten Granaten unterwegs.«

Hansen kratzte sich ausgiebig den Hinterkopf. »Also noch mal von vorn: Sie verdunkeln — aber nicht unseretwegen. Warum sonst?«

»Eine Übung.«

»Dann würden die Sirenen gegangen und die Lichter mit einem Schlag erloschen sein. Aber das hat sich fortgesetzt, mit Schwerpunkten mal hier und mal da — ganz so, als ob eine Parole von Mund zu Mund wanderte . . .«

Hansen schlug sich mit der flachen Hand vor die Stirn. »Ich hab's, Metzler, ich hab's — Rundfunk! Im Rundfunk ist durchgesagt worden, daß verdunkelt werden soll, und da haben alle, die es mitgekriegt haben, schlagartig ausgemacht, und die anderen so peu à peu. Da, schauen Sie: An einigen Punkten brennt sogar jetzt noch Licht! Die Eingeborenenviertel, nehme ich an. Wo es nicht so viele Empfänger gibt.«

»Aber warum, Kaleu?«

»Ich habe einen scheußlichen Verdacht — es ist doch unseretwegen! Man hat uns irgendwie festgestellt — und zwar in den letzten achtundvierzig Stunden, denn sonst hätten ja in Kapstadt auch die Lichter ausgehen müssen. Aber womit, frage ich, haben wir uns verraten?«

Hansen lachte grimmig auf. »Ich weiß, woran Sie denken, Metzler, und ich denke auch daran — die Passiermeldung an den BdU!«

»Aber das würde ja . . .« Metzler atmete erst einmal tief durch. »Das würde ja bedeuten, daß das FT nicht nur abgehört . . .«

». . . sondern auch entschlüsselt worden ist, jawohl! Denn die paar Minuten Kauderwelsch aus dieser Schlüsselmaschine lassen auf alles mögliche schließen, aber nicht unbedingt darauf, daß jemand nach Port Elizabeth unterwegs ist.«

Hansen packte seinen I.WO am Arm und senkte die Stimme: »Mensch, der Tommy hat den Schlüssel geknackt!« Er zog Metzler noch dichter heran, um flüstern zu können. »Hören Sie zu! Ich habe gefunkt: ›Absicht Port Elizabeth, Durban, Daressalam; nachfolgend Afrika-Ostküste und Aden-Golf; ausweichshalber Madagaskar, Mauritius, Réunion‹. Heute haben wir die Bestätigung durch den BdU gekriegt. Und das, was wir jetzt hier erleben — das ist die Bestätigung dieser Bestätigung durch Seiner Majestät Admiralität Abteilung U-Boot-Jagd!«

»Aber vielleicht . . .«

»Ach was, Metzler! Belügen wir uns doch nicht selber. Um was wetten wir, daß Durban ebenso dunkel ist, wenn wir hinkommen?«

Metzler nickte sehr ernst, sagte aber nichts, und er brauchte auch nichts mehr zu sagen, denn in diesem Moment kam eine hastige Meldung auf die Brücke: »Ortung! Kommt näher! Ortung aus dreihundertundfünfzig Grad!« Und dann: »Funkraum an Kommandant — Ortung steht!«

»Na, bitte! Das war's dann. Inzwischen haben sie drüben gemerkt, daß es mit Lichtausmachen allein nicht getan ist.«

Das Nachtglas im Ausschnitt der Lederjacke verstauend, machte Hansen das Zeichen des abwärts gesenkten Daumes und entschwand durchs Turmluk, während Oberleutnant Metzler Fluten befahl. Noch während das Luk geschlossen und dichtgeschraubt wurde, befahl Palleter in der Zentrale: »Gruppe hoch!« Und als das Rauschen des über dem Boot zusammenschlagenden Wassers und dieses merkwürdige Schleifen der aufsteigenden Luftblasen an seiner Wandung hörbar wurden, meldete sich warnend der Obersteuermann: »Zweihundert-Meter-Grenze erst nach einundzwanzig Seemeilen!« Der Mann am Lot sagte: »Dreißig Meter«, und Kommandant Hansen gab den neuen Kurs an: »Einhundertunddreißig Grad. Und mit ganzen Maßnahmen, Herrschaften, damit wir in den Keller kommen!«

U 859 glitt aus der Algoa Bay, tiefer und tiefer gehend, so wie es der sich nur allmählich senkende Meeresboden erlaubte. Nach anderthalb Stunden ließ das Gezirpe der Suchimpulse nach, aber erst nach weiterer anderthalb Stunden war die Tiefe erreicht, die wirklich Sicherheit versprach. Das Boot mußte bis auf 140 Meter herunter, bevor die Strömung so weit nachließ, daß sie den Kurs nicht mehr wesentlich beeinträchtigte. Doch selbst nach vierundzwanzig Stunden hatte man sich nicht mehr als 95 Meilen von der Küste entfernt. Um 2 Uhr 30 kam U 859 für zwanzig Minuten an die Wasseroberfläche, zum Durchlüften, Nachladen der Batterien und Komprimieren der Preßluft für das An- und Ausblasen der Regelzellen. Auf ähnliche Weise vergingen der nächste und der übernächste Tag. Erst in der Nacht zum 5. Juli wagte man, auf Kurs 50 Grad, über Wasser weiterzumarschieren.

Als Hansen während Rügens Wache auf der Brücke erschien, erfuhr er, daß die Automatik der 3,7-Schnellfeuerkanone wieder funktionsfähig war. »Wir haben jedes Teilchen einzeln gereinigt und geölt. An der einen Nase war zwar schon ein bißchen Rostfraß, aber sie wird halten« sagte Rügen nicht ohne Stolz.

»Tja, wenn Sie meinen. Wir müßten ohnehin auch mal alles auf mögliche Seeschäden hin kontrollieren, nach dem Geklapper auf dem Oberdeck zu urteilen, dürfte etliches lose sein.« Hansen gab sich einen Ruck: »Also gut, morgen in aller Frühe. Bauen Sie das Ding noch im Dunkeln ein, und probieren Sie es, wenn die Sonne hoch kommt. Sagen Sie Leutnant von Thaur Bescheid, daß er sich einen Schraubenschlüssel schnappen und alles, was klappert und Krach macht, nachziehen soll. Ah ja, und noch etwas: Die besten Augen auf die Brücke, und zwei Mann für die Luft!«

U-Boot-Fahrer entwickeln einen sechsten Sinn. Das liegt daran, daß sie die Geräusche innerhalb und außerhalb ihres Bootes zu deuten lernen und ständig unter nervlicher Hochspannung stehen. Hansen hätte nicht sagen können, was ihn unruhig machte. Es war ein seltsames Gefühl in ihm, eine Art peinigendes Unbehagen. Er schlief schlecht und war sofort hellwach, als es an diesem Morgen wie immer hieß: »WO an Kommandant: Dämmerung beginnt.«

Als Hansen auf die Brücke kam, waren die Männer, die die Flak repariert hatten, schon beim Zusammenpacken. Die dreizehn Schuß in der Kanone plus Reservemagazin, meldete Rügen, würden genügen, die Funktion des Geschützes zu überprüfen. Beim Probieren klang das Klicken von Verschluß und Automatik in der Tat vertrauenerweckend.

»Fehlt eigentlich nur noch die Sonne.«

Eben noch hatte es grau gedämmert, und schon wollte es Tag werden. Ungleich rascher als von zu Hause gewohnt trat die Sonne über den Horizont.

Hansen, die Hand schon zum ermunternden Winken erhoben, drehte sich zu Rügen um, der auf dem unteren Wintergarten stand. Genau in diesem Moment, und bevor überhaupt noch der erste Schuß abgefeuert war, meldete der Steuerbordausguck: »Herr Kaleu – ein Flieger!«

Er sagte es ganz ruhig und lieferte, sein Glas an den Augen, die vorschriftsmäßige Zielansprache: »Flugzeug aus aufgehender Sonne, mehrmotoriges Flugboot, Typ Catalina. Geschätzte Entfernung — sechstausend!«

»Habe ich es doch geahnt!«

Hansen sagte es fast zufrieden. Er wußte jetzt, was diese innere Unruhe bedeutet hatte.

Sechstausend Meter! Für ein Flugzeug war das ein Katzensprung, den es in gut einer Minute bewältigte.

Hansen hatte keine Wahl. Wenn er Tauchen befahl, wäre das Boot noch größtenteils aus dem Wasser, wenn es der Feind erreichte, und diesem völlig wehrlos ausgesetzt. Also blieb nur eins: Oben bleiben, den Kampf aufnehmen.

»Flak-Gefechtswache auf Brücke! Beide Maschinen AK! Ruder hart Steuerbord!«

Während die wie eine Autohupe blökende Sirene Fliegeralarm gab, brüllte Hansen seine Befehle.

»Klar zum — —!«

Schon war das Flugboot zu hören, das Dröhnen der vier auf Hochtouren laufenden Kolbenmotoren mit pfeifenden Obertönen.

»Ich sehe sie nicht, verflucht noch mal!« schrie Rügen vom Wintergarten herauf.

»Sie ist weiß«, gab der Steuerbordausguck zurück, »nur am Blinken der Kanzel zu erkennen. Da! Links oben im Sonnenball.«

»Ziel aufgefaßt«, meldete der kleine Hardt, den Fuß schon auf dem Abfeuer-Pedal. »Entfernung — viereinhalbtausend.«

»Ah, ja — das ist sie! Frage: Feuerbefehl?«

»Laß sie noch näher ran«, schrie Hansen hinunter. »Schieß erst, wenn sie die Bomben gelöst hat und wieder hochzieht, dann hast du sie in voller Größe.«

Der Lärm der Flugzeugmotoren schwoll zu einem ohrenbetäubenden Dröhnen an. Aus Bug und Tragflächen der wuchtigen Maschine mit den Hoheitszeichen Südafrikas blitzte es in kurzen Abständen auf, und deutlich waren die Einschläge der Geschosse zu sehen — Fontänen im Wasser, welche schnell auf das Boot zuwanderten, das inzwischen im Abdrehen begriffen war. In letzter Sekunde zog die *Catalina* hoch, während ihre Bombenschächte mächtige Bomben ausschieden, die erst trudelten und dann Kurs aufnahmen.

»Feuer frei!« brüllte Rügen, und Hansen schrie gegen den Lärm an: »Stütz Ruder!«, und während das Boot nach seinem Hakenschlag auf Generalkurs zurückschwang, um gut vierzig Meter versetzt, gab Hansen, der mit Metzler und den Ausgucken hinterm Schanzkleid der Brücke Deckung nahm, den Befehl: »Klarmachen zum Aussteigen!« Im selben Moment bellte die Dreisieben los, und der Matrosengefreite Klaus Hardt meldete, als befinde er sich vor Swinemünde beim Übungsschießen: »Automatik in Ordnung! – Zwo Treffer, Motor und Tragfläche rechts!«

Pilot und Bordwaffenschütze der *Catalina* versuchten zwar noch, sich zu korrigieren, aber die Bomben waren schon herunter – eins, zwei, drei, vier, fünf. Beim Detonieren wuchteten sie riesige Krater in die See, Nummer vier vielleicht noch zwanzig, Nummer fünf keine zehn Meter mehr entfernt, und die ungeheure Sprengkraft von Torpex boxte das Boot wie eine Luftmatratze zur Seite und über einen Meter aus dem Wasser heraus.

Stille. Eine Stille, die durch das abklingende Brummen des Flugzeugs eher noch vertieft wurde. Und in dieser Stille hörte sich Hansens Stimme unnatürlich grell an, als er sich ins Turmluk beugte: »Frage: Wassereinbruch?«

Die Antwort war kaum zu glauben. Die Beschädigungen beschränkten sich auf Glasschäden. Geborstene Birnen, Schalter, Sichtgläser, Sicherungen – das Übliche.

Hansen strich sich mit Daumen und Zeigefinger die Kehle. »Da hat der liebe Gott aber noch mal seinen Daumen zwischengehabt.«

Er blickte sich um. Die Männer am Zwei-Zentimeter-Zwilling grinsten mit ausdruckslosen Gesichtern, schon wieder dabei, ihr Geschütz nachzuladen. »Alles in Ordnung, Herr Kaleu. Keine Ausfälle.«

Nur vom zweiten Wintergarten blieb die Meldung aus. Stöhnen war zu hören, sehr leises Stöhnen. Als Hansen an die Reling trat, sah er überall Blut. Fetzen von Uniformstücken, Schwimmwesten, Schuhen lagen herum. Zwei Mann hielten sich den Arm, einer seine Schulter, von der die Schwimmweste in Stücken hing, der vierte hatte einen bluttriefenden Schädel. Rügen lag neben dem Geschütz auf dem Rücken, Arme und Beine krampfhaft angezogen, während Hardt verstört und fassungslos zum Kommandanten aufblickte.

»Zweite Drei-sieben-Gefechtswache auf die Brücke!« befahl Hansen ins Sprachrohr, um sich dann wieder zurückzuwenden: »Sie auch, Hardt . . . Kommen Sie, machen Sie Ihren Platz frei.«

»Ich — ich kann nicht.«

»Wieso? Was soll das heißen?«

»Melde Herrn Kaleu: Ich habe keine Beine mehr.«

Hardt zeigte an sich herunter, dann auf die Schuhe, die sich zwischen der Reling und den aufgerissenen Grätings verklemmt hatten, und Hansen sah jetzt, daß Füße darin steckten und, noch grau bestrumpft, die halben Unterschenkel.

»Hardt . . .!«

Der Matrosengefreite Hardt hörte nicht mehr. Er war in diesem Augenblick ohnmächtig zusammengesackt. Klein und schmal lag er in seinem Blut.

»Arzt auf die Brücke!«

Doch in diesem Moment war schon die Ablösung für die verwundete Geschützbedienung unterwegs und zwängte sich einer nach dem andern aus dem Luk. Die Männer hatten noch nicht ihre Plätze eingenommen, da meldete der Ausguck, der die *Catalina* im Auge behalten hatte: »Neuer Angriff aus Lage Null«. Nun blieb keine Zeit mehr, sich um die Verwundeten zu kümmern, Rügen und Hardt mußten sich gefallen lassen, einfach beiseite geschoben zu werden. Hansen schickte die vier Verwundeten, die gehen konnten, zum Arzt nach unten ins Boot.

Dann überlegte er, ob es besser wäre, dem Angreifer die schon beim erstenmal gezeigte linke Flanke zu bieten oder zu riskieren, daß auch noch die andere Schäden davontrug. »Hart Steuerbord!« entschied er sich wiederum.

»Ziel aufgefaßt«, meldete der Mann, der Hardts Stelle eingenommen hatte, rot beschmiert mit dessen Blut, und dann, mit erstaunter Stimme: »Die kommt aber langsam . . . Da! Der äußere Motor! Hurra, sie brennt!«

Hansen sah Metzler an und Metzler Hansen. War das die Chance, die erhoffte?

Hansen schüttelte den Kopf. Er gab den Befehl zum Schießen: »Feuererlaubnis! Und drauf, was das Zeug hält.« Er wandte sich an

Metzler: »Wir müssen sie dazu bringen, schon weit vorher abzudrehen, sonst schaffen wir's nie.«

»Treffer Rumpf!« meldete Hardts Ersatzmann und noch einmal triumphierend: »Treffer Rumpf«. Und auf einmal, vom Bellen der Flak und dem Jubelgeschrei der Männer begleitet, zog die *Catalina* mit aufheulenden Motoren nach oben, ohne einen Schuß abgefeuert oder eine Bombe geworfen zu haben.

»So«, stieß Hansen hervor, »jetzt oder nie!«

Metzler brüllte den Tauchbefehl in die Zentrale hinunter, Hansen rief den Flak-Leuten zu, das Feuer einstellen und einzusteigen. Wer nicht noch gebraucht wurde, war auch schon unterwegs. Doch weil noch der letzte Leichtverletzte die Steigleiter blockierte, gab es Gedränge am Turmluk. So war plötzlich wieder fraglich, ob es zu schaffen sei, zumal auch Dr. Krummreiß von unten entgegenkam:

»Was hör' ich da von Hardt?«

»Runter, Doktor!«

»Aber ich muß ihn abbinden.«

»Verdammt, runter! Wir müssen weg.« Hansen war weiß vor Zorn. »Fluuuten!« schrie er ins Boot und zu den Männern gewandt, die immer noch zum Luk drängten, während die Preßluft schon aus den Entlüftern rauschte: »Zwei holen Rügen, zwei Hardt! Metzler, du schaust nach dem Flieger!«

Mit Sprudeln und Schäumen schnitt das Boot in die See. Das Wasser brauste schon gegen die Kompaßverkleidung am Fuße des Turms, als man endlich den bewußtlosen, blutenden Rügen durchs Luk bugsierte.

»Schneller, schneller! Oder wollt ihr draußen bleiben?«

Schon kamen Wasserspritzer auf die Brücke. Da war plötzlich, woran keiner mehr gedacht hatte, Metzler zu hören. Entsetzt rief er über die Schulter: »Wahrschau! Sie greift wieder an.«

»Verflucht — macht zu!«

Hardt oder besser das, was noch von ihm übrig war, lag an der achteren Reling des unteren Wintergartens. Nur zwölf Schritte entfernt — aber zu weit. Sein Blick war zum Turm gerichtet. Man konnte nicht sagen, ob Leben darin war. Sein Mund stand offen, zu hören war nichts. Das Rauschen des Wassers war lauter.

»Laßt ihn. Es hat keinen Sinn. — Adieu, Hardt — in einer bessern Welt.«

Zusammen mit Hansen kam ein Schwapp See, doch da war schon die Seemännische Nummer Eins auf der Leiter, um das Luk, das der Kommandant als letzter gerade noch hatte packen können, herunterzureißen und zuzuschrauben.

Niemand sagte etwas. Alles lauschte nach oben. Hatte Hardt wirklich noch geschrien? Da kamen schon die Bomben. Aber das Boot war bereits tief genug, um ihrer vollen Wirkung zu entgehen. Zwar bog sich die Röhre unter dem Explosionsdruck durch, aber nirgends kam Wasser.

Als es wieder still war, trat Hansen an die Sprechanlage: »Hier spricht der Kommandant! Wir haben einen Kameraden verloren, einen tüchtigen, braven Mann — der Matrosengefreite Hardt ist gefallen.«

Er setzte seine speckige Mütze wieder auf, die er, ohne es zu wissen, während des Angriffs abgenommen und in den Händen geknautscht hatte, und legte, als irgendwo im Boot eine Mundharmonika leise das Lied vom guten Kameraden intonierte, die Hand an den Schirm. Dann ging er in die Zentrale hinunter und wollte von Palleter wissen: »Das ging ja so langsam? Oder schien mir das bloß so?«

»Beim ersten Angriff müssen die Untertriebszellen etwas abgekriegt haben.«

»Das heißt, daß wir nie mehr schneller sein werden?«

»Ich fürchte, ja. Aber immerhin — wir können tauchen. Das Boot ist noch längst nicht am Ende.«

Dietrich von Thaur, der das Boot Meter für Meter überprüft hatte, meldete mit bedenklichem Gesicht: »Es ist doch mehr passiert als zunächst angenommen, Herr Kaleu. Die Mixer vorn meinen, mit Rohr vier stimme etwas nicht, und es kann sein, daß auch der Treibstoffbunker Backbord etwas abbekommen hat.«

»Sag bloß, er verliert Öl?«

»Ja.«

Das war weitaus schlimmer als der Ausfall jener Untertriebszellen, mit deren Hilfe das Tauchen beschleunigt werden konnte. Öl zu verlieren hieß: eine Spur zu legen auf der See.

»Na, laßt uns erst mal sehen, wieviel es ist und was sich dagegen machen läßt, bevor wir in Panik ausbrechen. Ich würde das Zeug ungern ganz herausspülen, denn wir müssen mit jedem Tropfen geizen.«

Mit seinen beiden Ingenieuren besprach Hansen, daß man auf Tiefe gehen und so schnell wie möglich fahren wolle, weil dann die Wasserschichtung Einfluß auf den Auftrieb des austretenden Öls nehmen und es möglicherweise erst weit ab vom Boot zum Vorschein kommen lassen würde.

»Wir sitzen ganz schön im Dreck – denn natürlich wäre es jetzt am besten, mit AK über Wasser abzudampfen. Der Flieger hat doch bestimmt schon alles rebellisch gemacht. Kinder, wenn ich nicht fest daran glaubte, daß der Mensch auch mal Glück haben kann, würde ich sagen, wie man's macht, ist es falsch.« Hansen blickte eine Weile nachdenklich auf den Boden, Fingerkuppen an der Stirn.

Dann sah er auf. »Wir bleiben unten! Geht auf zwo A, das sollte reichen – vorausgesetzt, daß es überhaupt reicht.«

Brennan nahm die Neun-Uhr-fünf-Maschine der British Airways, und kaum war er mit dem Imbiß fertig, der in der ersten Klasse gereicht wurde, da verließ die Trident schon wieder ihre Reisehöhe. Der Flug nach Köln-Bonn dauerte eineinviertel Stunden. Als er nach einer schönen Fahrt durch das Bergische Land mit dem Taxi das Hotel gegenüber dem berühmten Altenberger Dom betrat, kam er gerade rechtzeitig.

Keine fünf Minuten nach ihm erschien Kapitän zur See Jürgen Wendrasch, der jetzt im Bonner Verteidigungsministerium arbeitete. Die Herren wählten einen Tisch im letzten der vorderen Räume und als Aperitif einen trockenen Martini. Mit dem Auswählen des Essens ließen sie sich Zeit. Wendrasch entschied sich für Forelle, Brennan für Kalbsfilet in Gorgonzolasauce. Er freute sich, wieder einmal in Deutschland zu sein, einem Land, mit dem ihn zahlreiche Erinnerungen verbanden, nicht zuletzt die, gut getafelt zu haben. Sie einigten sich auf eine Spätlese jenes Mosels, der einmal Leib- und Magengetränk eines englischen Königs war, Bernkastler Doktor. Der Wein, vorschriftsmäßig temperiert, war gut, und Brennan, erfüllt von Hochstimmung, ließ nachschenken.

»Well, so sieht man sich wieder. Beide in Zivil, beide ohne Schiff — beide grau geworden.«

»Ich finde dich überhaupt nicht verändert seit der Zeit, als ich ins Headquarter Northern Fleet kam. Ach, ehe ich's vergesse — schönen Dank für dein Buch. Ich wollte dir längst schreiben, aber du weiß ja, wie das ist.«

»Hauptsache, es hat dir gefallen.«

»Was du über moderne U-Boot-Taktik gesagt hast, hat Eingang in unsere Lehrpläne gefunden.« Wendrasch grinste.

Er lehnte sich im Stuhl zurück und musterte sein Gegenüber. »Wirklich — gut schaust du aus. Der Ruhestand scheint dir zu bekommen. Oder arbeitest du?«

»Lach nicht — ich bin ein Lobbyist.«

»Warum sollte ich lachen? Bei uns ist das das Übliche, wenn ein General in Pension geht. Und was hast du zu verkaufen? Waffen? Panzer? Schiffe?«

»Nicht solch ein Lobbyist. Was ich zu verkaufen habe — wenn du es so nennen willst —, ist mehr eine Dienstleistung. Ich bin Partner in einem Bergungsunternehmen. Jonathan Swayers Limited — wenn du den Namen schon mal gehört hast?«

»London?«

»London-Wapping, ein paar Häuser von Charles Dickens' ›Prospector‹, dieser Seemannskneipe an der Themse, in der wir mal waren.«

»Ah ja, mit der Gallerie hinten? Direkt über dem Wasser?«

»Aye, Sir.«

»Ein Schiffsbergungsunternehmen also. Und damit hängt zusammen, daß du in Deutschland bist?«

»So ist es.«

»Und daß du — verzeih die Offenheit — mich sehen wolltest?«

»Es geht um ein deutsches Unterseeboot, das sieben Monate vor Kriegsende versenkt worden ist.«

»Von dir?«

Brennan bestätigte es durch ein Nicken. »Warum fragst du?«

»Nur so, ich dachte es mir. Und wie könnte ich dir da helfen?«

»Zunächst einmal brauche ich die Konstruktionspläne. Es ist ein IX D2-Typ, in Dienst gestellt 1943.«

»Dazu brauchst du mich nicht. Die kriegt jeder Bastler, wenn er maßstabgerecht arbeiten will. Du wendest dich einfach ans Militärarchiv in Freiburg und zahlst je Größe der Photokopie bis zu dreißig Mark pro Quadratmeter.« Wendrasch machte eine Geste. »Das ist ja alles längst kein Geheimnis mehr.«

»Bei uns denkt man da anders.«

»Ich weiß. Es hat volle dreißig Jahre gedauert, bis wir die Unterlagen von Dönitz, die Akten der U-Boot-Stäbe und -flotillen wie auch die der einzelnen Boote, die die Britische Admiralität beschlagnahmt hatte, wieder nach Deutschland zurückbekamen.«

»Sag mal, Jürgen, wie ist das, wenn man das Boot kaufen will? Besser gesagt, das Wrack?«

»Um es zu heben?«

»Um es zu heben, zu bergen und abzuwracken. Sagen wir: So zu kaufen, daß die vollen Besitzrechte auf einen übergehen und man damit machen kann, was man will.«

»Es gehört zwar nicht zu meinem Gebiet – aber so zu kaufen, daß man damit machen kann, was man will, das ist prinzipiell nicht möglich. Denn ein durch Feindeinwirkung versenktes U-Boot hat für gewöhnlich Gefallene an Bord. Wir waren früher großzügiger, haben aber schlechte Erfahrungen gemacht, und deshalb heißt es jetzt grundsätzlich: Wenn Gefallene an Bord sind, Finger davon!«

»In dem Boot, welches ich meine«, sagte Brennan, »sind Gefallene.«

»Dann sieht es schlecht aus.« Wendrasch trank einen Schluck. »Andererseits – keine Regel ohne Ausnahme.«

»Wenn das Wrack weg muß? Wenn es stört?«

»Ja. Aber du müßtest das belegen. Mit Gutachten von Fachleuten. Am besten natürlich Regierungsfachleuten.«

»Ich denke, daß ich das kann.«

»Dann schaff sie herbei und geh damit zum Bundesfinanzministerium, Abteilung für Liegenschaften.«

»Und dort?«

»Dort wird man dir einen Preis nennen. Und du wirst auch einen Preis nennen. Und irgendwie werdet ihr euch verständigen. Immer vorausgesetzt, daß du dich verpflichtest, für eine pietätvolle Bergung der Gefallenen Sorge zu tragen.«

»Ist doch selbstverständlich.«

»Moment, Peter, damit wir uns recht verstehen — ›pietätvolle Bergung‹ beinhaltet, daß du kein Kleinholz aus dem Wrack machen darfst.«

»Wir haben nicht die Absicht zu sprengen.«

»Ihr wollt also das Boot komplett herausholen? Zum Ausstellen? U 995, das bei Laboe als Museum auf den Strand gestellt wurde, ist ein Riesengeschäft.«

»Wir werden nicht sprengen — weil wir nicht sprengen können.«

»Was ist denn so Wichtiges drin?« Wendrasch grinste. »Sag bloß, du seist hinter Nazischätzen her.«

Brennan zögerte. »Es bleibt unter uns, Jürgen?«

»Na, höre mal!«

»Quecksilber.«

»Mmm«, brummte Wendrasch ungläubig und zog eine Grimasse. »Wer hat dir denn diesen Bären aufgebunden?«

»Ich weiß es schon seit damals. Ich weiß nur nicht, wieviel und wo und wie ich da herankomme.«

»Das wäre dann das erste ›Schatzschiff‹, das kein Märchen ist. Darf ich fragen, wo dies Wunderding liegt.«

Brennan erzählte, während Wendrasch sich allmählich interessiert zeigte. »Scheint so, als wärest du wirklich an einer Goldader. Aber keine Angst, von mir wird niemand etwas erfahren. Nur« — er überlegte — »man wird dich möglicherweise fragen, wieso du eine Garantie dafür abgeben kannst, daß das Wrack nicht gesprengt wird. Du solltest also eine plausible Antwort parat haben.«

»Ich denke, ich habe eine: Es sind noch Torpedos drin, und ich möchte nicht, daß sie mir um die Ohren fliegen.«

»Das klingt gut.« Wendrasch hob die Hände an. »Tja, das wär's dann wohl. Oder hast du noch Fragen?«

»Nur diese grundsätzliche, wegen der ich hier bin — ob du mir helfen kannst?«

»Aber dazu besteht gar keine Notwendigkeit, Peter. Die Sache geht völlig offiziell über die Bühne, das Finanzamt für Liegenschaften ist für jedermann ansprechbar.«

»Ich möcht' wissen, wer der Zuständige ist und was ich von ihm zu erwarten habe. Du könntest mir auch ein Entree geben, vielleicht indem du ihn anrufst.« Brennan lächelte.

»Das will ich gerne tun, das ist kein Problem.«

Brennan bedankte sich. »Um ehrlich zu sein — es ist mein erster Job dieser Art, und ich hatte es mir schwerer vorgestellt.«

»Die deutsche Bürokratie ist besser als ihr Ruf.«

Während sie das Essen genossen, tauschten sie Erinnerungen an die gemeinsame Zeit bei den NATO-Seestreitkräften im nördlichen Atlantik aus, als Jürgen Wendrasch, damals noch Kapitänleutnant, Admiral Brennans Verbindungsoffizier zur deutschen Bundesmarine gewesen war. Zum Nachtisch genehmigten sie sich Bergische Waffeln, duftend heiß mit Sauerkirschen und Schlagsahne. Auf den Abschlußcognac verzichtete Wendrasch; er war mit dem Auto da. Brennan begleitete ihn hinaus zum Parkplatz. »Ich möchte dich nicht drängen, aber wann kann ich mit deinem Anruf rechnen? Ich habe mich hier im *Altenberger Hof* einquartiert.«

Wendrasch sah auf die Uhr. »Sagen wir — ab vier.«

»So schnell?«

»Aber ja.« Wendrasch stieg in seinen Ford und drehte das Seitenfenster herunter.

»Stopp mal, Jürgen — da ist doch noch etwas. Von diesem Boot gibt es Überlebende. Wie komme ich an die Adressen?«

»Es gibt einen Verband deutscher U-Boot-Fahrer mit Sitz in Hamburg. Der eine oder andere wird vielleicht Mitglied sein. Wenn ich nachher anrufe, gebe ich dir die Telefonnummer.«

Der Anruf kam zehn Minuten nach vier. Wendrasch hörte sich am Telefon weniger forsch an.

»Bist du auf deinem Zimmer?«

»Aye, Sir. Was ist?«

»Ich habe mit dem Beamten im Ministerium gesprochen, und im Grunde ist alles noch so, wie ich es dir heute mittag gesagt habe — mit einem Unterschied.«

»Ja?«

»Du bist nicht der einzige, der hinter der Sache her ist.«

Brennan sagte nichts. Er war enttäuscht.

»Möglicherweise könnt ihr euch aber zusammentun«, sagte Wendrasch, »der andere ist kein Bergungsunternehmer.«

»Wer ist es? Kannst du es mir sagen?«

»Ein Großindustrieller aus Italien — DeLucci.«

»Seit wann hat denn DeLucci mit U-Boot-Wracks zu tun?«

Brennan hatte barscher gesprochen, als es seine Absicht gewesen war. Er ärgerte sich. Vor allem auch Wendraschs schonender Tonfall ärgerte ihn. Es war ihm peinlich. Seine ganze Situation war ihm peinlich, und er wünschte, er hätte sich niemals darauf eingelassen.

»Hallo? Bist du noch dran, Peter?«

»Ich höre.«

»Also: Diesem DeLucci geht es auch um das Quecksilber, und er hat das offen erklärt. Deshalb ist es gar nicht erst zu Verhandlungen gekommen. Man hat von Anfang an nein gesagt. Aus den dir bekannten prinzipiellen Gründen — die Gefallenen.«

»Aber die deutsche Bundesregierung tut sich doch nur selbst einen Gefallen, wenn sie die Bergung zuläßt. Kannst dir ja vorstellen, was die Zeitungen dort unten schreiben werden, falls sie sich weigert. Sie bringen jetzt schon Bilder von verkrüppelten und blinden Quecksilberopfern.«

»Das ist ein gutes Argument. Und wenn du es persönlich vorträgst, wirst du vielleicht Chancen haben, damit durchzukommen. Ich könnte mir sogar vorstellen, daß man unseren Botschafter in Kuala Lumpur einschalten wird.« Wendrasch änderte den Tonfall: »Paß mal auf, Peter, ich würde sagen, wir setzen uns noch einmal zusammen. Wie wäre es heute abend? Ich käme ins Hotel.«

»Wenn es dir nichts ausmacht.«

»Überhaupt nicht, ich fahre immer nur übers Wochenende zur Familie. Sagen wir — zum Abendessen.«

Als Wendrasch kam, war ihm anzusehen, daß er eine wichtige Neuigkeit mitbrachte. Brennan hatte sich den Tisch vom Mittag reservieren lassen, und Wendrasch sprach den befrackten Ober an: »Bringen Sie uns bitte zwei schöne Dimple — doppelte.« Dann wandte er sich an Peter Brennan: »Wir haben allen Grund anzustoßen.«

Kaum hatte er Platz genommen, holte er ein paar Zettel aus der Tasche. »Wie der Zufall so spielt, ist gerade in diesen Tagen ein Tauchgerätehersteller an die Bundesregierung herangetreten, der ein neues Verfahren zur Hebung gesunkener Schiffe entwickelt hat und auf der Suche nach einem geeigneten Testobjekt ist. Die Bundesregierung steht der Sache wohlwollend gegenüber und würde ihm gerne helfen. Also — warum tut ihr euch nicht zusammen? Das würde deine Chancen wesentlich erhöhen.«

»Weißt du, um was es sich bei dieser Erfindung handelt?«

»Soviel ich verstanden habe, geht es darum, daß sich der Luftauftrieb beim Heben je nach Wassertiefe automatisch reguliert. Aber ich bin ein Laie.«

»Das kann doch nicht wahr sein?! Ich verstehe zwar auch nicht viel davon — aber so viel doch, daß das bisher immer der große Haken war. Wo finde ich den Mann?«

»Ich habe dir die Adresse aufgeschrieben«, sagte Wendrasch und schob einen der Zettel über den Tisch. »Er wohnt eine halbe Autostunde von Hamburg. Übrigens — ein alter Mariner.«

Dann nahm er den zweiten Zettel zur Hand. »Dies ist nun eine etwas heikle Sache«, begann er, auf das Blatt Papier blickend, das wie das erste mit einer Adresse beschriftet war. »Es gibt da in Bayern einen Industriellen, der irgendwie von den Bergungsabsichten Wind bekommen und vorsorglich Einspruch erhoben hat. Er besteht darauf, daß die Totenruhe der gefallenen Seeleute in U 859 gewahrt bleibt, und er hat guten Grund dazu — es sind seine Kameraden.«

»Ein Überlebender?«

Wendrasch schob Brennan den Zettel zu. »Dies ist der Mann. Und noch eins: DeLucci kennt die Adresse ebenfalls — und er hat einen Vorsprung.«

Brennan rückte die Brille zurecht und las. Dann bewegte er lächelnd den Kopf. »Das glaube ich nun weniger. Was nämlich diesen Herrn angeht, ist der Vorsprung, den ich habe, von niemand einzuholen — ich kenne Dietrich von Thaur seit 1944, mein guter Swinton hat ihm seinerzeit das Leben gerettet.«

8 Melia war ein Mischling der verschiedensten Rassen, die sich mit den Lanuns, Penangs Ureinwohnern vermischt, hatten, als die Insel britische Sträflingskolonie für Inder und Ceylonesen und, als Umschlagplatz der *East India Company*, zugleich Anziehungspunkt für arabische und chinesische Kaufleute gewesen war. Sie hatte ein flächiges, scheinbar porenloses Gesicht mit ausgeprägten Jochbeinen, eine gerade, weich geflügelte Nase und einen sinnlichen Mund. Ihr kleiner, geschmeidiger Körper besaß bemerkenswerte weibliche Formen, und sie war so zurückhaltend, wie es sich ziemte, jedoch hellwach, kokett und clever, wenn es darauf ankam. Als Lily Su-Nam sie sah, wußte sie, daß sie sie auf gar keinen Fall ins Bordell nehmen würde. Melia war genau der Typ Mädchen, mit dem eine Madame Ärger bekam.

Ki'engs Älteste hatte keine Bedenkzeit gebraucht, um auf das Angebot einzugehen. Ihr eigner Herr zu sein in einem eigenen Geschäft, das war immer ihr Traum gewesen. Dafür hatte sie gebetet und viele, viele Räucherstäbchen zum *Lachenden Buddha* im Tempel des Paradieses gebracht. Der hohe, einflußreiche Herr, für den sie tätig sein würde, hatte nichts dagegen, wenn sie außer seinen Taucherausrüstungen auch Sonnenbrillen und Bikinis, T-Shirts und Sonnenschutzmittel an den Mann brachte, und zwar auf eigene Rechnung, wie ihr von Lily Su-Nam zugesichert worden war. Die Boutique sollte aus Holz gebaut werden, jedoch mit einem einbruchsicher gemauerten Lagerraum.

Das Robinsonleben auf Pulau Paya, wo man ein Lager zum Schlafen, Essen und Ausspannen errichtet hatte, machte ihr Spaß, und das Seeräuberleben an Bord ebenso. Es machte ihr Spaß, ihr Haar fallen zu lassen, wie es wollte, und ein T-Shirt zu tragen, welches die Brustknospen, und ein Bikinihöschen, das ihre langen, festen Schenkel sehen ließ. Es machte ihr Spaß, die Bewunderung der Männer zu registrieren und den Neid Lily Su-Nams. Was ihr weniger Spaß machte, das waren die endlosen Tage, an denen man sie zurückließ, damit sie das Lager in Ordnung brachte, allein mit Ratten und verwilderten Schweinen, Landkrabben von der Größe eines Reiskessels und Cicac-Geckos, die die aus Nipahpalmen gefertigten Hütten noch vor den Menschen bezogen hatten, allein mit dem nervtötenden Getucker des Kompressors, der die Preßluftflaschen wiederauffüllte, und dem Gezirpe ihres Transistorradios.

Das Lager stand an der dem Schiffahrtsweg abgewandten Nordseite der Insel zwischen Sandstrand und Sumpfwald und war nach alter, auf Penang nur noch selten gepflegter Sitte errichtet: jedem seine eigene Hütte, jedem seine Kochstelle, seinen Waschplatz.

Als Melia an einem Sonntag, als man Ruhe hielt, mit wippenden nackten Brüsten zum Strand hinuntersprang, rief Lily Su-Nam sie an: »Eh! Du könntest eigentlich einmal zeigen, was du kannst, und uns einen Fisch schießen zum Mittagessen.«

Lily Su-Nam wußte, was sie tat. Melia legte es darauf an, die Männer zu reizen. Und wenn diese darauf eingingen, mußte das die Disziplin gefährden und das ganze Unternehmen.

Sie hob die Stimme: »Einen richtigen großen Fisch — vielleicht einen Bonito.«

»Aber heute ist Sonntag.«

»Eben darum — wir könnten einmal zusammen essen. Es kann auch eine Muräne sein. Wir könnten uns *Laksa* machen.«

»Aber sonntags wird nicht gearbeitet.«

»Du warst lange genug in einem Hotel, um zu wissen, daß das nicht für alle Menschen gilt.«

»Trotzdem. Ich arbeite nicht an einem Sonntag.«

»Das glaub' ich dir«. Lily Su-Nam lachte. »Für eine Taucherin wie dich wird es keine Arbeit, sondern ein Vergnügen sein.«

Melia rührte sich nicht. Wenn sie nicht bald gehorchte, würde Lily Su-Nam sie fortschicken müssen, denn sie konnte solche Aufsässigkeit nicht hinnehmen. Sie blickte auf ihre Armbanduhr, immer noch lachend: »Wenn ich deinen Fang bis zehn Uhr habe, genügt es völlig.«

Alle hatten begriffen. Ang erhob sich aus dem warmen Sand, um zu vermitteln: »Ich werde ihr helfen, die schweren Taucherflaschen zu holen.«

Lily Su-Nam, die sich schon abgewendet hatte, blieb stehen. Ihre Stimme klang scharf und kalt: »Nein, das ist ihre Sache! Sie wird sich später auch selbst behelfen müssen.«

Ang, der Melia bei der Hand genommen hatte, ließ sie sofort wieder los. Aber die Berührung, der warnende Druck seiner Finger, hatten genügt, sie in Bewegung zu setzen.

Lily Su-Nam wandte sich endgültig ab.

Der Fisch, den Melia mit dem Harpunengewehr erlegte, war ein Fächerfisch mit riesigen Rückenflossen, gut drei Fuß lang und zwanzig Pfund schwer. Durch den Saft frisch gepflückter Kokosnüsse wurde das *Laksa*-Gericht eine Köstlichkeit. Lily Su-Nam überließ Melia Kopf und Schwanz und zeigte ihr, wie sie nach Art der Schanghai-Küche *Braised Fish* daraus machen konnte.

Als sie nach dem Essen zur Wracksuche aufs Meer fuhren, bot sie ihr an: »Wenn es dich zu sehr angestrengt hat, kannst du gern hierbleiben und dich ausruhen.« Melia entschied ohne Zögern, sie fuhr mit.

Es war an diesem Sonntag, als die Dragline zum erstenmal Widerstand fand. Doch die Freude war verfrüht. Der Anker kam wieder frei, und alles, was sich daran fand, war ein alter Autoreifen.

Erst zehn Tage später gab es den zweiten Alarm. Diesmal ließ sich der Draggen nicht mehr heraufziehen. Er hatte sich so fest verhakt, daß die Leine gekappt werden mußte. Die Stelle wurde mit einer Boje markiert. Doch als Melia später dort tauchte, entdeckte sie nur eine Kiste aus Eisen, bedeckt mit Resten eines von Korallen verkrusteten pechgetränkten Überzugs. Die Mühe, sie an Bord zu holen, lohnte sich nicht, es war keine Schatztruhe. Die Kiste enthielt Gewehre, teils Vorderlader, teils auch fabrikneue Perkussionsschloßgewehre, die, wie die Fabrikationsnummern besagten, 1853 von Snider in England hergestellt worden waren. Vielleicht waren sie für Piraten bestimmt gewesen und beim Umladen über Bord gegangen, vielleicht hatten sie auch nach Singapur geschmuggelt werden sollen, wo damals die Chinesen einen Bruderkrieg austrugen. Lily Su-Nam gab Anweisung zur Weiterfahrt.

Melia war jetzt fit. Das Auffinden der Waffenkiste hatte keine fünfzehn Minuten beansprucht. Doch beim Arbeiten auf dem Meeresgrund war der Schlick aufgewirbelt worden, so daß sie ihren Tiefenmesser nicht richtig ablesen konnte, zu rasch hoch kam und es mit Gelenkschmerzen und Erbrechen büßen mußte. Bei 132 Fuß Tiefe hätte sie sich rund zwanzig Minuten fürs Auftauchen gönnen müssen.

In der Folgezeit verloren sie noch einige andere Anker. Doch was sie fanden, war nie mehr als das Wrack eines alten Seglers, der vielleicht einmal mit Sträflingen nach Australien unterwegs gewesen war, denn Melia fand Fußfesseln darin.

Gestört wurden sie kaum. Es war nicht die Saison für Hochseefischerei, und die wenigen Fischer, die von Penang oder der Kedah-Küste kamen, ließen sie in Frieden. Aber einmal tauchten zwei ranke Schnellsegler mit finsteren, braunen Kerlen auf, *Orang la'ut* oder Seemenschen, die ebensogut von den Vogelnestinseln wie von Ostsumatra stammen konnten. Als sie ahnungsvoll die Arbeit abbrachen und zur Insel zurückkehrten, fanden sie ihr Lager geplündert. Die Hütten waren umgeworfen, der Kompressor unbrauchbar gemacht, und selbst Melias Bikinis hatten die Piraten mitgehen lassen. Lily Su-Nam entschied sich für einen Wiederaufbau. Wer sich auf einer unbewohnten Insel niederließ, mußte mit solchen Vorfällen rechnen. Wenn das U-Boot-Wrack erst einmal gefunden und die Arbeit daran in Gang gekommen war, würde man eine bewaffnete Wache zurücklassen.

Als sie nach Penang zurückkamen, um sich neue Vorräte zu beschaffen, darunter auch einige Pistolen, wartete auf Lily Su-Nam ein Fernschreiben, das an den Schiffsausstatter Chin Fo aus Singapur gekommen war. Der Absender — die Generalvertretung Charlie Sun-Lee Ltd. — drückte seine Verwunderung aus, weshalb keine Nachfrage nach dem neu auf den Markt gekommenen Außenbordmotor bestehe.

»Mr. Sun-Lee hat auch schon zweimal deswegen telefoniert«, kommentierte Chin Fo, der selbstverständlich wußte, daß es sich um eine verschlüsselte Nachricht handelte. Er, ein vierschrötiger, kahlköpfiger Mann von sechzig Jahren, handelte nach außen hin mit Seilerwaren, Bootsmotoren und Schiffsausrüstung. In Wirklichkeit war er der Boß des Penanger Zweigs des Kwon-On-Tong.

Lily Su-Nam winkte sich seine Sekretärin heran. Sie war sich sicher, in all den Wochen gute Arbeit geleistet zu haben. Ihre Fingernägel waren nicht mehr die einer Dame, ihr Teint nicht mehr der einer Städterin. Sie war schwielig und sonnenverbrannt wie irgendeine Fischersfrau, und sie stank auch so – nach Knoblauch und Curry und Fisch. Dafür zeigte aber auch die Seekarte von der Grundlinie nordwärts inzwischen so viele Bleistiftstriche, daß die Schraffur mehr als ein Drittel des in Aussicht genommenen Suchgebiets füllte.

Sie wollte ihren Ärger nicht vor Chin Fo zeigen und diktierte deshalb nur knapp: »Keine Nachfrage, da bisher kein Interesse – sind immer noch auf Kundensuche.«

»Du könntest ruhig mehr sagen, Puan Lily«, meinte Chin Fo, der die Ohren gespitzt hatte. »Es ist ja kein Telegramm, sondern ein Fernschreiben.«

»Es wird genügen.«

Lily Su-Nam dachte nicht daran, Chin Fos Neugier entgegenzukommen. »Wie weit bist du mit dem Ladenbau in Batu Ferringhi?« fragte sie.

»Der Rohbau ist fertig. Ich wollte sowieso wieder einmal hinausfahren und werde dich gerne mitnehmen.«

Während Lily Su-Nam den Pavillon am Hotelstrand von Batu Ferringhi besichtigte, kam Melia mit einer Idee zu ihr. Jener amerikanische Student im *Rasa Sayang*, von dem ihr Northwestern-University-Hemd stamme, habe Interesse gezeigt, bei der Taucherei mitzumachen.

»Mein Freund würde arbeiten wie ich, und er würde keinen Cent dafür nehmen.«

Lily Su-Nam war zunächst erschrocken. »Du hast ihm aber doch nicht gesagt, worum es geht?!«

»Aber nein, wo denkst du hin!«

Lily Su-Nam überlegte. Eine Hilfe wäre gar nicht so schlecht – noch dazu, wenn sie nicht mehr kostete als das Essen und bald wieder und sogar bis Amerika verschwand.

»Sein Name ist Jimmy. Wenn du einverstanden bist, kommt er morgen mit.«

»Ich bin einverstanden«, entschied sich Lily Su-Nam. »Werden wir eine zweite Ausrüstung benötigen?«

»Er bringt seine eigene mit.«

»Spricht er *Bahasa Melayu?*«

»Nur ›ja‹ und ›nein‹ und ›küß mich‹.«

»Das ist gut. Wir werden also alles, was mit dem U-Boot zusammenhängt, auf malaiisch besprechen.«

»Ich habe verstanden.«

»Und sage ihm, er soll pünktlich sein. Ich warte nicht.«

»Er wird pünktlich kommen, denn wir werden zusammen kommen.«

Zu Mittag des folgenden Tages kehrte man zurück, und vier Stunden später war das Insellager wieder bewohnbar. Man hatte in der größten Hitze gearbeitet und sich den Feierabend verdient. Doch obwohl Lily Su-Nam den Männern versicherte, daß sie die Zeit, welche durch den Piratenraubzug verlorengegangen war, extra bezahlt bekämen, wollten sie noch einmal hinaus. Melia war es egal, und ihrem amerikanischen Freund sowieso. Jimmy war ein großer, schlaksiger Mensch, der leicht zufriedenzustellen war; als Ang ihn die Dschunke steuern ließ, war er glücklich.

Als man das Suchgebiet erreichte, war es kurz vor fünf. Es geschah nach zwanzig Minuten oder zweieinhalb Seemeilen, gleich auf dem ersten Kurs in Richtung Hauptfahrwasser Malakkastraße: Plötzlich straffte sich die Dragline und war auch mit vereinten Kräften nicht wieder freizubekommen. Erregung erfaßte die Fischer und die beiden Frauen. Denn diesmal war es anders als sonst — wenn man an der Leine zog, war der Widerstand kein starrer, sondern ein federnder.

Eine Dreiviertelstunde verging, bis Melia und Jimmy wieder auftauchten.

»*Apa dia?*« fragte Lily Su-Nam vorsichtshalber auf malaiisch.

Daß Melia »*Saya tidak tahu*« antwortete, ließ zumindest auf etwas Besonderes schließen. Da unten sei ein kleiner langgestreckter Berg, erläuterte sie, sechs, sieben Yards hoch, wenn nicht mehr, doch nicht aus Korallen, sondern etwas, in das man bei jedem Schritt einsinke, wobei grünschwarzer Mulsch aufgewirbelt und Schwärme von Fischen, Krebsen und Schalentieren vertrieben würden.

Die Männer sahen Lily Su-Nam an, und Lily Su-Nam sah die Männer an.

Jimmy, der Melia die Atemluftflasche von den Schultern nahm, schüttelte den Kopf: »Sag ihnen, daß kein Grund zur Aufregung besteht. Es lohnt sich nicht. Soviel ich erkennen konnte, ist das nichts anderes als ein Haufen Netze.«

Lily Su-Nam wandte sich an ihn: »Geht trotzdem noch mal hinunter!«

»Aber da unten ist jetzt alles so aufgewühlt wie in einem Schlammloch. Und wozu auch?«

»Dann morgen«, sagte Lily Su-Nam entschieden.

Sie wandte sich wieder, in Malaiisch überwechselnd, an Ki'eng, Ang und Achmed, die jedes Wort des Dialogs verfolgt hatten. »Setzt eine Boje! Die größte, die wir haben. Ihr haftet mir dafür, daß wir diese Stelle auf gar keinen Fall verlieren.«

Die Männer sahen sich an. War wirklich gefunden, wonach sie schon fast einen Monat lang suchten?

Ang war davon überzeugt. »Sie ist es! Es ist die Stelle, die wir suchen. Ich erkenne sie wieder.« Lächelnd zeigte er aufs Meer: »Da schau in Richtung Pulau Paya, Lily-San! Alles was du siehst, sind ein paar schwarze Zacken überm Wasser — aber genau die habe auch ich so gesehen, als mein Vater hier sein erstes Netz einbüßte.«

MADAGASKAR

Unruhe trieb den Kommandanten durch sein Boot. Das gab es doch nicht: Da hatte man eine viermotorige *Catalina* abgewehrt und alles blieb still — obwohl man im direkten Überwachungsbereich Madagaskars operierte. Alles, was die Funker zu melden wußten, war »Keine Ortung, keine Schraubengeräusche.« Weder FuMB noch GHG brachte irgendeine Anzeige. Hansen blickte eine Weile sinnend auf die Geräte, dann ging er zur gegenüberliegenden Offiziersmesse.

Der Raum war mit Hilfe frischer Bettlaken in ein Ambulatorium verwandelt worden. Dr. Krummreiß war dabei, den letzten Leichtverletzten des Fliegerangriffs zu behandeln.

»Gott sei Dank alles nur Fleischwunden, die ich nur zu klammern brauche.«

»Und er?« Hansen zeigte mit dem Kopf auf Rügen, der, auf mehrere

Lagen Decken gebettet, merkwürdig verkrampft auf dem Tisch lag.
»Schädelbruch.«

Schweigend sah Hansen zu, wie der Doktor die gelbverfärbte, kraterartig aufgeworfene Beule auf der Schulter seines Patienten mit dem Skalpell aufschnitt, um ein Instrument einführen zu können, das aussah wie eine Schere mit zwei kleinen Löffeln an den Spitzen. Als er es wieder zum Vorschein brachte, hatte es ein fingergliedgroßes Metallstück gefaßt.

»Bombensplitter«, kommentierte Dr. Krummreiß. Dann wandte er den Blick zu Rügen: »Er muß operiert werden. Auch das kleinste Stückchen Knochen muß aus dem Hirn heraus. Er ist schon einseitig gelähmt.«

»Können Sie das denn?«

»Ich werde es können müssen.«

Während er dem Sanitäter Instrument und Bombensplitter überließ und die stark blutende Wunde versorgte, fuhr er fort: »Aber ich brauche Hilfe — zwei, drei Mann, die ein bißchen Fingerspitzengefühl haben und nicht gleich umfallen, wenn sie Blut sehen. Außerdem brauche ich Ruhe.«

»Wir wollten sowieso bis auf zwo A . . .«

»Aber dort müssen wir liegenbleiben.«

»Unmöglich, wir verlieren Öl.«

»Dann kann ich nicht operieren. Es wäre unverantwortlich, mit einer Pinzette in einem offenen Hirn rumzustochern, wenn . . .«

»Ich kenne Ihre Verantwortung. Und Sie kennen die meine.«

»Aber ich *muß* operieren.«

»Sobald Zeit dazu ist.«

»Wollen Sie, daß dieser Mann auch noch draufgeht?!« Dr. Krummreiß war heftig geworden. »Verzeihen Sie.«

»Da sind noch fünfundsechzig außer ihm«, sagte Hansen nur.

Dr. Krummreiß machte einen neuen Versuch: »Bei Hardt hätte ich wahrscheinlich sowieso nicht mehr helfen können. Aber diesmal kann ich — vorausgesetzt, daß ich es sofort tue. Mit jeder Minute wächst die Gefahr einer Infektion. Und wenn er erst Gehirnhautentzündung hat . . .« Er brach ab und machte eine Geste.

Hansen blickte zu Rügen. Das eine Bein und die eine Hand waren in normaler Ruhestellung, die Gliedmaßen der anderen Seite wirkten wie die eines Epileptikers.

»Wie lange würden Sie brauchen?«

Dr. Krummreiß hob die Schultern.

»Eine Stunde!«

»In nur einer Stunde . . .«

». . . ist Mittag und oben ein Ölfleck wie die Zwölf auf einer Zielscheibe.«

Dr. Krummreiß schwieg. Er trat zu Rügen und legte ihm seine Hand auf die Stirn.

»Anderthalb Stunden«, sagte Hansen, »wenn wir so lange noch leben.«

»Nicht eine und nicht anderthalb, sondern mindestens drei.«

Rügen regte sich. Dr. Krummreiß strich ihm über das Gesicht, dessen rechte Seite vom Haar über das Ohr bis zum Hals von Blut verkrustet war. »Bewegungs- und Lageempfindungen sind beeinträchtigt.«

Hansen atmete tief ein, er sah plötzlich alt aus, alt und müde. »Wir gehen auf zwo A plus vierzig und legen uns hin.«

»Danke.«

Hansen hob die Hand.

Außer einem in Erster Hilfe ausgebildeten Matrosen sollten Palleter und Dietrich von Thaur dem Doktor zur Hand gehen. Nachdem man Rügen auf dem Tisch festgezurrt hatte, wurde ihm das Haar abrasiert. Auch er hatte eine spitze Beule, schräg oberhalb der rechten Schläfe, doch sie war nicht gelb wie bei den anderen Verwundeten, sondern blutverkrustet.

»Keine Bombensplitter! Da hat er noch mal Glück gehabt, denn ein Bombensplitter bringt immer auch giftige Verbrennungsrückstände in die Wunde. Wahrscheinlich ein Splitter von den Aufbauten. Ist nur Farbe dran und Meersalz.«

Dr. Krummreiß bepinselte den glattgeschabten Schädel mit Jod und setzte dann mehrere Spritzen in die Kopfschwarte, um die Umgebung der Wunde schmerzunempfindlich zu machen.

»So, und nun nehmen Sie seinen Kopf, Thaur, und halten Sie ihn von rechts und links wie in einem Schraubstock fest. Wenn Sie glauben, nicht hinsehen zu können, gucken Sie weg.«

Mit dem Skalpell ritzte er die Beule zunächst ein und erweiterte dann den Schnitt bis in die Epidermis, während der Sanitäter das neu fließende Blut wegwischte. Er schnitt noch tiefer, durch Lederhaut und Unterhaut, durchtrennte Gefäße und band sie ab, und je weiter er vordrang, desto deutlicher schälte sich heraus, was den Schädel zerschmettert hatte – ein Stück Stahl mit scharfen Rändern und hellblauen Farbblattern. Als zuletzt auch noch die Knochenhaut beiseite geschoben war, sah man es in der Kopfwunde stecken wie ein Propf in der Flasche.

Als dem Ding weder mit der Sequesterzange noch mit der Knochenzange oder irgendeinem anderen Instrument beizukommen war, meine Palleter: »Am besten nehmen Sie etwas aus unserem Werkzeugkasten. Rohr- oder Kneifzange?«

»Besorgen Sie beides. Aber gut auskochen! Und schrubben Sie sich auch noch mal die Hände!«

Sie warteten. Dietrich von Thaur spürte Rügens Kopf warm in seinen Händen. Er hatte schon andere Verwundete gesehen und auch Tote. Er hatte Kameraden gesehen, die eigentlich nur noch blutige Fleischklumpen waren. Aber es hatte ihm nicht so viel ausgemacht wie dieser knöcherne Schädel mit dem blauen Metallpropf darin. Als Dr. Krummreiß die Rohrzange ansetzte – nicht anders als ein Klempner –, war er nahe daran sich zu übergeben.

Zwanzig Minuten dauerte es, dann war das Ding endlich heraus. Es hatte keine Spitze, sondern mehr die Form einer gebauchten Scheibe.

»Da hat er zum zweitenmal Glück gehabt.«

»Aber wir nicht«, sagte Palleter, in die Schale blickend, in die der Sanitäter das Metallstück gelegt hatte. »Sieht mir verdammt wie vom Schnorchel aus.«

Dr. Krummreiß sah hoch: »Bitte, Herr Palleter.«

Er beugte sich wieder über die Schädelwunde. »Tja, es hat alles auch seine Schattenseiten. Ein spitzer Splitter hätte mehr Schaden im Gehirn angerichtet – aber dafür ist nun alles voll von Knochensplittern. Schauen Sie mal!« Er nahm die Pinzette: »Was soll's. Sie müssen raus.«

Hansen kam: »Wie weit seid ihr?«

Krummreiß sagte nichts. Palleter sagte: »Er fängt gerade an.«

Hansen drehte sich weg. Es war halb eins – für jede Flucht zu spät.

Eine Stunde später – in der Porzellanschale hatten sich höchstens erst drei Dutzend Knochensplitter angesammelt, dazu ein paar Farbblattern – meldete von Thaur, daß er den Eindruck habe, Rügen spüre etwas. Der Doktor gab Rügen zwei neue Spritzen und nahm die Gelegenheit wahr, sich im Kreuz zu recken. »Und Ihr anderen? Geht's noch? Wenn nicht, sagt es lieber. Ihr wißt, was von euch abhängt.«

»Es geht.«

»Dann weiter.«

Dr. Krummreiß war gerade im Begriff, seine Pinzette in Rügens offenen Schädel zu tauchen, als der Lautsprecher ging: »Funkraum an Kommandant: Sich nähernde Ortung! Ortung aus zwohundertundvierzig Grad.«

Sie hoben die Köpfe, starrten sich an. Der Schweiß, der Dr. Krummreiß' Gesicht bis dahin als wie ein feuchter Film bedeckt hatte, sprang pötzlich hervor. Er ließ ihn wegwischen, dann beugte er sich wieder über das Schädelloch, in dem die graurosa Gehirnwindungen zu sehen waren, gesprenkelt von weißen und roten Knochensplittern.

Hansen tauchte wiederum auf. Er blieb im Gang stehen: »Wollte nur wissen, ob Sie die Durchsagen stören. Ich werde Sie besser abschalten lassen, wie? Wenn etwas ist, sage ich Ihnen selbst Bescheid.« Er beugte sich vor, um dem Doktor über die Schultern zu spähen: »Wie sieht es aus?«

»Schwer zu sagen. Bis jetzt bin ich überhaupt erst an der Oberfläche.«

»Ich drücke die Daumen.«

Eine halbe Stunde später war er wieder da. Seine Stimme klang nicht mehr so besorgt. »Sie suchen uns immer noch. Das Öl scheint sie zu irritieren.« Er hob die Faust, Daumen nach oben.

Aber wenig später kam er erneut, diesmal mit ernstem Gesicht. »Kann sein, daß es bald losgeht. Im GHG sind Schraubengeräusche von einem Zerstörer, die näher kommen.«

»Aber dann müssen wir weg!« Dr. Krummreiß, in seiner Pinzette

einen Splitter wie einen Fingernagelspan, blickte erschrocken hoch.
»Jetzt sind wir hier. Und bleiben auch. Machen Sie sich keine Vorwürfe, Doktor — es liegt sowieso in Gottes Hand.«
Als der Verfolger schließlich fündig geworden war, seine Ortung sich eingespielt hatte und die Such-Impulse schon mit bloßem Ohr zu hören waren, dauerte die Operation bereits vier Stunden. Dr. Krummreiß, der seine Pinzette wie ein Automat wieder und wieder in den Schädel hatte tauchen lassen, richtete sich unvermittelt auf.
»Da ist noch ein Stück Metall. Ganz tief unten und dummerweise fast zugedeckt von Gehirnwindungen.«
»Das heißt, daß einer von uns . . .«
»Sie, Palleter.«
»Ich kann das nicht. Und noch dazu, wenn's jetzt losgeht.«
»Es wird nicht losgehen. Es darf nicht losgehen!«
»Machen Sie das, Thaur«, sagte Kaleu Palleter bittend.
Dr. Krummreiß nahm ein bleistiftlanges, dünnes Instrument mit kugeligen Enden. »Dies ist eine Knopfsonde, Thaur. Sie können nichts damit kaputtmachen — wenn Sie nicht zustechen.«
Dietrich von Thaur erhob sich schließlich. Er bewegte seine steifgewordenen Finger, während Palleter Rügens Kopf übernahm.
»Kommen Sie, ich zeige Ihnen, was Sie zu tun haben. Sie nehmen die Sonde und drücken damit diese Windung hier beiseite. Tun Sie es so sacht wie möglich — aber auch so, daß Ihnen die Windung nicht entwischen kann. Denn sonst reiße ich sie auf, wenn ich den Splitter herausziehe. Alles klar?«
Von Thaur nickte.
»Dann los. Diese Windung, jawohl! Haben Sie?«
»Aye, aye.«
»Festhalten, ich ziehe! Verflucht, sitzt das Ding fest! Aber jetzt . . . Jawohl! Drücken Sie sie beiseite. Ja! Mehr! So ist es gut. Jawohl.«
In dem selben Moment, in dem der Doktor den Splitter gefaßt hatte, schwoll das Geklingel der Asdic-Hämmerchen zu einem Wirbel an: »Ping — ping — ping . . .« Die Pinzette, ganz langsam gezogen, kam wieder aus dem Schädelloch heraus, hob sich weiter, war endlich ganz und gar draußen, ein Stück Blech von der Größe eines Daumennagels mitbringend, als sich der Kommandant über den

Befehlslautsprecher meldete: »Alle Geräuschquellen abstellen! Niemand verläßt seinen Platz! Absolute Ruhe!«

Auf Socken tauchte er in der Offiziersmesse auf und flüsterte, ein breites Grinsen auf dem Gesicht: »Anscheinend hat sich da alles Öl von uns an einem Fleck gesammelt, deshalb halten sie uns für abgesoffen.«

Er blickte in die Schädelwunde, nickte anerkennend, als Dr. Krummreiß auf den eben entfernten Metallsplitter wies, und machte mit der Hand ein Zeichen, daß er gratuliere. Gerade, als er wieder gehen wollte, erschien Grabowski, auch er auf Socken, und sagte in Hansens Ohr, daß der Zerstörer oben abwandere. »Die Strecke, die er kontrolliert, beträgt zwar nur zweitausend Meter — aber der Punkt, auf den er sich dabei versteift, liegt gute tausend Meter achtern.«

Hansen boxte Grabowski erleichtert vor die Brust.

Das Schraubengeräusch näherte und entfernte sich, näherte und entfernte sich und so wieder und wieder. Hansen zeigte durch Gebärden, daß der Zerstörer im Kreise patrouillierte. Wenn auch keine Bombe fiel, war es doch entnervend, so brutal veranschaulicht zu bekommen, daß da oben jemand zugange war, der sich mit nichts kleinerem zufrieden geben mochte als dem Tod.

Viereinhalb Stunden nachdem die Operation begonnen hatte, legte Dr. Krummreiß endlich die Pinzette aus der Hand. Kein Pünktchen mehr störte die eleganten Mäander der Hirnwindungen, und auch die Blutgerinsel waren weggetupft. Der Doktor hatte rote Flecken im Gesicht und tiefe, dunkle Augenränder, doch er strahlte, als er sich reckte und einige Schritte machte. Zehn Minuten später lag der Leutnant Jost Rügen verbunden in seiner Koje, immer noch ohne Bewußtsein.

Das Boot, auf zweihundert Meter Tiefe eingependelt, trieb absolut bewegungslos mit der Strömung. Als die Nacht kam und die Dunkelheit den Ölfleck undeutlich machte, warf der Zerstörer rasch hintereinander zehn schwere Torpex-Wabos. Sie richteten keinen Schaden an, denn eine wie die andere lag weitab. Danach entfernte sich das Schiff.

Kommandant Hansen ließ U 859 noch für eine volle Stunde weitertreiben und ging dann mit der E-Maschine auf Kurs 40 Grad in Richtung Madagaskar.

Um Mitternacht bat er Dr. Krummreiß zu einer Zigarre auf die Brücke und zeigte ihm den Sternenhimmel. »Wenn wir nicht an Ort und Stelle liegengeblieben wären, würden wir das vermutlich nicht mehr erleben.« Er schlug dem anderen auf die Schulter: »Oder wenn Sie nicht gewesen wären und Ihr Eigensinn.«

Dr. Krummreiß nahm einen tiefen Zug hinter vorgehaltener Hand, um die rote Glut nicht sichtbar werden zu lassen.

Von Thaur sah seinen Besucher vom Bürofenster aus, bevor die Sekretärin ihn meldete. Er entstieg einer chauffeurgesteuerten englischen Reiselimousine mit italienischem Kennzeichen und kam ihm bekannt vor. Ein hochgewachsener, nicht mehr ganz junger, elegant gekleideter Mann mit dem Aussehen eines römischen Filmschauspielers. Er war gespannt, was er von ihm wolle.

Als er die Visitenkarte las, hob er die Brauen: Der Fremde war Marco DeLucci.

»Der will zu mir?« fragte er die Sekretärin.

»Zu Herrn von Thaur. Er sagt ›Barone‹.« Sie fügte hinzu: »Er spricht übrigens gut deutsch.«

Dietrich von Thaur sah auf die Uhr. »Ja, das geht — ich lasse bitten.«

Marco DeLuccis Händedruck war angenehm, was von Thaur noch jedesmal für einen Menschen eingenommen hatte.

»Ich bin nicht für mich selber hier«, sagte der Besucher und deutete auf die auf der Schreibunterlage abgelegte Visitenkarte, »sondern als Vertreter der OMEP.«

»OMEP? Ich kenne nur die OPEC.«

»Eine Ähnlichkeit nur dem Klange nach.« DeLucci lächelte. »Wir treiben die Preise nicht — wir stabilisieren sie, wir versuchen es jedenfalls. Öl wird überall und ständig mehr gebraucht — Quecksilber leider weniger.«

Von Thaur wies stumm auf einen Sessel, pötzlich bestürmt von zwiespältigen Empfindungen. »Ich gehe wohl nicht fehl in der Annahme, daß es sich um das U-Boot handelt?«

»Die OMEP ist daran interessiert.«

»Dafür ist Bonn die zuständige Adresse.«

»Ich komme aus Bonn.«

Von Thaur registrierte den modischen Schnitt von DeLuccis erlesenem Anzug, den Duft seines Parfums, die feinen Stiefeletten und ging innerlich auf Distanz. »Wenn Sie in Bonn waren, Signore, werden Sie meine Einstellung kennen.«

»Deshalb möchte ich Sie ja von Mann zu Mann sprechen.« DeLucci machte eine Geste. »Sie sind Geschäftsmann . . .«

»Verzeihung, aber hier geht's nicht um Geschäfte, sondern um Gefühle.«

»Trotzdem sollten sie sich diese Informationen anhören — sie sind zuverlässig. Das Quecksilber in dem U-Boot-Wrack hat inzwischen zu einer Anfrage im Bundesparlament von Malaysia geführt. Und es wird wieder dazu führen und immer wieder — so lange, bis es geborgen ist.«

DeLucci macht ein ernstes Gesicht. »Das Quecksilber muß geborgen werden — und es wird geborgen werden. Die Frage ist nur, von wem und unter welchen Umständen. Noch haben Sie es in der Hand, Barone, auf diese Umstände Einfluß zu nehmen.«

Dietrich von Thaur sagte nichts. Er stand auf und trat an das Fenster. In einer Ecke des Fabrikhofes waren zwei Arbeiter in blauen Overalls damit beschäftigt, die Hydraulik eines Selbstladers auszubauen. Sie lachten und pufften einander in die Seite, wohl weil irgend etwas schiefgegangen war. Eine vertraute Szene, seine Welt. In der gegenüberliegenden Ecke parkte DeLuccis teurer Wagen, und der uniformierte Chauffeur stand lässig an den Kotflügel gelehnt und las Zeitung — eine Szene wie im Kino, eine andere Welt. Es waren nur dreißig Meter zwischen jener Ecke und dieser, aber sie waren unüberbrückbar. Oder jedenfalls schien es ihm so.

Er war sich durchaus bewußt, wie emotional solche Überlegungen waren. Der Rolls-Royce, DeLuccis schicker Anzug — all das bedeutete an sich noch nichts Verwerfliches. Und wenn er ehrlich war, gab es an diesem Mann eigentlich überhaupt nichts, was unsympathisch wirkte, seine nüchterne Argumentation eingeschlossen. Doch von Thaur konnte nun mal das Bild nicht loswerden: Unten das

Wrack mit den Kameraden darin und oben die Privatjacht des als Playboy verschrienen Millionärs, dem es um Gewinn ging.

»Sie sind doch ein vernünftiger Mann, Barone. Man produziert keine Forstmaschinen, die sich im Urwald bewähren, wenn man sich von Gefühlen leiten läßt.«

Von Thaur, der seinem Gast weiterhin den Rücken zuwandte, strich gedankenvoll seinen Bart. Es war ihm durchaus klar, daß DeLucci im Grunde recht hatte.

Vorsichtig setzte Marco DeLucci wieder an: »Ich kann mir vorstellen, Barone, wie Ihnen zumute ist, auch wenn ich im Krieg noch ein Kind war.«

»Nein«, antwortete Dietrich von Thaur, gegen das Fenster sprechend, »das eben können Sie nicht. Niemand kann es, der es nicht wirklich miterlebt hat.«

Er drehte sich um, legte die Hände zusammen. »Sehen Sie, ich bin damals grau geworden. Wir waren ein Dutzend, das sich zum Aussteigen zusammenfand — fast ohne Kratzer, mit dem Schrecken davongekommen. Doch einige kamen dann trotzdem tot an die Wasseroberfläche, weil's ihnen unterwegs die Lungen zerrissen hatte. Und ich selber bin auch bewußtlos geworden und wär' wieder weggesackt und heute auch tot, wenn nicht Kameraden, die die See zufällig in Rufweite ausgespuckt hatte, mich angeschrien und geweckt hätten. Es war . . . Es ist . . .« Er brach ab.

DeLucci sagte nichts mehr. Es war still. Dietrich von Thaur wünschte sich, noch Geschmack am Rauchen zu haben. »Möchten Sie einen Kaffee, Signore?« fragte er.

»Gern«.

Von Thaur ging zur Tür, um Bescheid zu sagen. Als er zurückkam, nahm er wieder in seinem Sessel Platz.

»Ich sollte Ihnen vielleicht erklären, Barone, warum unsere Organisation sich für dieses Quecksilber interessiert.«

»Es ist nicht schwer zu erraten.«

»Sehen Sie, die OMEP, und das heißt, die marktbeherrschenden Quecksilberproduzenten, sind gerade dabei, den äußerst labilen Weltmarkt zu stabilisieren. Jede Störung würde das erschweren, wenn nicht gar zunichte machen. Und eine Störung wäre zum

Beispiel« — Marco DeLucci bedankte sich bei der Vorzimmerdame mit einem raschen Lächeln für den Kaffee —, »wenn aus obskurer Quelle Quecksilber in den Handel käme, das nicht den OMEP-Garantien entspricht — ob im Preis, im Reinheitsgrad oder in der Sicherheitsgewährleistung für die Transportflaschen.«

»Dann muß ich Ihnen aber gleich sagen, Signor DeLucci, daß Sie sich zuviel versprechen.«

»Was wissen Sie, bitte?!«

Von Thaur räusperte sich. Dann sagte er: »Alles, was ich weiß, ist, daß das Boot eine beträchtliche Zuladung hatte, aber die genauen Zahlen wußten nur der Chief und der Kommandant. Meiner Schätzung nach müssen es zwischen sechzig und fünfundsiebzig Tonnen gewesen sein — doch längst nicht alles Quecksilber. Da waren auch noch Munition, Werkzeuge und Werkzeugmaschinen für die U-Boot-Werft in Singapur und ein Haufen anderes Zeug.«

DeLucci brachte einen Taschenrechner zum Vorschein. »Fünfundsiebzig Tonnen wären rund zweitausendeinhundert Flaschen, sechzig Tonnen wären rund eintausendsiebenhundertvierzig?«

»So viel waren es nie und nimmer.«

»Sondern?«

»Ich weiß es nicht. Ehrlich, Signor DeLucci. Ich würde es Ihnen sonst sagen.«

DeLucci steckte den Taschenrechner wieder weg. »Und selbst wenn es nur zwanzig Tonnen wären — zwanzig Tonnen decken den Jahresbedarf eines größeren Industriestaates. Und das, lieber Barone, wäre von einem Markt, der grade in der Stabilisierung begriffen ist, nicht zu verdauen. Begreifen Sie unser Interesse?«

Von Thaur entzog sich einer sofortigen Antwort, indem er nach seinem Kaffee langte.

DeLucci fuhr unbeirrt fort: »Ich habe mir die Werftzeichnungen kommen lassen. Wenn ich in die Situation käme, einige Dutzend Tonnen Quecksilber in einem U-Boot so unterbringen zu müssen, daß sie die Seetüchtigkeit am wenigsten stören, dann würde ich es unten am Kiel tun. Bei meiner ›Moana‹ zum Beispiel — das ist eine Schonerbrigg — würde ich den Ballast durch Quecksilber-Flaschen ersetzen — übrigens ein uraltes Verfahren, die Spanier haben das

Gold und Silber der Neuen Welt als Ballast ihrer Galeonen herübergebracht, speziell wenn es sich um Schmuggelgut handelte.«

DeLucci trank einen winzigen Schluck und machte eine Kunstpause. Er wirkte gelassen und souverän. »Ich gehe also davon aus«, sagte er, seine Tasse absetzend, »daß in dem U-Boot die Trimmgewichte durch Quecksilberflaschen ersetzt sind, und daraus ergibt sich die Frage, derentwegen ich eigentlich hier bin — wie kommt man am besten heran?«

Wieder unterbrach er sich für ein Schlückchen, um dann von Thaur fest anzusehen. »Ich biete Ihnen zwei Prozent, wenn Sie behilflich sind, diese Frage zu lösen.« Er beugte sich leicht vor: »Bei der OMEP wird davon ausgegangen, daß der Erlös für das Quecksilber und für den Schrott des Wracks bei fünf Millionen liegt — Ihr Anteil betrüge demnach hunderttausend.«

Dietrich von Thaur wollte etwas sagen, doch DeLucci hob abwehrend seine Hand. »Sekunde, Barone! Nehmen wir an, unsere Schätzung liegt zu hoch, nehmen wir an, es kommen nur vier Millionen heraus oder meinetwegen auch nur drei — es bliebe bei hunderttausend.«

Von Thaur fing an, den Kopf zu schütteln, doch DeLucci ließ sich nicht aufhalten. »Es gibt da noch eine zweite wichtige Frage, zu der Sie die Antwort wissen dürften. Sind noch Torpedos in dem Boot? Und wenn: Wie gefährlich sind sie?« Er senkte die Stimme. »Wir möchten nämlich Aufsehen vermeiden.«

»Signor DeLucci . . .«

»Ich biete Ihnen dafür noch einmal ein Prozent, das wären zusammen einhundertfünfzigtausend. Und nicht in Deutscher Mark — meine Rechnung bezieht sich auf Dollars.«

Während er in die Innentasche seine Jacketts langte, fuhr er fort: »Die Spesen, die Ihnen entstehen, würden natürlich von uns übernommen. Allerdings muten wir Ihnen zu, uns an Ort und Stelle zur Verfügung zu stehen — jedenfalls solange die Bergungsarbeiten noch nicht reine Routine sind.« Er entfaltete ein Papier und legte es so auf den Tisch, daß von Thaur es lesen konnte. »Dies ist der Entwurf einen Vertrages mit den uns wichtig erscheinenden Punkten. Sie sollten ihn sich wenigstens einmal durchlesen, Barone.

Wenn Sie Änderungswünsche haben oder noch etwas ergänzt werden soll, werden wir mit uns reden lassen.«

Dietrich von Thaur schob das Schriftstück unschlüssig auf der Tischplatte hin und her.

»Ich kann nicht«, preßte er hervor, »ich kann beim besten Willen nicht. Es ist . . .« Er atmete tief. »Ich habe es jemandem versprochen.« Sein Tonfall wurde sachlich: »Ich habe versprochen, mich um die Toten in dem Boot zu kümmern.«

»Aber das tun Sie doch, wenn Sie mit uns kooperieren — genau dies.« DeLucci begann sich zu ereifern. »Wie sonst wollen sie Einfluß nehmen, wenn nicht dadurch, daß Sie selbst die Bergung beaufsichtigen?!«

»Ich weiß, Sie haben recht. Aber was wird man in Bonn dazu sagen, wenn ich plötzlich umkippe?«

»Sie kippen nicht um, Barone!«

»Und was werden die Kameraden sagen?«

»Barone!«

Dietrich von Thaur nahm sein Taschentuch heraus und tupfte sich die Stirn ab.

»Nun gut«, entschied er sich, »gehen Sie selber zu den Leuten, denen ich mich in dieser Angelegenheit verpflichtet fühle. Wenn sie ja sagen, bin ich Ihr Mann. Sagen sie nein, dann — dann tut es mir leid. Sie müßten nach Hamburg, ich schreibe Ihnen die Adresse auf.«

Er begab sich an seinen Schreibtisch und blickte, während er zu schreiben begann, noch einmal auf. »Und diesen Vertrag da nehmen Sie wieder mit.«

»Nein«, sagte DeLucci lächelnd und erhob sich, »den lasse ich hier — zur Erinnerung . . .«

Von Thaur zuckte die Achseln und reichte DeLucci den Zettel. »Es handelt sich um die Witwe unseres Kommandanten. Aber ich mache Ihnen keine großen Hoffnungen. Ich begleite Sie hinaus.«

Nachdem DeLuccis Wagen entschwunden war, fuhr von Thaur selbst nach München. Er kam gut zehn Minuten zu früh im *Sheraton* an. Trotzdem wartete schon eine Nachricht auf ihn. Das Büro erbat Rückruf.

»Kaum daß Sie weg waren, Chef, hat ein Engländer angerufen. Er sei gerade in Deutschland und möchte Sie persönlich sprechen. Er sagte, es sei dringend. Er sagte, Sie kennten sich.«

»Wie ist der Name?«

»Moment mal . . . Hier: Brennan, Peter Brennan.«

Dietrich von Thaur ging an die Bar und verlangte einen Cognac. »Kennen Sie diese Redewendung«, sagte er zum Barmann, »daß die Vergangenheit einen einholt? Wahrscheinlich ist es oft nur so dahergeredet — aber so etwas gibt es.«

9 Der Hügel auf dem Meeresgrund maß mehr als neunzig Yards, und er bestand durchaus nicht nur aus Netzen. Jimmy hatte eine Höhlung entdeckt, welche von Langusten, Zackenbarschen, Brachsenmakrelen, Muränen und möglicherweise auch Kraken bewohnt war, denn die Lampe zeigte einen dicken bleichen Arm mit Saugnäpfen, der sich in der schon nach zwei, drei Fuß vom Licht nicht mehr zu durchdringenden Düsternis verlor.

Es war alles nicht so, wie Jimmy es sich vorgestellt hatte, als er Melia bedrängte, ihn mit hinauszunehmen. Kaum etwas zu sehen. Noch weniger zu schießen. Mit dem Unterwassergewehr nicht und mit dem Fotoapparat schon gar nicht.

Mit ganz leichtem Flossenschlag, um nicht noch mehr Mulsch aufzuwirbeln, schwamm er an den schmutzigen, verkrusteten Netzen entlang, sie mißmutig und ohne wirkliches Interesse ableuchtend, als er plötzlich eine Veränderung bemerkte. Zunächst war es nur ein Gefühl, dann aber Gewißheit: Die Wand neben ihm gab nach, als er dagegenstieß. Es war mehr eine Art Vorhang.

Mit seinem Tauchermesser öffnete er sich einen Durchlaß. Eine Wolke aus Mulschflocken und flüchtendes Getier kamen ihm entgegen. Dahinter lag eine Höhle. Sie war etwa fünfzehn Fuß groß. Danach kam wieder diese Art Vorhang.

Alles, was sich zeigte, als er neugierig aufwärts stieg, waren Korallen, und schon wollte er umkehren, als ihm auffiel, daß diese

Korallen nicht wild wucherten, sondern nach bestimmten Regelmä-
ßigkeiten — die Form, die er im Lampenlicht sah, war wie die eines
dicken Rohrs. Als Jimmy sich ein paar Fuß daran entlangtastete,
stieß er auf eine Wand.

Er ahnte schon, was er erleben würde, wenn er mit dem Messer-
knauf dagegenklopfte, doch als er den dumpfen Ton dann tatsächlich
hörte, war er so perplex, daß er unwillkürlich zurückwich. Er klopfte
die gesamte Fläche ab. Kein Zweifel, es war Eisen — eine Schiffswand! Als er mit dem Messer die Korallen löste — eine Schicht, die
einen halben Fuß dick und stellenweise noch dicker war —, fand sich
darunter blaue Farbe.

Jimmy wurde heiß. Er war vor Aufregung ganz zappelig, zwang sich
aber dann zur Ruhe. Es galt jetzt, methodisch vorzugehen.

Die Sache war einfach. Wenn dies eine Schiffswand war, dann
mußte das, was wie ein Rohr aussah, eine Schraubenwelle sein —
und an ihrem anderen Ende eine Schraube!

Er hangelte sich zurück, unbekümmert darum, daß er sich an den
Korallen die Hände aufriß, doch brauchte er nicht weiter als höchstens zwölf Fuß — und da war sie: Eine Schiffsschraube aus nur
wenig bewachsenem, stellenweise sogar noch von Korallen unbe-
decktem Messing, groß wie ein Acht-Personen-Tisch. Und nicht nur
diese Schiffsschraube, sondern auf der anderen Seite eines schmalen
Achterstevens auch noch eine zweite, ebensogut erhalten, und an
diesem Steven rechts und links merkwürdig abstehende Flächen wie
Flügel und am Ende des Ganzen das Ruderblatt — und das ließ sich
sogar noch bewegen.

Es *war* ein Schiffswrack. Und er hatte es entdeckt.

Das hieß, tatsächlich entdeckt worden war es durch die Dschunken-
leute, aber schließlich hatte er deren Entdeckung identifiziert. Das
würde sich auszahlen müssen, wenn es darum ging, die Beute zu
teilen — gesetzt den Fall, daß es eine gab. Um das festzustellen,
mußte er den Frachtraum finden oder das Zahlmeisterbüro mit dem
Tresor, vor allem aber erst einmal einen Zugang.

Jimmy stieß sich vom Ruderblatt ab, um nach oben zu steigen und
dort nach Reling und Deck zu suchen. Aber das Heck, stellte er
verdutzt fest, strebte keineswegs steil nach oben, wie man hätte

annehmen müssen, sondern war eine Verlängerung der hinteren Schiffswand, die nur noch etwa fünf Yards weiterging und dann mit einer Art Jachtspiegel abschloß. Und komisch, es gab keine Reling. Und es gab auch nichts, was als Deck anzusehen gewesen wäre. Nur so etwas wie einen schmal zulaufenden Balkon, an dessen Ende ein gespannter Draht verankert war. Es war ein Schiff, keine Frage — aber ein Schiff ohne reguläres Heck.

Was für Schiffe, fragte Jimmy sich, kennst du, deren Ende nicht wie üblich geformt ist? Er dachte an Fähren, Jachten, Walfänger, Kabelleger, kam auf Zollkreuzer und Schnellboote, dachte weiter in Richtung Kriegsschiff und hatte plötzlich das Gefühl, der Lösung des Rätsels nahe zu sein. *Yes, Sir, we got it!* Und er war ein Schafskopf, daß er nicht schon früher darauf gekommen war. Denn er hatte ein Schiff wie dieses nicht nur schon gesehen, sondern war sogar darin gewesen. Das Schiff ohne richtiges Heck war gar nicht weit weg vom Universitäts-Campus im Park des Museums am Lake Michigan aufgestellt: ein Unterseeboot. Das Hitler-U-Boot 505, das, wie die Inschrift einer Bronzeplakette besagte, im Juni 1944 nordwestlich von Dakar von den *Germans* im sinkenden Zustand verlassen und von einem tapferen US-Leutnant dadurch gerettet worden war, daß er ins Innere hinabstieg und dort genau jenen Deckel entdeckte, der die Wasserzufuhr in letzter Sekunde stoppte. Mein Gott, ein U-Boot!

Jimmy war so aufgeregt, daß er sich an seiner eigenen Atemluft verschluckte. Er bekam Schwierigkeiten mit dem Atemgerät und mußte sich zur Ruhe zwingen. Das dauerte nur knapp eine Minute, doch sie genügte, daß er von der Strömung erfaßt und abgetrieben wurde. Sein Lichtstrahl traf nirgend mehr auf. Kein Wrack, wohin er auch leuchtete.

Da er seinen Kompaß nicht benutzt hatte, wußte er nicht einmal, ob sich das wonach er suchte, vor oder hinter ihm befand, und so blieb nichts anderes übrig, als aufzutauchen, um sich an der Leine der Boje neu zu orientieren. Ohnedies wurde es Zeit, nach oben zu gehen. Er war schon fast eine Stunde unten, und eine Stunde Aufenthalt bedeutete, daß er bei zehn, sechs und drei Yard Dekompressionspausen einzulegen hatte. Die letzte würde die schlimmste sein. Er stellte es sich vor: Mit einer Sensation unterwegs, mußte man, den Schiffsbauch zum Greifen nahe, noch einmal stoppen und untätig die Zeit verstreichen lassen.

Als Jimmy die Drei-Yard-Pause machte — auf dem Rücken liegend und übellaunig auf die weißen Drachenaugen blickend, die ihn vom Bug der Dschunke herab anglotzten — kam er vorbei. Ein Barrakuda wie ein Torpedo, der mit ihm zusammen heraufgekommen sein mußte. Das gefährliche Maul halb offen, das ihm zugewandte Auge starr und aufmerksam, die Kiemen in langsamer Bewegung, zog er wie eine Zielscheibe vorbei.

Die Harpune saß. Der Barrakuda wollte noch erschreckt davon, doch da war Jimmy bereits an der Wasseroberfläche: »Hier, fangt die Leine! Und zieht!«

Als er an Deck kletterte, von Achmed und Melia unter den Achseln gepackt, war der Fisch schon getötet.

»Ein Ungetüm«, rief Ki'eng ihm lachend zu, der ihn mit seinem Dolch an der Bordwand auszuweiden begann, »das gibt ein schönes Mittagessen.«

»Ich bringe noch ganz anderes!« Jimmy ließ die Preßluftflaschen von den Schultern aufs Deck gleiten. »Kommt mal alle her! Alle!«

Er stellte sich vor sie, die Hände an den Hüften: »Was glaubt ihr, was unter den Netzen steckt?«

Sie sahen ihn an, tauschten Blicke, sahen ihn wieder an.

»Ratet mal!«

Ki'eng wollte sprechen. Auch Melia. Doch Lily Su-Nam fuhr sie wie eine Viper an: »*Diam!*«

Achmed ergriff Melias Hand und zog sie zurück, und Jimmy fand sich plötzlich allein, mit den Zwillings-Preßluftflaschen zwischen sich und den andern. Melias Vater hatte mit dem Ausweiden aufgehört, hielt aber den Dolch noch in der Hand.

Ein unbehagliches Gefühl begann Jimmy Jessup zu beschleichen. Es lag an den Blicken, mit denen man ihn ansah. Sie waren neugierig, aber auch mißtrauisch und ablehnend.

»Ich will euch nicht auf die Folter spannen«, sagte er rasch. »Ich glaube, ich habe ein Wrack entdeckt. Was da unter den Netzen steckt, ist ein Unterseeboot!«

»So? Wie kannst du das wissen?«

Es war nicht der heuchlerische Ton in Lily Su-Nams Stimme, der das Gefühl von Gefahr vermittelte, sondern der unbewegliche Ausdruck in den Gesichtern der Männer.

Jimmy machte eine Geste. »Ich habe das Heck entdeckt und untersucht. Es ist genau die Art Heck, die ein Unterseeboot hat.« Er räusperte sich, denn seine Stimme war belegt.

»Soso«, sagte Lily Su-Nam, »ein Unterseeboot.« Sie wandte sich an die Männer: »Was sagt man dazu? Da unten ist ein Unterseeboot — *ada kapal selam.*«

Alles war falsch. Der Ton, das Lachen und auch die erstaunte Reaktion der Männer. Jimmy begann zu begreifen: Sie hatten von vornherein gewußt, was da unten zu finden war, alle hatten es gewußt — nur er nicht. Und es war eine gottverdammte Lüge, die Melia ihm aufgetischt hatte, als sie erklärte, das Tauchgebiet für ein *Diving Center* erkunden zu wollen.

Was die ›Beute‹ betraf, um die es diesen Leuten anscheinend ging, so konnte er sie beruhigen. Er wollte nichts davon haben, das Abenteuer genügte ihm.

»Wenn es recht ist«, wandte sich Jimmy an die Frau, die offensichtlich das Sagen hatte, »würde ich gern noch weitermachen. Ich habe zwar das Heck entdeckt, aber wo zum Beispiel ist der Einstieg? Dieser steile Hügel, auf dem die Netze sich türmen, dürfte der U-Boot-Turm sein. Aber wie kommt man da hinein? Und wieso ist darunter ein Loch?«

Lily Su-Nam nahm ihre Sonnenbrille ab und rieb sich den Nasenrücken. Sie dachte an ihren Auftrag. Sie sollte das U-Boot nicht nur finden, sondern auch seinen Zustand feststellen. Sie dachte an die Wochen, die schon draufgegangen waren. Sie dachte an das Fernschreiben, das sie von Charlie Sun-Lee aus Singapur bekommen hatte, und auch an das, mit dem sie nun endlich darauf antworten konnte.

»Warum sollte es denn nicht recht sein?« sagte sie verbindlich. »Du bist ein vortrefflicher Taucher, Tuan, und wir können dir nur dankbar sein, wenn du weitermachen willst. Denn wenn das wirklich ein Unterseeboot ist da unten, möchte man natürlich ein bißchen mehr darüber wissen, nicht wahr?«

Sie setzte die dunkle Brille wieder auf, um dann in die Hände zu klatschen. »Wir bleiben hier und machen uns ein *Otak-otak* nach Nyonya-Art aus dem Fisch.« Sie sah Jimmy an: »Ihr beiden könnt noch einmal hinunter, oder?«

Jimmy prüfte die Finimeter der Preßluftflaschen. »Für eine halbe Stunde.«

»Also gut, für eine halbe Stunde.« Lily Su-Nam erhob sich und gesellte sich zu Melias Vater, der den Barrakuda zerlegte, die Eingeweide und das meiste andere Fleisch über Bord werfend, um nur die Filetstücke übrigzubehalten.

An den achteren Mast gelehnt sah Jimmy beim Kochen zu. Er schnupperte das in Bananenblätter gefüllte Mus aus Kokossaft, Zitronenmelisse, Ingwer und Zwiebeln, welches beim Grillen die Fischfilets umhüllen sollte. Eigentlich fühlte er sich wieder ganz wohl. Diese Menschen hatten eben eine andere Mentalität und andere Interessen. Er rief Melia, die sich einen trockenen Bikini angezogen hatte: »He, setz dich zu mir.« Da sie zu zögern schien, fügte er hinzu: »Wir müssen bereden, wie wir mit diesen Netzen vorgehen wollen.«

Lily Su-Nam tippte dem Mädchen auf die Schulter: »Na, geh schon.«

Als sie sich umdrehte, stieß Melia mit ihrem Vater zusammen, der, über die Bordwand gelehnt, gerade dabei war, seinen blutverschmierten Dolch abzuspülen. Ki'eng geriet ins Schwanken, der Dolch fiel ins Wasser. Alles lachte. Nur Melia nicht, die wußte, wie wertvoll dieses Erbstück für ihren Vater war. Kurz entschlossen sprang sie hinterher.

Der schaukelnde Dolch war noch gut zu sehen in dem von Fischblut durchwölkten Wasser, und Melia hatte ihn auch schon fast erreicht, als das Meer plötzlich zu kochen schien. Direkt um die Schwimmende herum Wallen und Sprudeln, und während sie noch verwundert schaute, weil sich der Dolch rätselhafterweise ihrem Zugriff entzog, schossen unter dem Schiffsbauch zwei Fischleiber hervor, grau und fest, und von der anderen Seite her pflügte eine dreieckige Rückenflosse heran.

»*Ikan yu!*« schrie Ki'eng entsetzt, machte der Tochter ein Zeichen und klatschte, wie sofort auch die beiden anderen Männer, weit über Bord gelehnt mit den Händen aufs Wasser.

Haie! Auch Jimmy erkannte es sofort. Die Fischabfälle und das Fischblut hatten die Bestien angelockt, und wenn nicht sofort etwas geschah, würden sie sich das Bikinimädchen als Hauptmahlzeit holen.

Er holte sein Unterwassergewehr und die Hai-Munition, spezielle Patronen mit Zündkappen am Kopf, die beim Auftreffen explodierten und tödliche Wunden verursachten. Die beiden Grauen waren *White tipped Sharks*, nach aller Regel für den Menschen ungefährlich. Anders Nummer drei. Seine zweite, hintere Finne war nur schwach ausgebildet − und er war weiß!

»Schieß doch!«, flehte Ki'eng. »Schieß, Tuan!«

»Aber doch nicht in diesen Wirbel! Ich könnte Melia treffen.« Jimmy drehte sich um: »Holt die Stangen, die ihr zum Staken nehmt, und hört auf, auf das Wasser zu schlagen. Wehrt die Haie mit den Staken ab.«

Die beiden *White tipped* griffen tatsächlich nicht an, umkreisten Melia nur, die, völlig richtig, mit langsamen, vorsichtigen Bewegungen nach oben kam. Sie schienen durch jenen dritten irritiert zu sein, der, schon in Schräglage, um zubeißen zu können, wölfisch heranpirschte − größer als ein Mensch, viel größer.

Auf ihn legte Jimmy an, während er mit der freien Hand Melia heranwinkte: »Bleib ruhig, ganz ruhig. Komm hierher in Deckung.«

Die beiden *White tipped*, auch sie fast mannsgroß, kreisten weiter, mal vor, mal hinter dem Mädchen, und als der eine in Reichweite war, schlug Ki'eng mit seiner Stake zu. Der Hai warf sich zurück, um wegzutauchen, prallte gegen Melia und schmirgelte ihr mit seiner Sandpapierhaut Hüfte und Schenkel auf, den zerfetzten Bikinislip mit sich reißend, und sofort war das Wasser rot von Melias Blut. In demselben Moment war auch der große weiße Hai da, aber da erwischte ihn schon das Explosionsgeschoß.

»Jetzt, schnell!«

Fünf Händepaare streckten sich dem verletzten Mädchen entgegen, doch vergebens − Melia griff nicht zu. Verstört, nur noch automatisch strampelnd, blickte sie auf ihr bloßgelegtes Fleisch, sah die klaffenden Hautränder, den bläulichen Hüftknocken, und dachte, daß dies nie mehr so werden würde, wie es gewesen war. Dann sackte sie plötzlich weg. Sofort war Jimmy Jessup bei ihr, um sie zu retten.

Von da an ging alles so schnell, daß später niemand zu sagen wußte, wie es eigentlich geschehen war. Melia blutete, und auch Jimmy war rot von Blut, ihrem und Haifischblut, welches Haie außer sich geraten läßt. Und in dieser roten Wolke war plötzlich noch mehr Blut, ein ganzer Strom hellen, roten Blutes, welches von Jimmy stammte, und alles war nur noch ein einziger Wirbel immer neu hinzukommender, im Blutrausch rasender Haie.

Als man Melia endlich an Bord hatte, entdeckte man außer den grausigen Abschürfungen nur noch eine Bißwunde am rechten Oberarm. Der Amerikaner dagegen war schon im Sterben, über und über von Wunden bedeckt, seine Beine weggefressen bis zum Rumpf.

Bevor Lily Su-Nam Kurs auf Penang nehmen ließ, befahl sie, die Markierungsbojen wieder wegzunehmen. Dann setzte sie sich in die Kajüte, um das Wrack in die Karte einzutragen.

Sir Peter Brennan lehnte sich entspannt in dem eleganten Wildledersessel zurück. »Ein schönes Haus haben Sie, wirklich. Aber etwas vermisse ich — das Wappen Ihres U-Bootes. Oder ein Flottillenwappen. Das ist völlig untypisch für einen ehemaligen U-Boot-Fahrer.«

Er hatte englisch gesprochen, ein klares Oxford-Englisch.

Dietrich von Thaur schmunzelte. »Ich bin ein untypischer U-Boot-Fahrer. Die See interessiert mich nicht — außer zum Baden. Ich besitze nicht einmal ein Segelboot, obwohl wir doch in Starnberg an einem See wohnen. Ich bin ein Bastler, ein Maschinennarr. Ich wäre viel lieber zur Luftwaffe gegangen als zur Kriegsmarine.«

»Dabei kamen Sie mir vor wie ein Seemann mit Leib und Seele, als wir Sie damals auffischten.«

Dietrich von Thaur nickte, sich erinnernd. »Das war Ihr Aufklärer, nicht wahr, der sich am Sehrohr festgebunden hatte, um Ausschau zu halten?«

»Ja, Swinton. Er ist heute noch bei mir. Mit dem Status eines Butlers, aber mehr ein Freund. Wir leben allein. Ein Männerhaushalt.«

»Bei dieser Gelegenheit — wir werden uns heute abend auch allein behelfen müssen. Meine Frau mußte plötzlich weg — die Tochter hat einen Buben bekommen. Aber es ist etwas vorbereitet, Roastbeef, kalter Braten, Fisch, Salate. Bitte sagen Sie ungeniert, wenn Sie Hunger haben. Was mich angeht, ich brauche erst einmal etwas zu trinken.«

»Ja, ein Scotch würde nicht schaden.« Brennan blickte von Thaur nach, der an die Hausbar trat. »Ohne Eis und ohne Wasser, wenn ich bitten darf.«

»Dimple? Chivas Regal? Justerini & Brooks? Oder Black Label?«

»Den moosgrünen da, J und B. Der ist unsere Hausmarke.« Brennan stand auf, um von Thaur den Whisky abzunehmen, und erhob sein Glas: »Auf den Enkel! — Haben Sie noch andere Kinder?«

»Einen Sohn, er studiert Medizin in München.« Von Thaur trank und fragte dann: »Und Sie? Keine Familie?«

»Meine Frau ist gestorben, meine beiden Söhne sind bei der Navy. Durch beide bin ich Großvater, insgesamt fünfmal. Auch Swintons Frau ist tot, ein Verkehrsunfall.«

»Swinton«, sagte von Thaur sinnend. »Ich werde nie vergessen, wie er da oben am ausgefahrenen Sehrohr angebunden war, um seine Hände freizuhaben für das Fernglas — und genau auf mich zukam . . .« Er brach ab.

Brennan machte eine Handbewegung: »Es war keine Heldentat, es war ein Vollzug.«

»Ja«, bestätigte von Thaur, »wir waren am Ende, wir konnten nicht mehr.« Er nahm sein Glas auf. »Swinton«, sagte er noch einmal leise. »Grüßen Sie ihn von mir. Übrigens, nicht ganz vor einem Jahr, im letzten Oktober, haben Hugh Bandemer und ich in Hongkong zusammengesessen.«

»Hugh ›Snatch‹ Bandemer?! Das war mein ›Erster‹. Woher kennen Sie den?«

»Oh, den habe ich von Anfang an gekannt . . .«

»Aber doch nicht mit Namen?«

»Mit Namen und mit Dienstgrad. Nur den Vornamen nicht und den Spitznamen.«

»Aber das hätten Sie als Kriegsgefangener nie und nimmer wissen dürfen.«

Von Thaur lächelte. »Sie werden sich vielleicht erinnern, daß ich eine Kopfwunde hatte?«

»Das ganze Scheitelbein lag offen.«

»Deswegen hatte er mir ja auch, als ich an Bord gezogen wurde, sein Taschentuch gegeben. Ich konnte vor lauter Blut nichts sehen.«

»Ach — dieses Taschentuch!«

»Wie sich das gehört, war der Besitzer eingestempelt. Mit unverlöschlicher Wäschetinte — Lt. Bandemer. Ich habe es noch später in Ägypten in Gefangenschaft gehabt und sogar mit nach Hause gebracht. Und durch dieses Taschentuch haben wir uns dann eines Tages getroffen. Und heute sind wir gute Freunde.«

»Wie kommt er nach Hongkong?«

»Er ist dort stationiert. Er ist der Hafenkommandant.«

»Und wie geht es ihm? Er ist schon beim nächsten Einsatz schwer verwundet worden, und ich habe ihn dann aus den Augen verloren. Hat er nicht ein Bein verloren?«

»Einen Arm, den linken. Er ist verheiratet mit einer reizenden Eurasierin — und hat vier erwachsene Kinder, die teils in England und teils in Hongkong leben. Ihm selber gefällt's nicht mehr im alten Europa. Er wird wohl drüben bleiben, wenn er pensioniert ist. Er genießt den Ruf, einen Hafen wirklich überwachen zu können.«

»Aber er wird doch noch da sein, wenn wir . . .« Brennan machte eine Geste mit einem Finger. »Ich greife da etwas vor. Wir haben ja noch gar nicht über das gesprochen, weswegen ich hier bin. Sie ahnen es?«

»Das Quecksilber.« Dietrich von Thaur schluckte. »Erst noch einen Drink, oder? Das heißt, wir könnten langsam anfangen, uns um das Essen zu kümmern. Ist es Ihnen recht?«

Brennan erhob sich aus seinem Sessel: »Ich helfe Ihnen.«

»Nicht nötig. Es steht alles vorbereitet im Kühlschrank.«

Brennan trug ein rostfarbenes, grobes Tweedjackett und eine wildlederne Weste zu feinen Flanellhosen in Schotten-Karo. »Lady Brennan war eine geborene Macbain«, erklärte er, als er von Thaurs musterndem Blick bemerkte, »und so habe ich fast mein ganzes Leben immer nur zwei Farben getragen — Navy und Macbain-Tartan.« Er lächelte. »Für einen in den Zivilstand versetzten Offizier sind Clan-Farben ein akzeptabler Ersatz.«

Von Thaur bat ihn zuzugreifen. »Matjesfilets, Krabbensülze, Hering in Sahnesoße; Roastbeef werden Sie kennen und kalten Braten ebenso. Aber da ist noch etwas Besonderes — selbstgemachter Koreanischer Hühnersalat, sehr zu empfehlen. Am besten, wir nehmen alles mit hinein.«

Brennan griff sofort nach einem Tablett. Ein netter Kerl, dachte von Thaur. Und wann saß man schon mal mit einem britischen Admiral zusammen, der noch das Indien der Maharadschas und Tigerjagden gekannt hatte.

»Bier? Wein?«

»Da schließe ich mich Ihnen an.«

»Also Bier.«

»Maschine stopp! Wenn ich einen Vorschlag machen darf — warum bleiben wir nicht hier in der Küche? Ich finde diese Sitzecke ausgesprochen gemütlich.«

Als alles aufgetischt war, schüttelte Brennan den Kopf: »Wer soll das essen?«

»Nicht essen, nur kosten. Hugh hat mir erzählt, daß Sie ein Feinschmecker seien. Während andere sich im Offiziersclub hätten vollaufen lassen, seien Sie auf der Suche nach guten Eingeborenenlokalen unterwegs gewesen.«

»Daß er das noch weiß. Werden wir ihn sehen?«

»Wenn Sie meinen, ob Bandemer in nächster Zeit in Hongkong ist — soviel ich weiß: ja.«

Brennan sah ihn bestürzt an. »Ich bin da schon wieder aus dem Kurs gelaufen, scheint mir. Sie wissen ja überhaupt noch nicht, worum es geht.«

»O doch. Aber ich mache nicht mit. Auf gar keinen Fall. Ich habe das auch schon Signor DeLucci gesagt, und es ist sinnlos, mich umstimmen zu wollen.«

»DeLucci ist mein Konkurrent.«

»Sie arbeiten nicht zusammen?«

»Nein, wir kennen uns überhaupt nicht. Ich weiß, daß er in Bonn war, und das gleiche dürfte er von mir wissen.«

»Entschuldigen Sie, aber ich muß erst einmal umdenken. Es gibt also zwei, die sich für das Boot interessieren?«

»Es gibt sogar drei.«

»Nur wegen des Quecksilbers?!«

»Nein, nicht deswegen. Sondern wegen der Minamatakrankheit, die durch Methylquecksilber in vergifteten Fischen entsteht — Erblindung, Gedächtnisschwund, Lähmungen und unheilbare Verkrüppelungen. Jedenfalls ist das unser Motiv. Was DeLuccis Motiv ist, weiß ich nicht.«

»DeLucci ist Sprecher der OMEP. Ihr geht es um ihr Quecksilberkartell. Und wer ist Nummer drei?«

»Das ist eine merkwürdige Sache — allem Anschein nach ein Gangster. Ich habe gerade erst aus Singapur die Nachricht bekommen, daß es dort zu einem mysteriösen Tauchunfall gekommen ist. Ein junger Amerikaner wurde von Haien zerfleischt, eine Eingeborene schwer verletzt. Die Beteiligten haben verbreitet, daß sie unterwegs gewesen seien, um die Möglichkeiten für ein Tauch-Zentrum zu erkunden, doch das ist offensichtlich Lüge. Ich zeige Ihnen gleich den Brief, aber ich muß dazu ganz von vorn beginnen. Es fing damit an, daß ein Eingeborener zwei Quecksilberflaschen auffischte und die Presse die Sache aufgriff ... .«

»Mysterious Nazi U-Boat offers dead again! — Ich hab' es gelesen.«

»Ich will offen reden«, fuhr Brennan fort und lieferte einen Bericht, der einer militärischen Meldung gleichkam. »Swayers, mein Partner, hat recht«, schloß er, »diese Bergung kann nur über die Bühne gehen, wenn sie offiziös aussieht. Ein privater Bergungsunternehmer käme unweigerlich in die Bredouille.«

Brennan holte ein vielbestempeltes Kuvert aus seiner Brieftasche und reichte es von Thaur. »Dies ist der Brief, von dem ich vorhin sprach, Sie können ihn lesen.«

Das Schreiben, in geschraubtem Englisch verfaßt und per Luftpost vor drei Tagen in Singapur abgeschickt, enthielt im Detail, was

Brennan über den Tauchunfall gesagt hatte. Der tote Amerikaner war ein dreiundzwanzigjähriger Journalistik-Student aus Chikago namens Jimmy B. Jessup, die Eingeborene eine achtzehnjährige Fischertochter von der Insel Penang mit Namen Melia.

Wörtlich hieß es: »Der Vorfall wäre kaum so aufsehenerregend, wenn nicht eine zwielichtige Dame darin verwickelt wäre, die hierorts keine Unbekannte ist. Sie heißt Lily Su-Nam, stammt von Penang und firmiert als Besitzerin der Tanzhalle *Sweet World*, des Schwimmenden Restaurants *Floating Paradise* und eines exklusiven Nachtclubs *Sampan 3*. Sie kontrolliert den gesamten Markt der käuflichen Liebe, und zwar im Auftrag des hiesigen Verbrecher-Oberhaupts, eines gewissen Charlie Sun-Lee, dem der Kwon-On-Tong untersteht, das chinesische Gegenstück zur Mafia. Besagte hat ausstreuen lassen, zu Hause Urlaub gemacht zu haben und nur durch Zufall auf das Boot geraten zu sein, mit dem die Taucher unterwegs waren. Tatsache ist jedoch, daß diese ›Dame‹ immer dort, wo sie aufgetaucht ist, Mr. Sun-Lees pekuniäre Interessen vertreten hat. Verdächtig ist auch, daß sie, wie ich erfahren habe, persönlich dafür gesorgt hat, daß das verunglückte Mädchen in eine Privatklinik gekommen ist.«

»Das Interessanteste kommt auf dem nächsten Blatt«, hörte von Thaur Brennan sagen, »aber vergessen Sie darüber das schöne Essen nicht.«

Von Thaur legte den Brief für einen Augenblick beiseite, war aber sofort gefesselt, als er die von Brennan erwähnte Seite überflog.

Dort hieß es: »Mißtrauisch geworden wegen der Örtlichkeit des Vorfalls, habe ich meine Fühler ausgestreckt und tatsächlich einiges in Erfahrung gebracht, was dieses Mißtrauen berechtigt erscheinen läßt. Erstens: Mrs. Su-Nam ist keineswegs ›zufällig‹ am Tage des Unfalls mit dem Boot unterwegs gewesen, sondern fast vier Wochen lang. Zweitens: In letzter Zeit sind auffallend viele Tauchausrüstungen nach Penang versandt worden, und zwar an einen gewissen Mr. Chin Fo, der Mr. Sun-Lees Mann in George Town ist und zu dem Zeitpunkt, da Mrs. Su-Nam dort erschien, auf Penang eine Sport-Boutique zu bauen begonnen hat. Drittens: Ich habe die Angaben über die Örtlichkeit verifiziert und dabei festgestellt, daß sie identisch ist mit der, wo man damals die Quecksilberflaschen aus dem Meer gefischt hat – zwölfeinhalb Meilen südlich von Pulau Paya.«

Der Brief schloß: »Ich kann natürlich nicht sagen, ob diese Leute – hinter denen ganz ohne Zweifel Mr. Sun-Lee steckt – das U-Boot gefunden haben, doch steht es zu vermuten. Denn nur dann ergäbe es einen Sinn, daß Mrs. Su-Nam das unglückliche Mädchen nicht auf Penang gelassen hat – sie will verhüten, daß es etwas ausplaudert, und tatsächlich funktioniert diese Privatklinik als eine Art Gefängnis, niemand kommt an das Unfallopfer heran.«

Es folgte die dringende Bitte an Brennan, schnell tätig zu werden. Unterschrift: Konsul Crocker.

»Was halten Sie von dem Brief?« fragte Brennan.

Von Thaur zupfte seinen Bart. »Das kann natürlich auch alles eine ganz einfache Erklärung haben. Haie sind da unten keine Seltenheit, und wenn eine Tauchsport-Boutique und sogar ein Tauch-Zentrum aufgemacht werden, ist es doch selbstverständlich, zunächst die Gegend in Augenschein zu nehmen.«

»Etwas anderes: Wie sieht das aus, wenn man aus einem U-Boot aussteigt? Genauer: Wie erscheint das Wasser, welches in einem überschwemmten Luk steht?«

»Ein grün-blauer Kreis. Je näher man sich an der Wasseroberfläche befindet, desto heller.«

»Und als Sie dort unten ausstiegen – wie war da dieser Kreis?«

»Er war kaum zu sehen . . .«

»Bei nicht einmal zwanzig Faden Tiefe? Um zwölf Uhr mittags? In der Korallensee?«

»Worauf wollen Sie hinaus?«

»Die Malakkastraße ist nichts für Taucher, das ist ein Morast!«

»Aber die Position, Brennan! Die Position stimmt nicht. Ich habe diese Insel Paya mit eigenen Augen gesehen – und ich weiß, daß es keine zwölfeinhalb Meilen waren, die wir von da an noch gefahren sind.«

»Stimmt, es waren zehn.«

»Das macht einen Unterschied von viereinhalb Kilometern!«

Brennan lächelte. »Sir Crocker ist eine Landratte – er hat nicht mit Seemeilen gerechnet, sondern mit Landmeilen.«

Er streckte seine Rechte aus: »Machen Sie mit! Sie wissen jetzt, worum es geht.«

Dietrich von Thaur behielt seine Hand weiterhin am Bart.

»Es geht um Ihre toten Kameraden — Sie können sie nicht Gangstern überlassen. Und es geht um die Menschen dort unten, die in tödlicher Gefahr sind.«

Von Thaur ließ den Bart los und schlug ein. Auf einmal hatte er das Gefühl, freier atmen zu können.

»Ich werde gleich morgen früh in Bonn anrufen.«

»Danke«, sagte Brennan mit Wärme.

»Ich könnte mir denken, daß das nicht das einzige ist, was Sie von mir wollen?« meinte von Thaur.

»Richtig. Wir müssen einen Vertrag in Händen haben, bevor wir tätig werden können. Aber wir möchten natürlich auch gerne wissen, wie es in dem Boot aussieht. Gibt's Abteilungen, die nicht geflutet sind? Gibt es Torpedos? Wie kommt man an das Quecksilber? Überhaupt wäre es uns lieb, wenn wir Sie dabeihaben könnten. Ich rechne so um die Mitte des kommenden Monats, die ›Janus‹, ein Spezialschiff, ist schon unterwegs. Sie hatte zufällig vor der Guineaküste zu tun, war also schon auf halbem Wege. Übrigens — Sie sollen das nicht umsonst machen. Die Jonathan Swayers Limited bietet Ihnen zwei Prozent des Erlöses zuzüglich Spesen.«

Wieder streckte Brennan seine Hand über den Tisch. Wieder schlug von Thaur ein, und auch diesmal mit einem Gefühl der Erleichterung. Er mußte an DeLucci denken und dessen Vertragsentwurf. Marco DeLucci hatte nicht anders gehandelt, als Sir Peter Brennan, und er konnte nichts dafür, wenn er nicht den richtigen Ton getroffen hatte.

Natürlich war auch so etwas wie Kameradschaft mit im Spiel, und daran änderte auch nichts, daß Thaur sich bewußt war, dem Mann die Hand gegeben zu haben, der U 859 versenkt hatte.

Die beiden Männer saßen noch lange zusammen und fingen sogar noch einmal gemeinsam an zu brutzeln. Erst gegen halb drei fanden sie ins Bett. Sir Peter Brennan wurde im Gästezimmer untergebracht, mit einem Schlafanzug des Hausherrn versorgt.

INDIK

Die Unternehmung bei Madagaskar war ein Schlag ins Wasser. Alle Suchgeräte blieben stumm. Kein Schiff weit und breit. U 859 selbst war einige Male gezwungen, die Flucht zu ergreifen, weil Flugzeuge auftauchten. Ganz offenbar war der Gegner informiert.

Nach dem überraschend schnellen Fall von Singapur Mitte Februar 1942 hatte Japan beabsichtigt, auf Madagaskar einen Marinestützpunkt zu errichten, doch die Engländer, durch ihren Geheimdienst gewarnt, hatten schneller geschaltet und die französische Kolonie im Mai besetzt. Jetzt, im Juli 1944, war die Lage noch schlechter. Durch den Waffenstillstand, den die Alliierten im September 1943 mit den Italienern geschlossen hatten, war das Mittelmeer wieder offen. Die Geleitzüge aus Indien und Australien mußten nicht mehr um Afrika herum, sondern konnten durch den Suezkanal, den man weiträumig abschirmte. Zudem war der italienische Fregattenkapitän Janucci mit dem kleinen Kreuzer ›Eritrea‹ der zur Betreuung dreier italienischer Transport-U-Boote in Singapur lag, übergelaufen und hatte alle seine Kenntnisse über die Taktik der deutschen Unterseeboote verraten. Wo es danach noch Informationslücken gab, wurden sie von Lieutenant-Commander Borroughs in der Londoner Admiralität und seinem Helfer vom Geheimdienst, Major Resseguir, ausgefüllt.

Als gemeldet wurde, daß ein U-Boot in den Gewässern zwischen Madagaskar und Réunion operiere, war in London klar, um wen es sich handelte. Die Auszeichnungen für die Besatzung des *Catalina*-Flugbootes T 247 der 1. Südafrikanischen U-Jagd-Gruppe, die für sich reklamiert hatte, U 859 am 5. Juli 1944 versenkt zu haben, wurden wieder aberkannt, Lieutenant-Commander Jackson C. Uxbill D.S.O., Kommandant des Zerstörers HMS ›Pandora‹, der am gleichen Tag unweit des von den Fliegern angegebenen Versenkungsorts einen Ölteppich ausgemacht und als Bestätigung des *kill* gewertet hatte, wurde nach Colombo zum Rapport gebeten.

Hansen brach seine Operation ab. Immerhin hatte sich — während des zwei-, dreistündigen Auftauchens in den Nächten — der Schnorchel provisorisch herrichten und der Treibstoff-Bunker abdichten lassen. Rohr 4 allerdings, eines der Torpedorohre im Bugraum, war nicht mehr einsatzfähig.

In ihrer Messe hielten die Offiziere Kriegsrat. Sie waren nur noch sechs: Hansen, Metzler, Palleter, von Thaur und der Obersteuermann als III. WO, dazu der Doktor. Abgemagert dämmerte Rügen auf seiner Koje dahin. Schmerzen schien er nicht zu haben, und auch die Lähmungserscheinungen besserten sich von Tag zu Tag. Doch wollte sich die Wunde nicht schließen. Dr. Krummreiß mußte immer wieder faules Fleisch mit Höllenstein wegätzen.

»Ich habe es satt, bei dem Katz-und-Maus-Spiel ständig die Maus zu sein«, argumentierte Hansen grimmig. »Ich will den Spieß auch mal wieder umdrehen — und wenn wir uns dazu in die Höhle des Löwen wagen müßten.«

»In den Aden-Golf?!«

»Ja, Metzler. Wenn wir schon Kopf und Kragen riskieren, sollten wir's dort tun, wo es sich lohnt.«

»Genau«, stimmte Palleter zu. »Möglicherweise binden wir hier ein paar Flieger und Zerstörer — aber um den Preis unersetzlichen Treibstoffs.«

»Nur immer zu«, nickte Metzler, »ich bin zu jeder Schandtat bereit.«

Auch Dr. Krummreiß war dafür. »Vielleicht wäre es ganz gut gegen die Blechkrankheit. Es ist nicht gerade eine Stärkung fürs Gemüt, einen ausgewachsenen Leutnant füttern, waschen und auf den Topf setzen zu müssen.«

Palleter ergriff noch einmal das Wort. »Wir sind jetzt im vierten Monat unterwegs, wir müssen ja auch mal wieder dran denken, Schluß zu machen. Und Schluß ist, wenn wir unsere Aale los sind, und dazu haben wir vor Aden die beste Gelegenheit. Danach Kurs ›Paula‹, und in 'ner Woche sind wir da.«

Hansen sah ihn besorgt an. »Ist was mit deinen Leuten?«

»Nein, nein.«

»Na los, raus damit.«

»Sie meutern nicht, sie murren nicht — sie meckern.« Palleter gab sich einen Ruck: »Sie haben halt die Schnauze voll.«

Hansen machte eine Geste, die Verständnis ausdrückte, und wandte sich an den Obersteuermann: »Dicker?«

»Palleter hat recht. Und darum auf nach Aden!«

»Leutnant von Thaur?« Hansens Grinsen war etwas gequält. »Wenn wir schon Demokratie spielen, dann richtig.«

Von Thaur blieb die Antwort schuldig. Mit aufgerissenen Augen starrte er zum Gang hin. Hinter dem Kommandanten war Rügen aufgetaucht. Zu der Turnhose und dem Unterhemd, mit denen man ihn bekleidet hatte, damit er in dem Treibhausklima nicht umkomme, trug er seine Schwimmweste. Er stand kerzengerade, wenn auch mit verklemmtem linken Arm, und hob, als Hansen sich umblickte, grüßend die Rechte an den Kopf: »Leutnant Rügen meldet sich zur Wachablösung!«

Hansen starrte ihn an wie einen Geist. »Mensch, Rügen!«

Doch schon hatte sich Dr. Krummreiß eingeschaltet: »Das ist aber fein, daß Sie sich wieder so wohl fühlen!« Seine Stimme klang überschwenglich, und während er sprach, war er aufgestanden und auf Rügen zu getreten.

In diesem Augenblick berührte dieser seine Stirn, stieß an den Verband und zuckte zusammen.

»Was ist das?«

»Ein Verband.«

»Verband?« Das Erstaunen, das sich auf dem hager gewordenen, bärtigen Gesicht ausdrückte, wirkte beängstigend. »Wie komme ich denn zu einem Verband?«

»Sie hatten eine Kopfverletzung.«

Eine Grimasse zerschnautzte das blasse Jungensgesicht. »Und wie bin ich zu der gekommen?«

»Der Fliegerangriff neulich«, versuchte Hansen ihm zu helfen. »Die *Catalina*, die genau in dem Moment aus der Sonne kam, als Sie die Drei-sieben . . .« Er brach ab. Rügen schien sogar Schwierigkeiten mit dem Begriff Sonne zu haben.

»Kommen Sie, legen Sie sich wieder hin«, sagte Dr. Krummreiß, Rügen am Arm nehmend.

Rügen schüttelte die Hand ab. »Was ist mit dieser *Catalina?*«

»Sie wurde abgewehrt.«

»Das ist gut — das ist sogar sehr gut.«

Die Hand mit den dünnen, weißen Fingern war immer noch auf dem Verband. Sie hatte jetzt die Stelle entdeckt, wo das Loch gewesen war, und befingerte den Knubbel aus Knochenwuchs und Fleisch. Bevor Rügen erneut fragen konnte, kam ihm Dr. Krummreiß zuvor: »Nein, nein, Schluß jetzt! Sie sind noch längst nicht soweit. Sie gehören ins Bett.«

Rügen musterte ihn: »Dr. Krummreiß?«

»So ist es.«

Rügen ergriff Krummreiß' Hand: »Danke.«

Im Gehen wandte er sich noch einmal um: »Tut mir leid, Herr Kaleu, aber . . .« Dann richtete er sich auf, nahm die nackten Füße zusammen und hob wieder die Rechte an den Kopf: »Leutnant Rügen bittet gehorsamst, ihn entschuldigen zu wollen.«

»Entschuldigung angenommen, Leutnant. Erholen Sie sich.«

Hansen sah in die Runde. »Tut mir leid, aber ich wußte im Moment nicht . . . Na ja, vielleicht war's ja auch richtig so.«

Dr. Krummreiß kam zurück, und Hansen, Betretenheit in der Miene, tippte sich an die Stirn. »Ist er . . .?«

»Aber nein. Er weiß, wer er ist und wo er ist, und er kennt auch verschiedene Namen, aber einiges scheint wie ausgelöscht zu sein. Retrograde Amnesie.«

»Aber was machen wir mit ihm? Wir können ihn doch nicht festbinden?!«

»Aber nein! Er muß doch zurückfinden ins Leben.«

»Also kann's passieren, daß er auch mal im Turm auftaucht oder auf der Brücke?«

»Möglich.«

Hansen sah Dr. Krummreiß an: »Mein lieber Herr Gesangverein!«

»Wir gehen nach Aden«, sagte Kurt Metzler mit ungewohnter Heftigkeit. »Wir brauchen einen Dampfer. Wir brauchen den großen Knall. Wir brauchen – zum Teufel – Krieg.«

10 Der Stimme nach hatte sich Marco DeLucci diese Anja Jäger älter vorgestellt. Die Frau, auf die ihn der Empfangschef dezent hinwies, als er in die Hotelhalle herunterkam, schien Ende Zwanzig zu sein. Eine Frau, die die Blicke auf sich zog: Ein feines, ausdrucksvolles Gesicht mit dunklen Augen, eine Haltung von ungezwungener Anmut und eine höchst geschmackvolle Aufmachung — zimtfarbenes Strickensemble von Missoni, das die Figur betonte und die Beine zur Geltung brachte. Was Marco DeLucci an ihrem Anblick am meisten verblüffte — so sehr, daß er unwillkürlich den Schritt verzögerte — war ihr Haar. Wie eine Löwenmähne fiel es bauschig über Stirn und Schläfen und erinnerte, auch in der Farbe, an jenes amerikanische Mädchen namens Nancy Scott, das kürzlich für ein paar seltsam märchenhafte Stunden seinen Weg gekreuzt hatte.

»Sie sind also Anja Jäger«, sagte er halblaut und beugte sich zu einem Handkuß herab.

»Ich würde Sie sofort erkannt haben«, sagte sie, »auch wenn ich noch nie ein Bild von Ihnen gesehen hätte. So wie Sie heißen, mußten Sie es einfach sein.«

»Keinen Namen, bitte! Ich bin zwar nicht direkt inkognito hier, aber . . . «

»Dann ist das *Vier Jahreszeiten* aber nicht der beste Ort für eine Verabredung.«

Er lachte. »Sie wollten mich ja nicht empfangen.«

»Sie wollten meine Mutter sprechen, die zu einem Kongreß ist — ich hüte nur das Haus.«

»Sie leben nicht in Hamburg?«

»Ja und nein.«

Als er sie ansah, korrigierte sie ihre Antwort: »Nein.«

»Darf man erfahren, wo Sie zu Hause sind?«

Sie zögerte, und er bedauerte die Frage. »Verzeihen Sie, ich bin manchmal etwas neugierig.«

»Es ist nur ein wenig kompliziert«, sagte sie. »Ich habe eine Wohnung in Baden-Baden — aber ich verstehe sie nicht als mein Zuhause.« Sie fügte leiser hinzu: »Nicht mehr.«

Anja hätte nicht sagen können, warum sie das getan hatte. Es war nicht ihre Art, viel von sich zu reden, und seit ihrer Scheidung schon gar nicht.

Gerade wollte DeLucci den Ober heranwinken, da sagte sie: »Ich bin geschieden.«

»Oh!«

»Sie konnten es nicht wissen.«

Der Ober kam, und Marco blickte Anja an.

»Was nehmen Sie?« fragte sie.

»Campari.«

Sie schloß sich an. »Ich könnte einen Rat gebrauchen«, sagte sie dann langsam, »von jemand, der sich in der Geschäftswelt auskennt.« Nach wie vor war ihr unverständlich, warum sie solches Vertrauen zu diesem Mann hatte.

Marco DeLucci machte eine ermunternde Geste. Diese Frau, gestand er sich ein, beeindruckte, ja, verwirrte ihn.

»Mein Mann«, begann sie, »mein geschiedener Mann, ist Apotheker. Zu der Apotheke, mit der wir angefangen haben, ist eine Drogerie hinzugekommen, dann eine Parfümerie und später auch noch ein Kosmetik-Salon. Die Kosmetika stammen aus einer kleinen Fabrik, die ich geleitet habe. Und damit nicht genug, stelle ich seit zwei Jahren auch noch ein Parfüm her, das sich überraschend gut durchgesetzt hat. Ist eine Aufteilung ohnehin schon kompliziert, so werden Sie vielleicht verstehen, daß ich diesen persönlichen Erfolg nicht gern auch halbieren möchte.«

Marco, zu seinem eigenen Erstaunen, hatte interessiert zugehört.

»Eine Zwischenfrage — Sie haben dieses Parfüm selbst entwickelt?«

»Ich bin approbierte Apothekerin. Warum?«

»Oh, ich finde das bewundernswert.«

»Jetzt müßte ich, was dieses Parfüm betrifft, meinen Mann auszahlen — aber die Summe, die er verlangt, ist der helle Wahnsinn. Was soll ich tun? Ich habe jetzt Geld, bin unabhängig, und ich genieße das nach zwölf Jahren Ehe. Soll ich mich da in Schulden stürzen?«

»Ja.«

»Aber . . .«

Marco faßte an seine Nase. »Wenn es das Parfüm ist, welches Sie benutzen — dann ja.«

Ihr Mund verhärtete sich.

»Bitte!« Marco berührte ihre Hand. »Ich habe das nicht als Mann gesagt, sondern als Geschäftsmann — wenn ich auch zugeben muß, daß es mir in Ihrem Fall nicht leichtfällt, das voneinander zu trennen.«

Sie sah ihn an, erst halb wieder besänftigt.

»Genau das«, fuhr er fort, »müssen Sie auch tun – Gefühl und Geschäft trennen. Sonst werden Sie nie zu einer Lösung kommen.«

Anja ergriff ihr Glas. Sie drehte es eine Weile. Plötzlich sagte sie: »Darf ich Sie etwas fragen?«

»Nur zu« sagte er aufgeräumt, »noch ist die Beratung geöffnet.«

»Keinen Rat«, sagte sie, »nur – wie alt sind Sie?«

»Dreiundvierzig«, sagte er.

»Und verheiratet, nicht wahr?«

»Nein.«

Anja sagte nichts, trank einen Schluck.

Irgend etwas drängte Marco DeLucci zu reden. »Ich habe viel gearbeitet in meinem Leben, zuviel und zu hektisch, als daß ich nicht hin und wieder auch hektische Zerstreuung gebraucht hätte. Aber die Frauen zum Heiraten findet man nicht dort, wo die Frauen zum Zerstreuen sind. Um ehrlich zu sein, es hat Aspirantinnen gegeben, die durchaus in Frage gekommen wären – aber . . .« Er klappte seine Hände zusammen. »Mein Ruf ist nicht der allerbeste.«

»Ungerechtfertigterweise?!«

»Sie sagen das so spöttisch, doch es ist die Wahrheit. Meine Amüsements sind eher harmlos und weit, weit entfernt vom Dolce vita. Ein Sportwagen, eine Rennjacht, ein Segelschiff und in St. Moritz ab und zu ein Skeletonrennen – leider hat unsereins das Pech, daß immer und überall ein Reporter danebensteht.«

»Verzeihen Sie.«

»Sie brauchen sich nicht zu entschuldigen, ich bin nicht gekränkt. Ich habe mit all dem eigentlich auch nur eines sagen wollen: Ich bin ein dreiundvierzigjähriger Junggeselle – aber ich bin es nicht aus Passion. Darf ich Sie jetzt etwas fragen?«

»Ich bin fünfunddreißig. Sie hätten sich das ausrechnen können – ich bin die Tochter von Kapitänleutnant Hansen, der das U-Boot kommandiert hat, an dem Sie interessiert sind.«

»Es war eigentlich etwas anderes. Warum – warum haben Sie sich scheiden lassen?«

»Tja«, sagte Anja gedehnt, »das ist eine lange Geschichte. Oder auch eine ganz kurze – fragen Sie mich, warum ich geheiratet habe.«

Er sah sie an, er war irritiert.

»Ich will damit sagen: Ich weiß selber nicht mehr, warum ich geheiratet habe — ausgerechnet diesen Harald Jäger.«

»Er hat Sie betrogen?«

Sie sah ihn an und lächelte.

Marco machte eine Geste. Er fühlte sich herausgefordert und amüsiert, aber mehr noch herausgefordert. Die Frau reizte ihn immer mehr. Er würde gern mit ihr ins Bett gehen — aber er würde ebensogern mit ihr aus diesem aufstehen in der Morgenhelle eines Septembertages in der Toscana, wenn der Wind, der vom Meer kam, die Gardinen bauschte.

»Sie sind verbittert«, sagte er. »Das ist nicht gut für eine schöne Frau.«

»Ich weiß«, sagte sie, »und deswegen werd' ich mich auch davor hüten. Nur — es waren immerhin zwölf Jahre.«

Er blickte auf seine Armbanduhr.

»Ach ja«, sagte sie sofort, »wir hatten ja einen Grund, uns zu treffen.«

»Oh, ich habe Zeit«, sagte Marco, »es ist nur . . . Hätten Sie Lust mit mir zu essen? Ich müßte dann nämlich rasch mal telefonieren.«

Er sah sie an, doch sie gab keine Antwort.

»Ich möchte«, sagte er leise, »gern etwas länger mit Ihnen zusammensein.«

»Nein, danke.«

»Sie haben keine Zeit?«

»Keine Zeit, ja.« Sie griff nach ihrem Glas. »Wenn wir vielleicht diese Sache besprechen könnten.«

Marco DeLucci atmete durch, ernüchtert und enttäuscht.

Plötzlich spürte er ihre Hand auf der seinen. »Ich möchte Sie nicht belügen. Ich hätte Zeit . . . Aber trotzdem nein — gerade deswegen.«

Er suchte ihren Blick, und sie wich ihm nicht aus, und sie sahen sich beide an. Dann, während sie langsam ihre Hand fortnahm, flackerte ein Lächeln über ihr Gesicht. »Sie dürfen mich noch zu einem Glas Sekt einladen. Und Sie dürfen mich auch anrufen, wenn Sie wieder in Hamburg sind.«

Marco zog ihre Hand zu sich über den Tisch und küßte sie. »Schade, daß wir über diese U-Boot-Sache reden müssen.«

»Wir müssen nicht, denn die Sache ist klar. Herr von Thaur hat Ihnen unsere Adresse gegeben, weil er sich uns gegenüber im Wort fühlt. Aber das braucht er nicht. Wir haben das nie so aufgefaßt. Er ist frei, zu tun, was er für richtig hält, und kann es auch viel besser als wir beurteilen. Mit ihm müssen Sie reden.«

»Ich habe mit ihm geredet.«

»Ich weiß«, sagte Anja.

»Der Barone wird sich nach Ihnen richten.« Marco DeLucci rückte nach vorn auf seinem Stuhl und öffnete beschwörend die Hände.

»Bitte!« sagte sie rasch. »Nicht noch einmal von vorn, ich kenne Ihre Argumente vom Telefon — aber ich kann nicht anders. Stellen Sie sich vor, man mutete Ihnen zu, das Grab Ihres Vaters auseinanderzusprengen, nur weil da irgendwo in der Gruft Quecksilber versteckt wäre.«

»Tatsache ist, Signora, daß das Grab so oder so angetastet wird, gleichgültig, wie ich mich entscheide.«

»Ja«, gab sie nach einigem Nachdenken zu, »das ist richtig.« Sie lächelte schwach. »Sie sollen mein Nein ja auch nicht akzeptieren — Sie sollen es nur verstehen. Bitte!«

Marco gab dem Ober ein Zeichen, um den Champagner zu bestellen. Ohne viel zu überlegen, entschied er sich für einen *Luis Roederer.* Erst danach wurde ihm bewußt, daß er die gleiche Marke auch in Las Vegas gewählt hatte, als diese Fay Johnson bei ihm war. Merkwürdig, daß sie nichts mehr von sich hatte hören lassen.

»Woran denken Sie?« wurde er von Anja aufgestört.

»Daran, daß ich Ihnen möglicherweise Kummer machen muß . . .«

Sie blickte auf ihre Hände, sagte aber nichts. Der Champagner kam, und Marco ärgerte sich, daß ihm als Prost nichts Besseres einfiel, als stumm sein Glas zu heben.

»Wenn Sie Herrn von Thaur sehen, grüßen Sie ihn bitte von mir«, sagte sie.

»Ich fliege zunächst wieder nach Bonn« erwiderte er und überlegte, ob in ihrer Stimme Bedauern gelegen habe. »Ich wäre gerne länger mit Ihnen zusammengeblieben«.

Sie blickte ihn offen an. »Ich weiß.«

Auf einem silbernen Tablett präsentierte ihm in diesem Moment der Hotelboy eine Visitenkarte — der von ihm erwartete Besuch war eingetroffen. »Jetzt ist's zu spät«, sagte er, das Kärtchen an sich nehmend, »die Geschäfte melden sich.«

»Mit denen Sie verheiratet sind.«

Die Stimmung war wieder gelöst, und Marco DeLucci hatte ein gutes Gefühl, als er Anja auf die von einer milden Frühherbstsonne beschienene Straße hinausbegleitete.

»Ciao, Belleza di me — arrivederci.«

Sie antwortete, indem sie seine Hand drückte.

Marco sah ihr nach und ging dann spontan in die Hotel-Parfümerie, um sich zu erkundigen, ob es vielleicht ein Parfüm mit Namen ›Anja‹ gebe. Es gab eines — von einer kleinen Parfümfabrik in Baden-Baden, die noch kaum bekannt sei, wie die Verkäuferin sagte — und er kaufte es sich.

ARABISCHES MEER

Es war am späten Abend zur Zeit des Wachwechsels, als der Funkgast, der gerade am FuMB abgelöst worden war, von Thaur meldete, der II. WO Rügen sei wach und wünsche ihn zu sprechen, falls es seine Zeit erlaube. »Erst wollte er wieder mal auf Wache, aber ich habe es ihm ausreden können.«

Dietrich von Thaur war unsicher. Er hätte Rügen gern geholfen, aber er wußte nicht, wie. Er mußte an Rügens Gehirnwindungen denken und hatte das Gefühl, sich eine unzulässige Intimität erlaubt zu haben, als er darin herumstocherte.

Er fand Rügen, von Decken hochgestützt, im Schein des Kojenlämpchens in seinen Papieren kramend. »Scheißgeschichte, wie?«

»Kann man wohl sagen. Wie fühlen Sie sich?«

»Wie soll ich mich schon fühlen? Die anderen, die eine Macke haben, wissen es nicht. Aber ich weiß es. Und das ist das Beschissene. 'ne Macke — und dann auf einem U-Boot! U 859, hm?«

»Ja, U 859.«

»Glauben Sie mir, daß ich eine volle Stunde gebraucht habe, um das herauszufinden?«

Er grinste kurz. Dann nahm er sein Soldbuch. »Was wichtiger ist:

Wer bin ich? Ich meine, meine Daten kenne ich. Aber was steckt dahinter? Wer ist dieser Leutnant zur See Jost Rügen aus Berlin? Was ist er für ein Mensch?«

Von Thaur strich sich den Kinnbart, der ihm wie allen in den fünfzehn Wochen seit dem Auslaufen gewachsen war. Was sollte er sagen? Inwieweit durfte er sich überhaupt in ein solches Gespräch einlassen? Rügen suchte nach seiner Identität — aber womöglich war es eine falsche, zu der er mit seiner Hilfe gelangte.

Rügen schien seine Bedenken zu erraten. »Sie sollen mir gar nicht viel erzählen, Thaur. Nur ein bißchen helfen. Zum Beispiel hiermit. Unter ›Besondere Kenntnisse‹ heißt es: ›Sensentüchtig‹. Was zum Teufel ist das? Sense und Marine — bei mir will sich das nicht zusammenreimen.«

»Sie waren vorher beim Arbeitsdienst und haben da, nehme ich an, mit der Sense gearbeitet.«

»Und so etwas kommt in das Soldbuch?«

»Schreibstubenhengste«, sagte von Thaur achselzuckend.

»Nun gut. Nicht so wichtig. Aber hier: ›Kriegsverdienstkreuz zweiter Klasse mit Schwertern‹?«

»Sie haben sich im letzten November, als die Terrorangriffe auf Berlin waren, bewährt.«

»In Berlin?«

»Ja.«

Rügen sah vor sich hin. »Ich erinnere mich — ja, ich erinnere mich. Es hat furchtbar gebrannt. Und da war auch etwas mit einer Treppe, die plötzlich herunterkam. Das war gegenüber vom *Hotel am Zoo* am Kurfürstendamm, und um die Ecke war ein Kosmetiksalon, ganz feudal, mit Spiegeln und Chintz. Da war auch etwas mit Schallplatten. Richtig, die Schallplatten . . .« Er sah von Thaur an, einen merkwürdigen Ausdruck auf dem Gesicht: »Wußten Sie, daß Juden singen können?«

Dietrich von Thaur starrte ihn an. Rügen hatte sehr laut gesprochen. Ihm begann, heiß zu werden.

»Sie sollten zu schlafen versuchen. Der Doktor wird's gar nicht gern sehen, wenn wir hier große Dispute führen.«

Rügen begann zu lächeln. Von Thaur wurde heiß unter diesem Blick, der ihm zu verstehen gab, daß er durchschaut war.

»Die Bomben. Die Flammen. Die Schallplatten. Und so weiter, und so weiter. Aber große Dispute sind nicht erwünscht.«

Von Thaur wurde immer unbehaglicher. Warum mußte ausgerechnet er sich das anhören?! Selbst zu Hause wurde bei solchen Themen gewartet, bis kein fremdes Ohr mehr in der Nähe war. Nicht, daß es ihm unangenehm gewesen wäre, zum Nachdenken gebracht zu werden. Aber wozu? Es brachte nichts.

Am besten war vielleicht, einfach aufzustehen und sich unter einem Vorwand zu verdrücken. Andererseits faszinierte ihn diese Gebrochenheit in Rügens Benehmen. Am Vormittag sein Auftritt mit umgeschnallter Schwimmweste — und jetzt, zwölf Stunden später, diese provozierenden Reden. Wenn sich das Ganze nur nicht ausgerechnet in einem Unterseeboot abgespielt hätte, wo jeder mithören konnte.

»Tja, mein Guter, wenn ich Ihnen noch irgendwie helfen kann? Etwas zu trinken? Haben Sie Hunger?«

»Ach, entschuldigen Sie, ich war wohl weggetreten.« Rügen schlug die Augen, die ihm zugefallen waren, wieder auf. »Wir sprachen von meiner Persönlichkeit.« Er deutete auf seinen Spind. »Da ist noch etwas — das Foto dieser Frau. Sie werden es nicht für möglich halten, aber ich habe nicht die blasseste Ahnung, wer das ist.«

Abermals wurde von Thaur heiß, heißer noch als bei der Sache mit den Juden. Denn dies rührte an tiefste Schichten von Rügens Seele. Er kannte die Frau nicht — weil er sie gar nicht kennen konnte. Sie war ja nur eine Fiktion. Zögernd sprach er den Namen aus, der von Rügen für dieses Traumbild erfunden worden war. »Marcelline —«

»Marcelline — und wie weiter?«

»Nur Marcelline.« Von Thaur fügte hinzu: »Wir haben einmal ein interessantes Gespräch geführt über sie — die Frau, die ein Geheimnis ist, erinnern Sie sich?«

»Marcelline? Marcelline?« murmelte Rügen, den Kopf schüttelnd. »Ach, geben Sie mir doch bitte mal das Bild.«

Von Thaur löste die Reißnägel und gab Rügen das große, randlose Schwarzweiß-Foto. Dieser betrachtete es lange und schüttelte immer wieder den Kopf, bis er das Bild schließlich sogar umdrehte. »Ich werde verrückt! Das ist meine Frau!«

Rügen las vor, was auf der Rückseite geschrieben stand: »Meinem innig geliebten Ehemann Jost — Marcelline. Was sagen Sie nun?!« Er verzog das Gesicht. »Aber das gibt es doch nicht! Ich weiß, wie unser Alter heißt, ich kenne Sie, weiß, wer Dr. Krummreiß ist — und habe die eigene Frau vergessen?!« Er legte seine Hand auf die Stirn: »Mein Lieber, da muß es mich aber ganz schön erwischt haben.«

Dietrich von Thaur konnte die Schrift nicht sehen, doch war klar, daß es nicht die der Porträtierten sein konnte. Vielleicht hatte Rügen es selber geschrieben, vielleicht hatte er es sich schreiben lassen, um damit vor den Kameraden renommieren zu können. Er überlegte, daß es am besten wäre, ihn bei seinem Irrtum zu lassen, und plötzlich ging ihm auf, daß es ja auch keinen Unterschied machte, ob die Anonyme tatsächlich Rügens Frau war oder nur ein Phantom — als ›Marcelline‹ hatte sie ihm schon immer alles bedeutet.

Er zog sich sachte zurück. Rügen war mit dem Foto auf der Brust eingeschlafen.

Als das Boot um Mitternacht zum Durchlüften auftauchte, wurde von Thaur vom Kommandanten auf die Brücke gerufen. Hansen nahm ihn mit auf den zweiten, unteren Wintergarten. Er rieb sein mit einem Wikingerbart bedecktes Kinn.

»Sie wissen natürlich ebensogut wie jeder an Bord, daß es Juden gibt, die singen können. Und daß sie schauspielern und dichten und Kranke heilen und Kleider schneidern können — und das oft so gut, daß sie damit eine Menge Geld verdienen. Aber Geld weckt Neid. Vor allem, wenn der, der es hat, nicht Müller oder Schmidt heißt, sondern Rothschild und Finkelstein. Aber ich will hier ja nicht das Phänomen des Antisemitismus ergründen — obwohl es meiner Meinung nach nur mit schäbigem Neid zu tun hat, mit Minderheiten und mit Vorurteilen. Für solche Überlegungen wird nach dem Krieg Zeit sein — wie auch für einige andere, die wir uns als Frontsoldaten heute einfach deswegen nicht leisten können, weil sie uns den Blick verstellen auf das, was jetzt die Hauptsache ist — nämlich wie wir aus dem Dreck wieder herauskommen.«

Hansen drehte sich weg und sah über die Reling nach achtern, wo das Boot als weißgrün phosphoreszierenden Schweif seine Hecksee hinter sich herzog. Er ließ Dietrich von Thaur eine ganze Weile warten, bevor er sich wieder umdrehte. Dann sagte er mit betont sachlicher Stimme: »Wie Sie sehen, bin ich unterrichtet. Der Eins-WO hat Rügen und Sie gehört, als er in der Funkbude war, und pflichtgemäß Meldung gemacht. Ich nehme an, daß er Ihnen damit nur zuvorgekommen ist . . . ?«

»Jawohl, Herr Kaleu.«

»Das dachte ich mir, und somit wäre die Sache also erledigt.« Er tippte an die Mütze: »Gute Nacht.«

Am anderen Morgen fand sich ein Schriftstück folgenden Inhalts am Schwarzen Brett: »Leutnant z. S. Rügen befindet sich auf dem Wege der Besserung, ist aber immer noch längst nicht wieder gesund. Für einen Hirnverletzten wie ihn ist es wichtig, in seinen Lebenskreis zurückzufinden, wobei es natürlich zu Fehlverhalten kommen kann. Erörterungen von Verhaltensweisen von Hirnkranken sind ungehörig und lediglich dazu angetan, den Dienstbetrieb zu stören.«

Marco DeLucci schaute mißmutig auf den manierierten Buffet-Druck an der Wand des Konferenzzimmers, das man ihm in seinem Kölner Hotel für diesen Vormittag zur Verfügung gestellt hatte. Er wurde jetzt schon den dritten Tag hingehalten und vertröstet; angeblich befand sich der Bonner Regierungsbeamte, den er sprechen wollte, auf Dienstreise.

Die Sache lief auch sonst nicht zum besten. Der Starnberger Barone hatte, wie von Elviri, seinem Mailänder Direktor, eruiert worden war, überraschend nach Luanda fliegen müssen. Das konnte man nicht ändern. Schlimmer war, was Elviri von Isao Misaki aus Tokio erfahren hatte: In Singapur sei der dortige Gangsterboß an dem U-Boot interessiert, und es habe schon einen Toten gegeben bei der Wracksuche. Außerdem habe in Hongkong ein dort ansässiger Berufstaucher, ein ehemaliger Froschmann der britischen Navy, ein Team zusammengestellt und, samt Ausrüstung, nach Penang verfrachtet.

»Wenn Sie sich notieren wollen, Signore — der eine ist ein Mr. Sun-Lee, der andere ein Mr. Smiley.«

Marco DeLucci winkte ab.

»Fahren Sie fort. Ich nehme an, das Gröbste kommt erst noch.«

»Daß wir in der Londoner Bergungsfirma Jonathan Swayers einen Konkurrenten haben, wissen Sie?«

»Sie läßt in Bonn irgendeinen alten Admiral antichambrieren.«

»Sir Peter Brennan.«

»Ein Admiral, der seit Jahren in Pension ist.«

»Er ist es, der das Quecksilber-Boot damals versenkt hat.«

DeLucci sah seinen persönlichen *Direttore* an: »Und das erfahre ich erst heute?!«

Elviri, ein fülliger Mann unbestimmbaren Alters mit Glatze und Brille, blieb ruhig. »Sie hätten mich wissen lassen sollen, Signore, daß dieser Mann in Bonn war. So habe ich erst im Rahmen meiner Erkundigungen über die Swayers-Gesellschaft von ihm erfahren, wo er seit kurzem im Vorstand sitzt. Früher war er bei der NATO.«

»Da kennt er natürlich alle möglichen Leute?!«

Elviri nickte: »Es gibt eine Verbindung, die mir noch interessanter erscheint. Mr. Misaki ist dahintergekommen. Dieser Smiley arbeitet mit der Firma Swayers zusammen, man könnte sagen, er ist der Ostasien-Vertreter.«

Marco DeLucci sah ihn gespannt an. »Wie ich Sie kenne, haben Sie noch mehr auf der Pfanne.«

»In der Tat, Swayers hat die ›Janus‹, eines ihrer Bergungsschiffe, aus Nigeria abgezogen — angeblich, um sie durch ein moderneres Schiff zu ersetzen. In Wirklichkeit befindet sie sich inzwischen auf dem Wege in Richtung Indischer Ozean.«

DeLucci schwieg. Er hatte Mühe sich zu beherrschen. »Nehmen Sie sich der Sache an!«

»Ich werde es versuchen, Signore.«

»Hauptsache, das Eintreffen verzögert sich.«

Elviri dachte nach. »Die ›Janus‹ dürfte vom Kap aus die Route Mauritius—Colombo—Penang nehmen — über fünftausend Seemeilen und eine Fahrzeit zwischen zwei bis drei Wochen. Wenn ich der Kapitän wäre, würde ich mich in Penang überhaupt nicht sehen lassen, um jedes Aufsehen zu vermeiden. Ich würde die Taucher irgendwo auf See übernehmen. Aber dann müßte ich natürlich schon in Colombo Dieselöl bunkern und mich mit Frischwasser und Proviant versorgen . . .«

»Also Colombo«, sagte DeLucci.

»Wenn der Kapitän so denkt wie ich . . .«

Elviri studierte seine Aufzeichnungen. »Colombo–Penang – das sind 1278 Seemeilen oder vier Tage. Ja, wenn ich Mr. Findley wäre, würde ich es so machen.« Er erläuterte: »Ein Bob Findley ist der Kapitän der ›Janus‹.«

Marco DeLucci hätte nicht sagen können, warum er das Spiel mit solchem Einsatz spielte. Er hatte nichts gegen Swayers, eher schon gegen diesen Admiral Brennan, von dem er möglicherweise abgehängt worden war. In einer anderen Situation hätte er sich wahrscheinlich sogar mit Swayers arrangiert. Wer das Quecksilber für die OMEP herausholte, war ja schließlich egal. Doch es ging ihm gegen den Strich, durch das Vorpreschen dieser Leute in seiner Handlungsfreiheit beschnitten zu sein, und noch weniger paßte ihm, vor seinen OMEP-Partnern blamiert dazustehen.

Und da war noch etwas, was dazu beitrug, daß er Swayers nicht nur als Konkurrenten, sondern als Gegner empfand. Seit er von dem Wrack vor der Malayaküste wußte, war eine sonderbare Unruhe in ihm, eine Art Fieber. Immer wenn er an das Quecksilber dachte, war es für ihn nicht etwas Vergrabenes, von Rost und Schlamm Bedecktes, sondern etwas Leuchtendes, silbrig und perlend, von dem eine magische Lockung ausging. DeLucci spürte, daß er nicht eher Ruhe finden würde, bis der Schatz gehoben war.

Er erhob sich: »Ich bleibe nur noch diesen Tag, dann übernehmen Sie die Verhandlungen mit Bonn. Ich glaube, es ist besser, wenn ich mich selbst um die Sache kümmere.«

Kapitän Bob Findley sah vom achteren Steuerbordfenster der Kommandobrücke aus der Abendmaschine Colombo–Singapur nach – ein schönes Bild, wie sie blinkend vor der regenschwarzen Wolkendecke schwebte. Doch zugleich sah er auch, daß das Kielwasser seiner ›Janus‹ nicht so gerade war, wie es hätte sein müssen.

»He, du«, drehte er sich zum Rudergänger um, »halt gefälligst Kurs!«

»Aye, Sir — Kurs liegt an.«

»Ja, jetzt. Aber eben bist du gefahren wie eine Landratte.«

»Nein, Sir — mit Verlaub, Sir.«

»Dann schau mal raus, Seemann!«

Findley, ein schwergewichtiger Seebär mit weißem Haar, drängte den Mann vom Ruder weg.

»Na?«

»Ich sehe es, Sir — aber ich verstehe es nicht. Ich habe Kurs gehalten, ich schwör's.«

Findley ging nicht darauf ein. Sein breites, von weißen Bartkoteletten gerahmtes Gesicht war ernst. »Sag mal, das Ruder läuft so leicht — seit wann ist das so?«

»Ich weiß nicht, Sir. Ich meine, es ist mir nicht aufgefallen. Ich dachte, das Ruder sei vielleicht in Colombo überholt worden.«

Findley zog den Mann mit ausgestrecktem Arm ans Steuerrad zurück, um selber wieder ans Fenster zu eilen: Das Kielwasser glich inzwischen fast einem Kreis.

Als er abermals ans Steuerrad ging, war er sich sicher — das Steuer lief leer, es brachte keinerlei Kraft auf das Ruder.

Zwölf Minuten nachdem er alarmiert worden war, meldete der *Chief* an die Brücke, eine Kette der zu dem Ruderquadranten verlaufenden Ruderleitung sei gebrochen, und zehn Minuten später berichtigte er diese Meldung: Die Kette war nicht gebrochen — sie war durchgesägt! Außerdem war der Radkranz, der die vertikale Ruderleitung vom Steuerrad horizontal in Richtung Heck übertrug, so gelockert, daß er bei schwerer See weggebrochen wäre. Es handelte sich eindeutig um Sabotage.

Die Mannschaft wußte von nichts. Die acht Männer, verantwortungsbewußt und vertrauenswürdig, alle schon seit Jahren bei Jonathan Swayers Ltd., standen außerhalb jeden Verdachts. Der Schuldige mußte unter den Eingeborenen zu suchen sein, die beim Aufenthalt in Colombo an Bord gewesen waren. Mindestens zwei Dutzend braunhäutiger Männer um die Dreißig, dazu noch ein Dutzend Händler in weißen Gewändern mit Silberwaren und Edelsteinen, Dumbara-Matten, Tee und Teufelstänzermasken.

Findley brach die Befragung ab. Wichtiger als das Wer war das

Warum. Und darauf eine Antwort zu finden, war ungleich leichter: Jemand wollte den Einsatz der *Janus* verhindern.

»Funker, versuchen Sie eine Verbindung mit Mr. Smiley herzustellen. Und Chief — wie sieht's mit der Reparatur aus?«

»Die Kette kann ich ersetzen, aber das Übertragungsrad muß ausgewechselt werden. Und außerdem, Sir, möchte ich alles überprüfen, denn wer weiß, wo der Kerl sonst noch einen Wurm reingebracht hat.«

»Fangen Sie an!«

»Aye, Sir, habe bereits angefangen.«

»Und Funker, Sie funken London an. Mr. Smiley wird vermutlich gar nicht mehr in Hongkong, sondern schon in Penang sein. Ist unsere ›Manning‹ nicht irgendwo in der Nähe?«

»In Truk in den Karolinen, Sir — ziemlich weit weg.«

»Na ja, sollen die in London sich darum kümmern.«

Der alte Findley machte sich keine ernsthaften Sorgen, schließlich befand man sich im Hauptschiffahrtsweg. Nur der Ordnung halber ließ er die Position festhalten.

Bob Findley war unten im Schiff, um sich vom Fortgang der Arbeiten zu überzeugen, als die Brücke ein rapides Fallen des Barometers meldete. Findley und der *Chief* sahen sich an. Die ›Janus‹, 920 BRT groß, ein ehemaliger Bäderdampfer mit nachträglich eingebauten Deckskabinen, dessen Bordwände mittschiffs heruntergezogen worden waren, um Tauchern das Ein- und Aussteigen zu erleichtern, konnte bei einem Schlechtwettereinbruch durchaus in Gefahr geraten. Findley blickte auf alle die Zugstangen und Ketten und die als Puffer zwischengeschalteten Spiralfedern der Ruderleitung, die jetzt ›außer Funktion‹ waren und ließ seine Rechte für einen Augenblick auf der Schulter des *Chief* ruhen.

Als er, nur zwei Minuten nach der Alarmmeldung, auf die Kommandobrücke kam, war der Himmel schon zugezogen. Ein merkwürdig farbloses Licht hatte sich auf die langgestreckte Dünung gelegt. Im Westen stand der Regen wie eine Mauer, Himmel und Meer miteinander verklinkend, so daß die ›Janus‹ wie in einer Muschel lag, in allen Nähten vibrierend.

Und ganz plötzlich klappte diese Muschel zu und brach der Himmel über dem Schiff zusammen, während sich das Meer aufklüftete. Die ›Janus‹ stürzte tief hinab, als sollte sie nie wieder auftauchen, wurde aber ebenso jäh wieder nach oben katapultiert. Rundum war alles nur noch tobende See. Der Taifun war nur ein kleiner, mehr eine Windhose von nur drei Kilometern Durchmesser, doch mit gebrochenem Ruder hatte die ›Janus‹ keine Chance. Die Decksaufbauten wurden eingedrückt, die beiden Masten, die Lüfter, die Radarantenne und die Ladepfosten geknickt, der schöne neue Kabinenaufbau in Tonnen von Wasser ertränkt.

»Sie sagen mir bitte, wenn ich SOS geben soll, Sir?«

»Wir geben nicht SOS«, antwortete Findley dem Funker. »Wir können gar nicht SOS geben – denn wir treiben genau auf die Nikobaren-Riffe zu, und es wäre unverantwortlich, jemand aufzufordern, uns dorthin zu folgen.«

»Aber wenn wir auflaufen, Sir?«

»Die Nikobaren sind bewohnt, Funker.«

Bob Findley legte seine Hand auf die Schulter des Zwanzigjährigen, und dort lag sie noch, als es gleich darauf einen Ruck und ein fürchterliches Knirschen, Poltern und Bersten unter den Füßen gab. Die nächste Welle hob die ›Janus‹ endgültig auf die Korallen, die übernächste kippte es um. Doch die Lichter brannten noch, und als der Taifun eine Dreiviertelstunde später abgezogen war, erhellte die Backbordlampe die Szenerie mit warmer Röte.

Die Insulaner von Kachal, die die Männer am nächsten Morgen mit Kanus abholten, erzählten, daß es dieses Licht gewesen sei, das sie gesehen hätten.

Kapitän Findley, dessen linke Hand angeknickt war, ließ sich nach Nankaurie auf Kamorta schippern, um selbst vom Hafenbüro aus nach London zu melden, daß die ›Janus‹ verloren war. Da Sabotage im Spiel war, empfahl er, sofort die ›Manning‹ in Marsch zu setzen, damit nicht auch noch das bewußte Wrack verlorengehe.

»Was ist das für ein Wrack?« wollte der indische Hafenkapitän wissen und schlug einen dienstlichen Ton an. »Sie wissen, daß Sie eine besondere Lizenz brauchen, wenn es sich in indischen Gewässern befindet.«

»Wenn ich etwas brauche, dann ist das ein schwimmender Untersatz für mich und meine Leute, um von hier wegzukommen.«

Findley hatte nicht grob werden wollen, doch seit der Sache mit dem Ruder hatte er etwas gegen braune Kerle in Weiß.

Der Inder entgegnete arrogant: »Nicht früher, Kapitän, als bis ich Sie alle genau identifiziert habe. Ich werde Ihnen einen Polizisten nach Kachal mitgeben, der schon mal ihre Personalien notiert.«

Der Polizist hatte eine Pistole, aber sie waren zu neunt, und als am Tag darauf Joe Smiley mit einer dieser PS-starken Motorjachten aufkreuzte, wie sie von Sportfischern benutzt werden, sperrten sie den Armen kurzerhand in den Kopraschuppen.

Zweiundvierzig Stunden später waren sie in Singapur.

Dritter Teil

Duell unter Wasser

11 Joe Smiley kannte den Trick und hätte nie geglaubt, daß er einmal darauf hereinfallen würde. Doch da stand es, vom Kassencomputer errechnet und mit voreiligem *THANK YOU* abgesegnet, und die chinesische Geschäftsführerin bestätigte es respektvoll lächelnd: Die ehrenwerten Herren hätten für neun Taxigirls zu je fünf Stunden zu zahlen sowie für deren Konsum an Cocktails, dazu an eigenen Getränken 36 Flaschen *Carlsberg* und vier Flaschen *Johnnie Walker* — plus 128 Flaschen Champagner, was insgesamt 12 791 Singapur-Dollar ausmache; und dazu kämen dann noch zehn Prozent Bedienung plus drei Prozent Steuern — summa summarum also 14 453 Singapur-Dollar und 73 Cent.

»Sie können gern mit einer Kreditkarte zahlen, Sir. Wir akzeptieren Diner's, American Express, Eurocard, Carte Blanche, Master Charge und Visa.«

Das Lächeln verstärkte sich noch. »Wenn Sie freundlicherweise beachten wollen, Sir, daß es auf dem Belastungsbeleg ein gesondertes Feld gibt, für den Fall, daß Sie ein Trinkgeld eintragen möchten . . .«

»Ich werde überhaupt nicht zahlen!«

»Ich habe Sie nicht verstanden, Sir.«

»Ich sagte: Ich zahle nicht! Nicht bar und auch nicht mit Credit-Card. Die Rechnung ist falsch.«

»Erlauben Sie, wenn ich Ihnen widerspreche, Sir. Sie kann nicht falsch sein, denn unser Computer . . .«

»Ich scheiße auf euern Computer! Ich habe nie Champagner gehabt, keiner von uns hat Champagner gehabt.«

Smiley entriß der Chinesin die Rechnung und stieß Findley an: »Wir sollen aufs Kreuz gelegt werden — mit hundertachtundzwanzig Flaschen Champagner für zehntausendzweihundertvierzig SIDs — das sind zweihundertzwanzig englische Pfund!«

Findleys Augen waren glasig, sein Blick absolut verständnislos, und Joe Smiley wurde bei seinem Anblick bewußt, daß auch er selbst nicht mehr nüchtern war. Wenn es Krach gab, würden sie den kürzeren ziehen, zumal sechs Kameraden von der *Janus* einen Fuß oder mindestens einen Finger in Gips trugen. Von den ausländischen Gästen rundum war nicht viel Beistand zu erwarten. Es gab nur eine Handvoll Weiße, doch voraussichtlich würden sie sich aus Angst vor einer Schlägerei zurückhalten. Alles übrige waren Einheimische, Chinesen, Malaien und Mischlinge, an die zweihundert, die Mehrzahl Loddel, die jetzt, zur Sperrstunde, bei den Taxigirls abkassierten.

»Brauchst du Geld?« fragte Findley, scheinbar die Rechnung überfliegend. Er erhob seinen dröhnenden Baß: »He, Leute, holt mal Brieftaschen raus, Joe braucht . . .«

Aber keiner achtete auf ihn. Die Männer hatten nur noch im Sinn, ihre Girls zum Mitkommen zu überreden.

Smiley riß sich zusammen und reichte die Rechnung zurück. »Sie ist in Ordnung — bis auf diesen Fehler mit dem Champagner. Wenn Sie das bitte noch einmal nachprüfen würden, Miss.«

Die Chinesin verbeugte sich und ging. Nach einer Weile kam sie wieder zurück. Die Rechnung war dieselbe.

Smiley sah sie an: »Wollen Sie mich auf den Arm nehmen?«

Die Chinesin, in einem gelbseidenen Minikleid mit Seitenschlitz, war die personifizierte Freundlichkeit. »Die Flasche Champagner kostet achtzig SIDs — mal hundertachtundzwanzig, das macht . . .«

»Ich habe keinen Champagner getrunken, Miss, ich sage es Ihnen noch einmal.«

»Das ist Ihre Sache, Sir, ob Sie Champagner trinken oder nicht — aber jedenfalls haben Sie ihn bestellt.«

»Ich hätte . . . sagen Sie, sind Sie verrückt?«

Noch während er sprach, war Smiley klar, daß er einen Fehler machte, den größten Fehler überhaupt, den man als Weißer in Asien machen konnte: Er war laut und aggressiv geworden, und er hatte einen Einheimischen beleidigt, so daß dieser gezwungen war, selbst aggressiv zu werden, wenn er nicht das Gesicht verlieren wollte. Smiley hätte sich ohrfeigen können. Trotzdem machte er bereits einen weiteren, noch schlimmeren Fehler – er griff nach der Frau. Was Joe Smiley vorhatte, war nichts weiter, als die Chinesin um Verzeihung zu bitten, sie vielleicht auch etwas näher an den Tisch zu holen, damit nebenan nicht alles mitzukriegen war, was zwischen ihnen gesprochen wurde. Aber natürlich mußte sie es als Taktlosigkeit, ja, Beleidigung empfinden, in dieser Weise von einem Fremden angefaßt zu werden. Sie kreischte denn auch entsetzt auf und wich zurück. Prompt waren am Nachbartisch die Gäste auf den Beinen.

»Warum machen Sie das, Mister?«

Smiley hatte das Gefühl, in einer Falle zu sein.

»Ein Mißverständnis«, entschuldigte er sich.

Die drei Loddel blieben stehen und blickten ihn und die Geschäftsführerin an. Die Frau übertrieb maßlos: Zurückgebeugt umklammerte sie mit beiden Händen die Tischkante und riß Mund und Augen auf. Es war schlechtes Theater, aber Smiley, in Hongkong zu Hause, in Singapur, Bangkok und Manila, kapierte, daß es genau dies sein sollte – und daß es ihm zu verstehen geben sollte, wie aussichtslos seine Situation war.

»Holt die *Police*«, sagte er matt, seine Hände flach auf den Tisch legend, um zu demonstrieren, daß seine Absichten friedlich seien. Er räusperte sich und würgte, um den Kloß im Hals loszuwerden. Plötzlich hatte er furchtbare Angst.

»Los, holt die *Police!*« brüllte er verzweifelt.

»Ist schon da«, sagte einer der Loddel, mit einer Handbewegung zum Eingang deutend.

Dort standen drei Polizisten in Weiß und einer in Zivil, wahrscheinlich gekommen, um die Einhaltung der Sperrstunde zu kontrollieren.

Joe Smiley gab ihnen die Rechnung, und sie ließen sie von Hand zu Hand gehen. »Was ist daran auszusetzen, Sir?«

Smiley nahm sich sehr zusammen, um ja keinen weiteren Fehler zu machen. Er wechselte von Englisch zu Malaiisch: »Ich behaupte nicht, daß sie falsch ist, Sir — nur daß sie von der Wirklichkeit abweicht. Es betrifft den Champagner. Wir haben keinen gehabt.«

Der in Zivil gekleidete Polizist wandte sich in Mandarin-Chinesisch an die Geschäftsführerin, und Smiley, der die Sprache ein wenig verstand, kriegte mit, wie diese angab, er, Smiley, habe den Champagner bestellt — Champagner für den ganzen Saal. Er hatte Mühe, sich zurückzuhalten.

»Das ist . . . Was sollte mich wohl veranlassen, für alle hier Champagner zu bestellen?«

»Wie kann ich das wissen, Sir? Aber Sie wären nicht der erste.«

Die Geschäftsführerin trat heran. Ihre Stimme war kalt und zynisch. »Haben Sie nicht irgend etwas gefeiert? Sind Sie nicht aufgestanden? Haben Sie nicht die Mädchen an Ihrem Tisch genötigt, ebenfalls aufzustehen? Und haben Sie nicht gerufen, sehr laut gerufen: ›Ein Prost auf meine geretteten Kameraden‹? Sie haben sich sogar auf den Stuhl gestellt und noch lauter gerufen: ›Los alle!‹«

Sie sah ihn an, und Smiley wußte, daß er diesen Blick nie vergessen würde. Dann fuhr sie kalt fort: »Das Haus hat hundertachtundzwanzig Hostessen — und so viel Champagner und keine Flasche mehr ist ausgegeben worden.«

Der Zivilbeamte forderte eines der Taxigirls, die am Tisch der drei Loddel saßen, auf, sich dazu zu äußern. Als es die Darstellung der Geschäftsführerin bestätigte, gab er Smiley die Rechnung zurück: »Zahlen Sie!«

Smiley ahnte auf einmal, um was es ging. Plötzlich war er stocknüchtern.

»Sie sind von hier?« fragte ihn der Zivilbeamte.

»Aus Hongkong . . .«

»Aber Sie wissen, was bei uns in Singapur auf Zechprellerei steht?«

»Ich kann es mir denken, wenn es schon fünfzig SIDs Bußgeld kostet, auch nur einen Zigarettenstummel auf die Straße zu werfen.«

Smiley zischte Bob Findley, der sich einmischen wollte, an: »Sie wollen uns einbuchten, begreifst du nicht?!«

»Ich will nicht«, sagte der Zivilbeamte grinsend, »ich muß. Und ich kann Ihnen jetzt schon sagen: Der nächste freie Termin beim zuständigen Richter ist erst in zehn Tagen.« Er zuckte die Achseln: »Wenn ich Sie wäre, würde ich zahlen.«

Smiley nickte. Er fühlte sich plötzlich wie befreit. Er war auf einen schäbigen Trick hereingefallen, wußte aber jetzt wenigstens, was dieses ganze Theater bezweckte: Nicht nur Swayers' *Janus* sollte aus dem Verkehr gezogen werden, sondern auch Swayers' Taucherteam. Er holte die Brieftasche mit den Kreditkarten hervor und winkte der Geschäftsführerin wegen eines Schreibgeräts.

In diesem Augenblick erschien der alte Chinese, der die Kasse besorgte, und sagte dienernd: »Da ist doch ein Versehen passiert, verehrter Herr.«

Smiley blickte verwirrt auf. Nun begriff er nichts mehr.

Der alte Mann verbeugte sich tief: »Wir haben Ihnen australischen Champagner berechnet — doch es war französischer. Die Flasche kostet also nicht nur achtzig SIDs, sondern zweihundertzwanzig.« Er rechnete es im Kopf aus: »Das sind achtundzwanzigtausendeinhundertsechzig — oder wenn Sie in US-Dollar bezahlen: vierzehntausendfünfhundertundfünfzehn.«

»Kommt«, sagte Bob Findley heiser und stand auf, »egal, was daraus wird — aber kommt!«

Er setzte sich schon in Bewegung, und niemand hielt ihn auf.

Da mischte sich die Geschäftsführerin ein: »Wenn dieses Versehen passiert ist, geht es natürlich zu Lasten des Hauses.« Dann machte sie eine einladende Geste und sagte mit strahlendem Lächeln zu Smiley: »Bitte, Sir, wir müssen das nicht unbedingt hier regeln . . .«

Smiley drückte Findley auf seinen Stuhl zurück und schloß sich ihr an.

Während Joe Smiley der Chinesin in die hinteren Räume der *Sweet World* folgte, versuchte er sich zu konzentrieren.

Da war der Weg, den er sich für eine mögliche Flucht einprägen mußte. Da waren die aufreizenden Rundungen, die, in so dünne Seide gehüllt, daß man den winzigen Slip erkennen konnte, vor seinen Augen die Treppe hinaufwippten. Da war der erregende

Geruch der Asiatin, dieses Gemisch aus Parfum und Räucherwerk. Als sie schließlich den Podest im Oberstock erreicht hatten, war ihm nur eines klar: Er hatte gegen den wichtigsten Grundsatz überhaupt verstoßen — sich nie von den Kameraden zu trennen!

Die Stahltür, die den Zugang zu den oberen Räumen des Tanzpalastes versperrte, öffnete sich wie von Geisterhand. Rötliches Licht fiel auf eine schmale, damenhafte Frau unbestimmten Alters. Sie trug einen knöchellangen, grünen Seiden-*Cheongsam*, und ihr gepudertes Gesicht war von puppenhafter Schönheit.

»Möge Segen Ihren Eintritt begleiten«, sagte sie, die Hände mit den langen, rotgelackten Fingernägeln vor ihrer Brust zusammenlegend. »Wir werden uns ohne Zweifel einig werden.«

Mit einer graziösen Geste veranlaßte sie Smiley, im Büro Platz zu nehmen. Sie selber setzte sich nicht hinter den Schreibtisch, sondern auf einen Sessel, so daß man ihr unbestrumpftes Bein im *Cheongsam*-Schlitz sehen konnte. Die Geschäftsführerin war an der Tür stehengeblieben. Auf einen Wink hin erstattete sie Bericht, während die Frau, die von der Geschäftsführerin Mama-San genannt wurde, Smiley mit Gesten ermunterte, sich von einem Tisch mit Getränken zu bedienen. Smiley schüttelte den Kopf. Er wußte, daß er jetzt hellwach bleiben mußte.

Er war überzeugt, daß die ganze Geschichte mit der beabsichtigten Bergung in der Malakkastraße zu tun hatte. Und er hatte auch keinen Zweifel, daß man ihn von den Kumpeln hatte isolieren wollen.

Joe Smiley wünschte, sich besser konzentrieren zu können. Es lag nicht so sehr am Alkohol — es lag an dieser Frau im *Cheongsam*. Smiley war gewohnt, mit *Cheongsams* zu leben. Seine chinesische Freundin trug einen, seine chinesische Sekretärin trug einen, die Chinesin, die in Hongkong seinen Junggesellenhaushalt versorgte, trug einen. Aber noch nie hatte er eine Frau ihren *Cheongsam* so tragen sehen wie diese hier.

Wie absichtslos ließ sie ihre Hüfte sehen — und daß sie keinen Slip trug —, doch was Smiley ungleich mehr erregte, war ihr Geschick, das Licht mit der Seide aufzufangen und es über ihren Körper wandern zu lassen. Es war wie das Winden einer Schlange, und Smiley merkte, wie er mehr und mehr davon hypnotisiert wurde.

Natürlich trugen dazu auch die Räucherstäbchen bei, violettfarbene, welche Opium enthielten.

»Nun, Mr. Smiley, Sie kennen doch gewiß Tanzhallen und wissen, wie es dort zugeht. Wenn Sie ein Taxigirl auffordern, mit Ihnen zu trinken, und sei es nur dadurch, daß Sie Ihr Glas heben, dann müssen Sie das Getränk bezahlen. In Tokio müssen Sie sogar das Getränk eines Taxigirls bezahlen, wenn es Ihnen seinerseits zuprostet.«

Während Smiley sich noch fragte, wieso sie seinen Namen wisse, fuhr die Frau fort: »Das nächste Mal sollten Sie sich eines unserer Séparées nehmen. Wir haben sehr schöne.« Sie stand auf: »Wenn ich Sie Ihnen zeigen darf.«

Sie ging voraus, und er folgte ihr, zusammen mit der Geschäftsführerin. Das Séparée war das übliche. Seidenlampen, Sofas, Kissen und in einer Wand eine Durchreiche. Er wußte nicht, was er hier sollte.

»Sie sind kein Dummkopf, Mr. Smiley, wie ich in Erfahrung gebracht habe. Deshalb bin ich sicher, daß Sie auf das Geschäft, das ich Ihnen vorschlagen möchte, eingehen werden. Setzen wir uns doch.«

Er blieb stehen. Jetzt war ihm alles klar: Diese Frau wollte ihn ›umdrehen‹.

»Wenn ich einwillige, für Sie statt für meinen jetzigen Auftraggeber zu arbeiten, erlassen Sie mir die Zechschulden — ist es das, was Sie mir sagen wollen?«

»Nicht nur. Sie werden natürlich bezahlt. Und nicht schlecht.«

Smiley schüttelte den Kopf.

»Mr. Smiley, es ist Ihr Job, sich für Bergungsarbeiten anheuern zu lassen — da kann es Ihnen doch egal sein, von wem.«

»Danke, ich habe schon einen Vertrag.«

»Als die Überschwemmungen in Bangla Desh waren, da standen Sie unter Vertrag für den Hafenausbau von Apia in Western Samoa — muß ich Ihnen sagen, was trotzdem passiert ist?«

»Das war . . .« Er hatte sagen wollen, daß es sich um eine Ausnahme gehandelt habe, doch informiert, wie sie war, wußte sie vermutlich, daß es eher die Regel war, wenn ein frei arbeitender

Bergungstaucher dorthin ging, wo das meiste Geld winkte — aber doch nicht durch Erpressung.

Smiley schüttelte seinen Kopf noch energischer. »Ich ziehe es vor, zu zahlen. Selbst wenn Sie mir jetzt erzählen, Sie hätten den Champagner extra einfliegen lassen, und ich müßte auch noch für die Luftfracht blechen.«

Er wollte der Geschäftsführerin eine *American-Express*-Karte reichen, doch sie nahm sie nicht an: »Tut mir leid, Sir, aber jetzt geht das nicht mehr, Koy-San unten hat seine Kasse geschlossen. Sie werden schon in bar bezahlen müssen.«

»Verstehe.«

Er und die Frau im *Cheongsam*, die sich auf einem Sofa niedergelassen hatte, sahen einander an.

»Ich nehme an«, sagte er, »daß ich keine Wahl habe?«

Sie nickte.

Joe Smiley wandte sich zur Tür. Die Geschäftsführerin, steinernen Gesichts, trat augenblicklich beiseite.

»Niemand wird Sie aufhalten, Mr. Smiley,« sagte die Frau im *Cheongsam* hinter ihm. »Gehen Sie, rennen Sie — je schneller, desto besser . . .«

Der Spott in ihrer Stimme ließ Smiley innehalten. Als er sich wieder umwandte, waren die Hände der Frau am Rockschlitz. Das Geräusch der reißenden Naht trieb ihm den Schweiß auf die Stirn.

». . . denn je schneller Sie rennen, Mr. Smiley, desto eher wird man mir glauben, daß Sie mich vergewaltigen wollten. Und außerdem gibt es Zeugen.«

Sie zeigte erst auf die Geschäftsführerin, dann auf die Durchreiche, die sich in diesem Augenblick auftat und ein audruckloses Chinesengesicht sehen ließ. »Sie haben mich mit Gewalt in dieses Séparée verschleppt — denn wie sonst sollte ich wohl hierhergeraten sein — Lily Su-Nam, eine Millionärin und die Besitzerin der *Sweet World?*«

Die reißende Seitennaht war bereits so weit offen, daß der Ansatz der Brüste zu sehen war.

»Ich . . . ich weiß überhaupt nicht, wo das Wrack liegt.«

»Ich weiß es.«

Mit der einen Hand den Riß zusammenhaltend, streckte Lily Su-Nam die andere aus, um sich die Rechnung geben zu lassen. Als sie sie mit beiden Händen zerriß, wurde der *Cheongsam* nur noch von einer Handbreit Stoff gehalten.

»Kommen Sie morgen um die Essenszeit ins *Floating Paradise* in der Schmugglerbucht. Ab zwölf Uhr wird Sie ein Motorboot am Anleger unterhalb der Merdeka-Brücke erwarten. Wir können dann alles bereden.«

Es war schon schlimm genug, den Kumpeln vorlügen zu müssen, daß er nichts hatte machen können. Schlimmer war es jedoch, diese Lüge aufrechterhalten zu müssen, als sie darauf bestanden, ihren Anteil an der wahnwitzigen Champagnerzeche zu bezahlen.

Am nächsten Morgen fand Joe Smiley das Telegramm vor, welches das Eintreffen der ›Manning‹ für das Wochenende ankündigte. Er wollte die Nachricht vor Lily Su-Nam geheimhalten, doch sie kannte sie schon.

Smileys Taucher waren Jeff Gordon, Ummo Suur, ein in Indonesien naturalisierter Holländer, und Mike Stratter. Alles Männer um die Dreißig, die sich in ihrem Metier ebensogut auskannten wie im Leben. Die anderen hatte Smiley unter dem Vorwand wieder heimgeschickt, daß er erst einmal einen Überblick gewinnen wolle. In Wirklichkeit wollte er den Kreis der Mitwisser möglichst klein halten.

Auch die Schiffbrüchigen der ›Janus‹ waren nicht mehr dabei. Für den Kapitän der ›Manning‹, der in Truk vom Denguefieber befallen worden war, hatte Kapitän Findley deren Führung übernommen. Er ahnte nichts von dem doppelten Spiel der Taucher, nur Suur, Gordon und Stratter waren eingeweiht. Smiley sah keinerlei Grund für Skrupel, daß er sich sowohl von Lily Su-Nam als auch von der Swayers-Company einen Vorschuß auf die Bergungsprämie zahlen ließ. Es war unter Berufstauchern üblich, daß sie hin und wieder mehreren Auftraggebern dienten.

Als er auf dem Restaurantschiff *Floating Paradise* mit Lily Su-Nam verhandelte, hatte sie ihm eine nicht sehr vertrauenerweckende Skizze überreicht, die angeblich die Position des Wracks enthielt.

Doch als Findley nach zwanzig Stunden Fahrt die Malakkastraße hinauf, kurz nach zwei Uhr mittags, 26 Seemeilen von Penang, die Fahrt wegnehmen ließ, um zu verkünden: »Hier ist es!«, da erwies sich die Skizze erstaunlicherweise als richtig — 5°18'4 Nord/100°1'5 Ost. Als Smiley einen Tauchversuch machte, landete er genau auf jenem Hügel schlickverkrusteter Fischernetze, den Lily Su-Nam ihm beschrieben hatte.

Was Smiley insgeheim vorschwebte, war, den großen Reibach mit seinen Leuten allein zu machen. Und warum sollte es nicht gelingen? Swayers wußte nur von dem Quecksilber, die Dame Su-Nam hatte vor allem von Diamanten und Drogen, wertvollen Geheimpapieren und Gold gesprochen. Und damit hing zusammen, warum Smiley von den Kumpeln gerade diese drei behalten hatte. Mit ihnen im Quartett hatte er schon einmal einen Goldschatz gehoben — und gut achthundert Unzen davon beiseite geschafft, grau mit Blei ummantelt an Stelle der Bleisohlen ihrer Taucherschuhe.

Diesmal würde es ihm noch weniger ausmachen, seinen Auftraggeber aufs Kreuz zu legen. Joe Smiley, 34, der es vom achten Kind eines schottischen Torfbauern zum bestbezahlten Taucher im Pazifik gebracht hatte, war nicht der Mensch, zu vergessen, wenn man ihn ausgetrickst hatte. Die Rechnung mit Lily Su-Nam stand noch offen. Smiley wollte Rache. Er wollte das Gold. Und gerne hätte er auch die Frau gewollt.

Einen fertigen Plan gab es nicht, brauchte es auch nicht zu geben. Erst einmal mußte man fündig werden.

Drei Tage nahm es in Anspruch, das Wrack zu vermessen und zu kartographieren. Man arbeitete in Zweier-Teams jeweils fünfzig Minuten lang am Vor- und am Nachmittag, mit Preßluftflaschen, mit der ›Manning‹ nur durch die Signalleine, nicht aber durch den hinderlichen Luftschlauch verbunden.

Wie sich zeigte, erhob sich das Deck des U-Bootes fünfundzwanzig Fuß hoch über den Meeresboden. Da die Baupläne als Gesamthöhe dreiunddreißig Fuß angaben, mußte der Kiel acht Fuß tief im Grund stecken — in einem Schlick, der an seiner Oberfläche knietief von flauschigem, mit den Händen wegzuwedelndem Mulsch bedeckt, darunter aber zäh wie Pech war.

»Scheiße«, fluchte Smiley, als man sich im Schein einer in der Westbrise sacht schaukelnden Gaslaterne bei Scotch und Bier zusammensetzte. »Acht Fuß — das ist höher, als ich mit der Hand reichen kann.«

Stratter ergriff das Wort: »Was willst du tun?«

»Die Sache überschlafen — und dem Auftraggeber klarmachen, daß die üblichen dreiunddreißig Prozent Anteil zu wenig sind bei einer so schwierigen Bergung.«

»Welchem?«

Ummo Suur hatte seine Stimme gesenkt, um nicht von den Leuten der *Manning* gehört zu werden.

»Welchem? Was für eine Frage! — Beiden.«

Die Männer stimmten in Smileys Grinsen ein und nahmen noch einen kräftigen Schluck.

Am anderen Morgen wurde Findley informiert, daß die Vorarbeiten noch keineswegs als abgeschlossen gelten könnten. Smiley schilderte ihm die ungünstige Beschaffenheit des Meeresbodens. »Kann sein, daß es mit einem *Blaster* geht. Kann aber auch sein, daß wir sprengen müssen. Und das ist, wie du weißt, in diesen Gewässern so eine Sache. Sprengen gibt tote Fische, und wo tote Fische sind, sind auch bald Haie.«

»Sprengen? Macht ja keinen Quatsch! Du weißt, daß noch Torpedos an Bord sind und massenhaft Granaten. Der eine Torpedo ist eines von den Biestern, die sogar Zerstörer geknackt haben.«

»Wir könnten natürlich versuchen, von innen her an den Kiel zu kommen.«

»Versucht's von innen«, sagte Findley, der sich daran erinnerte, daß Jonathan Swayers ihm übers Radio ans Herz gelegt hatte, alles zu tun, damit die Totenruhe der gefallenen U-Boot-Leute gewahrt bliebe.

»Aber dazu müssen wir erst einen Einstieg finden.«

»Macht nichts, wir haben Zeit.«

Sie gingen systematisch vor, arbeiteten sich vom Bug her vorwärts und schälten erst die Torpedoauslässe und vorderen Tiefenruder aus den verfilzten Netzen. Dann, am vierten Tag — genau dreiundsechzig Fuß von der Bugspitze — stießen sie auf ein Luk, dessen großer runder Deckel offenstand. Das Lampenlicht zeigte trübes, von Fischen belebtes Wasser und darin die Rahmen von Kojen sowie Handräder und Deckenventile. Ganz in der Tiefe, nur in Umrissen zu erkennen unter dem Korallenbewuchs, entdeckten sie Ketten, Flaschenzüge und Schienen, die vermutlich zum Laden der vorderen Torpedorohre benutzt worden waren.

»Geschafft!« Stratter, der im Team mit Smiley tauchte, war ganz aufgeregt. Im Funksprechgerät war zu hören, daß er in seinem Helm keuchte. »Laß uns reingehen!«

»Ruhig, Junge, ruhig. Volle drei Viertel des Boots liegen noch vor uns, und ich möchte nicht auf dieses eine Loch angewiesen sein.«

»Wenigstens mal gucken, Joe.«

»Wozu? Dies ist der Mannschaftsraum, und du glaubst doch nicht, daß das Gold ausgerechnet bei den ärmsten der armen Schweine versteckt war.«

Am folgenden Nachmittag wurde ein anderes Luk entdeckt – laut Bauplan das der Kombüse –, welches aber nicht zu öffnen war. Schon beim nächsten Tauchgang stieß man auf die Kanone. Mit preußischer Exaktheit zum Bug hin ausgerichtet, wirkte sie nach all den Jahren immer noch feuerbereit. Der Verschluß war unter seiner inzwischen völlig verharzten Fettschicht intakt geblieben. Für jemand, der sich dafür interessierte, war die Zehn-fünf ein Vermögen wert.

Als das Ende der ersten Woche kam, lag der Turm frei. Angriffs- und Luftzielsehrohr waren aus ihren Führungen gerissen und verbogen, ebenso alle Bleche wie Bodenplatten und Brückenverkleidungen, doch wirklich schlimm sah es auf der Plattform dahinter aus – der Boden war aufgefaltet wie eine geschälte Banane, das Zwillings-Flak-Geschütz umgekippt und mit der verknautschten Reling in eine nie wieder zu lösende Umarmung verstrickt. Hier, irgendwo unterhalb, mußte der tödliche Torpedo eingeschlagen haben.

In dem Explosions-Krater waren nur Wasser und Schwärze, im Turmluk aber konnte man unter der Kruste der Korallen noch Installationen erkennen – Handräder, Leitungen, Armaturen. Auch hier war alles voller Fische. Paarweise folgten gelbblaue Clowns- und schwarzgelbe Schmetterlingsfische der Lockung des Lichts, ein

Löwenfisch stellte seine Giftstacheln auf, und als Suur mit der Handlampe die Steigleiter hinableuchtete, schoß eine Muräne mit zuschnappendem Maul so plötzlich heran, daß er nur im letzten Moment seine Hand wegziehen konnte.

Das Loch, das dem U-Boot in die Flanke gerissen war, hatte die Ausmaße eines Scheunentors, war jedoch dicht vergittert mit Blechen und Rohren und allen möglichen Teilen der Maschinenanlage. Nach zehn Tagen harter Arbeit lag das Unterseebot enthüllt da, an einigen Stellen von Korallen bedeckt, doch überall dort, wo die Fischernetze ihre Ansiedlung verhindert hatten, in seiner ursprünglichen blauen Farbe. Auch das achtere Torpedoluk stand offen, und Smiley war zufrieden.

Er stiftete eine Flasche *Johnnie Walker*. Dieser Teil der Bergungsarbeiten lag hinter ihnen. Von nun an würde man in leichten Froschmannanzügen tauchen.

Als Mike Stratter am nächsten Morgen hinunterging, wurde er von der Strömung überrascht und abgetrieben. Smiley, der sich anschickte, das Innere des U-Boots vom vorderen Torpedoluk aus zu inspizieren, mußte wieder hinaus, um ihm zu helfen. Während er Stratter übers Funksprechgerät die Richtung beschrieb, hörte er ihn plötzlich mörderisch fluchen.

»Was ist los?«

»Mein Schienbein! Hier liegt etwas. Sieht aus wie ein Anker. Tatsächlich — ein Draggen. Ist sogar noch die Leine dran.«

Für ein Weilchen war es still, und Smiley sah das Licht von Stratters Handlampe herumgeistern. Dann ließ dieser sich wieder vernehmen. »Das kann doch nicht wahr sein — das ist Nylon!«

»Was?«

»Die Leine! Sie ist aus Nylon, orangenem Nylon!«

»Das gab es doch damals noch gar nicht.«

Smiley schwamm hin. Der Draggen, den Stratter gefunden hatte, war nicht viel größer als ein Küchenhocker.

»Ein Suchanker«, konstatierte er.

Mike Stratter, Australier und ebenso stur wie pingelig, ließ sich nicht davon abhalten, die Leine nachzumessen. Sie war einhundertzwanzig Fuß lang.

Smiley war so verblüfft, daß er einen Schwall Luft aus dem Entenschnabel des Atemgeräts stieß. »Das ist ja ein Ding!«

»Wieso?«

»Hundertzwanzig Fuß ist genau die Strecke, die Bob mit dem Echolot zum Wrack runter vermessen hat!«

Smiley nahm Stratter die Leine aus der Hand. Er zog den Anker aus dem Mulsch und beleuchtete ihn. »Weißt du was? Das ist gar kein Suchanker, das ist ein Bojenanker. Jedenfalls war er's — bis es dann einer so eilig hatte, die Boje, die daran befestigt war, abzumachen, daß er sie einfach abgeschnitten hat.«

»Aber Bob hat doch gesagt, die Wrackposition sei geheim? Die wisse nur er und . . .«

»Die Chinesenlady hat sie auch gewußt.«

»Du meinst, daß sie . . .«

»Da könnte ich sogar wetten. Es hat mich gleich gewundert, wie eine Karte, welche lediglich auf Angaben von Fischern beruhen soll, so exakt sein kann.«

»Joe, was machen wir?«

»Vor allen Dingen das Maul halten. Kein Wort zu irgendwem!«

Inzwischen war über die Hälfte der Tauchzeit vergangen. Um in das U-Boot zurückzukehren, war es zu spät geworden, also tauchten sie auf. Suur und Gordon, die am Nachmittag hinuntergingen, brachten die Erkenntnis mit, daß das Kugelschott des Bugraumes offenstand. Eine gute Nachricht. Man würde nicht erst lange basteln müssen, um in den dahinterliegenden Abschnitt zu gelangen, näher an den Schatz heran, der, wie alle sich vorstellten, in einem Tresor im Kommandantenraum ruhen mußte.

Am nächsten Tag nahmen Smiley und Stratter den Schneidbrenner mit. Sie fanden das angegebene Schott und jenseits davon den Mittelgang mit dem Unteroffiziersraum und der Toilette. Es war nicht das erste Mal, daß sie sich in einem gesunkenen Unterseeboot befanden, und sie hatten sich auch so vertraut gemacht mit den Werftzeichnungen, daß sie auf eine Handbreit genau sagen konnten, wo ein Handrad, ein Ventil, ein Prüfhahn zu ertasten war.

»Fast ein halbes Jahr haben hier Männer gehaust — kannst du dir das vorstellen?«

»Muß die Hölle gewesen sein.«

In ein Schiffswrack einzudringen, ist nie ungefährlich. Ständig kann es unterspült werden, jederzeit und ohne Vorwarnung seine Lage verändern, und selbst wenn es nicht auf Sand liegt, sondern zwischen Unterwasserfelsen eingeklemmt ist, kann es ganz plötzlich zusammenbrechen, weil irgendein Spant, im Wasser zusammengerostet, seine Stabilität verliert. Alles ist trügerisch, nichts bietet den Halt, den es zu versprechen scheint.

Das Wrack von U 859 lag auf ebenem Kiel. Smiley und Stratter entdeckten Kojen, auf denen noch das aufgeschlagene Buch lag, in dem in der Todesstunde gelesen, und Backen, auf denen das Eßgeschirr stand, aus dem gegessen worden war. Aber nirgends fand sich eine Spur von Menschen, weder ein Skelett noch Teile davon. Doch als Smiley zum Boden hinuntertauchte, um an die Flurplatten zu gelangen und nachzusehen, was darunter steckte, stieß er auf ein Paar Schuhe. Verrottet zwar und von einem Algenpelz überwuchert, doch immer noch erhalten. So wie sie an den Füßen des Toten gesteckt haben mußten. Und es fanden sich auch dessen Lederkoppel mitsamt Koppelschloß, ein Füllfederhalter, ein Zigarettenetui und eine Handvoll Knöpfe. Alles Knöcherne jedoch war dahin. Dem Meerwasser ausgesetzt mit seinem Salz und den Sulfaten von Magnesium und Calcium, dazu Tieren und Klein-Organismen, mußten sich die Gebeine im Laufe der Zeit in Nichts aufgelöst haben.

Nicht überall war Unrat, nicht überall Mulsch. An Stellen, an denen Strömung und Wellengang durch vorspringende Ecken oder Nischen beschleunigt wurden, war alles Metall glänzend gescheuert. Es fanden sich noch drei andere Zigarettenetuis, zwei blecherne und eines aus Silber, auch einige Münzen und drei Uhren, darunter eine Taschenuhr, deren goldene Deckel makellos unbefleckt waren, ein Ehering, einige ziemlich mitgenommene Eiserne Kreuze und ein sehr hübsches ovales Goldmedaillon samt Kettchen. Doch von dem erhofften Goldschatz keine Spur, auch nicht von einem Tresor.

»Na, wenn nicht im Kommandantenraum, dann steht er in der Zentrale. Ich weiß, daß die deutschen U-Boote dort einen Stauraum hatten.«

»Was machen wir mit dem Kram hier?«

»Bob Findley übergeben für Swayers. Die haben da eine Vereinbarung mit diesem Deutschen, der ihnen das mit den Torpedos gesagt hat.«

Das Rückzugssignal zeigte an, daß der Luftvorrat zur Neige ging, und so traten sie den Rückzug an.

»Mann«, stieß Stratter erleichtert hervor, als sie draußen waren, »wenn ich mir überlege, daß ich da jetzt Tag für Tag rein muß?!«

»Wir können ja auch von außen ran, vielleicht sogar noch besser. Laß uns das gleich mal ansehen.«

Mike Stratter war noch keine Minute weg, als er aufgeregt Smiley anfunkte, er möge doch sofort zu ihm kommen.

»Was ist denn?«

»Komm her, dann wirst du es sehen.«

Es dauerte eine Weile, bis Smiley ihn fand. Mike Stratter leuchtete auf etwas, das er auf der Handfläche balancierte und das aussah wie aus Korallen. Doch es war nicht Koralle — es war ein Menschenfuß.

»Woher hast du das?!«

»Hat hier im Mulsch gesteckt.«

»So? Als Ganzes?«

»So als Ganzes!«

»Merkwürdig. Wenn sich drinnen nichts von einem Menschen findet, wieso dann draußen?«

Smiley nahm Stratter den Fuß aus der Hand und beleuchtete ihn.

»Das gehört zu keinem von dem U-Boot«, sagte er gedehnt.

»Sondern?«

»Dieser Fuß gehört zu einem, den ein Hai erwischt hat. Hier — das Schienbein ist einwandfrei von einem Hai durchbissen. Ich kenne das. Habe es mal in Apia gesehen, als wir dort nach Unterwassersprengungen im Hafen einen Haiunfall hatten.«

»Dann war hier also nicht bloß eine Markierungsboje? Dann hat hier auch schon jemand gearbeitet?!«

»Da möchte ich wetten.«

»Aber warum sagt uns das keiner?! Das ist doch das erste, was ein Taucher gesagt kriegen muß.«

»Ich kann dir sagen, warum! — Wir haben uns doch immer gefragt, warum dieses Chinesenweib so generös war mit dem Vorschuß. Darum — weil es mehr als das nicht geben wird!«

»Moment mal, wenn ein Taucher etwas birgt, steht ihm ein Drittel des Wertes zu, das ist in der ganzen Welt so.«

»*Wenn* er es birgt!«

»Was soll das heißen?«

»Das wir nicht bergen werden. Wir sind nur engagiert, die Drecksarbeit zu machen — für andere, die dann bloß noch aufzusammeln brauchen. Und deswegen war es gut, daß du diesen Fuß gefunden hast.« Smiley drückte Stratter das Knochengebilde in die Hand und fing an, sich mit energischem Fußschlag nach oben zu begeben.

»He, wo willst du hin?«

»Komme gleich wieder. Wenn du noch Luft hast, kannst du ja warten.«

Es dauerte eine Viertelstunde, dann war Smiley wieder da. Sonst die Vorsicht in Person, mußte er die Dekompressionspausen auf ein riskantes Minimum abgekürzt haben. Stratter, der sich selber kaum bewegt hatte, um Luft zu sparen, hörte ihn keuchen. Mit den zwei Säcken, die er bei sich hatte, schwamm er ohne jedes Wort zum Bug. Es war Sprengstoff, eine riesige Menge.

»Mensch, Joe — mach keinen Unsinn!«

Mike Stratter wurde von Panik ergriffen, er kannte Smileys jähzorniges Temperament. »Wenn du hier sprengst, gehen wir hoch! Hier vorn steckt doch ein Torpedo!«

»Scheiß dir nicht in die Hosen!« Smiley drückte Stratter Sprengstoffstangen in die Hand. »Halt mal!«

»Aber, Joe, das ist doch . . .«

Stratter weinte fast. Doch er tat, was er sollte.

Smiley tauchte durch das Torpedoluk ins Vorschiff. Nach einer Weile, die Stratter wie eine Ewigkeit vorkam, meldete er sich: »Reich mir das Zeug rein!«

Als er wieder ins Freie kam, verteilte er auch um den gesamten Bug herum Sprengstoff, während Stratter immer beklommener kontrollierte, ob seine Luft noch reiche.

Endlich kam Smiley zurück. »Wir können. Und wir haben viel Zeit. Die Uhr ist auf zwanzig Minuten eingestellt.«

»Jetzt komm' wir nie mehr ans Gold . . .«

»Wir ja — aber kein anderer! Ist nichts mehr mit einfach nur aufsammeln.«

Die Sprengung zog das gesamte vordere Drittel des U-Bootes in Mitleidenschaft und war so raffiniert ausgeführt, daß der Rumpf äußerlich intakt wirkte und sich erst bei näherem Hinsehen als hoffnungslos durchlöchert erwies. Aus dem vorderen Torpedoluk, das einmal ein runder Einstieg gewesen war, war ein schartiges Loch geworden. Aber der Torpedo im Bugrohr hatte sich nicht gerührt.

SOMALIBECKEN

Am 17. Juli 1944 wurde Dietrich von Thaur zweiundzwanzig. Die Bootsbesatzung brachte ihm ein Ständchen, der Smut eine der beliebten Nummer-21-Konserven — feldfrische, ausgelesene Erdbeeren — und dazu eine Dose Büchsenmilch. Grabowski gab sein Lieblingslied über den Kommandolautsprecher: Hans Albers' *La Paloma.* Beneidet wurde er aber besonders um den Nachtisch — eine Flasche herrlich kühles *Beck's-Bier.* Im Boot herrschten wieder Treibhaustemperaturen.

An diesem Tag stand U 859 circa zwanzig Seemeilen östlich der Insel Sansibar. Man registrierte Radarimpulse und auch Schraubengeräusche, jedoch keine, die auf Frachtverkehr schließen ließen. Das Wetter war mäßig — bedeckter Himmel mit gelegentlichen Schauern bei einer Temperatur nahe 30 Grad —, die See ruhig.

Als Jost Rügen, der einen Rückschlag erlitten hatte, zwei Tage später, also am 19., wieder zu sich kam, wußte er erneut nicht, wie er zu seinem Kopfverband gekommen war, und wollte unbedingt auf Wache. Er habe sich jetzt, so sagte er, vierzehn Tage lang ausruhen können. Das wirklich Verrückte war — er hatte richtig gerechnet.

Mit Schnorchelfahrt patrouillierte U 859 querab von Mombasa, Kenia, doch außer ein paar Dhaus ließ sich nichts blicken. Es wurde noch wärmer. Die See lag wie Blei. Stumpf, grau, unheimlich.

Als man am 20. Juli zu der Entscheidung kam, sich eine von den großen Dhaus, die in Richtung Seychellen davonzog, mit der Bordkanone zu schnappen, da zeigte sich im Sehrohr — zum Glück noch vor dem Auftauchen –, daß sie eine getarnte Funkantenne besaß und möglicherweise überhaupt ein *Q-Schiff* war, eine hinter ihren Plankenwänden schwerbewaffnete U-Boot-Falle.

Es war am späten Nachmittag des nächsten Tages, als der Kommandant sich über den Lautsprecher vernehmen ließ. Am Schwarzen Brett, so sagte er in einem merkwürdig spröden Tonfall, seien eine Rede des Führers, ein Tagesbefehl des Oberbefehlshabers der Kriegsmarine, Großadmiral Dönitz, sowie eine Verlautbarung von ihm selbst, dem Kommandanten, angeschlagen.

Hansen: »Jeder Mann ist gehalten, von diesen Anschlägen Kenntnis zu nehmen. Im übrigen aber gilt dasselbe wie für den Fall Zwei-WO: Erörterungen nur insoweit, als sie den Dienstbetrieb nicht stören. Die Sicherheit des Bootes muß absoluten Vorrang haben.«

Minuten darauf summte es im Boot wie in einem Bienenkorb. Gerüchte, hieß es, üble Latrinenparolen, und selbst, wer das Unglaubliche mit eigenen Augen gelesen hatte, ging zum zweiten, dritten Male hin, um es noch einmal zu lesen.

Was am Schwarzen Brett angeschlagen war, waren Verlautbarungen über ein Attentat auf Hitler. Der von Großadmiral Dönitz mit Bezug darauf an seine Untergebenen gerichtete Tagesbefehl lautete: »Soldaten der Kriegsmarine! Der heimtückische Mordanschlag auf den Führer erfüllt einen jeden von uns mit heiligem Zorn und erbitterter Wut gegen unsere verbrecherischen Feinde und ihre gedungenen Helfershelfer. Die Vorsehung bewahrte das deutsche Volk und seine Wehrmacht vor unvorstellbarem Unglück. Wir sehen in der Errettung des Führers eine weitere Bestätigung für die Gerechtigkeit unseres Kampfes. Wir werden uns noch enger um den Führer scharen, wir werden noch härter kämpfen, bis der Sieg unser ist.«

Ein Befehl von Reichsmarschall Göring, als dem rangältesten Offizier der Wehrmacht, besagte, daß mit sofortiger Wirkung – »als ein Zeichen unverbrüchlicher Treue zum Führer und engster Verbundenheit zwischen Wehrmacht und Partei« – mit dem Deutschen Gruß zu grüßen sei.

Auf diesen Göring-Befehl bezog sich die Verlautbarung von Kommandant Hansen: »Von Stabsarzt Dr. Krummreiß darauf aufmerksam gemacht, daß es wegen der Beengtheit in einem U-Boot durch Grüßen mit erhobener ausgestreckter Hand (sog. Deutscher Gruß) zu Gefährdungen der Gesundheit (Augen, Nase, Zähne usw.) kommen könne, befehle ich hiermit: Das Grüßen an Bord wird wie bisher durchgeführt (Annehmen strammer Haltung, bei Meldung an den Kommandanten Anlegen der r. Hand a. d. Kopfbedeckung usw.). Gezeichnet Hans H. Hansen, Kapitänleutnant z. S. und Kdt. U 859.«

An diesem Abend gab Rügen wieder etwas von sich, was augenblicklich die Runde machte. Die Offiziere hatten sich in ihrer Messe zusammengesetzt, um die Ereignisse zu besprechen, und waren ohne große Diskussion zu dem Ergebnis gekommen, daß sie nur ein Werk der Etappe sein könnten, weil die Front Gescheiteres zu tun habe, als zu putschen. Rügen hatte dabeigesessen und einen Eindruck erweckt, als ob er nichts von allem verstünde. Plötzlich jedoch hob er die Hand.

»Ja?«

»Ich meine, das ist ja doch eigentlich nicht verwunderlich wenn so etwas von der Etappe ausgeht — denn nur in der Etappe und nicht an der Front kommt der Soldat dazu, auch einmal nachzudenken.«

Hansen funkelte ihn an. Da rettete Dr. Krummreiß die Situation: »Keine Erörterungen, meine Herren! Die können nur den Dienstbetrieb stören.«

Als Rügen später Dietrich von Thaur ins Gespräch zog, warnte dieser ihn: »Sie lassen zuweilen ganz schöne Bolzen los!«

»Ich habe lichte Momente.«

»Aber Sie überziehen.«

Rügen zeigte mit einer Handbewegung, wie gleichgültig ihm das sei.

»Sie machen sich's ein bißchen sehr leicht, mein Lieber. Schauen Sie, die allgemeine Meinung im Boot über diese Attentatsgeschichte war, daß sie uns nichts angehe. Wir hätten den Krieg zu gewinnen und damit basta. Aber jetzt hocken sie überall herum und diskutieren, ob das nicht nur eine Ausrede war.«

»Interessant. Mit welchem Ergebnis?«

»Darum geht's doch nicht, zum Donnerwetter! Haben Sie schon mal ein U-Boot erlebt, in dem diskutiert wird?«

»Ich mache also die Leute verrückt? Tut mir leid, war nicht meine Absicht.«

Rügen begann, sein Kinn zu kratzen, das wie bei den meisten nicht nur mit Barthaaren, sondern auch Pickeln und Pusteln bedeckt war.

»Das Dumme ist, Thaur, daß mir solche Geistesblitze Spaß machen. Ich merke daran, daß ich wieder denken kann. Glauben Sie mir, wenn ich meinen Posten wieder voll ausfüllen, wenn ich Brückenwache gehen und mich um meine Flak kümmern könnte, dann würde ich meine Sprüche lassen.«

Es klang plausibel. Rügen hatte sich nicht so angehört, als sei er erst vor zwei Tagen aus dem Delirium erwacht.

Aber trotzdem erlosch plötzlich sein Lächeln: »Tut mir leid, aber ich muß unser interessantes Gespräch abbrechen.«

»Müde?«

»Sie sind gut, ich muß mich fertig machen.«

»Für was?«

»Na, Mensch, ich muß auf Wache!«

Rügen richtete sich auf, verdrehte die Augen. Dann sank er auf seine Koje zurück. Als Dr. Krummreiß kam, war er bewußtlos. Das Verrückte war – die Uhrzeit stimmte genau. Wenn es Rügen nicht erwischt hätte, wäre er genau in diesen Minuten zur Wachablösung an der Reihe gewesen.

Als der August kam, war wieder Grund zum Feiern. Über Längstwelle – ausgestrahlt von *Goliath*, der größten Funkstation der Welt – kam die Nachricht, daß bei Kapitänleutnant Hansen zu Hause das erwartete freudige Ereignis eingetroffen sei: Am 31. Juli 1944 sei ihm das erste Kind geboren worden – eine Tochter, welche den Namen Anja erhalten habe.

Alles rannte zusammen, um einen persönlichen Händedruck loszuwerden, während man hinter dem Rücken des Alten witzelte, lediglich ein Mädchen ließe nicht gerade auf große Anstrengungen für den Führer schließen, was sich ganz zweifellos schlecht aufs Ritterkreuz auswirken werde; der Führer sehe es nun mal gerne, wenn seine Kommandanten an allen Fronten ihren Mann ständen.

Hansen wünschte sich, Rosita Serranos *Roten Mohn* zu hören, und Grabowski, den öligen Ton von Wunschkonzert-Sprecher Heinz

Goedecke imitierend, kündigte den Tango an als einen ›Gruß von der glücklichen Mutter und zur Erinnerung an unvergeßliche Stunden‹.

»Der weiß gar nicht, wie recht er damit hat. Der *Rote Mohn* war der große Schlager der Kapelle im *Hansa-Hotel* beim Abschiedsurlaub.«

Der Kommandant feierte das Ereignis mit Dosenobst in Büchsenmilch und einer Flasche *Beck's* — dazu dem Versprechen, eine Lage zu werfen, sobald man an Land sei.

Er kippte das kalte Bier, das ihm, waschhausschwül wie es im Boot war, augenblicklich Schweiß aus der Stirn springen ließ. Auch stieg ihm der Alkohol zu Kopfe. Er entschuldigte sich und ging in sein Schapp.

Auf der Koje ausgestreckt, Blick an der Decke, dachte er an Dagmar und an das Kind. Er klappte das Medaillon auf seiner Brust auf und hielt es so, daß Licht auf die Haarlocke fiel. Sanft drückte er mit dem Finger darauf und wunderte sich, wie wenig er sich eigentlich als Vater fühlte. Aber er war stolz und freute sich. Höchste Zeit, dachte er, daß der Krieg zu Ende ging.

Als U 859 Mogadishu an der Somaliaküste anlief — auf der Karte von 1940 noch Mogadiscio — war der Hafen, eine offene, durchs Sehrohr gut zu überblickende Reede, leer bis auf eine Reihe kleiner und kleinster Kolcher.

Inzwischen hatten sie den Äquator zum zweiten Male, diesmal nordwärts, überquert. Als man nachts zum Durchlüften auftauchte, war es, als pflügte das Boot durch heißen Brei. Die Außentemperatur betrug 34 Grad, die Luftfeuchtigkeit hundert Prozent, und die Dunstglocke war dermaßen dicht, daß sie weder Mond noch Sterne erkennen ließ.

Kein Bewacher hätte das U-Boot entdecken können, außer wenn er es zufällig rammte. Zum ersten Mal seit fünf Wochen konnte man wieder einmal länger als eine Stunde oben bleiben.

LONDON

Anfang August hatte Major Resseguir vom Secret Intelligence Service sein Dossier um die Tatsache vervollständigt, daß Hansen nunmehr Vater sei. »Für den Soldatensender Calais«, erläuterte er

Borroughs mit einem feinen Lächeln. »Er wird Hansen über den Äther gratulieren — und hoffentlich ein bißchen unsicher machen.« Er trat an die Wand mit den Ozeankarten. »Ein U-Boot — und ich gehe jede Wette ein, daß es Hansen ist — konnte vor Sansibar aufgefaßt werden, danach vor Mombasa von dieser getarnten Dhau ›Al Aqsar‹ und jetzt vor Mogadishu. Damit ist der Bursche entschieden zu weit gekommen. Spätestens am Kap Guardafui muß, verflixt noch mal, Schluß sein. Oder haben Sie große Lust, seinetwegen Konvois anzuhalten?«

»Da ist gerade eine Flotte Truppentransporter im Anmarsch, darunter ein Ozeanliner aus dem Australiendienst. Dreißigtausend Männer, die meisten Schafhirten und Arbeiter aus den Goldminen um Kalgoorli, die nicht einmal schwimmen können.«

»Verdammt!«

Resseguir wandte sich um. »Wissen Sie, Dick, ich werde langsam auch sauer. Der Mann ist uns im Rosengarten entwischt — nun gut, das kann passieren. Dann haben ihn die Kapstädter laufenlassen — war mal gerade ein Orkan. Dann haben sich die HMS ›Pandora‹ und die First Southafrican A/S-Trawler-Group und ein ganzer Schwarm Flugzeuge um ihn gekümmert — und sind seinen Tricks aufgesessen. Die Slup ›Banff‹ hat ihn gesichtet und die Fregatte ›Tay‹ geortet — und warum sie ihn nicht mehr als gesichtet und geortet haben, das wissen die Götter! Und jetzt denkt Colombo sogar daran, die gesamte Träger-U-Jagdgruppe gegen ihn loszuschicken, Kreuzer und Flugzeugträger. Gegen *ein* Boot! Dazu noch eines, das wir seit seinem Auslaufen nicht mehr aus den Augen verloren haben! Hören Sie, wenn wir U 859 nicht *killen*, dann gebe ich meinen Job auf.«

Anja Jäger, in Jeans und Pullover, war damit beschäftigt, den Holzpavillon im Garten des Benningsen-Hauses neu anzustreichen, als ihre Mutter mit einem Glas Milch kam.

»Danke. Aber im Moment mag ich nicht.«

Die Mutter umrundete den offenen Balkenbau. »Da steckt Arbeit drin.«

»Malen macht mir Spaß.«

Anja bemerkte, daß ihre Mutter etwas neben das Milchglas gelegt hatte, ein Kuvert aus Büttenpapier mit einer geprägten siebenzackigen Krone auf der Klappe, das als Einschreiben gegangen war. Anja ahnte, was es enthielt.

»Weißt du, was das ist?«

»Ein Flugticket, nehme ich an.«

»Aber was soll das? Ich habe doch gesagt, daß ich nicht mitfliege? Ich habe es ihm doch ganz deutlich gesagt!?«

Anja schlug mit dem Brief auf ihre Handfläche. »Warum hast du ihn angenommen? Hättest ihn zurückgehen lassen können.«

»Ich weiß.«

»Das heißt, du hast . . .« Anja stockte.

Die Mutter strich sich übers Haar. »Ich war dabei, als du mit Herrn von Thaur telefoniertest, und was du ihm gesagt hast, hat mich nachdenklich gemacht.«

»Aber du glaubst doch nicht, daß ich nur nein gesagt habe zu der Einladung, weil du mithören konntest?«

»Ich glaube, du hast nein gesagt, weil du über die Sache genauso denkst wie ich. Aber dann habe ich mir alles noch einmal durch den Kopf gehen lassen und . . .«

». . . und am nächsten Morgen hast du Herrn von Thaur angerufen.« Anja biß sich auf die Unterlippe.

»Ich muß immer wieder an die Gefahr denken, die von diesem Quecksilber ausgeht. Wahrscheinlich ist die Bergung des Bootes tatsächlich unvermeidbar.« Die Mutter zeigte auf den Brief. »Wann soll's denn losgehen?«

»Dienstag, Dienstag abend um 20.05 Uhr.« Anja sah ihrer Mutter in die Augen. »Warum willst du unbedingt, daß ich mit dorthin fliege?«

»Anja! Du bist frei, zu tun und zu lassen, was du willst. Ich könnte mir nur denken . . . Wenn man weiß, wie das alles aussieht, ist die Vorstellung einer Bergung vielleicht nicht mehr gar so unerträglich.«

Anja senkte den Blick. Sie begann, das Kuvert zu öffnen. Es enthielt nur Dietrich von Thaurs Visitenkarte — in steiler, akkurater Handschrift beschriftet mit »Herzlichst, D.« — sowie das Ticket. Es lautet auf einen Flug Frankfurt—Singapur—Frankfurt, Erster Klasse; Abflug mit LH 690 am kommenden Dienstag, Rückflug offen. Ausgestellt war es auf den Namen Anja Jäger-Hansen.

»Aber ich habe überhaupt nichts hier. Meine Sommersachen sind alle in Baden-Baden.«

»Dann wirst du sie halt holen müssen.«

»Aber heute ist schon Sonnabend.«

»Also noch gut dreieinhalb Tage.«

Frau Dr. Benningsen, schon im Gehen begriffen, blieb noch einmal stehen. »Vielleicht wirst du ja Signor DeLucci wiedersehen.«

Anja sagte nichts. Der Pinsel schien plötzlich von selbst übers Holz zu gleiten. Schon als von Thaur anrief und mitteilte, Sir Peter Brennan lade Frau und Tochter des Kommandanten von U 859 ein, mitzukommen, hatte sie sofort an DeLucci denken müssen und daran, daß er angedeutet hatte, bald nach Südostasien zu wollen. Mit Brennan und von Thaur mitzufliegen, war vielleicht eine Chance, ihn wiederzusehen — und möglicherweise die einzige überhaupt, denn dazu, ihn einfach anzurufen, würde sie sich wahrscheinlich nie überwinden.

Eine knappe Stunde später lenkte Anja Jäger ihren feuerroten *Scirocco*, ein Köfferchen mit dem Nötigsten auf dem Rücksitz, bei Ahrensburg auf die Autobahn. Um Viertel nach neun Uhr abends war sie zu Hause — oder jedenfalls in dieser Wohnung in der Baden-Badener Bismarckstraße die bisher ihr Heim gewesen war.

Sie schlief nicht besonders, die sechs Stunden Autobahn hatten an ihren Nerven gezerrt. Schon um sieben hielt es sie nicht mehr im Bett. Sie ließ die Sonne herein und lief nackt wie sie war, in die Diele zum Telefon.

Ihr geschiedener Mann meldete sich mürrisch. Er sitze beim Frühstück, sei praktisch schon auf dem Weg zum Golfplatz. Wenn es wichtig sei, werde sie ihn dort finden.

»Es ist wichtig.«

»Dann komm.«

Während sie den Hörer auf die Gabel legte, fiel ihr Blick auf ihre Brüste, und unwillkürlich wandte sie sich dem Spiegel zu, der ihren

Körper in dem warmen Ton, den ihm das dämmerige Licht der schlecht ausgeleuchteten Diele verlieh, wiedergab. Sie war zufrieden mit dem, was sie sah. Selten hatte es ihr solches Vergnügen gemacht, sich anzukleiden — leger, aber modisch, genau in dem Stil, welcher in einem Golfclub, der sich seine Mitglieder aussuchen konnte, Eindruck machte.

Dr. Harald Jäger, der sich am Abschlag zum heiklen elften Loch jenseits der Straße ins Rebland auf den Treibschlag vorbereitete, ließ den *Driver* sinken, als er sie sah.

»Gut schaust du aus.«

»Hast du etwas anderes erwartet?«

Jäger, erst Ende Dreißig, aber zu dick und zu blaß, runzelte die Stirn: »Du bist nicht gekommen, um mit mir zu streiten?«

»Im Gegenteil — um mich mit dir zu einigen.«

»Über was?«

»Über das einzige, was noch unbereinigt ist zwischen uns — die Sache mit dem Parfüm.«

»Soll das heißen, daß du einverstanden bist, mich auszuzahlen?«

»Ich habe den Scheck bei mir.«

Jäger sah sie an, den Kopf schiefgehalten. »Warum diese plötzliche Eile?«

»Oh, ich möchte für einige Zeit nach Südostasien und vorher die Geschichte unter Dach und Fach bringen.«

Anja holte den Scheck aus der Brusttasche ihrer sandfarbenen Bluse und sah ihn sich noch einmal, nicht ohne Befriedigung, an — weit über eine Viertelmillion.

Jäger war irritiert. »Hier?« fragte er stirnrunzelnd, als sie auch Kugelschreiber und Quittung hervorholte. »Das ist doch nicht dein Ernst?«

»Wenn es dir an der Clubhausbar in Gegenwart von Bekannten lieber ist?«

»Wir können uns morgen beim Anwalt treffen?«

»Keine Zeit. Ich sagte dir doch, daß ich verreise.«

Jäger ergriff die Chance, vom Thema abzulenken. »Wo soll's denn hingehen? Bangkok, Bali?«

»Keine Urlaubsreise. Das U-Boot meines Vaters soll gehoben werden.«

»Interessant.«

Sie wußte nicht, ob er meinte, was er sagte, aber sie spürte in diesem Augenblick deutlicher als je, daß sie nie wieder mit diesem Mann zusammenleben könnte. »Nimm schon«, sagte sie ungeduldig, um es hinter sich zu bringen.

Jäger wich ihrer Hand aus. »Soso, dein Vater«, sagte er. »Hoffentlich findet sich noch etwas von ihm.« Abrupt drehte er sich zu Anja um: »Du bist dir klar, daß er immer zwischen uns gestanden hat?«

»Mein Vater? Den ich überhaupt nicht gekannt habe?«

»Eben darum. Denn sonst hättest du gewußt, daß er auch nur ein Mensch ist, der Fehler hat und Schwächen. Aber für dich war er ein Gott. Der allwissende, allgütige, von niemand zu erreichende Super-Vater. Falls du es immer noch nicht wissen solltest — du hast einen Vaterkomplex.«

Ein Bein vor das andere schlagend, lehnte sich Jäger an den langen hölzernen Schläger. Spöttisch sah er Anja an. »Als du mich heiratetest, da hast du eine Vaterfigur geheiratet.«

»Du warst ganze siebenundzwanzig!«

»Stimmt, erst siebenundzwanzig — und hatte doch schon eine ganze Menge erreicht. Besaß eine moderne Apotheke, eine noch modernere Drogerie und eine Parfümerie . . . Du hast nicht den Mann geheiratet, sondern den Könner, der fast an deinen Super-Vater heranreichte — aber halt nur fast.« Mit anzüglichem Lächeln fügte er hinzu: »Übrigens hängt damit auch zusammen, warum du kein Kind bekommen hast — trotz Moor und Bad Pyrmont. Du wolltest keines. Im Grunde deiner Seele wolltest du keins, denn du hättest es nicht ertragen, wenn es den Vergleich mit deinem Super-Vater nicht ausgehalten hätte.«

Jäger lächelte zynisch. Plötzlich klemmte er den Golfschläger unter die Achsel und streckte die Hand aus: »Gib her.«

Er betrachtete den Scheck ausführlich und fing dann an, ihn zu zerreißen.

»Harald!«

Jäger grinste. »Dreihundertfünfzigtausend Mark — gäbe ein schönes Grundstück in der Lichtentaler Allee . . .«

Er zerriß die Stücke in kleinere und noch kleinere, bis es nur noch winzige Schnitzel waren, die er hochwarf, um sie vom Wind verstreuen zu lassen. Dann sah er Anja an. »Du hast recht gehabt, als du mich vorhin anriefst – es war wichtig.« Er grinste nicht mehr, er lächelte, und dieses Lächeln war eher versöhnlich. »Ich hoffe, auch für dich.«

Anja antwortete mit einer vagen Geste.

»Ich muß noch meine Sachen zusammensuchen für die Reise«, sagte sie. Ihr Ton war nicht länger mehr schnippisch.

Jäger setzte den Ball auf den *Tee* und fragte, gebückt und ohne Anja anzusehen: »Wirst du nach Baden-Baden zurückkehren?«

»Kann sein, kann auch nicht sein.«

Zu Hause stellte sie fest, daß sie höchstens ein paar kleinere luftige Sachen benötigte für schwüle Tage, T-Shirts, pflegeleichte Blusen und aufknöpfbare Baumwollpullover. Am Montagvormittag kaufte sie alles in den Arkaden am Kurhaus, dazu, aus einer Laune heraus, einen sündhaft teuren Tanga-Bikini bei VIP. Am Nachmittag telefonierte sie mit ihrem Anwalt, um ihn über den überraschenden Verzicht ihres geschiedenen Mannes zu informieren, doch wußte er es bereits. Später rief Dietrich von Thaur an. Er empfahl ihr, einen Schirm oder besser noch eine Regenhaut mitzunehmen, da an der Westküste der malaiischen Halbinsel die Regenzeit bevorstehe. Sie verabredeten sich für den kommenden Tag um 20 Uhr im Abflug-Warteraum des Frankfurter Flughafens.

Anja fuhr frühzeitig genug los, um sich Zeit lassen zu können. Dietrich von Thaur war schon da, und eine halbe Stunde später wurde auch die Ankunft des Fluges BA 730 aus London gemeldet. Von Thaur zeigte ihr Brennan durch die Scheiben des Transitraumes – einen distinguierten, weißhaarigen Herrn. Admiral Brennan sah nicht aus wie jemand, der einen Feind zu Tode hetzt.

Allmählich wurde sie doch vom Reisefieber gepackt. Als der bis auf den letzten Platz besetzte und mit 193 000 Litern Treibstoff vollgetankte Jumbo seine dreihundertundfünfzig Tonnen in den Nachthimmel wuchtete, war sie so aufgeregt, daß sie vergaß, ihren Begrüßungscocktail zu trinken. Die Autobahn, die sie gekommen war, war an den Lichtern der Autos zu erkennen. Irgendwo südwärts daran lag Baden-Baden, das nun hinter ihr zurückblieb.

12 Am Meeresgrund war das Wasser wie Tinte. Unter dem Sonnensegel auf dem Achterdeck der ›Manning‹ ließ sich auf den Werftzeichnungen des U-Boots auf den Punkt genau bestimmen, wo der Schneidbrenner angesetzt werden mußte, am Wrack unten war es jedesmal wieder ein Suchspiel.

Denn diese Tinte war nicht nur schwarz, sie war auch noch dick. Flocken von Mulsch schwammen darin und diese ekligen farblosen Chondrozytenverbindungen, die bei dem ewigen Fressen und Gefressenwerden in fischreichen Meeren von Gräten und Knorpeln übrigbleiben. Je länger man unten war und in dieser Suppe herumfuhrwerkte, desto schlimmer wurde es. Schließlich, nach etwa zwanzig Minuten, hatte man Mühe, die eigene Brennflamme zu erkennen.

Ein Hai wäre gewiß erst zu merken gewesen, wenn er einen schon hatte. Und es gab Haie. Es mußte ganz einfach Haie geben irgendwo im Dunkeln. Der Hai ist viel zu neugierig, als daß er den Lärm, den ein Schneidbrenner verursacht, unbeachtet lassen könnte. Jedesmal wieder ergriff die Männer ein unheimliches Gefühl, wenn sie am U-Boot-Wrack waren.

Als Joe Smiley, dessen Aufgabe darin bestand, mit der Lampe zu leuchten, beim Tauchgang am Nachmittag dieses Mittwochs seinen Teamkameraden Stratter versehentlich anstieß, bekam der einen solchen Schreck, daß er den Schneidbrenner fallen ließ. Zwar fand er ihn schnell wieder, versengte sich jedoch die Hände und schmiß ihn aufschreiend wieder von sich. Smiley, der nicht sehen konnte, was vorging, hörte in seinem Kopfhörer nur den Schrei.

»Was hast du?«

Er blieb ohne Antwort, konnte aber hören, wie Stratter gepreßt atmete, als müsse er sich anstrengen. Smiley wurde stutzig: »He, Mann, was ist los?«

Stratters Stimme klang merkwürdig. »Ich habe etwas gefunden.«

»Bring es her.«

»Geht nicht.«

»Wo bist du überhaupt?«

»Unten. Auf dem Bauche ganz unten im Mulsch. Da, wo der Schiffsrumpf im Schlick steckt.«

Smiley tastete sich mit ausgestreckten Händen voran. Als er Stratter berührte, reagierte dieser sofort: »Bleib so! Gib mir deine freie Hand!«

Der Gegenstand, den Smiley ertastete, war fest, rund und länglich wie eine Flasche. Er mußte aus Stahl sein. Und es war ein Loch darin.

»Na, was sagst du?«

»Eine Preßluftflasche. Eine kaputte Preßluftflasche von einem Sporttaucher.«

»Sieh sie dir an! Sieh sie dir genau an! Steig ein Stück hoch und nimm die Lampe.«

Smiley tat ihm den Gefallen. Der gute Mike trug ihm immer noch nach, daß er sich nicht von der Sprengung im U-Boot-Bug hatte abbringen lassen.

Das mit der stählernen Wandung stimmte und das mit dem Loch, doch wenn auch eine gewisse Ähnlichkeit mit einer Taucherflasche gegeben war — dies war keine. Und das Loch war auch nicht durch eine Explosion entstanden, sondern durch Gewalteinwirkung von außen. Smiley war ratlos.

»Was glaubst du denn, was das ist?« sprach er Stratter übers Kehlkopfmikrophon an.

Stratter lachte, sagte aber nichts.

Platt auf dem Bauch liegend, ließ er seine gespreizten Hände vorsichtig über den Boden wandern. Wenn es sich bei der Stahlflasche um das handelte, was er annahm, mußte er in Reichweite fündig werden, denn er hatte sich nicht vom Fleck bewegt, seit er auf das Ding gestoßen war. Und es dauerte gar nicht lange, da hatte er, was er suchte.

»Joe! Joe —!«

»Ja?«

Es fiel Stratter schwer, sich zu beherrschen, denn sein Herz raste und seine Kehle war wie zugeschnürt.

»Komm her, Alter, dann werd' ich dir zeigen, was für eine Art Flasche das ist.«

Als Smiley mit der Lampe kam, hielt Stratter etwas in seinen Händen — eine wabernde Scheibe wie ein silbriger Pudding.

»Ich werd' verrückt!«

»Quecksilber, Joe!«

»Mann! Mensch, Mike!« Smiley brachte die Lampe ganz dicht heran. Dann schaltete er sein Funksprechgerät auf den Receiver in der Funkbude der ›Manning‹ um und brüllte: »Wir haben es, Boys! Wir haben es! Wir sind auf der Goldader.«

Er nicht und auch nicht Stratter dachten mehr an Lily Su-Nams geheimnisvollen Schatz. Denn dies hier war nach all der Schufterei endlich etwas Greifbares.

»Sollen schon mal den Schampus kaltstellen«, sagte Mike, die Hände mit dem Quecksilber ausgestreckt wie ein Opferpriester.

Smiley gab es nach oben.

»Und 'nen Eimer runterlassen! Wir brauchen ja einen Eimer, um das wabbelige Zeug aufsammeln zu können.«

Obwohl der Zinkeimer nicht einmal zur Hälfte voll wurde, war er überraschend schwer. Zwei Mann waren nötig, um ihn an Bord zu hieven. Man einigte sich darauf, daß das Quecksilber fünf *stones* wiegen müsse. Bei Tageslicht wirkte es enttäuschend grau, doch Kapitän Findley meinte, daß es mindestens seine dreihundert Dollar wert sei.

Inzwischen kreiste schon die zweite Champagnerflasche. Kapitän Findley hätte gern auch noch eine dritte und vierte spendiert, doch den Männern war das Zeug zu fade, und so ging man zum altbewährten *Johnnie Walker* über.

Findley, der Swayers über Funk informierte, erfuhr bei dieser Gelegenheit, daß Admiral Brennan bereits im Aufbruch nach Singapur sei, aber das kriegte keiner mehr so richtig mit. Die Stimmung wurde plötzlich hitzig. Smiley war schuld daran, der Bedenken hatte, daß das Zeug mit dem Zink des Eimers eine schädliche chemische Verbindung eingehen könnte.

Mitten in der Nacht, die dritte Flasche Whisky war bereits leer, machte man sich daran, das Quecksilber in einen Trinkwasserkanister aus Plastik umzufüllen — vorsichtig, wie nur Betrunkene vorsichtig sein können. Natürlich ging etwas daneben. Ein Klacks von Handtellergröße, der sich zuerst in Tropfen und dann in ekelhaften Dampf auflöste.

In dem Trubel ging dann auch noch der Verschluß des Kanisters über Bord, doch war dies weiter kein Problem, denn ein Stopfen aus zusammengedrehtem Zeitungspapier tat es auch. Als das Quecksilber unter der Bank an der Rückfront des Deckshauses verstaut war, glaubte man, endgültig zum gemütlichen Teil des Abends übergehen zu können.

Gegen elf schlief die Brise ein. Das Geklapper der Drähte an den Masten hörte auf, es wurde schwül und schwüler. Niemand mochte in den stickigen Kabinen schlafen, und so holte man sich die Matratzen an Deck. Smiley machte es sich auf der Deckshausbank bequem.

Der Donnerstag nach diesem Besäufnis, das war jedem klar gewesen, fiel als Arbeitstag aus. Alle hatten einen dicken Schädel. Am schlimmsten hatte es Smiley erwischt – er mußte sich übergeben. Das war vor allem seinem Kumpel Stratter unerklärlich. Joe war einer, der einen Stiefel vertragen konnte. Und was das Essen betraf, hatte er nichts anderes zu sich genommen als alle, ein Steak aus der Pfanne, und das war, wie der Koch schwören wollte, aus genau dem gleichen Kluftstück wie jedes. Doch Joe klagte mit krächzender Stimme über Magenschmerzen, die immer schlimmer würden.

Man ließ ihn auf seiner Bank in der Kühle des Sonnensegels liegen und Durchfallmittel schlucken, doch es wurde nicht besser. Im Gegenteil: am Nachmittag griffen die Schmerzen auf den Unterbauch über, und als er sich immer wieder erbrach und ständig Wasser lassen mußte, entschloß sich Findley, einen in Richtung Penang/Butterworth vorbeiziehenden Erzfrachter anzufunken.

Der Zweite Offizier, der im Radio seine Hilfe anbot, war guten Willens, verfügte aber auch nur über ein ›Handbuch für Unfälle‹ an Bord.

Als der Funker schon abschalten wollte, mischte sich ein Tanker ein. Man sei zufällig Zeuge geworden und habe einen Arzt an Bord.

»Dem Himmel sei Dank! Kann ich ihn sprechen?«

»Steht schon bereit.«

Findley schilderte dem Arzt, einem Holländer, die Symptome, und das erste was dieser sagte, war: »Sie müssen ihm etwas gegen den Durchfall geben. Und schwarzen ungesüßten Tee. Und Zwieback.«

»Aber das ist ein Kerl, der auch Salzsäure schluckt, wenn es sonst nichts gibt, Doc.«

»Hm — wie sehen denn das Erbrochene aus und der Stuhl?«

Als Findley es schilderte, pfiff der Arzt durch die Zähne. »Hört sich gar nicht gut an. Würde sagen: Das ist eine Vergiftung.«

»Das war guter schottischer Whisky, nichts Gepantschtes, und er hat dasselbe gegessen, wie die anderen.«

»Keine Lebensmittelvergiftung, Kapitän. Hat der Mann etwas mit Metallen zu tun?«

Findley zögerte. Er erinnerte sich, daß es vor allem Smiley gewesen war, der das Abfüllen des Quecksilbers in den Kanister besorgt hatte.

»Er hat . . .«, stieß er entsetzt hervor, als ihm einfiel, wo dieser Kanister stand. »Sekunde, Doc! Bleiben Sie bitte dran, ich bin gleich wieder da.«

Bob Findley eilte, so schnell er konnte, aufs Achterdeck. Der Kanister stand genau dort, wo Smiley seinen Kopf hatte — und alles, was zwischen dem Kopf und dem Kanister mit dem Quecksilber war, waren die Latten der Bank und eine Wolldecke.

Als Findley sich bückte, sah er, daß Schwaden aus dem Kanister aufstiegen. Der Verschluß aus Zeitungspapier fehlte, wahrscheinlich war er von den Dämpfen zerfressen worden und dann ins Innere gefallen.

Findley zerrte den Kanister hervor. »Welcher Idiot hat . . .« Er verstummte. Es gab wohl keinen Schuldigen.

»Was ist denn?« murmelte Smiley gegen die Deckshauswand, ohne Kraft, sich umzudrehen.

Findley war schon wieder weg. »Hallo, Doc, sind Sie noch da? Dieser Mann — er hat Quecksilberdämpfe geatmet!«

»Hoppla! Wie lange denn?«

»Keine Ahnung. Vielleicht den ganzen Tag, vielleicht auch schon nachts.

»Ein Zehntel Milligramm Quecksilberdampf in einem Kubikmeter Atemluft ist schon giftig! Aber wie kommen Sie denn an Quecksilber? Unser Radiomann hier sagt, die ›Manning‹ sei ein Spezialschiff für Bergungsarbeiten?«

»Wir haben etwas an Bord«, sagte Findley knapp. »Was soll ich denn nun mit dem Mann machen?«

»Haben Sie frische Milch an Bord? Hühnereier? Mischen Sie das Eiweiß in die Milch und lassen Sie es ihn trinken.«

»Aye, Sir. Und sonst?«

»*Sulfactin* werden Sie kaum haben, etwas zum Spritzen. Also Kohlekompretten, damit das Metall im Magen und im Darm absorbiert wird, bevor es das Blut vergiftet. Vor allen Dingen — schaffen Sie ihn zum Arzt! Sind seine Lippen geschwollen? Hat er Geschwüre im Mund? Sehen Sie sich mal sein Zahnfleisch an, ob es dunkel ist. Ach, egal — er muß so oder so zum Arzt, und zwar schnellstens.«

»Gut. Wir werden sofort Dampf aufmachen, dann liegt der Mann in zwei Stunden in Georgetown im Bett.«

»Hören Sie, fahren Sie lieber nach Singapur, dort gibt es mehr Möglichkeiten. Ich kann ja inzwischen schon mal versuchen, einen Spezialisten aufzutreiben. Fragen Sie in einer Stunde über Singapur-Funktelefon 94865 an. Und inzwischen fleißig weiter Kohlekompretten. Und: gute Besserung!«

Der ausfindig gemachte Arzt war ein Dr. Woh Kep-Sang, ein Singapur-Chinese, der, wie er sagte, in Honulu und Leeds unter anderem das Spezialfach Industrial Hygiene studiert hatte. Ein tüchtiger Mann. Er setzte durch, daß die ›Manning‹ gar nicht erst nach Singapur, sondern nur in die West Jurong Anchorage zu fahren brauchte, wo der Kranke — voraussichtlich am Freitagmorgen — von einem Hubschrauber abgeholt werden sollte.

KAP GUARDAFUI

Das Einpassieren in den Golf von Aden machte unerwartete Schwierigkeiten. Als das Boot zwischen der Insel Sokotra, einer Kohlenstation der Engländer, und der ihr westwärts vorgelagerten Insel Abdal-Kuri hindurch wollte, erwies sich der Somalistrom als zu stark — 9,2 Knoten gegen eine Unterwasserhöchstgeschwindigkeit von lediglich 6,9 Knoten ließen keine Chance. Entmutigt nahm man den längeren Weg um Sokotra herum.

In der ersten Nacht blieb alles still. U 859 konnte zu einem gründlichen Luftschnappen oben bleiben. Das Meer war wie ein Spiegel und die Hitze mörderisch, aber die Luftfeuchtigkeit war weniger hoch als vor Mogadishu. Ohne Fahrt und ohne Geräusch vor dem dunklen Hintergrund der Steilküste treibend, konnte das U-Boot kaum gesehen werden.

In der zweiten Nacht übernahm der Zufall die Regie. Der Turm war eben aus dem Wasser, die Brücke bemannt, als achtern rechts plötzlich Licht anging. Zunächst sah es aus wie ein Scheinwerfer, und Metzler, der Wache hielt, war schon drauf und dran, Alarm zu schlagen, da bemerkte er, daß das Licht ausging, um nach einigen Sekunden erneut aufzublitzen. Es war ein Kennlicht, war der über fünfunddreißig Seemeilen zu sehende Leuchtturm auf Kap Guardafui an der Nordspitze der Somalihalbinsel.

»Brücke an Kommandant: Da scheint etwas im Busch zu sein.«

»Kommandant an Brücke: Das kann doch nicht wahr sein?! Sollten wir endlich auch mal Glück haben?«

»Brücke an Kommandant: Guardafui-Leuchtturm hat Licht angemacht. Und bestimmt nicht aus Versehen.«

»Kommandant an Brücke: Das werden wir uns mal lieber von Tauchstation aus begucken. Kommt runter!«

Eine Stunde später waren Suchimpulse und Schraubengeräusche festzustellen. Der Morgen kam schon mit dünnem Seenebel, als Metzler im Sehrohr die Schemen von Schiffen entdeckte.

»Torpedowaffe – Achtung!«

Doch als Metzler dem Kommandanten die Schiffe zeigen wollte, waren sie schon wieder vom Nebel verschluckt. »Muß eine ganze Mahalla sein. Ich habe drei Bewacher gesehen und hinter dem ersten dicken Pott einen Augenblick lang auch noch einen zweiten.«

»Entfernung?«

»Der erste acht, der zweite Pott zehn. Sie marschieren im Zickzack und scheinen gerade wieder abzuschwenken.«

»Wir setzen uns vor!«

Hansen beriet sich mit dem Obersteuermann, der jedoch keine Bedenken hatte. Der Golf sei tief, Klippen gebe es hier kaum mehr. Einzig die Strömung müsse man in Betracht ziehen – eine wegen der unzulänglichen Karten leider unberechenbare Größe.

»Torpedowaffe – Rohre eins, zwei und drei: Mündungsklappen öffnen!«

»Rohre eins, zwei und drei fertig«, meldete der Bugraum zurück.
Jeder dachte daran, daß Rohr vier unklar war und daß ausgerechnet
in ihm ein T 5 klemmte, der sagenhafte *Zaunkönig*, der sogar die
bisher unverwundbaren Zerstörer zu knacken vermochte.

Daß zur gleichen Zeit der Funkraum zunehmende Ortung meldete,
wurde kaum zur Kenntnis genommen. Jagdfieber hatte die Bootsbesatzung ergriffen. Auch Rügen wurde angesteckt. Er wollte auf
Wache gehe, verstand dann aber nicht, worum es sich eigentlich
handelte, als man ihm erklärte, daß er sich ruhig verhalten müsse,
weil ein Angriff eingeleitet sei. Dr. Krummreiß mußte ihm eine
Spritze geben.

»Wenn nur die Sicht besser wäre!« schimpfte Hansen, der für den
Unterwasserangriff das Sehrohr von Metzler übernommen hatte.

Er ließ es höher hinaus und stellte fest, daß zu den dicken Pötten, die
augenscheinlich als Truppentransporter eingesetzt waren, auch vier
Bewacher gehörten und zwei ständig kreisende Flugzeuge. Die
Flugzeuge störten ihn nicht, die Bewacher noch weniger. Wenn ihn
etwas störte, war es die unmögliche Schußposition, doch der würde
sich durch entsprechende Veränderung des Boots-Standortes abhel-
fen lassen. Die Schiffe, die jetzt abdrehten, würden ja auch einmal
wieder zurückdrehen – und dann würde das Boot sie empfangen.

»Das ist er, Metzler! Das ist unser Konvoi!«

Die Stirn von Schweiß beperlt, die Mütze mit dem Schirm nach
hinten, gab Hansen dem GHG-Horcher und dem Mann, der die
Suchimpulse registrierte, Befehl, ihre Meldungen einzustellen.
»Das macht nur unnötig nervös.«

Knacken im Lautsprecher, dann war es still. Ganz still war es und
nur die Maschine zu hören, denn die Männer hatten unwillkürlich
zu flüstern begonnen.

In dieser Stille schrie Hansen plötzlich auf: »Nein! – Nein!«
Metzler war sofort neben ihm.

Hansen packte seinen Arm, verkrallte sich darin.

»Mensch, Kurt – unser Diesel qualmt!«

Er preßte die Augen ans Okular und riß sie weit auf. Ein Irrtum war
nicht möglich: Was da vorm Okular vorbeizog und das Ziel versteckte, das war kein Nebel.

»Er qualmt! Dieser vermaledeite Scheißdiesel qualmt.«

»Ein Glück, daß es so diesig ist.«

»Aber wie lange noch?«

»Entfernung?«

»Gar keine Chance. Der Konvoi ist immer noch im Abschwenken. Die einzige Möglichkeit wäre gewesen, uns vorzusetzen, und zwar mit fullbrass. Statt dessen werden wir nun zusehen müssen, daß wir uns verkrümeln, bevor die Flieger den Qualm entdecken.«

Hansen tauchte aus der Sehrohrverdunklung auf, Tränen in den Augen: »Metzler, wir müssen runter.«

Sie sahen einander an, die rotentzündeten Augen schmal, die Lippen verkniffen: Der Angriff, keine Frage, war gescheitert — denn ohne seinen Diesel war das Boot nicht fähig, gegen die wahnwitzige Strömung anzulaufen.

Mit hängenden Schultern drehte Hansen sich weg, die Rechte schwer auf der Schulter seines Ersten. »Kommandant an L. I.: Gruppe hoch! E-Maschine AK!«

»Nein!« stöhnte Metzler. »Nein —!« Sonst die Ruhe selber, hämmerte er mit Fäusten an die Wand: »Scheiße, verfluchte!«

»Wir haben alles gewagt — und wir werden von Glück reden können, wenn wir nicht noch alles verlieren. Das Boot steckt im Golf wie in einer Reuse, und rundherum auf den Flughäfen, in Aden und Djibouti, warten sie nur auf eine solche Gelegenheit.«

Das Sehrohr wurde eingezogen, U 859 auf Tiefe gesteuert. Das Dieseltuckern, in dessen Rhythmus das Boot vibriert hatte, war beim Umkoppeln erstorben. Jetzt schnatterten die Elektromotoren, und kaum hatte die Geschwindigkeit nachgelassen, war der Bootskörper auch schon von der Strömung gepackt.

Hansen ließ sich die Navigation zeigen. »Wo stehen wir, Dicker?«

»Hier.«

»Wo treibt's uns hin?«

»Nach da.« Der Obersteuermann zeigte auf die Küste.

»Und wie sieht's mit Klippen aus?«

»Gut — jedenfalls nach der Karte.«

Hansen verschob seine Mütze. »Was können wir also tun?«

»Nichts. Mit dem Strom mitlaufen und so steuern, daß er uns nicht quer erwischt. Und ständig loten, um keine Überraschung zu erleben.«

»Loten? Aber dann werden wir uns verraten?! Sie haben uns schon geortet und brauchen sich also bloß aufs Lot einzustellen.«

Der schwergewichtige Obersteuermann rieb seinen roten, mit Pusteln bedeckten Nacken. »Wir könnten noch weiter aufs Flache gehen. Wir wären dann schlecht zu orten, müßten aber damit rechnen, auf Grund zu laufen.«

»Zehn Meilen Abstand zur Küstenlinie, würde das reichen?«

Der Obersteuermann hob die Hände zu einer vagen Geste. »Versuchen wir es. Bleibt uns ja auch gar nichts anderes übrig.«

Hansen ging zu den Funkern. Wenigstens sie hatten Erfreuliches zu melden. Die Funkmeßpeilung des Feindes war immer noch auf Suche. Andererseits wurden die Schraubengeräusche der dicken Pötte leiser und leiser. Was sich da oben herumtrieb, waren nur noch die Bewacher. Die Beute war verloren.

Hansen legte die Finger an die Schläfen. Er fühlte sich ausgelaugt und abgekämpft. Siegeswillen und Zuversicht waren entschwunden, an ihrer Stelle wollten sich Zweifel breitmachen. Er hatte plötzlich das Gefühl, in dieser stählernen Kapsel eingeschlossen zu sein und dazu verurteilt, ewig im Kreis zu fahren.

Aber er kannte das. Es war einfach das Umschalten der Nerven von Hundert auf Null, und passierte immer wieder, wenn die Erwartungen, die sich bei der Einleitung eines Angriffs aufzubauen begannen, vereitelt wurden. Ein Kommandant mußte damit fertig werden — sonst war er kein Kommandant.

Schlimmer, viel schlimmer, fand er es denn auch, daß seine Augen nicht mehr mitmachen wollten. Durch die ewige Überanstrengung beim Schnorcheln war die Weitsichtigkeit, an der er schon einmal litt, zurückgekehrt, und auch die Hell-Dunkel-Adaption machte ihm wieder Schwierigkeiten. Ihm war klar, daß dies sein letzter Fronteinsatz sein würde. Vermutlich würde man ihm ein Landkommando übertragen. So wie Dommes in Penang, nachdem er schwerkrank mit U 178 dort angekommen war. Dann, adieu, Heimat. Er würde Frau und Kind nicht wiedersehen, ehe der Krieg vorüber war.

Hansen straffte sich und begann, sich auf die Meldung des Mannes am Lot zu konzentrieren. Beruhigende achtzig Meter. Auch einmal sechzig, siebzig, dann wiederum achtzig. Kein Grund zur Sorge.

Doch plötzlich ging ein Knirschen durchs Boot wie das Kratzen auf einer Schiefertafel. Im gleichen Moment meldete der Mann bestürzt »Fünfzehn!«, und man konnte es unter den Füßen spüren, wie der Bootsleib sich auf den Meeresboden schob, sich drehte, auf die Seite legte und dann einen taumelnden Satz machte, der ihn noch tiefer in den Sand drückte.

Doch da hatte schon Palleter die nötigen Maßnahmen eingeleitet, um dem Boot Auftrieb zu geben, und als es die Strömung zum zweiten Mal auf die Seite drücken wollte, löste es sich mit einem Ruck, der die Schweißnähte singen ließ, kam frei und stieg.

Hansen, der sich, auf dem Wege in die Zentrale, im Kugelschott verklammert hatte, fing einen Blick von Thaur auf und wußte sofort, woran der Junge, der kreidebleich geworden war, in diesem Moment dachte. Auch er hatte daran denken müssen, als es unterm Kiel knirschte — an das Quecksilber.

Wenig später kam die Meldung aus der Funkbude, daß der Feind das Boot verloren habe. Nichts mehr war von seiner Ortung zu hören.

Kommandant Hansen wandte sich zum Navigationstisch: »Wenn wir die Konvois nicht dort erwischen, wo sie aus dem Indik herauskommen, dann vielleicht dort, wo sie hineinfahren — bei Ceylon!«

»Aber dort ist die Eastern Fleet!«

Hansens Tonfall war knapp und kalt. »Dort ist auch der Haupt-Schiffahrtsweg!«

Am 27. August 1944, dem 142. Tag seit dem Auslaufen aus dem Norwegen-Stützpunkt Kristiansand, wurde im *Neun-Grad-Kanal* zwischen den Inselgruppen Lakkadiven und Malediven ein auf 12 000 BRT geschätzter, von zwei Korvetten gesicherter Öltanker mit vier Torpedos versenkt, am 29. August die amerikanische ›John Barry‹, ein vollbeladener Frachter von schätzungsweise 7000 BRT mit einem Zweierfächer und am 1. September — nach achtstündiger Verfolgungsjagd, die Dieselheizer in nasse Decken gehüllt, damit sie nicht an der Maschine verbrannten — mit drei Torpedos der auf 8000 BRT veranschlagte Frachter ›Troilus‹, dessen Ladung Kokosöl stundenlang mit kilometerweit sichtbarer Rauchwolke verbrannte Kokosöl, auf das man beim Gegner gewiß schon sehnsüchtig wartete, um hochwertiges Schmieröl für Flugzeugmotore daraus zu machen.

Danach setzte sich U 859 in südlicher Richtung über den Äquator hinweg bis in die Höhe der Chagosinseln ab. Man fuhr mit Schnorchel, vom immer wieder auftretenden Druckabfall der Atemluft terrorisiert, und tauchte nur nachts für zwei, drei Stunden auf.

Die erste Torpedierung hatte Rügen verschlafen. Die zweite erlebte er bewußt und aufmerksam mit. Bei der dritten begann er, die Sekunden bis zur Detonation mitzuzählen: »Einundzwanzig, zweiundzwanzig, dreiundzwanzig . . . « Und als dann der Befehl zum Nachladen kam, wunderte er sich, was mit dem letzten Rohr sei. »Aber wir haben doch noch Rohr vier?«

»Das klemmt,« erklärte ihm Dr. Krummreiß, der sicherheitshalber bei ihm Wache hielt. »Seit jenem Angriff der *Catalina*, bei dem Sie's erwischt hat.«

Es war in diesem Augenblick, als Rügens Erinnerung wieder einsetzte. »Was ist mit Hardt?« fuhr er hoch und packte den Doktor am Arm. »Mein Gott, die MG-Garbe sägte genau über seine Beine!«

»Hardt ist tot. Der Gefreite Hardt ist tot.«

Rügen blickte zur Wand. »Hardt«, sagte er leise. »Es tut mir leid. Sehr leid.«

Es war am 2. September, als man bei einsetzender Dämmerung die Schraubengeräusche von Turbinenschiffen aufnahm. Hansen, der durchs Sehrohr blickte, traute seinen Augen nicht: Nur sieben Seemeilen entfernt zog eine ganze Flotte mit einem Flugzeugträger, zwei Kreuzern und einem Dutzend Zerstörern vorbei, jedoch zu schnell für einen Angriff.

»Um uns richtig vorsetzen zu können, müßten wir auftauchen und zusätzlich die E-Maschinen auf die Welle schalten. Aber das käme einem Selbstmord gleich, denn schauen Sie mal nach oben!«

Hansen ließ Metzler ans Luftziel-Sehrohr.

Der Himmel war südseehaft blau und voller Flugzeuge.

»Wenn Sie mich fragen, Kaleu, die suchen jemand.«

»Wenn Sie mich fragen — uns.«

Die Tigerjagd war ausgezeichnet gelungen. Der Tiger war rot, die Jagdelefanten blau und der Dschungel grün. Alles war so zierlich gezeichnet, daß sogar Bambus und Rattan sich unterscheiden ließen, und geordnet, wie es der Natur entsprach — Baumfarn auf den Hügeln, Nipahpalmen im Schatten der Täler. Man war sich einig, daß der Tätowierer, der wochenlang gestichelt haben mußte, ein Meister war.

Freilich hatte er auch noch nie so aus dem vollen schöpfen können; eine Einheimische hätte nicht die Hälfte an Haut und Möglichkeiten geboten. Und natürlich trug auch die träge Art, in der die Amerikanerin sich bewegte, zu der Wirkung bei.

Obwohl diese Suzie nicht mehr tat, als ab und zu ihr Standbein zu wechseln, mal den einen und mal den anderen Arm anzuheben, sich zu drehen und zu bücken, hatte man die Szenen selten in solch flüssiger Abfolge gesehen. Die laufenden Bilder im Kino hätten nicht besser zeigen können, wie der schlaue Tiger die Jäger narrte — etwa wenn er sich, während diese von den Brusthügeln Ausschau hielten, zwischen ihnen verbarg. Die blonde Weiße in der neuen Show auf *Sampan 3* war ohne Frage der Star, und minutenlanger Applaus bestätigte es ihr.

Lily Su-Nam, die den Auftritt ein wenig skeptisch verfolgt hatte, zog sich befriedigt zurück. Bei der nächsten Nummer konnte nichts schiefgehen. Der Striptease war auf die chinesische Spielart der Schamhaftigkeit zugeschnitten, welche von der Frau erwartet, daß sie eher alles andere zeigt als die Brüste.

Sie war gerade dabei, wie jeden Abend die Liste derjenigen Gäste zusammenzustellen, die für Sun-Lee von Interesse sein konnten, als es an der Stahltür klopfte. Es war das Signal der Chinesin, die für die Mädchen zuständig war und allgemein *Amah*, Kindermädchen, genannt wurde. Lily Su-Nam betätigte den Entriegelungsknopf. Die *Amah* trug den prachtvollen roten *Cheongsam*, der sie vor den anderen hervorhob, und im Arm einen Strauß seltener Orchideen.

»Mit einer Empfehlung vom Tisch der Journalisten — ob Sie ihnen nicht für ein Viertelstündchen die Ehre geben wollten . . . «

»Nach der Show. Und bestell ihnen, ich bedanke mich. Übrigens, du hast mir Freude gemacht mit Suzie. Sie war in der idealen Verfassung für die Vorführung — enthemmt, aber nicht zu munter.«

»Danke, Mama-San. Ich habe auch geprobt mit ihr, um auf die Minute genau herauszufinden, wann sie ihr Kokain kriegen muß.«

»Gut.«

Lily Su-Nam bemerkte, daß die *Amah* stehenblieb. »Noch etwas?«

»Ein paar Herren möchten, daß Suzie privat in ihrem Club auftritt.«

»Kommt nicht in Frage.«

»Aber sie freut sich schon darauf.« Die Stimme der Chinesin nahm einen weichen Klang an.

»Du weißt, daß wir sie nicht an Land lassen. Unter keinen Umständen.«

»Sie möchte sich bei dieser Gelegenheit Verschiedenes kaufen. Sie braucht drei, vier Kleider, auch Schuhe.«

»Das einzige, was sie wirklich braucht, hat sie jetzt auf dem Leib.« Lily Su-Nam zog die gemalten Brauen hoch: »Ich verstehe dich nicht? Ich hatte doch wohl deutlich nein gesagt.«

»Verzeih, Mama-San, aber sie hatte mich gebeten, ein Wort für sie einzulegen.«

Lily Su-Nams Blick wurde bohrend, und als die Chinesin ihm nicht standhielt, wußte sie Bescheid. Im Grunde interessierte es sie nicht, welche Beziehungen ihre Bediensteten untereinander hatten. Manchmal war es gut, wenn sie über das Kollegenverhältnis hinausgingen, manchmal war es schlecht. Dann mußte man entsprechend reagieren. Lily Su-Nam konnte sich nicht vorstellen, was man an einer fetten Amerikanerin finden mochte.

»Ich werde«, sagte sie, »noch einmal darüber nachdenken.«

»Danke, Mama-San.« Errötend zog sich die Chinesin rückwärts zur Tür zurück.

Nur das Aufleuchten einer roten Birne ließ erkennen, daß die Show zu Ende war. Die Stahltür zum Büro und vor ihr der schwere Samtvorhang schluckten den Applaus fast völlig. Erst zum Schluß wurde er deutlicher. Lily Su-Nam wartete, bis der Applaus zu verebben begann, um dann hinauszutreten und zu genießen, daß er für sie noch einmal aufbrandete.

Gemeinsam mit all den Mädchen, welche zum Finale auf die Bühne gekommen waren, begab sie sich in den Zuschauerraum. Zufrieden registrierte sie, daß auf den meisten Tischen Champagner stand.

Zufrieden auch, daß ihre Stammgäste in Abendgarderobe zur Premiere erschienen waren. Das Flair des dezent erhellten Raumes war ausgesprochen distinguiert. Nichts deutete darauf hin, daß man auf einem Hausboot war.

»Wir haben«, nahm der Senior der Presseleute das Wort, nachdem er sich namens der Runde für die Einladung bedankt hatte, »gerade darüber gesprochen, warum Sie den Club nicht ›Showboat‹ nennen, Puan Lily. Es gibt nichts, was dem, was Sie hier bieten, Konkurrenz machen könnte. Auf der Ginza nicht, und vielleicht noch nicht einmal auf der Reeperbahn.«

»Es wäre schön, wenn Sie recht hätten, Tuan, und was den Rat betrifft, bin ich Ihnen dankbar. Aber *Sampan tiga* hat sich nun einmal eingebürgert — und außerdem mag ich es gern etwas bescheiden.«

Lily Su-Nam machte die für sie charakteristische wehende Handbewegung, und die Männer, denen klar war, daß allein der Whisky auf ihrem Tisch ein mittleres Redakteursgehalt darstellte, reagierten mit wissendem Grinsen.

Fünf kamen von einheimischen Blättern wie *Illustrated*, *Straits Times* und *Sunday People*, zwei waren von der *Malay Mail* in Kuala Lumpur in Malaysia und extra für dieses Wochenende eingeflogen, einer vom Penanger *Straits Echo*. Die meisten hatten mit Wirtschaft zu tun.

»Sie geben uns die Ehre, ein Glas mit uns zu trinken, Lily-San?«

»Für Freunde habe ich immer Zeit.«

Lily Su-Nam nahm das für sie bereitgestellte Whiskyglas. »Zum Wohl! Cheerio! *Yam seng!*«

Nachdem sie getrunken hatte, ergriff sie das Wort: »Was gibt es Neues?«

Die Männer schüttelten die Köpfe.

Lily Su-Nam wußte, daß dieser Pressekontakt wie eine Ehe funktionierte — man mußte investieren, um etwas wiederzubekommen —, und so packte sie den Stier bei den Hörnern: »Übrigens — dieses Fischermädchen, bei dessen Haiunfall ich zufällig Zeuge war . . . «

»Melia«, nickte der Redakteur aus Penang und wurde aufmerksam. »Wie geht's ihr?«

»So gut, Mr. Tanglin, daß sie bald aus dem Krankenhaus entlassen werden kann.«

»Das ist eine Nachricht!«

»Darüber wollte ich mit Ihnen reden, meine Herren. Bringen Sie bitte nichts. Es wird schwer genug sein für die Kleine, mit der Neugier der Leute zurechtzukommen.«

Die Männer nickten. Haiunfälle waren ohnehin kein Thema. Man konnte sich damit höchstens Ärger einhandeln bei den Hoteliers, die gute Inserenten waren und den Zeitungen Geld brachten. Lily Su-Nam würde schon Gewichtigeres offerieren müssen – beispielsweise die Wahrheit darüber, was sie und eine Fischerstochter auf ein und dasselbe Boot gebracht hatte und ausgerechnet in der Gegend, wo das U-Boot-Wrack vermutet wurde.

Lily Su-Nam gab ungewollt das Stichwort, als sie sich abermals erkundigte: »Also gar keine Sensationen?«

»Nicht gerade eine Sensation«, hob einer der beiden Vertreter der *Illustrated* an, »aber gestern hat es eine spektakuläre Notarztaktion gegeben – der Hubschrauber hat einen Kranken von Bord der ›Manning‹ geholt, einem britischen Spezialschiff für Taucher. Der Mann, Smiley heißt er, soll eine Quecksilbervergiftung haben. Sie haben ihn auf die Privatstation des Werftkrankenhauses gelegt.«

»Aber das hieße doch . . . « Ysop Tanglin aus Penang erregte sich so, daß er aufsprang. »Die arbeiten an dem U-Boot! Was meinen Sie, Puan Lily?«

Alle sahen sie an. Würde sie sich jetzt verraten?

»Möglich«, sagte Lily Su-Nam achselzuckend, um fortzufahren: »Wir müßten heilfroh sein, wenn es so ist und das gefährliche Nazi-U-Boot endlich verschwindet. Aber wer sagt, daß wirklich daran gearbeitet wird?«

»Wie sonst hätte sich dieser Taucher ausgerechnet mit Quecksilber vergiften können?«

Lily Su-Nam wandte sich an den Mann von der *Illustrated*, der das Thema aufgegriffen hatte: »Ich habe davon gelesen, daß da unten auch Gold sein soll? Gold, Juwelen und Diamanten. Ein ganzer Schatz.«

»Kann sein«, der Redakteur lachte. »Wenn es auch so etwas wie eine Goldvergiftung gäbe, wüßte man vielleicht mehr.«

Lily Su-Nam stimmte in das Lachen ein, und niemand hätte etwas Falsches daran entdecken können. Sie hatte sich absolut in der Gewalt, aber sie konnte nicht verhindern, daß sie schwitzte — ihr Parfüm verriet es, welches plötzlich deutlicher roch.

Der Mann von der *Illustrated* versuchte einen letzten Vorstoß, die Wahrheit herauszukitzeln. »Übrigens, Puan Lily — Sie könnten Mr. Smiley gekannt haben?«

»Wie kommen Sie darauf?«

»Nun, wir haben natürlich recherchiert und dabei erfahren, daß er in der *Sweet World* und im *Floating Paradise* Gast war.«

Dies war die Chance, Lily Su-Nam auf die Spur zu kommen. Alle sahen sie erwartungsvoll an.

»Ach, diese Touristen — sie kommen und gehen, und wer merkt sich schon das Gesicht einer Langnase.«

Sie war kühl und souverän geblieben. Die Männer lachten, als amüsierten sie sich über die *Langnase,* doch in Wirklichkeit lachten sie, um einander zu verständigen, daß das Thema damit endgültig vom Tisch sei.

Der Senior erhob sein Glas auf Lily Su-Nam, die ihr charmantestes Lächeln zeigte. Dann machte sie heimlich Suzie ein Zeichen. Als diese an den Tisch kam, um ihre Stelle einzunehmen, stand ihr Negligé weit offen, und die Blicke der Herren verrieten Lily Su-Nam, daß man sie nicht vermissen würde.

Lily Su-Nam begrüßte noch rasch ein paar Stammgäste und begab sich dann, lächelnd bis zum letzten Moment, in ihr Büro. Dort schaltete sie das rote Lämpchen an, das ihren Angestellten signalisierte, daß sie nicht gestört zu werden wünschte. Während die Maske des Lächelns fiel, mußte sie sich am Schreibtisch festhalten. Sie war völlig durchgeschwitzt und atmete schwer.

Lily Su-Nam wußte jetzt Bescheid: Joe Smiley war dabei, sie hereinzulegen. Er hätte sie unbedingt informieren müssen. So war es verabredet, so hatte er es versprochen. Sie hatte sich nichts vorgemacht über Smiley, denn sie kannte seinen Ruf. Trotzdem lag der Fehler bei ihr. Sie hätte ihn nicht nur bestechen, sie hätte ihn auch bedrohen sollen.

Am wenigsten ärgerte sie das Handgeld. Von den Schecks, die sie Smiley gegeben hatte, waren erst zwei eingelöst – die restlichen konnte man sperren lassen. Schlimmer war, daß der Vorfall das Verhältnis zwischen ihr und Charlie Sun-Lee beeinträchtigen konnte. Es würde ihm gar nicht gefallen, daß sie ausgerechnet in dieser Angelegenheit versagt hatte, an der auch noch Gino Calabrese beteiligt war. Wenn dieser auf den Gedanken kam, ausmanövriert worden zu sein, konnte das böse Folgen haben, denn er war der Mann, der für die Mafia mit dem Kwon-On-Tong Verbindung hielt. Es würde mit Sicherheit den mühsam aufgebauten internationalen Rauschgift-Ring gefährden, wenn es zwischen Charlie Sun-Lee und Don Gino zu Spannungen kam, und nie wieder würde Tonio Amati eine Goldquelle wie Suzie nach Singapur schicken. Dieser verdammte Narr von einem Smiley ahnte ja gar nicht, was für Folgen sein Betrug haben konnte!

Lily Su-Nam begann, ihren durchgeschwitzten *Cheongsam* abzustreifen, den sie wie immer über der nackten Haut trug. Nachdem sie Gesicht und Körper mit feuchtheißen Tüchern abgerieben hatte, zog sie sich einen Morgenrock über und streckte sich auf der Chaiselongue aus, um nachzudenken. Es bedurfte ziemlich einer Stunde, bis alles Für und Wider abgewägt waren, dann fand sie ihren Plan perfekt. Sie erhob sich, schaltete das Warnsignal aus und drückte den Rufknopf zum Bordellboot.

»Du hast mir heute eine große Freude gemacht«, begrüßte sie die eintretende *Amah*, »und ich möchte dir auch eine machen – du kannst den Herren, die Suzie in ihrem Club auftreten lassen möchten, zusagen.«

Die *Amah* ergriff die Hand, die sich ihr entgegenstreckte, und bedeckte sie mit Küssen. »Danke, Mama-San. Danke!«

»Am Montag, Montagnachmittag. Vorher könnt ihr das Kleid kaufen für Suzie.« Lily Su-Nam runzelte die Stirn. »Und laß sie ihr Kokain nehmen. Es würde keinen guten Eindruck machen, wenn die Herren sie begrüßten und ihre Hände wären naß von Schweiß.«

»Ja, Mama-San.«

»Gut. Dann kannst du mich zudecken und das Licht löschen. Ich möchte schlafen.«

»*Selamat malam!*« Die *Amah* tappte im Dunkeln zur Tür.

»Ach, ja noch etwas — ihr könnt bei dieser Gelegenheit einen Krankenbesuch machen. Es wird euch nicht aufhalten, und du würdest mir einen Gefallen tun. Nur etwas abgeben. Suzie kann das machen.«

»Aber gern, Mama-San.«

»Das war's.«

Die *Amah* wartete noch einen Augenblick, und als es still blieb, entschwand sie.

Es war jetzt zwei Uhr. Lily Su-Nam, die chinesische Ampel über ihr noch einmal anknipsend, stellte den Wecker auf halb sieben und schlief bald ein.

Nach dem Aufwachen ließ sie sich bei einem Täßchen kurzgebrühten grünen Tees ihren Plan noch einmal durch den Kopf gehen. Sie fand nichts daran auszusetzen und rief kurz nach sieben Uhr im Turf-Club in der Robinson Road an. Wie erwartet, erfuhr sie, daß Mr. Sun-Lee unterwegs zu seinen Pferden sei. Das am Abreiteplatz aufgestellte Telefon läutete fast in demselben Augenblick, als Charlie Sun-Lee dort eintraf.

Lily Su-Nam meldete sich ohne Anrede: »Ich möchte nur sagen: Dieser Außenborder, der neu auf den Markt gekommen ist — er funktioniert nicht richtig!«

Während er Zuckerstücke aus der Tasche seines Cut fischte, um sie seinem Rapphengst *Stainless* vors schnuppernde Maul zu halten, klemmte sich Charlie Sun-Lee den Hörer zwischen Kopf und Schulter. »Hm, das ist aber dumm. Was ist denn mit ihm?«

»Er arbeitet nicht so, wie er arbeiten sollte.«

»Kann man es nicht in Ordnung bringen?«

»Ich glaube nicht. Es ist wie mit einem Auto, das in einen Unfall verwickelt war — wenn man erst einmal das Gefühl hat, sich nicht mehr darauf verlassen zu können, sollte man es besser abstoßen.« Charlie Sun-Lee tätschelte *Stainless* zärtlich das grausamtene Maul.

»Ganz meine Meinung, so bedauerlich das manchmal sein mag. Aber es gibt ja genügend Ersatz, nicht wahr? Ist es übrigens nötig, daß ich vorbeikomme?«

»Bei Gelegenheit — wegen des Ersatzes.«

Charlie Sun-Lee legte auf, um sich vollends dem Pferd zuzuwenden. Er dachte nur kurz an diesen Mr. Smiley, von dem das Telefonat gehandelt hatte, denn er war sicher, daß er sich auch bei diesem Problem auf Lily Su-Nam verlassen konnte. Viel wichtiger war, zu ergründen, was diesen Todeskandidaten dazu gebracht hatte, nicht so zu funktionieren, wie er es hätte tun sollen. Ob nicht vielleicht doch mehr in diesem U-Boot steckte als Quecksilber? Während Charlie Sun-Lee *Stainless* verwöhnte, faßte er den Entschluß, sich intensiver um die Angelegenheit zu kümmern. Er warf den Rest des Zuckers dem Stallburschen zu. Er hatte es plötzlich eilig.

Lily Su-Nam legte sich noch einmal für drei Stunden hin, um danach das übliche Arbeitsprogramm eines Sonntags abzuwickeln — Zusammenstellen der Tagesmenüs des *Floating Paradise*, Kontrollieren des Sonnabendumsatzes der *Sweet World*, Vorbereiten des Nachtclubbetriebes im *Sampan 3*.

Sie dachte bald nicht mehr an Joe Smiley, denn es wurde wieder eine lange Nacht.

Als die *Amah* am Montag Suzie vorführte, war diese in genau dem Zustand, den Lily Su-Nam sich gewünscht hatte. Wie ein Kind lächelnd, kokainselig verklärt, dabei aber durchaus nett und sauber, wirkte sie in den weißen Jeans und der frischen roten Bluse wie irgendeine Touristin. Und wie irgendeine Touristin würde sie in das Krankenhaus gehen, um ihr Päckchen mit den präparierten *Fortune Cookies* abzugeben. Kein Mensch würde sich je erinnern — und käme es wider Erwarten doch zu Fragen, würde Suzie nicht sagen können, wo sie gewesen war.

Joseph ›Joe‹ Smiley, vierunddreißig Jahre zuvor in Lloughwough am Loch Shin in den schottischen Highlands als achtes Kind eines Torfbauern geboren, starb am Nachmittag des Montag. Um dieselbe Zeit probierte eine üppige Weiße namens Suzie in einer Teenager-Boutique in der Stamford Road ein roséfarbenes Organdykleid mit Puffärmeln und Glockenrock an, das ihr überhaupt nicht stand, aber das Entzücken ihrer chinesischen Begleiterin hervorrief.

Die Ärzte waren überrascht, doch nicht unvorbereitet. Bei akuter Niereninsuffizienz mit Azotämie ist immer auch mit dem Tod zu rechnen.

Beim Aufräumen fand sich auf dem Nachttisch des Verstorbenen ein Zettelchen mit dem Sinnspruch ›Geh, der Weg wird sich finden‹. Einen zweiten von diesen Zetteln, wie sie in chinesische *Fortune Cookies* eingebacken werden, hielt Smileys im Sterben verkrampfte Hand. Die Zimmerschwester warf den Rest der Zuckerküchlein in den Abfalleimer – denn Glück hatten sie ja wohl nicht gebracht.

13 Bombay, wo sie pünktlich um zehn Uhr zwischenlandeten, war eine Enttäuschung. Schmutzig und laut. Selbst der Geruch, der Anja beim Verlassen des Jets auf dem hitzeflimmernden Flugfeld fasziniert hatte, war nicht das, was sie sich darunter vorstellte. Anja fand, daß es exotisch rieche, nach Dschungel und nach Tiger, doch von Thaur klärte sie schmunzelnd auf, daß es sich lediglich um die Ausdünstung von Bombays Rieselfeldern handelte.

Wie anders dagegen Singapur. Als der Jumbo im Abenddämmern zur Landung einschwebte, lag unter ihnen eine weiße Hochhausstadt inmitten von Wasser und Parks. Anja spürte sich von freudiger Erwartung erfaßt. Den beiden Männern ging es ähnlich. Sir Peter Brennan hatte die letzte Stunde nur noch von Singapur geredet.

Brennan wandte sich an den Taxifahrer, der ihre Koffer verstaute: »Bitte, fahren Sie durch das alte Singapur, es kann ruhig länger dauern. Und fahren Sie so, daß wir von vorne zum *Raffles* kommen.«

Der Mann nahm von Tai Seng aus die Route südwärts durch Welfare Centre und Kallang Park, so daß man die ›Schmugglerbucht‹ überquerte. Anja war hingerissen von den Wohnbooten, auf denen schon die Laternen angesteckt waren. Im Dunkeln sah man ihre Schäbigkeit nicht, sie wirkten gemütlich und pittoresk mit diesem Nest von Licht, in dem die Bewohner beim Essen zusammensaßen. Dann änderte sich das Bild wieder. Wolkenkratzer ragten auf – Singapurs *Goldene Meile* –, danach die Kräne und Bauten des Hafens.

Brennan zeigte nach links aus dem Fenster, wo sich zum Meer hin ein weites Areal Marschland auftat: »Früher gab es hier nur die Pier und ein Stückchen Promenade.«

Als das berühmte alte Hotel in Sicht kam, bat er den Chauffeur anzuhalten. Den Rest des Weges wolle er zu Fuß zurücklegen. Dabei war der Eindruck, den das legendenumwobene *Raffles* machte, eher bescheiden. Mit seinen Säulen und Pilastern und dem Blechdach hatte der zweistöckige weißgetünchte Bau Ähnlichkeit mit einem deutschen Provinztheater. Hübsch jedoch war die Zufahrt mit dem Blumenrondell und den hohen, schlanken Palmen und den fächerartigen Ravenalas. Und da waren auch die Türsteher, von denen Sir Peter auf dem Flug geschwärmt hatte: Riesenhafte Sikhs mit Vollbart und Turban, die vor Sir Peter die Hacken zusammenschlugen und zackig grüßten.

Das Innere des Gebäudes allerdings war überwältigend. Anja hätte nicht geglaubt, daß es so etwas noch gab. Mit seinen Teppichen, Lüstern und Fauteuils wirkte es wie eine Filmkulisse; sie sah Ladies mit langen weißen Handschuhen und Herren im weißen Jackett — fehlte nur noch der Tropenhelm. Während das Gepäck auf ihre Zimmer gebracht wurde, steuerte Brennan zielstrebig die Lounge Bar an. Sie war noch an der gleichen Stelle wie damals, und er fand sogar die Ecke am Fenster an der Theke wieder, die einst sein Stammplatz gewesen war.

Er ließ das Eis im Whisky kreisen. Dann hob er, ein Zwinkern in den grauen Augen, sein Glas. »Auf eine gute Zeit!«

Anja hatte den obligaten *Singapur-Sling* genommen, vor ihren Augen angerichtet aus je einem Drittel Gin, Cherry Heering und frisch ausgedrücktem Limonensaft, aromatisiert mit Grenadine und Zuckerwasser und aufgefüllt mit Soda. Sie fühlte sich merkwürdig, einerseits müde, vom Flug, vom vielen Schauen, andererseits unternehmungslustig. Es tat ihr wohl, daß Brennan und von Thaur sich gut verstanden. Sie hatten von Anfang an Peter und Dieter zueinander gesagt, beim Mittagessen, zehntausend Meter über dem Golf von Bengalen, Brüderschaft getrunken — und bei dieser Gelegenheit auch beschlossen, sie Anja zu nennen. Von Thaur schien der lockere Ton des Engländers gutzutun.

Anja trank aus und bat, sie zu entschuldigen. Als sie die Bar verließ, traf sie mit einem schwergewichtigen, weißhaarigen Mann zusammen. Sich nach ihm umdrehend, weil er auf Sir Brennans Ecke zusteuerte, sah sie, daß er Kapitänsuniform trug.

Als der alte Kapitän auf ihn zukam, mußte Brennan an jene Gattung Seemann denken, die heutzutage fast ausgestorben war: der eiserne Mann auf hölzernem Schiff, der Kap-Hoorner — rauhbeinig, warmherzig, welterfahren.

Der Mann streckte ungeniert seine Pranke aus. »Ich bin Bob Findley, und eigentlich hatte ich Herrn Admiral schon am Flughafen willkommen heißen wollen, aber es ist etwas dazwischengekommen. Guten Flug gehabt? ›Old Raffles‹ schon beschnuppert?«

Brennan begrüßte den Alten schmunzelnd und machte die Männer miteinander bekannt.

»Was war denn los mit Ihrer ›Janus‹?« erkundigte er sich dann. »Swayers sagte etwas von Sabotage?«

»Ja. Ruderleitung angesägt und gleich an zwei Stellen. Und als wir dann in den Taifun kamen, war natürlich kein Halten. Aber jetzt haben wir sogar einen Toten — Joe Smiley.«

»Aber ich denke, ihr hättet ihn gerade noch rechtzeitig zum Arzt gekriegt?«

»Anscheinend doch nicht. Vorgestern nachmittag um 15.10 Uhr ist's passiert. Sie haben ihn aufgemacht, es war innen alles kaputt.«

»Nur weil er ein paar Stunden lang Quecksilberdämpfe geatmet hat?«

Bob Findley zuckte die Achseln. »Die Ärzte haben nur diese Erklärung.«

»Muß ich mich um etwas kümmern in dieser Angelegenheit?«

»Danke, Admiral, aber das tut schon der Konsul. Er meint übrigens, der gute Smiley sei vergiftet worden.«

»Was?! Dann ist das doch ein Fall für die Polizei?!«

»Ach, ist doch Unsinn. Es war einwandfrei ein Unfall. Ich selber habe gesehen, wie die Dämpfe aufgestiegen sind. Der Mann hat stundenlang Quecksilber eingeatmet.« Findley räusperte sich: »Andererseits . . .«

»Ja?«

»Da ist noch etwas passiert — meine Taucher sind weg.«

»Was heißt — weg?«

»Abgehauen. Ich hatte gestern den ganzen Tag bei den Behörden zu tun wegen Mr. Smiley, und als ich zum Schiff zurückkam, waren die Vögel ausgeflogen. Meine Leute sagen, sie hätten nur darauf gewartet, daß ich von Bord ging; ihre Seesäcke seien schon gepackt gewesen. Suur, Gordon, Stratter. Besonders um Stratter tut's mir leid — der hatte eine gute Nase. Heute war ich den ganzen Tag unterwegs, um neue Leute aufzutreiben. Ohne Smiley ist das schwer. Der kannte hier alles und jeden.«

Brennan überlegte. »Sie machten eben eine Andeutung, daß das Verschwinden der Männer mit dem Tod von Mr. Smiley in Zusammenhang stehen könnte . . . «

»Meine Leute haben mich darauf gebracht. Sie sagten, es hätte ausgesehen wie eine Flucht.«

»Vor wem?«

»Was weiß ich. Aber ich glaube es auch nicht. Ich habe mein halbes Leben mit Bergungstauchern zu tun gehabt und nie erlebt, daß einer Angst gehabt hätte. Wenn einen ein Taucher sitzenläßt, dann, weil er ein lukrativeres Angebot hat.«

Brennan nickte. Die Erklärung schien plausibel. »Sie werden mit uns essen?«

»Danke, Admiral — aber ich muß ein halbes Dutzend neuer Taucher zusammentrommeln und hab' erst einen — einen Mann aus San Francisco, Francis Dulgin. Mr. Swayers hat ihn alarmiert.«

»Wie sieht es denn aus auf dem U-Boot?« Von Thaur hatte nur auf die neue Pause gewartet, um seine Frage loszuwerden.

»Die Kanone ist wie neu. Aber das Boot selber . . . Unser Admiral hier hat 'n ziemliches Loch reingemacht seinerzeit, und in so vielen Jahren ist in dieser warmen Brühe natürlich alles verrottet. An manchen Stellen, sagen die Taucher, seien die Korallen dicker als meine Faust. Wenn Sie wollen . . .«

Er unterbrach sich, denn ein Boy erschien, um Brennan einen Brief zu übergeben. Brennan überflog ihn. Dann blickte er auf, plötzlich sehr ernst. »Sir Crocker will mich unbedingt heute noch sehen. Wie es scheint, gibt es noch mehr Ärger.»

Sir Henry Crocker war ein hagerer, langer Mensch mit Hornbrille, Habichtsnase und penibel gescheiteltem Haar, der Scheitel so tief, daß sich mit dem längeren Haar eine beginnende Glatze kaschieren ließ. Er hatte keinerlei Ähnlichkeit mit jenem Lieutenant Brown, den Brennan als Angehörigen des Kommandounternehmens *Codfish* kennengelernt hatte. Er nahm die Hand wieder zurück, die er spontan ausgestreckt hatte, denn der andere machte keine Anstalten zu einem Händedruck.

Sir Henry Crocker hatte ihn auf halbem Weg zwischen Tür und Schreibtisch erwartet. Er sagte nur: »Admiral!« und machte eine korrekte Verbeugung, drehte sich um und ging zu seinem Stuhl. Dann machte er eine Geste in Richtung Besuchersessel, sagte noch einmal: »Admiral«, wartete bis sein Besucher sich gesetzt hatte, und setzte sich ebenfalls — genau unter das Porträt seiner obersten Dienstherrin Elizabeth II.

Zum Teufel mit der feinen englischen Art, dachte Brennan ingrimmig. Aber dann fiel ihm ein, daß ein Konsul Großbritanniens in den Tropen wohl so sein müsse.

»Sherry?« fragte Sir Crocker.

»Danke. Nur einen kleinen.«

Sir Henry Crocker benutzte das Telefon auf seinem Schreibtisch, und kaum hatte er wieder aufgelegt, trat die Engländerin ein, die Brennan im Vorzimmer empfangen hatte — Miss Muriel Cushing, wie goldfarbene Lettern auf Teakholz auf ihrem Schreibtisch ihm verraten hatten. Rothaarig und weißhäutig, taufrisch und wie aus dem Ei gepellt, obwohl doch ein langer Arbeitstag hinter ihr lag, war sie die ideale Ergänzung ihres Chefs. Brennan spürte schmerzlich die Erinnerung an jene Zeit in Fernost, als ihn Frauenzimmer wie dieses um den Verstand gebracht hatten.

Bis der Sherry serviert war, wurden die üblichen Redensarten ausgetauscht. Wie das Wetter in England gewesen sei? Der Flug? Sir Henry Crocker selber trank nicht. Die Leber, der Magen. Ein halbes Menschenalter in den Tropen sei nun mal kein Pappenstiel.

»Zur Sache, Admiral. Sie haben sicher bemerkt, daß Sie unter Beobachtung stehen.«

»Aber nein, überhaupt nicht.«

»Nun, der Gepäckträger zum Beispiel, der auf Sie zugekommen ist — er hat Sie an einen bestimmten Taxifahrer weitergereicht, und der hat Sie nur gefahren, um zu erfahren, wo Sie absteigen. So stehen Sie dauernd unter Beobachtung. Ich würde jede Wette eingehen, daß der Kerl, der Sie hierhergefahren hat, auch dazugehört.«

»Zu dem chinesischen Gangstersyndikat, von dem Sie in Ihrem Brief geschrieben haben?«

»Der Kwon-On-Tong, ja. Er hat Mr. Smiley getötet.«

»Kapitän Findley spricht von einem Unfall . . .«

Sir Henry Crocker verschob die Tischlampe so, daß sie Brennan nicht stören konnte, und sagte dann:

»Ich habe mit seiner Freundin in Hongkong telefoniert. Mr. Smiley hat sie am Montagvormittag — sechs Stunden vor seinem Tode — angerufen, um Versicherungsdinge mit ihr zu besprechen.«

»Ich fürchte, ich verstehe nicht.«

»Mr. Smiley hat *gesprochen*. Aber der Mr. Smiley, dessen Leiche zur Autopsie angeliefert worden ist, hätte das nie tun können . . .«

»Warum nicht?«

»Er hatte keine Stimmbänder mehr.«

»Aber das heißt doch . . .«

». . . daß ihm in den fraglichen sechs Stunden etwas verabreicht worden sein muß, durch das diese Stimmbänder zerstört wurden. Ja, das heißt es.«

»Haben Sie die Polizei informiert?«

»Ich habe Kapitän Findley informiert, damit er seine Augen offenhält. Und ich informiere Sie, Verehrter, damit Sie das gleiche tun. Denn sehen Sie, ich habe zwar einen Verdacht — aber dagegen würde die Aussage des Pathologen stehen, der die Leiche untersucht hat. Ich habe auch mit ihm telefoniert. Die Verätzung des Kehlkopfs ist von der gleichen Art wie die der Nieren und des Magen- und Darmtrakts.« Er schüttelte den Kopf: »Es ist aussichtslos.«

Sir Henry Crocker hüstelte. »Es gibt noch einen anderen Grund, warum ich die Sache nicht an die große Glocke hängen möchte. Die Bergungsaktion darf auf gar keinen Fall in die Niederungen des Kriminellen gezerrt werden. Vor allem Ihr Name muß unbefleckt bleiben.«

Brennan sah ihn gespannt an.

»Sobald das Quecksilber an Land gebracht wird, um verschifft zu werden, will man es beschlagnahmen – die richterliche Anordnung ist bereits ergangen. Und nicht nur in Malaysia, sondern auch hier in Singapur.«

»Aber eine Beschlagnahme kann doch nur erfolgen, wenn ein Verbrechen oder Vergehen vorliegt.«

»Eben. Und das ist der Fall – jedenfalls nach Meinung der Richter.«

»Und worin sollte das Verbrechen bestehen oder das Vergehen?«

»Wegnahme einer fremden beweglichen Sache in der Absicht, sie sich rechtswidrig anzueignen – kurz gesagt: Diebstahl.«

»Einer ›fremden Sache‹? ›Rechtswidrig‹? Wir haben einen Vertrag! Wir haben bezahlt für Wrack und Ladung.«

»Nach Meinung der hiesigen Richter hat Bonn da etwas verkauft, was ihm nicht gehört.«

»Sondern?«

»In der Begründung der Beschlagnahme wird davon ausgegangen, daß es sich bei dem Wrack um eine ›herrenlose Sache‹ handelt, so daß das Aneignungsrecht wirksam wird. Anders ausgedrückt: Das Wrack von U 859 gehört demjenigen, der es findet, als seinen Fund deklariert und birgt.«

»Na also, und das ist Swayers!«

Brennan war heiß geworden, und er zog das Taschentuch aus der Brusttasche, um sich die Stirn zu betupfen. »Selten habe ich einen solchen hanebüchenen Unsinn gehört. ›Herrenlose Sache‹! Als ob die Deutschen ihr Boot freiwillig verlassen hätten.«

Sir Crocker wartete, bis Brennan sich beruhigt hatte. »Die Richter sehen es so.«

»Dann werden wir also diesen merkwürdigen Herren Richtern klarmachen müssen, daß Swayers der rechtmäßige Finder . . .«

Brennan blickte verwirrt auf: »Moment mal! Sie schrieben in Ihrem letzten Brief etwas von einem Tauchunglück mit einem Hai – und daß Sie Grund hätten, zu vermuten, daß eine Mrs. Soundso . . .«

»Su-Nam.«

». . . und dieser Charlie Sun-Lee das U-Boot aufgespürt hätten. Steckt er hinter dieser Intrige?«

»Nein, so gut steht der sich nicht mit der Justiz. Aber daß es ein

Konkurrent ist, ist zutreffend. Er heißt DeLucci. Genauer gesagt, ist es sein Geschäftsfreund Isao Misaki aus Tokio, der die Fäden zieht. Misaki produziert nicht nur Quecksilber, sondern auch Waffen und Munition, und er hat sich hinter einen gerissenen Politiker gesteckt, der auch als Anwalt einen Ruf hat.«

»Aber DeLucci war nie an dem Wrack! Er weiß überhaupt nicht, wo es liegt! Das ist doch alles . . .« Wieder benutzte Brennan sein Taschentuch. »Well«, sagte er matt, »Jonathan Swayers hat recht gehabt. Er hat das alles vorausgesehen — die Beschlagnahmeverfügung, die Richter, die man beschwatzt . . .«

»Besagter Politiker hat einen Fischer von der Insel Penang präsentiert.«

»Den Vater dieser verunglückten Melia?«

»Wie kommen Sie auf die?«

»Sie haben in Ihrem Brief von einer Melia geschrieben.«

»Nein, die hat nichts damit zu tun. Irgendein Fischer. Er lebt im Kampong Pantai-acheh, und er kann beweisen, daß er das Wrack gefunden hat.«

»Da bin ich aber gespannt.«

»Durch den Rund-Dipol, der wohl den Empfänger des Ortungsgeräts darstellt — ich verstehe nichts davon. Er hat ihn schon vor zehn Jahren bei der Netzsuche mit seinem Anker heraufgeholt.«

»Und das nennt er *finden*? Ein Wrack *finden*?«

»Nicht er. Der Anwalt nennt es so. Und jetzt auch der Richter, den der Anwalt überzeugt hat.«

Brennan schüttelte ungläubig den Kopf. »Was schlagen Sie vor?« sagte er entmutigt.

»Daß Sie sich zur Verfügung halten für den Fall, daß Ihr persönliches Eingreifen nötig wird, und gut auf sich aufpassen, Verehrter, denn Mr. Sun-Lee weiß natürlich auch von der Beschlagnahmeanordnung . . . Daß auf keinen Fall Quecksilber in einen Hafen in Malaysia gebracht werden darf oder hierher, solange die Rechtslage strittig ist, habe ich auch schon Kapitän Findley wissen lassen.«

»Was mich doch etwas überrascht, ist, wie ein DeLucci mit einem Gangster gemeinsame Sache machen kann.«

»Das habe ich nicht gesagt! Nur daß DeLucci aktiv ist. Und daß eine

Beschlagnahme ganz in Sun-Lees Sinne wäre. Denn der hätte dann schon seine Leute, um das Quecksilber verschwinden zu lassen.«

Brennan fragte: »Was könnte mir passieren?«

Crocker sah ihn an, und jetzt, in diesem Augenblick, ähnelte er jenem Lieutenant Brown, welcher ohne Wimpernzucken in ein Schlauchboot gestiegen war, um mit einer Fracht Trinitrotoluol an eine von den Japanern besetzte Küste zu schippern.

»Alles«, sagte er.

»Und was kann ich dagegen tun?«

»Nichts.«

Crocker machte eine entschuldigende Gebärde. »Ich will damit sagen, daß sich nicht voraussehen läßt, was diese Leute vorhaben, in solchen Dingen ist man ja hier unten ungeheuer erfinderisch. Auf jeden Fall würde ich an Ihrer Stelle zusehen, daß ich möglichst immer von Menschen umgeben wäre.«

»Vielleicht sollte ich an Bord der ›Manning‹ gehen?!«

Crocker war sofort dafür.

»Es war nur ein Scherz. Ich habe von Thaur und Mrs. Jäger versprochen, ihnen Singapur zu zeigen, und ich denke nicht daran, ihnen wegen eines Gangsters zuzumuten, sich auf den Fernblick vom Schiff zu begnügen.« Brennan runzelte die Stirn: »Was könnte der Grund gewesen sein, Mr. Smiley umzubringen?«

»Ich habe keine Ahnung. So ein Tong hat seine eigenen Gesetze.«

In der Stille konnte man eine Nachtmaschine gegen den steten Westwind starten hören. Draußen vor der Tür klapperte Miss Cushing unverdrossen auf ihrer Schreibmaschine.

»Well, ich werde in dieser Sache tun, was ich kann«, schloß Crocker.

»Wir haben gute Anwälte. Und Gott sei Dank zieht die Deutsche Botschaft mit, beide Bonner Botschaften sogar, die in Kuala Lumpur ebenso wie die hiesige. Ihnen geht es ums Prinzip. Denn wenn das alte Strandräuberrecht sich durchsetzte, gäbe es keine Totenruhe für Gefallene mehr.«

Es klopfte, und diese kühle, gepflegte Rothaarige aus dem Vorzimmer kam herein, frisiert und mit aufgefrischtem Lippenrot, um sich zu erkundigen, ob vielleicht auch noch ein Imbiß gewünscht werde.

»Danke, nicht für mich.« Brennan blickte auf seine Uhr: »Oh, es geht ja schon auf Mitternacht!« Er sah Crocker an: »Sind wir fertig?«

»Für heute ja. Danke, Muriel.«

Crocker machte seiner Sekretärin ein höflich verneinendes Zeichen und wartete ab, bis sich die Tür hinter ihr geschlossen hatte. Erst dann zog er die Schreibtischschublade auf und entnahm ihr ein Buch, in dem Brennan ein Exemplar seiner Memoiren erkannte. Crockers Lächeln war spröde, und er wirkte fast linkisch, als er es über den Tisch schob: »Ihr Name genügt — aber wenn es etwas mehr ist . . .« Er hatte auch sofort einen Füllfederhalter parat.

»Wie soll ich schreiben — Sir Henry Crocker oder Lieutenant Brown?«

Es war halb ein Scherz, halb der Versuch, auf das Kommandounternehmen *Codfish* zu sprechen zu kommen, und Brennan lächelte, als er die Frage stellte. Doch sein Gegenüber vereiste augenblicklich. Aus Crocker, welcher schon etwas aufzutauen schien, wurde wieder Sir Henry. »Das erstere, wenn ich darum bitten darf.«

Brennan, der schon zum Schreiben angesetzt hatte, ließ den Füllfederhalter sinken. Er dachte: Er wird mir doch wohl nach so vielen Jahren nicht noch übelnehmen, daß er damals nicht wieder zurückgeholt worden ist aus Feindesland? Doch wer konnte wissen, was er erlebt hatte. Man hatte Menschen gefunden, die von den Japanern bei lebendigem Leibe auf Bambusroste gespießt worden waren, weil sie im Verdacht standen, Saboteure zu sein. Vielleicht lag überhaupt in einem solchen, die heutigen diplomatischen Beziehungen möglicherweise trübenden Vorkommnis der Grund, warum *Codfish* immer noch Geheime Kommandosache war.

Aber nun war es sowieso egal, kam es darauf auch nicht mehr an. Wenn er je erfahren sollte, was sich damals zugetragen hatte, dann war dies die Gelegenheit. »Sagen Sie — was ist eigentlich aus den *Codfish*-Leuten geworden?«

Die Antwort war merkwürdig. Sir Henry Crocker hätte sagen können: Sie sind tot. Oder er hätte auch sagen können: Sie leben — zumindest einige. Doch er sagte, und zwar in einem Ton, der die Formulierung noch vieldeutiger machte: »Ich habe sie nie wiedergesehen«.

MALAKKASTRASSE I

Die Wetterfrösche im *HQ Eastern Fleet* hatten recht behalten. Die Regenzeit setzte früh ein in diesem Herbst 1944, und sie kam, wie von ihnen in einem Radiotelegramm an die *Submarine Naval Station* in Trinkomalee vorausgesagt worden war, mit einem Taifun, der aus der grünen, schlammigen Lake zwischen Sumatra und der Malaien-Halbinsel eine weißkochende Hölle machte.

Der Regen war wie eine Mauer. Keine Tropfen, keine Schnüre, sondern ein Wasserfall, mit Nebel durchsetzt. Die Männer, die vor und hinter dem Turm auf dem ständig überspülten Deck von U ›Trochus‹ arbeiteten, waren nur dann zu sehen, wenn sie sich in dessen Windschatten flüchteten, um sich zu verschnaufen. Doch beklagten sie sich nicht, im Gegenteil. Das Wetter konnte gar nicht besser sein für das, was sie vorhatten.

Lieutenant-Commander Peter Brennan hatte ein solches Unwetter noch nicht erlebt. Wie er ebenso auch noch niemand wie diese Burschen erlebt hatte, die von Captain Nicholson kommandiert wurden. Obwohl durch die Bank Landratten, bewegten sie sich auf den gischtumtosten, immer wieder von Brechern zugedeckten Grätings wie Artisten. Doch es war wohl weniger ihr Training — obschon das der *Rangers* — als ihr Wissen, daß es jetzt darauf ankam, das sie befähigte, in einem Taifun Schlauchboote aufzublasen, zu Wasser zu lassen und mit Proviant und Ausrüstung zu versehen.

Als der Abend hereinbrach, war es geschafft. Die vier grüngrauen Schlauchboote lagen in Lee der ›Trochus‹, die ihrerseits in Lee der Insel Dayang Bunting lag, der Insel der Schwangeren Jungfrau.

»Well«, meinte Nicholson, wie seine Leute in einen schwarzen, enganliegenden gummierten Overall gehüllt und im Gesicht mit einer wasserbeständigen Paste geschwärzt, »dann wär' es wohl soweit.«

Er holte seine Uhr hervor, eine altmodisch anmutende Taschenuhr, deren Gehäuse jedoch wasserdicht und deren Zeigerpaar so stark leuchtend war, daß es auch in tiefer Nacht als Ersatz für einen Kompaß dienen konnte. »Wenn ich um Uhrenvergleich bitten darf, Sir?«

»Siebzehn-vierundvierzig.«

»Exakt.«

Nicholson steckte seine Uhr wieder weg, nahm die Hacken zusammen, was wegen seiner Gummifüßlinge einen schmatzenden Laut hervorrief, und schwang seine Rechte vor die Stirn. »Captain Nicholson bittet für sich und die Einheit *Codfish* um Erlaubnis, von Bord gehen zu dürfen.«

Brennan spürte das Bedürfnis, Nicholson aufmunternd auf die Schulter zu klopfen. In den drei Wochen, in denen die *Codfish*-Landung bei jedwedem Wetter und jeder Tageszeit in den Salzlagunen Nordwestceylons zwischen Adamsbrücke und Halbinsel Jaffra geübt worden war, und noch mehr während der elfhundert Seemeilen Anmarsch um Sumatra herum waren sie sich nähergekommen — beide Jahrgang 1914, beide aus der Grafschaft Hampshire, wie sich herausgestellt hatte. Doch eine Freundschaft hatte sich nicht entwickelt, denn irgendwie hatte der andere, obwohl sonst durchaus lebenslustig, auf Distanz gehalten.

So beherrschte sich Brennan, legte auch seine Hand an die Stirn und antwortete streng nach Reglement: »Erlaubnis erteilt.«

Er stieg als erster hinauf auf die Brücke, um den Männern die Ehre der persönlichen Verabschiedung zu erweisen: »Finch, Baker, Lieutenant Brown . . . « Das Makabre lag darin, daß sie wahrscheinlich gar nicht so hießen. Brennan wußte nicht einmal, ob Nicholson der richtige Name des Captains war. Keiner der fünfunddreißig hatte irgendwelche Papiere bei sich, und selbst ihre Taschentücher waren ohne irgendein Namenszeichen.

Der Sturm hatte zwar nachgelassen, der Regen hingegen eher zugenommen, und das erste, was die Männer zu tun hatten, als sie ihre Schlauchboote bemannten, war Wasser zu schöpfen.

»Bis in drei Tagen also, Nicholson. Sie haben noch fünfundzwanzig Meilen vor sich. Wir werden Sie ins Schlepp nehmen, soweit es geht, den Rest müssen Sie dann allein schaffen. Ihr theoretischer Landepunkt ist 6 Grad, 20 Minuten Nord und 100 Grad, 15 Minuten Ost. Ich kann nicht voraussagen, um wieviel es Sie abtreiben wird auf den letzten Meilen — aber genau vor dieser Position werde ich am Donnerstag Punkt zwanzig Uhr Ortszeit Lichtsignale geben.«

»Bis Donnerstag, Sir«, sagte Nicholsen in einem Tonfall, als ob er sich nur mal für ein Weekend nach Colombo verabschiedete.

»Ich drücke die Daumen. Alles hier auf ›Trochus‹ wird Ihnen die Daumen drücken.«

»Ich bin sicherer denn je, Sir, und wissen Sie, warum? Ihretwegen. Rechts sind Japse, links sind Japse – aber Sie haben operiert, als wäre dies nicht die Malakkastraße, sondern die Themse.«

»Vergessen Sie nicht, daß wir Taifun haben.«

»Das mag geholfen haben, Sir, aber der wahre Grund ist ja wohl doch der, daß die Japse weder die See- noch die Luftherrschaft haben. Und jetzt werde ich vorführen, daß ihre Herrschaft auch zu Lande zu Ende geht.«

Nicholson drehte sich weg, als ein unverhoffter Brecher über das Boot rauschte, und fuhr dann fort: »Der eigentliche Erfolg, den ich anstrebe, ist ja nicht der, eine Verkehrsverbindung zu zerstören, sondern den Leuten hier Mut zum Widerstand gegen ihre Besatzer zu machen. Deshalb will ich auch so wenig wie möglich sprengen – abgesehen von dieser einen Eisenbahnbrücke. Ich will die Schienen wegtragen. Ein Knall vergeht, man vergißt ihn. Aber so ein Streich, der wird sich herumsprechen bis Singapur und Bangkok.«

»Darum also so viel Leute, jetzt verstehe ich.«

»Die meisten kommen von der Eisenbahnartillerie, wo sie gelernt haben, auch bei völliger Finsternis zu arbeiten.«

»Verrückt.«

Man konnte nicht sehen, daß Captain Nicholson grinste, aber man konnte es hören. »Danke für das Kompliment, Sir.«

Vom Wasser her durchdrang ein Pfiff das Sturmgeheul, und der Captain wandte sich wortlos ab, um sich vom Turm zu schwingen. Für ein paar Sekunden noch war er zu sehen, dann verschmolz er mit den dunklen Flecken, welche die Schlauchboote in der weißen Gischt bildeten.

»Well«, wandte sich Brennan an seinen I. WO Bandemer, »übernehmen Sie jetzt.«

Es war kurz nach halb acht, als Lieutenant Hugh ›Snatch‹ Bandemer in die Zentrale herunterkam, um Meldung zu erstatten. »Alles okay, Sir. Von jetzt an sind sie auf sich gestellt. Keine besonderen Vorkommnisse.«

Er rieb sich mit einem Handtuch das nasse Gesicht trocken und fuhr fort: »Blödes Gefühl, Sir, nichts anderes mehr tun zu können, als abzuwarten. Wenn man wenigstens Funkkontakt hätte, um zu wissen, wie es läuft.«

»Ist schon besser so. Denn stellen Sie sich vor, es liefe nicht. Sie wissen ja, wie der Japaner mit Kommandoeinheiten umgeht.«

Am Kartentisch des Navigators betrachteten die beiden Offiziere die Landestelle. Die Küste war flach und erhob sich aus einem etwa eine Meile breiten Sockel. Dort hatte das Meer nur zehn Faden Tiefe und war so dicht mit kleinen Inseln bestückt, daß man nicht hätte sagen können, wo das Land aufhörte und das Wasser begann. Der Mangrovensumpf, in dem sich das Brackwasser verlor, reichte drei Meilen tief. Doch hier, in dem bis 1909 Siam tributpflichtigen Sultanat Kedah, war Malayas größtes Reisanbaugebiet. Und so stand zu vermuten, daß die Japaner den Reisanbau seit Entstehen der Karte vor mehr als zwanzig Jahren in die Sümpfe vorangetrieben hatten. Das würde neue Parzellen, neue Straßen und neue Siedlungen bedeuten, Menschen und Überraschungen. Die Bahnlinie war gar nicht weit von der Küste entfernt, nur acht Meilen, doch selbst früher waren mindestens die letzten vier Meilen Reisanbaugebiet. Und ein Mann, der dort quer über ein Feld laufen wollte, würde sofort auffallen.

Es gab noch einen Haken. Die Brücke über den Sungai Padang Terap, den *Seichten Fluß der Großen Bäume*, auf die man es abgesehen hatte, lag nur acht Meilen südlich des Städtchens Jitra, in dem zweifellos eine japanische Garnison existierte. Man mußte also nicht nur mit einem kleinen, gelangweilten Posten rechnen, sondern mit einer regelrechten von Dienstplan und Kontrollen in Trab gehaltenen Wachmannschaft. Wo aber eine Garnison war, da war auch eine Dienststelle der berüchtigten japanischen Militärpolizei *Kempetai*, die ihre Aufgabe vor allem darin sah, die Menschen einzuschüchtern. Wenn Nicholson mit seinen Leuten in Schwierigkeiten geriet, würde er bei den Einheimischen kaum auf Hilfe rechnen können.

»Was jetzt, Sir?«

»Zunächst mal weg. Mir ist gar nicht wohl zumute mit nur fünf

Faden Wasser unterm Kiel. Und dann nutzen wir die Zeit, um uns die Inselgewässer um Langkawi anzusehen. Die Karte scheint mir ziemlich oberflächlich, und man weiß ja nie, ob man exaktere Kenntnisse nicht eines Tages gebrauchen kann. Wenn ich nämlich Penang von Land her abriegeln wollte, würde ich die Invasion von hier aus starten.«

Es war kurz vor zehn Uhr abends an diesem Montag, als die *Codfish*-Männer die malaiische Küste erreichten, und es wäre noch rascher gegangen, wenn nicht eines der Schlauchboote von einer Welle auf ein Inselchen gesetzt worden und dort hoffnungslos im Sumpf versackt wäre. Es blieb nichts anderes übrig, als abzuwarten, bis die nächste große Welle kam, denn solche winzigen, von Buschwerk bedeckten Inseln erhoben sich dicht wie Zaunpfähle. Als dann die ersten Mangroven auftauchten, meinte Captain Nicholsen, nun sei man da.

Zwanzig Minuten dauerte es, bis alle vier Boote wieder zusammengefunden hatten. Gleich darauf gab es den ersten Ausfall. Als ein Mann im dritten Boot über sich ins Laubwerk griff, schrie er unterdrückt auf. Irgend etwas hatte ihn gestochen oder gebissen, möglicherweise eine Schlange, doch noch ehe der Arm abgebunden und die Serumspritze aus dem Verbandkasten ausgepackt war, begann der Vergiftete mit Schaum vor dem Mund zu lallen, in Krämpfen um sich zu schlagen und zu toben. Staff-Sergeant Finch, der dieses Boot befehligte, mußte ihm sein Stilett ins Herz stoßen, damit er sie nicht alle verriet.

Zwei Männer tauchten dann in das schlammige warme Wasser, um den Toten unter Stelzwurzeln zu schieben, und dann auch noch ein zweites Mal, um ihn dort festzubinden. Die Verwesung setzte in den Tropen schnell ein, und die Gase, die sich dabei bildeten, konnten die Leiche nach oben treiben. Man konnte sich nicht erlauben, daß vielleicht ein toter Weißer ans Ufer gelangte.

Schließlich wurde der Mangrovenwald durch Rattan- und stammlose Nipahpalmen abgelöst, der Sumpf durch Morast. Nicholson setzte ein paar Leute aus. Sie sollten die Umgebung erkunden, doch keiner konnte sagen, ob es irgendeinen Weg oder Steg gebe, weil von dem sintflutartigen Regen alles unter Wasser gesetzt war. Der Sturm, der die Landung begünstigt hatte, erwies sich nun als Handikap.

Der Captain entschied, unter diesen Umständen den Tag abzuwarten. Also zog man sich wieder zur Küste zurück. Bis ein genügend sicheres Versteck gemacht war, um dahinter schlafen zu können, war es zwei Uhr geworden. Danach hatten die Männer noch eine gute Stunde zu tun, um die Blutegel loszuwerden, die sich überall an ihnen festgesaugt hatten.

Im ersten Morgenlicht führte Lieutenant Brown, ein langer, schlaksiger Bursche, einen Erkundungstrupp von vier Mann aus Sumpf und Dschungel bis auf trockenes, von hochaufragendem, im Sturm unheimlich knackendem Bambuswald bestandenes Land. Die Aufgabe bestand darin, einen Weg landein zu bahnen, was nach der Dschungelläufergrundregel geschah: Man richtete sich nach den Baumkronen — je dichter sie waren, desto besser, denn dichte Baumkronen schirmten das Sonnenlicht ab, und das bedeutete weniger Unterholz.

Einmal stießen die Männer auf eine Tigerfährte, zweimal auf einen Trampelpfad. Der eine führte zu einer Lichtung, wo Nipah für den Hüttenbau geschlagen worden war. Ein ganzer Haufen frisch geschlagener Blätter lag zum Abtransport bereit. Es war anzunehmen, daß sie abgeholt würden, sobald es das Wetter zuließ. Auch hier fand sich Tigerlosung. Zum Glück keine frische.

Immer wieder von Wolkenbrüchen eingehüllt, drangen sie bis an den Rand der Reiseebene vor, wo sie eine gute Stunde damit zubrachten, den Verlauf der Be- und Entwässerungsdämme und der begehbaren Felddämme aufzuzeichnen. Soldaten entdeckten sie außer als Bewachung der Eisenbahnzüge, die auf dem etwa drei Meilen entfernten Damm vorbeirollten, nicht. Nach Süden, zum Fluß hin, arbeiteten Bauern im Reis.

Als es Mittag wurde und die Bauern sich in den Dschungel zurückzogen, um dort, vom Wind geschützt, Pause zu machen, begannen die fünf Männer sich auf den Damm zuzubewegen. Nach anderthalb Stunden erreichten sie eine Stelle, die geradezu ideal zu sein schien, weil sich jenseits des Eisenbahndammes die Ausläufer eines Bergzuges erhoben, mit Schluchten voller herabgestürzter Urwaldbäume. Der Lieutenant vervollständigte die Karte der Reisfelder und ihrer verschiedenen Dämme, prüfte wieder und wieder mit dem Kompaß und trat dann mit seinen Leuten den Rückzug an. In der Abenddämmerung war das Versteck wieder erreicht — inzwischen so gut getarnt, daß es ohne einweisende Pfiffe nicht zu finden gewesen wäre.

Die zweite Nacht wurde noch schlimmer als die erste. Denn obwohl man insektenabwehrende Salbe gegen die Moskitos mitgenommen hatte, konnte man das Mittel nicht einsetzen, da sein chemischer Geruch selbst gegen den Wind zu riechen war.

Die beiden Offiziere beratschlagten unter einem kleinen Gummizelt beim Schein ihrer Taschenlampen, und Nicholson beschloß, in dem von Lieutenant Brown entdeckten Schluchtengebiet jenseits der Bahnlinie einen zweiten Stützpunkt zu errichten. Dort sollten das Trinitrotuluol und die Geräte für die Sprengung der Flußbrücke deponiert werden. Er selber wollte die Sprengung mit den Leuten seines Bootes übernehmen und danach zu den anderen stoßen, die inzwischen die Schienen so weit lockern sollten, daß in der Nacht zum Donnerstag alles mit einem Schlag durchgeführt werden konnte: Schienenabtransport und Sprengung zu gleicher Zeit.

»Sagen wir — um drei?«

»Zwei Uhr dürfte besser sein, Sir. Wir haben auf dem Rückweg hierher anderthalb Stunden durch die Reisfelder benötigt und weitere anderthalb Stunden durch den Dschungel. Von der Brücke aus dürfte es noch gut eine Stunde mehr sein — und das heißt, daß es Tag ist, bis wir wieder hier sind. Das Dumme ist, daß wir nicht wissen, wo die Bauern arbeiten werden. Es könnte passieren, daß es auf unserem Wege ist, dann müßten wir Umwege nach Ersatzplan II oder III machen.«

Nicholson stimmte zu. »Well, dann werde ich so aufbrechen, daß ich in den Schluchten bin, wenn die Sonne aufgeht. Einer von den Leuten, die bei Ihnen waren, soll uns führen. Den Tag über werden wir uns ebenso versteckt halten wie Sie hier. Und lassen Sie morgen abend nicht mehr als zwei Leute zurück, dazu Finch. Nur für den Fall, daß so ein Bauer über die Boote stolpert oder der Tiger an unseren Proviant will. Bei einem Angriff der Japaner hätten wir sowieso nur eine Chance, wenn wir uns aufs U-Boot zurück retteten.«

»Und wenn morgen etwas passiert? Mit Ihnen, Sir? Oder mit uns?«

»Keine Heldentaten! Das einzig Wichtige ist der Auftrag — *Codfish* hat die Bahnlinie zu unterbrechen.«

»Mit anderen Worten, Sir . . . «

»Ich lasse Sie sitzen, Sie lassen mich sitzen — wenn dadurch der Auftrag gefährdet ist.«

Um halb zwei brachen Captain Nicholson und seine sieben Männer auf. Bis zum Bahndamm verlief der Marsch ohne Zwischenfall. Doch gerade als der erste Mann sich anschickte, über den Damm zu robben, dampfte von Anak Butik Alor her, der nächsten Station hinter dem Fluß, ein Zug heran. Das war Pech, doch hatte man es einkalkuliert. Was die Sache merkwürdig machte, war das Verhalten der Zugwachen. Auf je einem Flachwagen vor der Lokomotive und am Ende des aus Güterwagen bestehenden Zuges postiert, bestrichen sie wieder und wieder die Gegend mit ihren Scheinwerfern und dem Feuer schwerer MGs. Kaum zehn Meter vor dem niedrigen Reisfelddamm, hinter dem die Männer lagen, klatschten die Geschosse in den Schlamm.

»Die haben nicht uns gemeint«, beruhigte der Captain seine Leute, als der Spuk vorüber war. »Wenn sie uns gemeint hätten, wären sie gezielter vorgegangen.«

»Wer sagt, daß sie es nicht tun, Sir? Vielleicht ist auch schon etwas gegen unser Sumpflager im Gange?«

Sie lauschten in die Richtung, aus der sie gekommen waren, doch dort war alles still. Nur der durchdringende Gesang eines schlaflosen Siamang war aus dem Bambus zu hören und das Rauschen des Regens.

Captain Nicholson schüttelte den Kopf. »Nein, ich glaube nicht. Sonst hätten doch auch die Zugwachen in diese Richtung geschossen.«

»Ich bin auch der Meinung, Sir, daß die Japse mehr oder weniger nur in die Gegend geballert haben«, nahm Nicholsons Stellvertreter wieder das Wort. »Die Frage ist bloß — warum gerade in diese?«

»Und wenn nicht auf uns«, mischte sich einer der Männer ein, »auf wen dann?«

»Sie meinen — vielleicht sind wir gar nicht allein hier?«

»Sieht doch fast so aus, Sir.«

»Ja, möglich wäre es. Vielleicht Partisanen.«

»Und was dann, Sir?«

»Es könnte ebensogut von Nutzen sein wie von Schaden, schwer zu sagen. Auf jeden Fall heißt es für uns, noch mehr aufzupassen.«

Wie geplant waren bei Sonnenaufgang die Berge erreicht. Die Männer teilten sich auf, um jeweils zu zweit das Terrain zu erkunden. Um acht Uhr war die für ihre Zwecke am besten geeignete Schlucht gefunden, um neun bezogen. Bis die Tarnung vervollkommnet und die besten Plätze für die Wachposten gefunden waren, war es mittag geworden. Das Versteck im Laub der gestürzten Baumriesen hätte geradezu gemütlich sein können, wenn nicht die Affenherden gewesen wären mit ihrem unaufhörlichen Gekeife, die blutrünstigen Zecken und die faustgroßen Giftspinnen.

Als einer der Posten zurückkam, machte er einen verstörten Eindruck. Durch das Fernglas, meldete er dem Captain, habe er am Rande einer Lichtung etwas Merkwürdiges entdeckt: Über ein größeres Areal hinweg erscheine das Gras anders als das übrige, und im Mittelpunkt sei etwas, das wie eine Feuerstelle aussehe. Er hatte sich nicht getäuscht, wie Nicholson, der sofort mit ihm loszog, feststellte. Es fanden sich Holzasche, angekohlte Äste, rußige Felsbrocken.

Nach einigem Herumstöbern stieß der Captain auf eine Abfallgrube. Als die darüber festgetretene Erde entfernt war, traute er seinen Augen nicht — die Grube enthielt neben den abgenagten Knochen zweier Affen auch Konservendosen. Und es waren keine anderen als die olivgrünen, weiß bedruckten amerikanischen *K-Rations*, die sie selbst auch mitführten.

Der Mann sah seinen Captain verblüfft an.

»Ich weiß, was Sie denken, Griffith, und es ist tatsächlich schon vorgekommen, daß zwei Einheiten nebeneinanderher operiert haben, ohne daß eine von der anderen wußte. Aber in unserem Falle ist das unmöglich. Sie kommen hier nicht anders heran als mit einem Schiff — und das einzige Schiff, mit dem so etwas trainiert worden ist, ist U ›Trochus‹ von Lieutenant-Commander Brennan.«

»Und wenn nun Amerikaner . . . «

»Die haben genug mit ihren Pazifikinseln zu tun. Außerdem gibt es eine gegenseitige Abgrenzung der Operationsgebiete für Kommandounternehmen.«

Nicholson scharrte die leeren Dosen mit dem Fuß zusammen. »Das Naheliegendste ist, daß es Japse waren, die hier campiert haben. Aber dann stellt sich natürlich die Frage, warum sie so bemüht waren, ihre Spuren zu verwischen. Also könnten es Partisanen gewesen sein, die die Konserven den Japsen gestohlen haben.«

Er blickte auf. »Haben Sie sonst etwas bemerkt?«

»Nein, Sir.«

»Gar keine schlechte Vorstellung, einen Trupp malaiische Dschungelkämpfer in der Nähe zu haben, die einem im Falle eines Falles den Rücken freischießen könnten, was, Griffith? Wann mögen sie Ihrer Meinung nach hiergewesen sein?«

»Gestern«, sagte Griffith sofort. »Es sind noch nicht mal Ameisen an den Knochen.« Er nahm einen davon an die Nase: »Riecht noch nicht nach Aas.«

Nicholson sah sich um. Der Wald umstand die Lichtung wie eine grüne Mauer — Eichen und Pfefferbäume, Palmen und Eisenholzbäume sowie dutzenderlei andere Arten, zusammengeflochten von Lianen aller Stärken, bewachsen mit Orchideen und dampfend wie eine Waschküche. Ein Mann, der sie unbemerkt beobachten wollte, wäre schon nach zwei, drei Schritten nicht mehr zu sehen gewesen, selbst wenn er keinen Tarnanzug trug.

»Kommen Sie, Griffith, hauen wir ab.«

Die Rationsbüchsen ließ der Captain mit Absicht offen liegen. Er nahm die Gefahr, daß sie von einer japanischen Patrouille entdeckt werden könnten, in Kauf, um den Leuten, von denen sie hinterlassen waren, ein Zeichen zukommen zu lassen. Vielleicht würden sie sich dann zu erkennen geben. Die Idee, daß im Hinterland der Japaner Partisanen operierten, direkt neben der Burmabahn, übte eine ungeheure Faszination auf ihn aus.

Doch bis zum Einbruch der Nacht ereignete sich nichts, und von da an hatte man sich darum zu kümmern, den Auftrag auszuführen.

14

Singapur hielt, was der Blick aus dem Flugzeug versprochen hatte. Eine bunte, aufregende, auf Hochglanz polierte Stadt, nicht nur reich, sondern sogar luxuriös. Anja war nicht überrascht, den Fahrstuhl zur Mittelstation der Seilbahn zur Insel Sentosa mit Velours ausgelegt zu sehen.

Sir Brennan hatte diesen Ausflug angeregt, und Anja war sofort einverstanden, als sie hörte, daß Sentosa im Malaiischen *Ruhe* bedeutet. Nach drei Tagen Chinatown und Little India, Japanischem und Chinesischem Garten, Krokodilfarm, Vogelzoo und Sri Miramman-Tempel war eine Erholungsinsel genau das, was sie nötig hatte. Sie freute sich aufs Schwimmen und Faulenzen und auf das Essen ohne Hetze in einem Strandlokal, zu dem Kapitän Findley von der *Manning* herüberkommen wollte. Die beiden Männer wollten zum alten Fort Siloso, wo es exotische Waffen, und ins *Maritime Museum*, wo es eine Ausstellung über den Krieg in Südostasien zu sehen gab.

Die Fahrt führte über den westlichen Teil des Keppel Harbour mit der Ölwerft, dem King's und dem Queen's Dock, dem neuen Passagierschiff-Quai Jardines Steps und einem scheinbar regellosen Gewimmel von Leichtern, Fähren, Frachtern, Tankern, Polizeibooten und Barkassen. Hinter Sentosa — einer grünen Insel mit drei Hügeln — waren um die hundert auf Reede liegende Schiffe zu sehen. Die Grenze zu Indonesien verlief etwa in der Mitte der Meerenge, keine sechs Meilen von Singapurs Stadtkern entfernt, wenn Brennan sich recht erinnerte.

»Ungefähr zehn Kilometer«, mischte sich der männliche Teil des Pärchens ein, das die Gondel mitbenutzte, ein lächelnder junger Chinese mit Badetasche und Picknickkorb, »Von St. John's Island sogar nur noch zweieinhalb.« Er verbeugte sich vor Brennan: »Wir stellen uns auf das metrische System um, Sir.«

»Welches ist St. John's?« erkundigte sich Anja.

Das Mädchen, ebenfalls Chinesin, zeigte auf eine Inselgruppe zwischen den ankernden Schiffen: »Von links nach rechts — Kusu, Lazarus, St. John's«, und ihr Begleiter fügte hinzu: »Lazarus hat eine Steilküste — gut, wenn Sie tauchen wollen —, St. John's ist mehr etwas zum Baden. Auf Kusu gibt es zwei alte Tempel, einen malaiischen und einen taoistischen.«

Die kleine Chinesin kicherte hinter vorgehaltener Hand: »Dieser ist *Tua Pek Kong* geweiht.«

»Und wer, bitte, ist das?«

»Tua-pekong«, sagte der Junge etwas belehrend, »wörtlich: alter Götze.«

»Ja, wörtlich«, fügte das Mädchen hinzu, »aber im übertragenen Sinne . . .«

Anja sah sie an.

Die Chinesin, ein Teenager in abgeschnittenen Jeans, errötete: »*Tua Pek Kong* ist ein Fruchtbarkeitsgott — deswegen ziemt es sich nicht mehr zu sagen, als ›der Gute Alte‹. Sie verstehen, man fährt hinüber, wenn eine Frau keine Kinder kriegt.«

Brennan, den es zunächst mißtrauisch gemacht hatte, als das Pärchen sich im letzten Augenblick mit ihnen in den Lift und dann auch in die Gondel drängte, war jetzt überzeugt, daß es sich um harmlose Jugendliche handele. Er hatte vor den anderen beiden nichts von Sir Crockers Warnung verlauten lassen, um sie nicht unnötig zu beunruhigen, und aus ähnlichem Grund auch die Sache mit der von DeLucci initiierten Beschlagnahmeverfügung für sich behalten.

»Wenn Sie aber etwas wirklich Interessantes erleben wollen«, zog der Chinese Anja wieder ins Gespräch, »müssen Sie noch etwas weiter fahren.« Er zeigte auf eine abseits gelegene Insel: »Da auf Seking leben noch die Ureinwohner von Singapur, die *Orang la'ut*, und zwar fast wie in der Urzeit.«

Anja sah den Jungen fragend an.

»*Orang* gleich Mensch, *La'ut* gleich Wasser, also Wasser- oder Seemenschen oder — wie Sie sagen würden — Insulaner. Sie dürften zu den Akit zu zählen sein, die in Ostsumatra zu Hause sind.«

Er verhehlte nicht den Stolz über sein Wissen, und er schien gut erzogen zu sein, denn er trat sofort beiseite, als man ankam. »Sie erlauben mir, Ihnen noch einen schönen Tag zu wünschen. Übrigens, in der künstlichen Lagune da unten badet man am besten.«

»Ich danke Ihnen.«

»Gern geschehen.« Er verbeugte sich wieder und entschwand mit dem Mädchen über den Dünenweg.

»Nette Kinder«, konstatierte Brennan. »Ist mir damals schon aufgefallen, wie überaus höflich die chinesische Jugend ist.«

Man trennte sich. Die Männer nahmen sich das Fort am Tiger-Kap zum Ziel, Anja die sandgesäumte Lagune.

Der Strand war alles andere als leer, und so konnte es nur Zufall sein, als Anja das Pärchen aus der Gondel wiedertraf. Im Vergleich zu dem, was hier Mode war, schien Anjas Tanga doch etwas zu winzig zu sein; selbst die Kleine trug nichts Vergleichbares. Anja legte sich zu den beiden, um nicht so aufzufallen.

Der junge Mann war älter, als er wirkte. Ein Student der Anthropologie, wie er erzählte, mit der Stammesgeschichte der Malaien als Steckenpferd. Er wußte über Kopfjägerfeste und Mannbarkeitsriten Bescheid, über die acht goldenen Kronen, die die Frauen der Urwaldbewohner bei ihren Festen trugen, und über deren Angst vor dem Herrn des Dschungels, dem Waldmenschen oder *Orang Utan*. Auf den Inseln habe sich noch einiges davon erhalten, und je entfernter sie lägen, desto mehr.

»Vielleicht fahren wir wirklich einmal hin. Seking hieß die Insel?«

»Sie können nach Seking, Sie können nach Sudong. Ich selber würde noch ein Stück weiter fahren, bis in den Riau-Archipel. Aber Sie können sich da ganz auf den Kapitän der ›Maniaka‹ verlassen.«

›Maniaka?‹

»Eine schöne Nymphe im Himmelreich des Gottes Indra«, sagte die nette kleine Chinesin.

»Eine Hochseejacht mit sechshundert PS.«

Der junge Mann sah Anja an. »An sich ist sie für die Sonntage Wochen im voraus ausgebucht, aber ich könnte das arrangieren . . . «

»Wenn es Ihnen keine Umstände macht.«

Als Anja den Zettel mit der Telefonnummer des Charterbüros verstaute, freute sie sich, sich bei Sir Peter für seine Einladung revanchieren zu können. Kaum zehn Minuten nachdem das Pärchen gegangen war, erschienen Brennan und von Thaur und wenig später, pünktlich auf die Minute, schob sich südlich der Badelagune das Schlauchboot auf den Sand, das Kapitän Findley brachte. Als sie ihm entgegengingen, sah Anja ihre beiden jungen Freunde auf dem Weg zur Seilbahn. Sie schienen es eilig zu haben.

Kapitän Findley führte einen ramponierten, schwarzen Aktenkoffer mit sich, mit dem er ziemlich geheimnisvoll tat. Nachdem sie in einem offenen, von Palmen und Orchideen beschatteten Lokal Platz gefunden und ihr Essen bestellt hatten, stellte er ihn neben von Thaur auf den Tisch.

»Was ist das?«

Findley legte seine beiden Hände auf den Kofferdeckel. »Sie werden es nicht erraten. Aber lassen Sie mich erzählen: Heute morgen kam dieser Dulgin an Bord, der Amerikaner aus San Francisco. Wir haben ihm die Kabine von Smiley gegeben, und kaum hatte er sie bezogen, erschien er bei mir und bat mich mitzukommen. Er hatte das Wertsachenfach in Smileys Spind aufgeschlossen und darin« – Findley ließ den Kofferinhalt klappern – »Uhren, Zigarettenetuis und Orden gefunden. Dieser Galgenstrick Smiley wollte sich das Zeug vermutlich unter den Nagel reißen. Ich wußte nichts davon, keiner von der Besatzung hat etwas gewußt.«

Brennan war rot angelaufen. Er hatte Mühe, seine Stimme zu dämpfen. »Aber Swayers hat eine Abmachung mit Herrn von Thaur, daß . . . «

»Ich weiß, Admiral. Jeder hat's gewußt, denn ich habe es ausdrücklich bekanntgegeben. Aber der Kapitän eines Bergungsschiffes kann nicht viel tun, wenn ihn seine Taucher übers Ohr hauen wollen. Er kann ja nicht immer jeden durchsuchen, der aus dem Wasser kommt.«

Brennan wandte sich an von Thaur: »Sorry, Dieter.«

»Mir tut es auch leid«, sagte Findley.

»Schon gut.« Brennan nickte ihm zu: »Machen sie auf.«

Der Koffer enthielt eigentlich nur Trödel, und doch erschien von Thaur etwas, was ihm zwischen rostigen, korallenverkrusteten Blechdosen und Eisernen Kreuzen, zwischen Sand und Muschelscherben entgegenleuchtete, schöner als alles, was er je in einer Juwelierauslage gesehen hatte. Behutsam nahm er es in die Hand – eine goldene Taschenuhr. Das edle Metall hatte kaum gelitten, es wirkte, jahrelang von Wasserpartikeln geschliffen, eher noch feiner. Stumm, beobachtet von der Runde, versuchte Dietrich von Thaur, den hinteren Deckel zu öffnen, doch das Tafelmesser, das er benutzte, erwies sich als zu breit für den Spalt. Findley half mit seinem Bordmesser aus, und mit dessen Marlspieker gelang es, den Deckel zu lockern. Von Thaur schloß kurz die Augen, bevor er ihn aufmachte. Auch Brennan räusperte sich, als von Thaur nun sein Taschentuch hervorholte und den Beschlag im Deckelinnern abwischte.

Als die Höhlung wieder spiegelnd glatt war drehte von Thaur die Uhr so, daß man lesen konnte, was dort in Antiqua eingraviert stand: »D. v. Th. – 21. Mai 1939.«

Brennan räusperte sich wieder. »Deine?«

»Das Geschenk meines Großvaters zu meiner Firmung. Vier Wochen zuvor war ich elf geworden.«

Dietrich von Thaur strich leicht mit den Fingerspitzen über die Gravur, stand plötzlich auf und trat an die Balustrade, um auf das Meer zu schauen.

Anja wußte nicht, warum sie tat, was sie tat. Sie lief zu ihm und küßte ihn und wurde sich dessen erst bewußt, als er sie wiederküßte. Als sie sich abwenden wollte, ergriff er ihr Handgelenk. Er sagte nichts. Er stand da und sah hinaus auf das Meer, das sich am Horizont im Dunst verlor.

Als sie zurückkamen, war das Bier gebracht worden, das man bestellt hatte, und Findley hob sein Glas: »Auf Ihr Wohl, Sir – und diesen Tag!«

Dietrich von Thaur nickte nur abwesend, denn was er noch in Findleys Köfferchen gefunden hatte, beschwor ein Bild von so plastischer Deutlichkeit herauf, daß ihn trotz der Mittagshitze fröstelte: Die Äquatortaufe auf der U 859, fünf Tonnen kristallklarer, kalter Atlantik, die durch die Feuerlöschanlage zischten, tanzende Nackte – und auf der Brust des Kommandanten dieses Medaillon mit dem H und dem D, welches er jetzt in seiner Hand hielt.

Er wandte sich an Anja: »Hat Ihre Frau Mutter Ihnen mal etwas von einem Medaillon erzählt? Einem Medaillon, das Ihr Vater getragen hat?«

»Ja, ein verfrühtes Geschenk zu seinem achtundzwanzigsten Geburtstag – warum?«

Von Thaur nahm Anjas Hand und sah ihr in die Augen, dann ließ er das Medaillon in ihre Hand gleiten und drückte sie zu. Es war ganz still. Doch als die Stille gerade unerträglich zu werden drohte, erschien die Bedienung mit dem Essen. Sie hatten *Satay* bestellt und aßen die Fleischspießchen, Brennans Beispiel folgend, aus der Hand.

»Sie wissen nicht«, fragte von Thaur den Kapitän, »wo diese Sachen gefunden wurden?«

»Nein, nur, daß man sie niemand abgenommen hat. Die Taucher haben mir übereinstimmend erklärt, daß sie auf keinerlei sterbliche Überreste gestoßen sind.«

»Was suchten sie überhaupt in dem Boot?«

»Eine Möglichkeit, an das Quecksilber zu kommen, nehme ich an.«

»Das steckt unten im Ballastkiel. Eine Art Blechkiste, die man bloß aufzuschweißen braucht.«

»Aber es soll unmöglich sein, da heranzukommen.«

»Wir bereden das, wenn ich genau weiß, wie die Verhältnisse da unten sind.«

Brennan mischte sich ein, und das Gespräch begann sich um Technisches zu drehen. Anja mußte immer wieder auf das Medaillon blicken. Sie mochte es nicht öffnen; das stand allein ihrer Mutter zu.

»Hat — hat mein Vater das Medaillon oft getragen?« fragte sie von Thaur.

Er lächelte sie an. »Immer.« Dann legte er seine Hand auf die ihre, die das Medaillon hielt. »Wenn Sie möchten, erzähle ich Ihnen einmal von ihm.«

Nach dem Essen und einer Stunde Siesta unter den Orchideen fuhr Kapitän Findley zur ›Manning‹ zurück, um zwei weitere Taucher in Empfang zu nehmen, Llowell Beach und Garry Marx, zwei Engländer, die bisher im Golf von Akaba gearbeitet haben.

Anja schloß sich Sir Brennan und von Thaur an, als sie zum Maritime Museum aufbrachen. Das Wachsfigurenkabinett im *Surrender Chamber*, von dem Brennan sich so viel versprochen hatte, erwies sich als Enttäuschung. Nur General Itagaki war sich ähnlich, dank seiner völligen Glatze. Alle anderen, besonders Mountbatten, erschienen ihm zu blond, zu jung.

Es sollte nicht die letzte Überraschung dieses Tages sein. Als Anja nach einer erfrischenden Dusche von ihrem Hotelzimmer zu der mit den Männern verabredeten Cocktailstunde in die Bar ging, fiel ihr Blick im Foyer auf einen Stapel Koffer. Zuerst war es nur die exklusive Farbe des Leders, die sie darauf zusteuern ließ. Dann bemerkte sie die Initialen des Besitzers. Und sie erinnerte sich plötzlich, solche Initialen schon einmal auf einem Attaché-Koffer gesehen zu haben.

Anja wandte sich an den Empfangschef: »Ich möchte Signor DeLucci sprechen.«

»Tut mir leid, Madame, Mr. DeLucci ist nicht da.«

»Sagen Sie mir Bescheid, wenn er . . . «

»Ich denke nicht, daß Mr. DeLucci noch einmal zurückkommt. Er hat sich bereits verabschiedet. Sein Pilot pflegt sich um das Gepäck zu kümmern.«

»Ach, so. Dann . . . «

Sie brach ab, entnahm ihrer Handtasche eine Visitenkarte. »Sie wissen nicht zufällig, was ›schade‹ auf italienisch heißt?!«

»Aber ja, Madame. Schade — *é peccato*. Oder vielleicht besser: *Che peccato*.«

Anja schrieb es in Druckbuchstaben auf die Rückseite der Visitenkarte und darunter ein großes A, dessen Schwung genau das ausdrückte, was sie für Marco DeLucci empfand.

MALAKKASTRASSE II

Alles ging wie nach Plan. Captain Nicholson und seine Gruppe hatten weit vor Mitternacht die Brücke über den Sungai Padang Terap erreicht und binnen einer Stunde herausbekommen, nach welchem System die Bewachung funktionierte. Am jenseitigen Ufer gab es eine Wachbaracke, belegt mit einem Feldwebel und zwölf Soldaten, von denen jeweils zwei an jedem Ende der Brücke patrouillierten, und zwar so, daß sie sich bei ihrem Hin und Her jedesmal in der Mitte trafen. Die Brücke, eine hölzerne Jochbrücke, war etwa hundert Fuß lang, und die Wachen brauchten vier Minuten für den Weg hin und zurück, so daß jeweils drei Minuten für das Anbringen der Sprengladungen und das Verlegen der Zündschnüre zur Verfügung standen. Der Himmel war von Wolken bedeckt, es

295

regnete zeitweise, und ab und zu heulten auch Sturmböen durch das Gebälk. Wenn sich die Posten an den Brückenenden befanden, brauchte man nicht einmal zu flüstern.

Sie brachten je eine Packung Trinitrotoluol an den vier mittleren Jochen an und je eine an jedem Endlager, außerdem eine zusätzliche an der zum Fluß gelegenen und nur von dort zu erreichenden Rückwand der Baracke. Um halb zwei war die Arbeit beendet. Der Rest hieß warten.

Zehn Minuten vor der mit Lieutenant Brown vereinbarten Zeit tauchten Lichter an der Bahnstrecke auf. Sie stammten von einer Draisine. Das Fahrzeug hielt vor der Wachbaracke und zwei Offiziere kletterten heraus. Im nächsten Moment war der Teufel los. Pfeifensignale ertönten und Befehle, die Wachmannschaft stürzte ins Freie und stellte sich in Reih und Glied.

Wenn die Offiziere gekommen waren, um die Soldaten zu warnen, war dies die letzte Gelegenheit, die Sprengung durchzuführen. Captain Nicholson vermutete jedoch, daß es sich nur um eine Inspektion handele, und er hatte recht. Als plötzlich wieder ein heftiger Regenguß herunterrauschte, schickte der Wachhabende die Soldaten ins Trockene zurück. Nicholson wartete, bis auch der letzte Japaner verschwunden war, dann gab er das Signal.

In der Sekunde darauf detonierten alle sieben Ladungen mit einem gewaltigen Krachen, und in ihrem Aufblitzen konnte man die Brücke mitsamt den Posten, Eisenbahnschienen und Schwellen, mit der Wachstube und der Wachmannschaft in die Luft fliegen sehen. Als das letzte Stück heruntergekommen und niemand mehr gefährdet war, hob Captain Nicholson den Kopf aus dem Dreck, pfiff kurz und erhob sich. Aus einiger Entfernung sahen die Männer noch einmal zurück, aber es war nichts Verdächtiges zu hören oder zu sehen.

»Well«, sagte Captain Nicholson, »laßt uns sehen, daß wir rasch und ungesehen ins Lager kommen.«

Auf dem Rückweg kamen sie an der Stelle vorbei, wo Lieutenant Brown und seine Leute die Schienen abmontiert hatten — über gut anderthalb Meilen —, und als es hell wurde, hatten sie den schützenden Bambuswald erreicht. Auf jenem Trampelpfad, von dem der

Lieutenant gemeint hatte, er stamme von Jägern, stießen sie unverhofft auf einen seiner Männer. Er machte ihnen hastig Zeichen, still zu sein und in Deckung zu gehen. In dem morastigen Dschungel zwischen Bambuswald und Mangrovensumpf, meldete er, steckten Soldaten.

»Also doch«, murmelte Nicholsons Stellvertreter.

Zwanzig Minuten später lag der Captain neben Lieutenant Brown in der wassergefüllten Suhle eines Wildochsen.

»Wie viele sind es?«

»Bisher haben wir zwanzig gezählt, Sir.«

»Bewaffnet?«

»Fast nur mit Handfeuerwaffen — Automatik-Gewehre, Pistolen, Maschinenpistolen, dazu zwei MGs. Da drüben auf der gespaltenen Eiche können Sie einen der Kerle sehen, Sir.«

Der Mann, der mit einem Glas schlechter Qualität in ihre Richtung sah und wohl als Rückendeckung fungierte, trug Olivgrün und kreuzweise über der Brust Patronengurte für das leichte MG, das in einer Astgabel plaziert war.

»Ich verstehe nicht, Sir, warum sie das Lager nicht angreifen.«

»Vielleicht ist es nur eine Patrouille, die zufällig vorbeigekommen ist. Vielleicht warten sie auch auf Verstärkung.«

»Dann sollten wir — erlauben Sie, Sir — das ausnutzen und durchstoßen.«

»Nein, Lieutenant. Die U ›Trochus‹ kommt Punkt acht Uhr abends. Das ist in vierzehn Stunden. Bis dahin lebt keiner von uns mehr, wenn wir jetzt anfangen, Krieg zu spielen. Ich finde, wir sollten diesen Aufmarsch hier umgehen und heimlich versuchen, ins Lager zu gelangen. Vergessen Sie nicht, daß der Mangrovensumpf ein verdammt heikles Hindernis darstellt, wenn Sie kein Boot haben.« Nicholson klopfte Brown auf die Schulter. »Aber darin gebe ich Ihnen recht, Lieutenant — zu verstehen ist das alles nicht.«

Der Marsch war schlimmer als alles, was die *Codfish*-Leute bisher auf sich genommen hatten. Stunde um Stunde kämpften die einunddreißig Männer mit Lianen, Nipahpalmen, Bambus und verfilztem Unterholz, schlugen sich mit Moskitos, Wasserschlangen, Blutegeln und Brüllaffen herum. Doch als es Nacht wurde, steckten sie fast hoffnungslos in einem Gebiet tiefer Sumpflöcher, und von ihrem Lager war noch weit und breit nichts zu sehen. Nur so viel war klar: Bis zu der mit U ›Trochus‹ verabredeten Zeit würden sie es niemals schaffen.

Merkwürdig war das Verhalten der Japaner. Seit dem frühen Nachmittag hatte es immer wieder geschossen, sogar mit schweren Geschützen, doch das meilenweit landein.

Als es fast dunkel war, stolperten die drei Männer, die die Vorhut bildeten, über einen schlitzäugigen Gelben. Obwohl bis an die Zähne bewaffnet, unternahm der Mann nichts. Statt dessen winkte er freundlich und grinste. Er trug Uniform, aber nicht die steife, hohe Mütze der japanischen Soldaten, sondern eine Ballonmütze. Er war gar kein Japaner. Er war Chinese. Aber er war auch kein Partisan, sondern ein Angehöriger der regulären chinesischen Armee, die in den letzten Monaten von Yünnan her durch ganz Siam bis ins malaiische Gebiet eingesickert war.

Als sie, von ihm geführt, im Sumpflager anlangten, war es 20.30 Uhr. Staff-Sergeant Finch hockte mit dem Offizier der Chinesen zusammen, löffelte Reis aus einem schwarzen Lackschälchen und machte sich Sorgen, wo sie abgeblieben wären.

»Das darf ja wohl nicht wahr sein«, ächzte Nicholson und ließ sich in den Sumpf sinken.

Der chinesische Offizier, ein Hauptmann, sprach fließend Englisch. »Sorry, Captain. Wir wären lieber oben im Bergwald geblieben, denn es war bestimmt angenehmer dort als hier in den Mangroven, auch wenn die Japaner ab und zu hineinschossen. Doch dann sind Sie gekommen . . . «

» . . . um eine Bahnlinie zu zerstören, die Sie, Herr Hauptmann, schon längst hätten zerstören können, wenn Sie gewollt hätten.«

Der Hauptmann war ein Chinese, und als Chinese war er ein höflicher Mensch. Er lächelte und machte eine Geste. »Konfuzius spricht: ›Der Mensch wandelt auf Erden, aber er bestimmt nicht den Weg‹.«

Wenig später schlug die erste Granate ein.

Kurz nachdem U ›Trochus‹ am Donnerstag zur Programmzeit aufgetaucht war, erschien der Radio-Mann bei Lieutenant-Commander Brennan: »Eine dringende Nachricht vom Hauptquartier, Sir.«

Dem Kommandanten wurde vom Chef des Stabes der *Eastern Fleet* in Colombo mitgeteilt, daß sich der Operationsplan für sein Boot geändert habe und er wegen der Einzelheiten sofort Kontakt mit der *Submarine-Killer-Group* aufnehmen sollte. Die Sache sei von höchster Wichtigkeit. Gegebenenfalls müsse *Codfish* verschoben werden.

Brennan zeigte das Funktelegramm seinem I. WO Bandemer: »Schreibtischkrieger! Möchten ein Unternehmen verschoben haben, das seit sechzig Stunden läuft.« Er knetete sein Kinn. »Hoffentlich verlangt man nicht von uns, Captain Nicholson sitzenzulassen.«

»*Submarin-Killer-Group*«, sagte Lieutenant Bandemer mit nachdenklichem Blick auf das Blatt. »Das hört sich an, als sollten wir auf einen Kollegen von der anderen Seite angesetzt werden. Gibt es denn ein Japsenboot hier in der Gegend, Sir?«

»Nicht daß ich wüßte.«

»Vielleicht kommt eines die Malakkastraße herauf?«

Brennan schüttelte zweifelnd seinen Kopf. »Na, wir werden es ja gleich erfahren. Ich rede selber mit Trinkomalee.«

Eine halbe Stunde später wurden die Offiziere zum Kommandanten gebeten. Brennan hatte einen Wust von Papieren vor sich, dazu eine Seekarte, auf der eine Linie gezogen war. Er nickte Bandemer bestätigend zu und ergriff das Wort, während er die Seekarte so auf dem Tisch herumdrehte, daß die Beschriftung von allen zu lesen war.

»Gentlemen, sitzen Sie bequem und hören Sie zu. Südöstlich der Chagosinseln ist am 2. September von der Träger-U-Jagdgruppe ein deutsches Unterseeboot wahrgenommen worden, das mit Kurs vierzig Grad lief, also Richtung Nordspitze Sumatra. Die Träger-U-Jagdgruppe — eine kleine Flotte, wie Sie wissen, mit Flugzeugträger, Kreuzern und Zerstörern — war eigens dazu ausgelaufen, dieses U-Boot zu stoppen. Aber die Herren Kameraden, die es sogar aus der Luft gesehen haben, konnten nichts dagegen ausrichten. Dieses Boot ist vom Auslaufen an beobachtet und seit der Umrundung des

Kaps der Guten Hoffnung praktisch nicht mehr aus den Augen gelassen worden. Trotzdem gelang es ihm, vier Dampfer zu torpedieren, darunter einen mit einer unersetzlichen Kokosölfracht. Das Boot ist inzwischen fast ein halbes Jahr und rund zwanzigtausend Seemeilen unterwegs, ohne daß ihm etwas anzuhaben gewesen wäre. Gestern nun hat Berlin ihm die Erlaubnis gegeben, Penang anzulaufen, denn die Leute sind am Ende ihrer Kräfte. Und damit, Gentlemen, kommt die ›Trochus‹ ins Spiel.«

Brennan zeigte auf die Karte. »Da ist die Insel Penang – hier stehen wir. Der Kurs zum Penang-Hafen George Town ist der eingezeichnete, die Minenfelder, die uns bekannt sind, wurden berücksichtigt. Wie Sie sehen, führt die Route nordostwärts um Penang herum durch den North Channel oder Selat Utara.«

Lieutenant-Commander Brennan setzte sich zurück, ein straffer, schmaler Sportsmann-Typ mit hoher Stirn und grauen Augen.

»Ein fremdes Schiff, das den minenfreien Weg nicht kennt, braucht einen Lotsen, mit dem es sich logischerweise irgendwo treffen muß. Ein solcher Treffpunkt könnte die Insel Langkawi mit ihrem fast dreitausend Fuß hohen unübersehbaren Rayaberg sein. Sie liegt in den Gewässern, in denen wir operieren.«

»Dann brauchen wir also nur zu warten.«

»Beinahe, Lieutenant Bandemer. Doch erstens ist Langkawi mit vierhundertundzwanzig Quadratmeilen nicht gerade klein, und zweitens ist es von Dutzenden anderer Inseln umgeben, zwischen denen sich der Gegner leicht verbergen kann. Deshalb werden wir uns besser ein Stück südwärts absetzen – und zwar legen wir uns dort auf die Lauer, wo der Kurs eines Schiffes, das von Langkawi nach George Town will, in den minenfreien Weg einmündet.«

Brennan hob die Stimme: »Irgendwelche Fragen?«

Ein junger Offizier meldete sich: »Weiß man, um was für ein U-Boot es sich handelt?«

»Ja. Um U 859.«

Brennan wartete noch einen Augenblick. Dann legte er die Hände zusammen. »Tja, Gentlemen, man erwartet einiges von uns. Wir sollen endlich vollbringen, was Flugzeuge, Zerstörer und Korvetten in fünf langen Monaten vergeblich versucht haben.«

»Das ist doch nur noch Formsache.«

»Sachte, Bandemer. Da ist ein Haken.«

»Sir?«

»Von Langkawi bis Penang sind es siebenundsechzig Seemeilen. Für die Deutschen, die über Wasser marschieren dürften, sind das rund vier Stunden − für uns unter Wasser aber sind es zehn. Und da wir nicht wissen, wo U 859 zur Zeit steht, ist Eile geboten. Mit anderen Worten: Wir müßten eigentlich schon da sein.«

»Aber − Captain Nicholson?!«

»Ich sagte ja, daß da ein Haken ist.«

Lieutenant-Commander Brennan ließ seinen Blick auf dem Porträt König Georgs VI. ruhen, welches über der Tür des Offiziersraumes hing. Seine Finger spielten mit einem Bleistift.

»Bis zwanzig Uhr − der mit Nicholson verabredeten Zeit − sind es nur noch sechseinhalb Stunden. Zusammen mit unserer auf zehn Stunden veranschlagten Fahrzeit macht das sechzehneinhalb Stunden. Und dazu kommt noch die Zeit, die die *Codfish*-Leute für das Einschiffen benötigen − vorausgesetzt, daß sie überhaupt pünktlich da sind. Das heißt: Es kann leicht ein ganzer Tag zusammenkommen. Und diesen Tag haben wir nicht.«

»Sir, wir können doch Captain Nicholson nicht . . . «

Hugh ›Snatch‹ Bandemer brach ab. Er wußte selber, daß es hier nicht ums Können ging, sondern ums Müssen.

In die lastende Stille sagte Kommandant Brennan: »Ich habe noch etwas vergessen: U 859 ist kein gewöhnliches Unterseeboot, U 859 transportiert Quecksilber. So viel Quecksilber, daß Japans Rüstungsindustrie damit über ein Jahr lang Zünder für Granaten, Bomben und Torpedos herstellen könnte. Millionen von Zündern − für Millionen von Toten.«

Niemand sagte ein Wort. Man konnte das Trommeln der Regentropfen hören, die der Monsun über das Bootsdeck trieb.

»Wir haben uns«, sagte Brennan leise, »an Befehle zu halten. Unser Befehl lautet eindeutig, *Codfish*, insofern wir daran beteiligt sind, abzubrechen und U 859 zu versenken. Daß England groß geworden ist − ich brauche es Ihnen nicht zu sagen, Gentlemen −, ist vor allem einem zu verdanken − der Disziplin.«

Er straffte sich, und der Blick seiner grauen Augen wurde konzentriert, während es in seinem Gesicht noch arbeitete. »Lieutenant Bandemer — wir nehmen Kurs auf Penang. Lassen Sie Trinkomalee anfunken, und geben Sie die mit Captain Nicholson verabredete Position durch, vielleicht ist ja jemand anderer in der Nähe, der sich um die Männer kümmern kann.«

Die ›Maniaka‹ war zauberhaft wie die Nymphe, deren Namen sie trug. Der Rumpf war weiß, das Deck mahagonifarben, die Reling aus funkelndem Messing. Im Salon der Jacht erwartete ein livrierter Steward die Gäste mit einem üppigen Imbiß, und auf dem Vordeck standen unter einem Sonnenschutz bequeme, schwenkbare Ledersessel und Körbe voll Obst.

Wenn etwas nicht in Ordnung schien, so höchstens der Preis, der dafür zu zahlen war. Er rangierte an der untersten Grenze dessen, was Anja im *Raffles* für die übliche Hafenrundfahrt genannt worden war. Doch der Kapitän meinte mit einem Lächeln, es habe schon alles seine Richtigkeit.

Er nannte sich Mr. Majid und erregte von Anfang an Anjas Mißtrauen: Er war ihr zu jung, zu dienstfertig und zu geschniegelt. Er trug eine weiße Kapitäns-Uniform mit kurzem, hochstehendem Kragen und Goldknöpfen, dazu eine weiße Mütze und natürlich die übliche Sonnenbrille. Aber irgendwie wirkte er verkleidet.

Auch Brennan empfand das. Doch machte er sich keine Sorgen. Seit er die Massen gesehen hatte, die auf die Fähren, Dschunken und Ausflugsdampfer strömten, fühlte er sich ganz sicher. Die halbe Stadt schien an diesem Sonntagmorgen unterwegs, und wenn Mr. Majid sie am stillen South Pier und nicht am Clifford Pier, wo alles zusammenlief, erwartet hatte, so war das nur zu loben. Brennan freute sich auf die Fahrt. Er freute sich darauf, fremde Menschen kennenzulernen, denn es erinnerte ihn an jene Zeiten, als er mit einer Rikschah durch die Eingeborenenviertel gestreift war.

Singapur blieb zurück, dann auch Sentosa und die anderen Freizeitinseln, und die unruhige Strömung der Straits begann sich mit gekräuselten, harten Wellen bemerkbar zu machen. Doch bald wurde es wieder ruhiger, die indonesischen Inselgewässer taten sich auf mit der Jodoh-Bay, in der die ›Maniaka‹ auf Steuerbordkurs ging.

»Aber Riau liegt links«, meinte Brennan irritiert.

»Er hat nicht Riau gesagt«, sagte Anja und meinte den netten chinesischen Studenten, »er hat gesagt: Riau-Archipel.«

Brennan legte ihr begütigend die Hand auf den Arm: »Die werden schon wissen, wo es lang geht.«

Die Inseln wurden zahlreicher und kleiner. Einige bestanden nur aus Mangrovenwald, manche gar aus Korallenklippen. Auch die Insel, die man schließlich ansteuerte, machte keinen besonders einladenden Eindruck. Sie war ein wenig größer als die anderen, und es gab auch einen primitiven Anlegesteg. Doch weder ein Boot noch eine Hütte war zu sehen, was Brennan vor allem fehlte, waren die neugierig zusammenlaufenden Kinder.

»Ist aber nicht viel los hier, hm?«

»Dorf auf andere Seite«, beruhigte Mr. Majid, »und heute Sonntag, alles in Kirche.«

»Dann fahr uns hinüber.«

»Drüben Lagune sehr flach, zu flach für Schiff. Nicht weit laufen, Tuan, zehn Minuten.«

»Na, dann marsch. Voran, Freund!«

»Erst noch ausladen Essen und Getränke. Auch kleine Geschenke für *Orang-la'ut.*«

Die beiden Männer waren schon am Strand, als Anja von Bord ging. Sie legte Handtasche und Jacke, die sie schon in der Hand gehabt hatte, wieder ab, denn der Steg erwies sich als sehr wackelig. Mr. Majid half ihr, und der Blick, den sie dabei durch seine Brille auffing, kam ihr merkwürdig vor. Mit diesem Eindruck beschäftigt, hörte sie, wie hinter ihr der Motor plötzlich wieder laut wurde. Und schon rauschte die Hecksee auf und übersprühte sie mit einem Schwall Wasser. Anja, die sich festhalten mußte, wußte sofort, daß die ›Maniaka‹ — wenn sie überhaupt so hieß — auf und davon und alles nur eine Falle war. Die Planken und Pfähle des Stegs waren nur provisorisch mit Bindfaden zusammengehalten und zu nichts weiter bestimmt, denn als Köder zu dienen.

Es dauerte nur Minuten, dann war auch das Motorgeräusch des davonjagenden Schiffs nicht mehr zu hören. Sie waren allein.

Anja schluchzte auf: »Es ist meine Schuld. Es ist einzig und allein meine . . .«

»Nicht doch«, sagte von Thaur zu ihr. »Es gibt Schlimmeres.«

»Aber wir haben nichts zu essen, und zu trinken. Ich habe nur Shorts und T-Shirt, und ihr beide habt nicht mal euer Jackett!«

»Wir haben noch unsere guten Nerven, und die müssen wir uns erhalten. Verhungern werden wir schon nicht.« Von Thaur zeigte auf das üppig wuchernde Grün. »Da, es gibt Kokosnüsse, und es wird auch noch anderes geben.«

Brennan verzog sein Gesicht: »Hast du schon mal versucht, eine Kokosnuß vom Baum zu holen? Und hast du, wenn du sie unten hattest, schon mal versucht, sie aufzukriegen?«

Er blieb ohne Antwort und wurde sich bewußt, daß er einen Fehler gemacht hatte. Von Thaur hatte sich nur optimistisch gegeben, um Anja nicht zu ängstigen. Also sagte er: »Was schlägst du vor?«

»Zunächst einmal — aus der Sonne zu gehen.« Von Thaur grinste. Den anderen voran stapfte er durch den losen, tiefen Sand, um sich am Rande des Dickichts niederzulassen. »Kommt, laßt uns beraten.« Er verzog das Gesicht zu einer Grimasse. »Sieht so aus, als hätte man uns gekidnappt.«

Sie berieten, was zu tun sei, und fragten sich, warum man sie ausgerechnet auf diese spezielle Insel verschleppt habe. Vielleicht wurden sie erwartet, aber dann erhob sich die Frage, wieso die Kidnapper sicher sein konnten, daß nicht zufällig ein Unbeteiligter auftauchte und ihre Pläne, Lösegeld zu ergaunern, durchkreuzte. Brennan kam auf die Lösung, als er sich erinnerte, daß es in diesen Gewässern eine Lepra-Station gegeben habe.

»Dies könnte sie gewesen sein.«

»Aber dann müßte es doch Unterkünfte geben, irgendwelche Behausungen?« Von Thaur erhob sich. »Laßt uns doch einmal um die Insel herumgehen.«

»Warum nicht einfach quer durch den Wald?« fragte Anja.

»Weil wir am Strand eher gesehen werden — falls doch jemand vorbeikommt.«

Es war schwer zu sagen, wie groß die Insel war. Die Uferlinie bildete Buchten und Landzungen, welche sie entweder durchwateten oder überquerten. Sie gingen ostwärts, an der der Sonne abgewandten Seite, um den Schatten der Bäume auszunutzen, doch alles, was sich fand, waren Treibholz und angespülte braune Kokosnüsse sowie Plastikflaschen, Muscheln und Seetang.

Als Anja sich für einen Moment von beiden Männern entschuldigte, war eine Stunde vergangen.

Von Thaur und Brennan waren schon langsam weitergegangen. Da hörten sie plötzlich hinter sich einen Schrei, schrill und gellend.

»Was ist denn? – Anja?«

Von Thaur sah, wie Anja sich an eine Palme klammerte, doch er konnte nichts entdecken, was sie bedrohte. Es hätte höchstens eine Schlange im hohen Gras sein können, doch er hatte noch nie von Schlangen auf den Inseln der Java-See gehört.

Als er näher kam, sah er, daß sie sich am Rand einer versteckten Lichtung befand, und als er ihrer Blickrichtung folgte, entdeckte er Hütten.

»Was ist? Menschen?«

Anja schrie nicht mehr. Sie deutete auf etwas bei den Hütten, das aussah wie braune Bündel, aber von Thaur erkannte schon an dem Geruch, der herüberdrang, daß es keine Bündel waren, sondern Leichen. Und daß sie – aufgebläht, glänzend vor Prallheit und umschwirrt von schillernden Fliegen – nicht viel älter als zwei, drei Tage sein konnten.

Er drehte Anja an den Schultern herum: »Schau nicht hin.«

Er preßte sein Taschentuch vor den Mund, als er die Toten in Augenschein nahm. Einige waren erstochen, andere erschlagen worden. Männer, Frauen, Kinder.

Er ging zu Anja zurück, nahm sie bei der Hand und zog sie einen kaum auszumachenden, doch offensichtlich von Menschen getretenen Pfand entlang. Mehrmals rief er nach Brennan, blieb aber seltsamerweise ohne Antwort.

Als er auf den Strand hinaustrat, sah er dann, warum er nicht geantwortet hatte. – Sir Peter Brennan konnte nicht antworten. Ihm saß ein Dolch an der Kehle.

Es war alles falsch. Oder besser: Manches richtig, und manches falsch. Richtig war, daß es sich um eine spezielle Insel handelte – falsch, daß man sie gekidnappt hatte, um Lösegeld zu erpressen. Hier ging es um mehr.

Von Thaur hörte Anja, die sich auf den letzten Metern im Wald von seiner Hand losgemacht hatte, hinter den Büschen würgen und sich übergeben.

»Bleib!« rief er noch, doch es war schon zu spät.

Anja stand bereits neben ihm, und der häßliche braune Kerl mit dem Dolch starrte sie grinsend an.

Brennan schwitzte. Der Schweiß floß ihm über Gesicht und Brust und näßte sein Hemd, das er sich nur am Kragen zu öffnen erlaubt hatte. Seine Augen waren geschlossen, der Oberkörper taumelte, und von Thaur, der ihn mit zunehmender Besorgnis beobachtete, sah, daß auch die Augenlider ständig in Bewegung waren. Peter Brennan litt, er stand kurz vor einem Sonnenstich, doch als von Thaur ihm riet, wenigstens das Hemd aufzumachen, knurrte er nur verächtlich. Immer wieder sprach von Thaur ihn an, damit er nicht in Apathie fiel.

»Wir haben Leichen entdeckt. Frische Leichen, ausgeraubt bis auf die Haut. Wahrscheinlich Flüchtlinge aus Vietnam. *Boats people.*«

»Die man unter der Vorspiegelung, sie nach Singapur zu schmuggeln, hierhergelockt . . . « Brennans Stimme brach ab.

»Peter?! Geht's dir gut?«

Brennan hob die flatternden Lider und sah von Thaur mit einem zwingenden Blick an, der ihn viel Kraft kosten mußte.

Von Thaur ging auf, daß Peter Brennan mit Absicht gestockt hatte, und zugleich, daß auch er von der Sonne nicht ungeschoren blieb. Er hätte in Anjas Gegenwart nie und nimmer die vietnamesischen *Boats people* erwähnen dürfen, und Peter Brennan hatte ihn darauf aufmerksam gemacht.

Er sah Anja an, und als ihr Blick dem seinen begegnete, spürte er, daß auch sie wußte, was Brennan hatte stocken lassen. Die Zeitungen waren voll davon: Die Piraten, die sich die Not der Flüchtlinge zunutze machten, verübten die scheußlichsten ihrer Greuel an den Frauen — Mädchen von zehn und noch jünger waren wie Tiere gefangengehalten und von ganzen Schiffsbesatzungen vergewaltigt worden, bis man sie nach Wochen schließlich erschlug.

Anja wünschte, irgend etwas zu haben, womit sich ihre Schenkel bedecken ließen. Aber es gab nichts, nur den Sand, und der war heiß, so daß sie erst mit den Händen graben mußte, um an so kühlen zu kommen, daß sie sich nicht verbrannte.

Sie saßen auf dem trockenen Teil des Strandes, der im Zenit stehenden Sonne schutzlos ausgesetzt. Ihre Bewacher hockten zehn Schritte entfernt auf den Bänken eines Langboots, das mit zwei mächtigen Outbordern ausgerüstet war. Sie schwatzten und lachten, kauten Betel und ließen ab und zu einen Fuß lässig durchs Wasser pflügen. Acht bis auf ein um die Lenden gewickeltes Stück Stoff und das obligate Täschchen mit Betelnüssen nackte Männer mit pockennarbigen, plattnasigen Gesichtern und von Tätowierungen bedeckten sehnigen Körpern, die augenscheinlich auf irgend jemand warteten. Sie schienen sich absolut sicher zu fühlen, denn sie erlaubten den Gefangenen, sich frei miteinander zu unterhalten, und beachteten sie kaum. Nur Anja zog immer wieder Blicke auf sich, und dann fing sie jedesmal wieder an, Sand über ihre nackten Beine zu häufen.

Von Thaur ärgerte sich. Der Fehler mit den *Boats people* hätte ihm nicht unterlaufen dürfen. Doch so finster die Kerle aussahen, er hatte noch keineswegs aufgegeben: Seine bis in die Kriegsgefangenschaft bei den Ägyptern zurückreichenden Erfahrungen im Umgang mit einfachen, primitiv denkenden Menschen würde ihm vielleicht auch jetzt helfen.

Was Brennan brauchte, was sie alle drei brauchten, war vor allem Schatten, war Schutz vor der Sonne. Doch als er sich erhob, waren sofort zwei Männer mit gezückten Dolchen neben ihm.

Dietrich von Thaur zeigte mit Gesten, das er nur Zweige aus dem Wald holen wolle, und bekam mit einer Handbewegung die Erlaubnis dazu. Mit den Kerlen reden zu wollen, merkte er bei dieser Gelegenheit, hätte keinen Sinn gehabt. Ihre Sprache gehörte zu einem Idiom, das er noch nie gehört hatte.

Mit den schattenspendenden Palmzweigen, die sie in den Sand steckten, wurde es etwas erträglicher. Aber nur die Strahlung war weg, die Hitze jedoch geblieben. Brennan atmete schwer. Er brauchte unbedingt Kühlung, etwas das den Kreislauf anregte — kalte Kompressen auf Herz und Stirn. Wieder stand von Thaur auf, und wieder wurde er zunächst von zwei Männern bedroht, die dann aber interessiert zusahen, wie er zum Wasser ging und sein Taschentuch naß machte. Als er es Brennan auf die Stirn legte, war die Wirkung gleich Null: Man konnte zusehen, wie die Feuchtigkeit entwich.

»Anja, hast du ein zweites?«

»Nein, höchstens mein T-Shirt . . .«

Von Thaur zog sein Hemd aus. Er riß es in Streifen. Als er damit vom Wasser zurückkam, sah ihm Brennan entgegen, lächelte und knöpfte nun endlich von sich aus sein Hemd auf. Sein Herzschlag war kaum noch zu spüren.

Eine Stunde war vergangen, als sich von Süden ein Langboot und eine kleine, einmastige Dschunke der Insel näherten. Als man auf den Schiffen die Dreiergruppe am Strand entdeckte, machte sich eine gewisse Aufregung bemerkbar. Doch gab es keinen Ruf, kein lautes Wort zwischen den Neuankömmlingen und ihrer Vorhut und, wie es aussah, auch keinerlei Fragen.

Wir wurden also doch erwartet, dachte von Thaur, während er sich wünschte allein zu sein. Mit Brennan war nicht zu rechnen, so wie es ihm ging. Und Anja war noch mehr gefährdet als sie beide, die Männer der Vorhut hatten die anderen augenblicklich auf sie aufmerksam gemacht.

Sie ergriff seine Hand, und als er sie ansah, war sie kalkweiß. Was konnte er tun? Er nannte, was er als einzigen Ausweg ansah: »Ich werde mit ihnen reden.«

Es waren insgesamt zwanzig Männer, die sich am Strand versammelt hatten. Anja zählte sie laut, dann kippte sie ohnmächtig um.

»Das wär's dann wohl,« sagte von Thaur zu Brennan. »Bleiben wir sitzen? Stehen wir auf?«

»Auf keinen Fall werd' ich wegrennen.«

Dietrich von Thaurs Hoffnungen schmolzen dahin, als er den Kerl sah, der sich aus der Gruppe löste und auf sie zutrat.

Der Anführer unterschied sich kaum von den anderen. Er war vielleicht etwas größer und seine Nase weniger platt, doch dafür entstellten wulstige Schmucknarben sein Gesicht. Sein Blick war auf Anja gerichtet, deren Brüste, so wie sie da im Sand lag, sich im

T-Shirt verschoben hatten und zu einem beträchtlichen Teil entblößt waren, und man konnte an dem Zustand seiner Lendenbedeckung sehen, daß er erregt war. Er hatte vier Uhren um, an jedem Handgelenk zwei, und ein Gold-Amulett um den Hals, aber was ihn wirklich abstoßend machte, war der Steckkamm, der seinen Haarknoten auf dem Hinterkopf zusammenhielt: ein hellblauer, mit Straß besetzter Plastikkamm, der einer Frau gehört haben mochte oder auch einem Kind.

»*How do you do?*« sprach von Thaur ihn in demselben Moment an, als er sich, ohne ihn oder Brennan auch nur im geringsten zur Kenntnis zu nehmen, über Anja beugte.

Der Mann reagierte nicht, doch offensichtlich, weil er nicht verstanden hatte. Mit grobem Schwung drehte er die leblose Frau so, daß sie auf den Rücken zu liegen kam und machte sich an ihr zu schaffen.

Von Thaur erhob sich halb und riß an seiner Schulter: »*Tidak!*«

Der Mann sah ihn nicht einmal an, schüttelte ihn einfach ab.

Von Thaur, jetzt auf den Knien, streckte die Hände gegen ihn aus, und plötzlich kamen die Worte, flossen nur so, ganze Sätze, wie er sie bisher noch nie so leicht über die Zunge gebracht hatte.

»*Apa khabar. Di mana ada Singapura? Bagaimana saya boleh sampai sana? Dan berapa harganya?*«

Der Mann hob seinen Kopf. Er sah von Thaur an: »Du sprichst Malaiisch?«

»Nicht Malaiisch. Nur *Bahasa Indonesia*. Ich habe öfter in Indonesien zu tun. In Bogor. Eine kleine Stadt auf Java.«

»Du brauchst mir nicht zu sagen, wo Bogor liegt. Zur Zeit der *Hollanda* war es der Sitz des Generalgouverneurs.«

»Du bist gebildet«, sagte von Thaur schmeichelnd, »mit dir kann man reden.«

Er machte eine Geste mit den Händen, um dann seine Hosentaschen herauszuzupfen: »Wir haben nichts bei uns, gar nichts. Kein Geld, und nicht einmal Zigaretten. Und weder Essen noch Trinken. Aber wir würden gut bezahlen, wenn du uns nach Singapura zurückbrächtest, sehr gut. Du könntest den Preis selber nennen.«

Der Mann ließ von Anja ab und hockte sich auf seine Fersen. Seine dunklen, blutunterlaufenen Augen zeigten Neugier.

»Du sprichst *Bahasa Indonesia* nicht wie ein *Orang Inggeris*. Bist du ein *Hollanda?*«

»Ich bin kein Engländer, und ich bin auch kein Holländer. Ich bin ein *Orang Jerman.*«

Der Blick veränderte sich noch mehr. Das ganze von Pocken und Schmucknarben und von einem bösen Wundmal verunstaltete Gesicht verklärte sich geradezu.

»Ich bin nicht gebildet, Tuan. Ich hatte nicht Gelegenheit, zur Schule zu gehen. Aber ich bin viel herumgekommen, denn ich war Zeit meines Lebens Freiheitskämpfer. Im Krieg war ich Freiheitskämpfer gegen die *Orang Jepun*. Dann war ich Freiheitskämpfer gegen die *Hollanda*. Dann war ich Freiheitskämpfer gegen Präsident Sukarno, der unserem Stamm mehr Rechte wegnehmen wollte als jemals die *Hollanda*. Ich kenne Bogor deshalb, weil ich dort gekämpft habe. Alles, was ich kann, ist, meinen Namen schreiben. Aber ich habe ein gutes Gedächtnis.«

Während er sprach, hatte er etwas mit dem Finger in den Sand geschrieben: ein deutliches TIGER.

»Tiger? *Apa nama rimau?*«

»Ja, *rimau* — Tiger. Das bin ich.«

Blick und Gesicht veränderten sich abermals. Der Mann grinste. Er war sich durchaus bewußt, lediglich seinen Spitznamen genannt zu haben — vermutlich einen weithin gefürchteten, von dem er annahm, daß er auch jetzt beeindrucken würde.

Er fragte: »*Apa nama tuan?*«

»*Nama saya:* Dieter.« Von Thaur schrieb es in den Sand.

›Tiger‹ las es laut: »Dieter«, und sah fragend hoch, ob es richtig gewesen sei.

»*Baiklah;* okay.«

Der Mann zeigte auf Brennan.

»Peter«, sagte von Thaur und schrieb es hin: Peter.

»*Pun dia ada Orang Jerman?*«

»Nein. Er ist ein *Orang Inggeris.*« Der Mann wirkte wieder finsterer, und von Thaur zeigte rasch auf Anja: »*Pula ada Orang Jerman! Apa nama dia* — Anja«, woraufhin sich seine Miene wieder aufhellte.

Von Thaur schrieb auch Anjas Namen in den Sand, und das Spiel wiederholte sich.

Plötzlich stand der Mann auf und kam auf von Thaurs Seite. Er hockte sich wieder auf die Fersen, öffnete die an der Hüftschnur befestigte Basttasche und entnahm ihr eine Betelnuß, ein Blatt Betelpfeffer, etwas Kalk und ein paar Krümel Tabak, dazu ein kleines Schabmesser, mit dem er eine Prise von Daumengliedgröße verfertigte. Schließlich gab er sie von Thaur, eine Geste vollführend, die zeigen sollte, daß dies ein feierlicher Akt sei.

Dietrich von Thaur kannte Betel. Es wurde überall in Südostasien gekaut, und es war nicht das erste Mal, daß man ihm davon anbot. Was überwunden werden mußte, war nur die Vorstellung, daß das Zeug beim Kauen den Speichel rot färbte, denn der Geschmack war frisch und irgendwie alkalisch, wie nach einem unbekannten, rohen Gemüse. Als von Thaur das grüne Kaupäckchen entgegennahm, tat er es mit einer ähnlich zeremoniellen Geste. Was immer dies bedeuten mochte — zunächst einmal bedeutete es Aufschub.

Der Mann, der sich ›Tiger‹ nannte, nahm eine neue Betelprise in Angriff und fing, während er drehte, schabte und mischte, zu reden an.

»Ich habe dir von meinem Gedächtnis gesprochen, *sahabat handai*. Ich will dir sagen, warum. Einige meiner Erinnerungen hängen mit den *Orang Jerman* zusammen — und es sind gute. Männer deines Volkes haben uns geholfen, als japanische Soldaten uns in einen Sumpf am Meer getrieben hatten. Wir waren alle krank, sehr krank. Wir waren von dieser Krankheit befallen, welche aus Indien kommt und bei der du so viel Stuhl ausscheiden mußt, daß du vor Austrocknen nicht einmal mehr sprechen kannst.«

»Cholera?«

»Ich weiß nicht, ob es so heißt. Du trocknest aus, du wirst kalt, und du stirbst unter Krämpfen.«

Der ›Tiger‹ schob die Betelprise in den Mund und fuhr fort: »Euer Medizinmann hat uns mit Nadeln gestochen, durch die der Saft aus einem kleinen Fläschchen floß. Wir haben auch eine Medizin bekommen, um damit unser Trinkwasser reinigen zu können. Danach ist dann keiner mehr gestorben. Es waren deutsche Soldaten. Sie trugen die blaue Uniform der *Angkatan la'ut.* Ich glaube, sie haben zu einem *kapal selam* gehört, welches von Singapura nach Djakarta gekommen war. Ich verdanke diesen Männern mein Leben.«

Dietrich von Thaur spürte, wie er schwitzte. Der Schweißausbruch hatte eingesetzt, als der Braune ihn *sahabat handai* nannte, Freund und Kumpel, und hatte sich verstärkt, als er von den U-Boot-Leuten berichtete, die den Partisanen gegen den Choleratod geholfen hatten.

Er brachte es kaum heraus vor innerer Erregung: »Ich war auch auf einem *kapal selam* — einem *kapal selam*, das es fast geschafft hätte, bis Pulau Penang zu kommen. Und dann wäre ich auch nach Singapuro gekommen. Und vielleicht wäre ich auch nach Djakarta gekommen.«

Der Tiger hörte auf zu kauen, sah ihm in die Augen, und ihre Blicke kreuzten sich: von Thaur wußte, daß der andere ihm glaubte. Er zeigte auf Anja, die wieder zu sich kam: »Sie ist die Tochter des Kommandanten dieses *kapal selam*, das fast bis Pulau Penang gekommen wäre und in diesem Falle auch nach Singapura und vielleicht auch nach Djakarta.«

Der ›Tiger‹ sah ihn wieder an, und von Thaur spürte, wie es hinter seiner Stirn arbeitete. Dann streckte der Braune plötzlich seine Hand aus, um über Brennan hinwegzulangen und über Anjas sandbestäubten Oberschenkel zu streichen — als wolle er seine Berührung von vorhin tilgen.

Er sagte auch etwas, doch von Thaur hörte nicht mehr zu, und als sich der Tiger nun, wie eine Raubkatze federnd, auf die Füße erhob und mit seiner Gefolgschaft zu reden begann, war er überhaupt nicht mehr fähig, wahrzunehmen, was um ihn herum vorging. Er war glücklich, daß es überstanden war.

Die Leute hatten Tee, Kaffee und sogar Bier bei sich, dazu süßsaures *Nasi goreng,* und sie machten im Schatten am Waldrand einen Fischsalat aus frisch gefangenem rohen Fisch. Er wurde in einem alten Plastikeimer mit Limonen- und Kokossaft mariniert und erwies sich, nachdem erst der Ekel überwunden war, als eine Delikatesse, wie sie in Singapur nicht zu haben und wahrscheinlich auch nicht zu bezahlen gewesen wäre, denn der Fischsalat bestand ausschließlich aus Haifischflossen.

»Ihr braucht uns nicht bis Singapura zu bringen«, nahm von Thaur den ›Tiger‹ beiseite, nachdem sie an Bord der Dschunke gegangen waren, »bis Pulau Sentosa genügt es, wir können von dort aus die Fähre nehmen. Doch nein, wir haben ja kein Geld. Paß auf, bring uns einfach zu einem Schiff, welches ich dir bezeichnen werde, wenn wir in Höhe von St. John's Island sind. Du brauchst keine Angst zu haben – es ist keine Falle.«

»Ich habe keine Angst. Niemand von uns hat Angst.«

Der ›Tiger‹ lächelte.

Dietrich von Thaur sah ihn mit einem ernsten Blick an, doch der andere hielt ihm stand.

»Wir sind Fischer, verstehst du? Wir sind hergekommen, weil es hier viele und gute Haie gibt, deren Flossen viel Geld bringen.«

»Du möchtest, daß ich dich so verstehe, daß es ein Zufall war, der dich mit deinen Männern hierhergebracht hat?«

»Ja, so sollst du mich verstehen.«

Nach einer Weile sagte der ›Tiger‹: »Es sind nicht ›meine Männer‹. Wir sind eine Genossenschaft von Fischern.« Er lächelte wieder, ein sehr feines, aufgesetztes Lächeln. »Zwanzig Mann, die ihr Handwerk verstehen.«

»Und von denen natürlich keiner weiß, was dort im Dschungel passiert ist?«

»Wo ist etwas passiert? In was für einem Dschungel?«

Eine halbe Stunde später fuhr die motorisierte Dschunke ab, von den zwei Langbooten allein gelassen und mit einer Geschwindigkeit, die der der *Maniaka* fast gleichkam. Sie hatte die Jodoh-Bay fast erreicht, als der ›Tiger‹ zu Dietrich von Thaur kam: »Vergiß, was du gesehen hast. Vergiß, wo du gewesen bist. Vergiß, wer dich hingebracht hat. Aber behalte im Gedächtnis, *sahabat handai*, wer dich zurückgebracht hat – so wie ich die *Orang Jerman* in den blauen Uniformen im Gedächtnis behalten habe.«

Er spie die zerkaute Betelprise, deren roter Saft ihm aus den Mundwinkeln gelaufen war, ins Meer und sagte dann: »Es gibt nicht gute und schlechte Menschen. Auch der gute Mensch ist manchmal ein schlechter und der schlechte manchmal ein guter. Das unterscheidet, weil er wählen kann, den Menschen vom Tier.«

Als ihm Dietrich von Thaur die *Manning* zeigte, schien er plötzlich unsicher. »Sie sieht anders aus als die meisten Schiffe. Warum? Ist sie ein Kriegsschiff?«

»Ein Spezialschiff für Bergungen.« Dietrich von Thaur erklärte es ihm.

»Schanzkleid und Reling sind sehr niedrig«, lachte der ›Tiger‹. »Du solltest vermeiden, damit in Gewässer wie die zu fahren, in denen du heute gewesen bist . . . «

Von Thaur nahm sich vor, künftig vor Piraten auf der Hut zu sein, und Kapitän Findley entsprechend zu informieren.

»Was sind denn das für Galgenvögel, Admiral?« wollte Findley wissen, als die Dschunke längsseits ging.

»Später, Freund. Ich schätze, die Herren möchten gleich weiterfahren. Sie haben Geld zu bekommen.«

Die Summe, die der ›Tiger‹ mit unbewegter Miene forderte, betrug 190 Singapur-Dollar.

»Ist er verrückt?« ereiferte sich Findley. »Das ist doch Wucher?!«

Der ›Tiger‹ hatte ihn nicht verstanden, aber am Ton erkannt, was er meinte. Er sah von Thaur mit jenem Blick an, den dieser schon kannte. »Wir sind viele.«

»Aber warum einhundertneunzig? Ihr seid zwanzig.«

»Ich zähle nicht mit. Aber nur ich.«

Er half Anja von Bord, nachdem er vorher noch einmal kräftig ausgespien hatte, und drückte ihr etwas in die Hand. Erst als sie an Deck war, wagte sie, die Hand zu öffnen. Sie starrte entsetzt auf den Inhalt: Es war der blaue, glitzernde Steckkamm.

15 Als die Kanone heraufkam, kam sie mit dem Sockel zuerst. Das sah nach nichts aus. Es sah nicht nach Krieg aus, nicht nach Tod oder Gefahr, sondern einfach nach Schrott. Also wurde sie wieder versenkt und dann so lange probiert, bis das Emporhieven dem entsprach, was Findley vor den

Zeitungsleuten als ›Bergung der Kanone‹ zu inszenieren wünschte. Als es Dulgin, dem Cheftaucher, auch noch gelang, den Mündungspropfen herauszuziehen, war der Anblick der Zehn-fünf ohne Frage imponierend. Bob Findley zeigte sich zufrieden und ließ durch Funktelegramm die Presse auf die ›Manning‹ laden.

Auf der Back waren die Quecksilberflaschen vor dem Ankergeschirr dekorativ aufgebaut: in Reih und Glied zu zehn mal zehn, insgesamt dreihundert. Man hatte dafür gesorgt, daß die guterhaltenen und die vom Rost schon fast zerfressenen gemischt waren. Ähnliche Batterien von Flaschen gab es auch anderswo an Deck, aber immer nur dort, wo sie photogen wirkten — vor dem Rettungsboot, vor der Steigleiter der Taucher. Findley wußte, was Fotografen wollten, er hatte nicht zum erstenmal Reporter an Bord. Und deshalb ja auch die Kanone. Fotos vom Quecksilber allein würden nicht genügend hergeben für den groß aufgemachten Artikel, den Sir Henry Crokker sich wünschte.

Dietrich von Thaur hatte, als er die Kanone seines Bootes erblickte, an den im Ersten Weltkrieg in der Südsee gestrandeten Grafen Luckner denken müssen, dessen Kanone in einem Park auf Tahiti gelandet war. In einem Buch schrieb Luckner später, daß ihm die Tränen gekommen seien, als er sie bei seiner Weltumsegelung wiedergesehen habe ›Kamerad, du hast mir treu gedient‹. Nun, was die Zehn-fünf von U 859 betraf, so hatte sie kaum Dienste geleistet, sondern allenfalls die Unterwasserfahrt verlangsamt. Nicht ein einziger Schuß war aus ihr abgegeben worden, nur geputzt und gepflegt war sie worden, immer und immer aufs neue. Dennoch überkam von Thaur ein wehmütiges Gefühl, und er konnte den alten Luckner verstehen.

Brennan legte ihm die Hand auf die Schulter: »Ich kann nachfühlen, wie dir zumute ist. Ich war Zeuge, als man sich daranmachte, meine ›Trochus‹ abzuwracken — auch mit der Kanone zuerst.«

»Schlimmer wäre es, wenn Gebeine heraufkämen. Ich bin froh, daß man nichts mehr gefunden hat.«

Brennan wandte den Kopf zum Wasser, wo, unweit der grünen Wrackboje, der signalrote Kopf von Anjas Schnorchel zu sehen war.

»Übrigens, hat sie noch etwas zu dir gesagt?«

»Nicht viel. Den ›Tiger‹ scheint sie vergessen zu haben, aber die Erschlagenen gehen ihr nicht aus dem Sinn.«

»Irre ich mich oder hat dieser Francis Dulgin ein Auge auf sie geworfen?«

»Nicht nur er. Dulgin, Beach, Marx — alle. Hast ja erlebt, wie sie sich darum gerissen haben, ihr das Tauchen beizubringen. Aber ich habe das Gefühl, sie hat jemand anderen im Kopf.«

Von Thaurs Stimme bekam einen schwebenden Klang: »Sie ist so schön wie ihre Mutter — aber sie erinnert mich immer mehr auch an ihren Vater.«

Findley, im dunkelblauen Baumwollpullover, die Mütze lässig aufs Haar gestülpt, gesellte sich zu ihnen.

»Meine Herren, ich möchte Ihnen melden, daß die Herren Reporter gesichtet sind — zwei Motorjachten aus einhundertvierzig Grad. Wenn Sie mein Glas haben möchten, Admiral?«

»Mmm, danke. Ich werden die Burschen noch früh genug zu Gesicht bekommen.«

Es waren anderthalb Dutzend Journalisten, darunter einige, die eigens von Bangkok und Djakarta angereist waren. Das zweite Boot hatte Sir Henry Crocker an Bord.

Die Kanone erfüllte ihren Zweck. Die Fotografen konnten nicht genug bekommen von dem Motiv, und als Dietrich von Thaur sich breitschlagen ließ, vor ihr zu posieren, waren sie geradezu begeistert.

»Aber schreiben Sie bitte nicht, daß ich die Kanone bedient hätte. Ich war nur der W.I. des U-Boots, also ein Ingenieur.«

»Wir schreiben nichts anderes, als man uns sagt.«

Aber dann kam die erste Frage und sie mußte wiederholt werden, weil Brennan glaubte, nicht richtig gehört zu haben. Der Mann, der sie stellte, war Redakteur des *Straits Echo* in Georgetown, Penang. Ein Mr. Tanglin. Er wiederholte seine Frage.

»Wie allgemein bekannt ist, Sir, existiert an Bord von U 859 ein Schatz von Gold, Diamanten, Geld und Geheimpapieren Adolf Hitlers — um was für Papiere, bitte, handelt es sich?«

Die Journalisten waren mit ihrer Coronet ›Commander‹ am Horizont verschwunden. In anderthalb Stunden würden sie in Penang sein, rechtzeitig, um sie ihr Flugzeug erreichen zu lassen.

Sir Henry Crocker zeigte sich zufrieden. Der Korrespondent von Reuter hatte sich erhoben, nachdem auf die glückliche Bergung angestoßen worden war, und einen weiteren Toast auf Admiral Brennan ausgebracht. Der Admiral, so formulierte er im Namen seiner Kollegen, habe den malaiischen Staaten und dem ganzen südostasiatischen Raum unschätzbaren Dienst erwiesen, zahllose Menschen seien nun von der Bedrohung durch den Quecksilbertod befreit. Genauso hatte Crocker es sich gewünscht: Brennan stand für Britannien. Wenn die Leute von dem einen sprachen, würden sie auch von dem anderen sprechen. Das Ziel seiner Politik war erreicht.

»Bevor wir uns alle zusammensetzen«, nahm Brennan ihn beiseite, nachdem sie die Presseleute verabschiedet hatten, »haben Sie noch etwas in dieser Kidnapping-Sache gehört?«

»Wie ich schon bei unserem ersten Gespräch vermutete — Ihr ›Tiger‹ ist nicht irgend jemand, sondern ein gewisser Patel bin Abdul.«

»Aber ist er schon geschnappt?«

»Dieser ›Tiger‹ ist nicht zu schnappen.«

»Was?! Ein Mann, der am hellichten Tag auf Singapurs Reede herumgondelt? Der die Lokale mit Haifischflossen beliefert? Was ist denn das für eine Polizei?!«

Crocker mußte etwas ausholen: »Sie werden sich erinnern, Verehrter, daß es vor einigen Jahren Militäraktionen Indonesiens gegen Malaysia gegeben hat. Sie haben nur mit Hilfe britischer Truppen zurückgeschlagen werden können — und mit der Hilfe des loyalen Stillhaltens eines Patel Bin Abdul. Er ist der eigentliche Herrscher im Niemandsland der Inseln. Und Sie werden gleich erfahren, was das bedeutet. Ich habe Ihnen viel zu berichten.«

Man setzte sich auf dem Achterschiff zusammen, auf dem Platz zwischen Deckshaus und Manöverbrücke. Auf dem Tisch waren nur zwei Windlichter, die den Inhalt der Flaschen und Gläser leuchten ließen. Es war die Stunde, in der das Meer das Tuch der Nacht über sich zog, gemustert mit den Tupfern, welche die springenden Fische setzten.

»Also«, hob Sir Henry Crocker an, nachdem er sich noch einmal vergewissert hatte, daß er sein Aktenköfferchen neben sich hatte, »um Sie nicht lange auf die Folter zu spannen — Charlie Sun-Lee hat aufgegeben.«

»Woher wissen Sie das?«

»Man hat es mir zugetragen. Besser gesagt, man hat mich gezielt informiert: der ehrenwerte Mr. Sun-Lee habe sämtliche das Wrack von U 859 betreffende Pläne, Absichten und Unternehmungen aufgegeben.«

»Warum?«

»Ich glaube, da ist verschiedenes zusammengekommen — und vermutlich mehr, als einem nüchternen Rechner wie Charlie Sun-Lee in die Kalkulation paßt. Da ist zunächst einmal Ihre Sache mit Patel Bin Abdul. Der Kwon-on-Tong ist mächtig — aber nur an Land. Auf dem Wasser ist er auf die Mitarbeit des ›Tigers‹ angewiesen. Unfrieden kann sich Mr. Sun-Lee weder als Mafiaboß noch als Geschäftsmann leisten. Ich denke da nur an die große Hausbootanlage des ›Floating Paradise‹. Und das bringt mich auf die zweite große Neuigkeit: Lily Su-Nam ist tot!«

»Diese Frau, die . . .«

». . . unser Wrack hier entdeckt hat.« Sir Henry machte eine Kunstpause, bevor er mit geheimnisvoller leiser Stimme fortfuhr: »Sie sei ermordet worden, munkelt man.«

»Von ihren eigenen Leuten?«

»Ja und nein. Es soll zu einem Streit gekommen sein zwischen ihr und einem ihrer Mädchen, bei dem sie einander schließlich mit dem Messer traktierten. Die andere ist im Krankenhaus gestorben, eine gewisse Suzie, eine Amerikanerin, von der es heißt, daß sie hätte fliehen wollen.«

»Sie waren doch befreundet, Mrs. Su-Nam und Mr. Sun-Lee?«

»Sie meinen, daß er sich ihren Tod zu Herzen genommen hätte? Nein, verehrter Admiral, das glaube ich weniger. Aber sie hat für ihn die Prostitution kontrolliert und die Kanäle, durch welche Mädchen herein- und hinausgeschleust werden, nach Indien, Afrika, den USA und in die ganze Welt. Und das ist das gleiche Netz, über das auch der Drogenhandel läuft.«

Sir Henry Crocker schloß den Gedankengang: »Kurzum, Charlie Sun-Lee scheidet aus diesem Geschäft aus — weil er sich um ein besseres zu kümmern hat.«

Brennan nahm einen kräftigen Schluck, um die Neuigkeit zu verarbeiten. Einen Konkurrenten weniger zu haben, war auf jeden Fall nicht schlecht.

Crocker beugte sich zu seinem Aktenkoffer hinab und tat geheimnisvoll: »Am letzten Mittwoch ist bei uns ein Päckchen eingetroffen — ohne Absender, die Adresse in Druckbuchstaben. Wie immer in solchen Fällen hat es der Sprengstoffexperte der High Commission geöffnet — und sehr gelacht: über das Utensil einer bestimmten Dame . . .«

Sir Henry Crocker wirkte verlegen wie ein Schüler, als er einen großen, braunen Umschlag auf den Tisch legte und sich an Anja wandte: »Ich habe nicht umhin können, hineinzuschauen — Ihre Handtasche von der ›Maniaka‹.«

Während Anja die Tasche an sich nahm, erklärte Sir Crocker den Männern: »Mr. Sun-Lee hat vermutlich sichergehen wollen, daß ich die mir zugeleitete Information für glaubwürdig hielt — und wie konnte er das besser als durch diese Tasche, die aus der gleichen Quelle stammt.«

Anja, die Handtasche auf den Knien, beschäftigte sich angelegentlich mit deren Inhalt. Sie fand ein bestimmtes kleines Kuvert, und als sie, rot werdend, aufblickte und in Sir Crockers Augen, war sie sicher, daß er Bescheid wußte: Das Kuvert enthielt alle die Fernschreiben, die sie mit Marco DeLucci gewechselt hatte, nachdem er auf die für ihn im *Raffles* hinterlassene Visitenkarte von ihr eingegangen war — fast schon Liebesbriefe.

Sie erhob sich mit einem Murmeln, trat an die Reling. Welch peinliche Situation! Natürlich wußten Brennan und von Thaur, daß DeLucci und sie sich kannten. Doch was sie nicht wußten war, wozu diese Bekanntschaft sich zu entwickeln begonnen hatte. Zunächst hatte sie, sich selber noch unklar über ihre Gefühle, gezögert, über diese privaten Dinge zu sprechen — und später, nachdem sie erfahren hatte, daß Marco DeLucci Sir Peters Widersacher war, und nicht nur das, sondern ein trickreicher, harter Gegner, nicht mehr den

Mut dazu gefunden. Daß dieser Crocker Bescheid wußte, weckte mit einem Schlag erneut ihre Zweifel, ob sie nicht vielleicht ›Verrat‹ begehe. Anja strich sich über die heiße Stirn. Sie fühlte sich scheußlich.

Crocker hatte seinen Gesprächsfaden wieder aufgenommen: »Ich habe gute und schlechte Nachrichten mitgebracht. Lassen Sie mich zu der schlechten kommen: Mr. Misaki, das Tokioter Mitglied der OMEP, war wieder aktiv — und nun sieht es so aus, als solle die Beschlagnahmeverfügung, die bis jetzt nur für das Quecksilber gegolten hat, auch auf das Wrack ausgedehnt werden.«

Findley kapierte augenblicklich. »Aber das hieße ja, daß wir das U-Boot nicht heben und an Land bringen dürfen! Wir wollten damit nach Paya . . .«

»Das wäre Malaysia-Hoheitsgebiet. Aber Sie dürfen noch nicht einmal in malaysianische Gewässer.«

»Mit anderen Worten: Wir müssen hierbleiben und das U-Boot unter Wasser abwracken?«

Sir Crocker machte eine Geste.

Brennan, von Findley fragend angeblickt, schüttelte seinen Kopf: »Das muß Swayers persönlich entscheiden, das übersteigt meine Kompetenz. Würde so etwas nicht wesentlich teurer?«

»Auf jeden Fall umständlicher. Und also wohl auch teurer.«

»Tja, meine Herren«, sagte Crocker, »dann werden wir es wohl vor Gericht austragen müssen. Wir können ja schlecht auf halbem Wege stehenbleiben.«

»Aber was will dieser DeLucci«, begehrte Brennan auf.

»Es ist nicht DeLucci«, wandte Crocker behutsam ein, »es ist dieser Politiker in Kuala Lumpur, der die treibende Kraft ist. Und wenn wir auch zehnmal wissen, daß Marco DeLucci, Isao Misaki und ihre OMEP dahinterstecken — wir können es nicht beweisen, ja wir dürfen es noch nicht einmal behaupten.«

Findley bat mit erhobener Hand ums Wort. »Die Sache ist doch so: Wir haben zwar einen Vertrag, aber wir können ihn nicht ausnutzen — also wird es einen neuen Vertrag geben müssen mit jemand, der ihn ausnutzen kann. Lieber Admiral, das ist nichts so Außergewöhnliches in unserem Geschäft. Ich sorge mich vielmehr um das

Quecksilber. Mit der ›Manning‹, die kaum Laderaum hat, kriegen wir es nie und nimmer weg.«

Brennan zuckte die Schultern. Er war anderer Meinung. Vertrag war Vertrag. Aber er hatte keine Lust, sich noch mehr über die seltsamen Gepflogenheiten in der freien Wirtschaft aufzuregen.

Plötzlich sagte Crocker in seiner unnachahmlichen Trockenheit: »Ich glaube, ich habe die Lösung, wie Sie Ihr Quecksilber von hier wegbekommen, meine Herren.« Er machte eine Kunstpause, die genau berechnet war. »Sie brauchen es zum Verschiffen in keinen Hafen zu bringen und nicht an Land − denn ein Schiff wird es direkt hier übernehmen!«

Findley schwieg perplex. Es war wirklich eine Lösung. Auch von Thaur nickte, die Sache war vorstellbar.

Brennan wollte mehr wissen: »Was für ein Schiff?«

»Die ›Boston Raider‹. Eine kleine Trampreederei. Liberia-Flagge. Und für Aufträge dieser Art immer zu haben. Die ›Boston Raider‹ wird aus Hongkong kommen. Und sie wird jemand an Bord haben, den Sie, Verehrtester, kennen.«

Dietrich von Thaur begann breit zu grinsen, während er sein Glas erhob: »Prost, Peter, und auf ein fröhliches Wiedersehen − mit, wie ich vermute, unserem alten Freund ›Snatch‹!«

»Hugh ›Snatch‹ Bandemer! Ist das denn die Möglichkeit?! Wann kommt er?«

»Sobald es soweit ist. Sie brauchen ihn nur anzufunken − per Adresse Hafenkommandantur Hongkong. Wir haben einen Kennsatz verabredet. Fragen Sie an, ob er die Versicherung für sein Star-Segelboot um ein weiteres Jahr verlängern möchte.«

Übermütig winkte Brennan Anja heran: »Meine Liebe, für morgen ist Landgang auf dem Dienstplan. Crocker, wo steigt man ab in Penang?«

»Im guten alten E. & O. Oder im *Palm Beach* Im *Rasa Sayang.* Oder vielleicht im *Golden Sands* . . .«

»*Golden Sands!* Das hört sich gut an. Kapitän Findley, wenn Sie bitte dem Funker Bescheid sagen wollen − für morgen drei Zimmer im *Golden Sands*«.

PENANG I

Das Wasser war von ähnlichem Grün wie das der Jade vor Wilhelmshaven. Doch es war nicht das frische Wasser der Nordsee. Dieses Wasser zwischen Sumatra und der malaiischen Halbinsel wirkte schal, abgestanden und träge. Es schien dick zu sein, irgendwie ölig. Auch nahm es nur dann Farbe an, wenn die Sonne darauf schien. Bei bedecktem Himmel war es taub, bei Regen, wenn Tropfen, welche die Größe von Haselnüssen hatten, darauf zerstoben, farblos weiß. Und wenn es überhaupt nach etwas roch, dann nach Fisch.

Dietrich von Thaur schaute mißmutig auf die See. Vor drei Tagen hatte es ihn erwischt: Nach dem üblichen Hitzeausschlag, einem Anflug von Gelbsucht und einer Furunkulose nun Amöbenruhr. Das Trinkwasser war nicht mehr gut genug, um von einem strapazierten Darm vertragen zu werden. Nach zwei Heizern und dem Zentralemaat war er der vierte Fall gewesen, doch mittlerweile waren es schon neun. Dr. Krummreiß gab Zwieback mit Tee ohne Zucker und Milch, und er gab ein Mittel, das auch gegen Malaria half. Kohletabletten konnte er nicht mehr verabreichen, denn die waren längst für ›normalen‹ Durchfall aufgebraucht. Das einzige, was er noch tun konnte, war, das vordere WC für die Ruhrkranken zu reservieren und den Kommandanten zu bitten, die Leute so oft wie möglich auf die Brücke an die frische Luft zu lassen.

Am 22. September dauerte diese Vergünstigung eine knappe Stunde. U 859 tauschte mit dem *Stützpunkt Paula* einige das Einlaufen in George Town betreffende Funksprüche aus, und bevor es noch richtig Tag war, ging es schon wieder in die Tiefe.

Das Boot zockelte mit E-Maschinen-Antrieb im Radfahrertempo dahin. Man konnte nicht mehr mit dem Diesel fahren, denn der Schnorchel war ebenso kaputt wie vieles andere einschließlich der Torpedowaffe. Von den drei Torpedos, welche noch übrig waren, steckte einer in jenem Rohr vier, dessen Mündungsklappe klemmte. Die anderen beiden waren ETOs, Torpedos mit elektrischem Antrieb, die zwar keine verräterische Blasenbahn verursachten, aber dafür äußerst anfällig gegen Hitze waren. Die Temperatur ihrer Akkus durfte eine bestimmte Grenze nicht übersteigen, da sich sonst die Säure zersetzte, doch seit man in den Tropen operierte, war dieser Grenzwert ständig überschritten worden. Das Boot war ebenso marode wie seine Besatzung.

»Also, meine Herren«, erläuterte Kommandant Hansen seinen Offizieren die Lage, nachdem er die Funksprüche durchgesehen hatte, »die Sache sieht in groben Zügen so aus: Wir tauchen morgen früh zwischen Langkawi und Butong auf – das sind zwei größere Inseln nordwestlich von Penang – und treffen uns dort mit U 861, Oesten, um dann gemeinsam durch den minenfreien Weg gelotst zu werden. Und um die Sache idiotensicher zu machen, will man uns nicht bloß ein Geleit schicken, sondern auch noch einen Flieger, der über dem Treffpunkt kreisen wird. Mehr kann man ja wohl nicht verlangen.«

»Außer ins Schlepptau.«

»Leutnant Rügen, Ihnen scheint es wieder verdammt gutzugehen.«

»Jawohl, Herr Kaleu. Bis auf die Hand, die noch ein bißchen taub ist, fühle ich mich glänzend. Was aber nicht nur damit zu tun hat, daß wir's geschafft haben.«

»Mann Gottes, klopfen Sie an Holz! Noch sind wir nicht an der Pier.«

Während man sich angeregt über das bevorstehende Wiedersehen mit Korvettenkapitän Oesten und seinen Leuten unterhielt, mit denen man schon in Kiel Boot an Boot gelegen hatte, kam der Obersteuermann mit einer Seekarte in die Messe.

»Dieser Flieger scheint mir absolut notwendig zu sein. Zwischen Langkawi und Butong liegen nähmlich gut vierzig Kilometer und haufenweise andere Inseln, insgesamt sind es fast hundert. Es braucht gar nicht der Taifun von vorgestern zu sein – ein normaler Monsunregen reicht völlig, um die Gegend total unübersichtlich zu machen.«

Hansen runzelte die Stirn. »Zeig mal her, Dicker. Hast du dich auch nicht geirrt?«

»Es sind 20,8 Seemeilen.«

»Ja, aber dann ist es doch viel besser, wenn die uns eine exakte Position angeben?!«

»Zehnmal besser. Da gibt es nämlich einige Unklarheiten. Butong heißt auf unserer Karte auch Rawi, weil es zu Siam gehört. Aber es gibt auch noch eine Insel mit Namen Dayang Bunting. Und die liegt südlich von Langkawi und umschließt mit diesem und der Insel Singa Besar eine fünf Meilen große Bucht, die als Treffpunkt allerdings ideal wäre.«

Hansen fragte den Funker, ob er sich nicht verhört habe. Der Funker verneinte. Gerade wegen der Namen habe er noch einmal nachge-fragt, weil er irgendwann mitbekommen habe, daß Penang auch Pinang heiße und sogar Prince-of-Wales-Island.

»Pulau Butong und Dayang Bunting«, sagte der Obersteuermann, »das macht einen Kursunterschied von drei Grad — und wenn wir ankommen, rund vierzig Seemeilen. Das ist, wie wenn ich in die Jade will und in Hamburg lande.«

Hansen verzog das Gesicht zu einer Grimasse und sah Rügen vorwurfsvoll an: »Sie immer mit Ihren vorlauten Sprüchen! Sehen Sie, jetzt geht das Theater schon los.«

»Was sollen wir tun, Kaleu?« wollte der Obersteuermann wissen.

Hansen betrachtete eingehend die Karte. Dann kam er zu einem Entschluß. »Morgen funken wir *Paula* noch einmal an, die sollen sich gefälligst exakter fassen.«

»Ja, aber der Kurs?«

»Langkawi!«

Bevor er den Funker wegschickte, ermahnte Hansen ihn, auf even-tuelle Radarimpulse oder Schraubengeräusche zu achten. Er wußte nicht, warum, aber er war irgendwie beunruhigt.

Das ganze Boot summte vor Erwartung. Niemand schlief, und sobald sich Gelegenheit bot, kramte man das Khaki-Zeug heraus, das beim Empfang in Penang getragen werden sollte. Einige holten Ausweispapiere, Geld und jene schon in Deutschland zurechtge-schnittenen Wimpel aus weißem Leinen hervor, die mit den jeweili-gen Bruttoregistertonnen der versenkten Schiffe bemalt werden sollten — 6 000, 12 000, 7 000, 8 000 — insgesamt vier Wimpel mit zusammen 33 000 Bruttoregistertonnen. Eine verdammt gute Lei-stung. Doch trotz aller Befriedigung überwog bald ein allgemeines Gefühl der Erschöpfung. Weil der ständige nervliche Druck nun auf einmal wich, begann all das spürbar zu werden, was monatelang verdrängt worden war — Kopfschmerzen und Furunkel, der Magen, die Zähne, die Leber. Nur nach der Begegnung mit der *Catalina* hatte Dr. Krummreiß mehr zu tun als in dieser Nacht.

Als U 859 am Morgen des 23. September an die Oberfläche kam, war das Wasser grün, und draußen schien die Sonne. Und beschien nicht nur eine glatte, paradiesische See, sondern auch Palmen und üppiges, mauerdichtes Buschwerk, welche die bergige Insel voraus bedeckten und von einem Grün waren, wie es das in Deutschland zu Hause selbst im Mai nicht gab.

»Kommandant an Obersteuermann: Gut gemacht! Langkawi viertausend Meter voraus.«

Hansen ging noch ein zweites Mal an das Sprachrohr. »Kommandant an alle: Jeder darf auf eine Zigarettenlänge auf die Brücke, natürlich auch die Nichtraucher. Aber laßt mir die Heizer zuerst!« Von Thaur teilte sein Personal ein. Einige Männer hatten seit 168 Tagen kein Tageslicht mehr gesehen und trauten sich nur im Schutze einer Sonnenbrille nach oben.

Nachdem die Lüfter das Boot gründlich durchgeblasen hatten, spürte man plötzlich einen ganz anderen Geruch: Es roch nach See. Aber ein bißchen roch es auch nach Sommerwiese. Die Männer konnten ihre Freude nur gedämpft ausdrücken. Das Ganze war wie ein Wunder: es herrschte so etwas wie Weihnachtsstimmung.

Auch Hansen sog das Grün mit den Augen ein — bei ihm auf Sylt hieß es, grün sei gut für müde Augen, und seine waren weiß Gott müde. Abseits in der Brückennock versuchte er sich einzureden, daß es nur ein dummer Aberglaube sei, sich nicht zu früh freuen zu dürfen.

»Was ist denn nun mit dem Flieger? Bei einem solchen Himmel müßte doch längst etwas zu sehen sein?«

Doch kein Ausguck konnte etwas entdecken, auch nach einer Stunde nicht, während der von Südwesten eine schwarze Wolkenbank heraufzog. Als die Zentrale an die Brücke meldete, daß das Barometer rapide falle, hatte bereits Seegang eingesetzt. An die Stelle der trägen Dünung waren kurze, kabbelige Wellen getreten.

»Der Taifun hat auch so angefangen. Und kein Flieger ist da, kein Oesten, kein Begleitschiff. Das ist es, was ich so liebe an der kaiserlichen Marine!«

Hansen nahm sein Glas, um selber den Himmel abzusuchen. Doch der Himmel war leer, leer und blaß.

»Eine Arado 196, haben sie gesagt. Und die ist doch wohl nicht zu übersehen mit ihren Schwimmern. Und dem Krach, den sie macht.«

»Jeder kann sich mal verspäten«, sagte Metzler.

»Ich möchte mehr Leute auf die Brücke«, sagte Hansen. »Hol alles rauf, was gute Augen hat. Man kann doch nicht eine Arado verpassen – und ein U-Boot und ein Schiff!«

Um acht Uhr hatte es sich so zugezogen, daß die Sicht nur noch hundert Meter betrug. Der Seegang hatte Stärke fünf erreicht, die Wellen trugen Schaumköpfe. Als der Backbordausguck schließlich etwas im Wasser entdeckte, war es kein Sehrohr, sondern eine Haifischfinne. Der Hai umkreiste das Boot mehrmals.

Hansen wurde immer nervöser. Er sagte, er wolle sich rasieren, war dann aber gleich wieder da, um sich auf der Brücke mit seinem Wikingerbart fotografieren zu lassen. Dann stieg er wieder ins Boot und schickte einen nach dem andern für so ein Erinnerungsfoto nach oben, bevor sie sich den Bart abnahmen.

»Wie ist das mit Ihnen?«, sprach er Rügen an. »Können Sie sich selber rasieren?«

»Ich denke schon, Herr Kaleu. Leutnant von Thaur hat einen besonders guten Apparat, den er mir leiht.«

Rügen trug zum erstenmal keinen Verband mehr. Die Kopfwunde, die so lange nicht hatte vernarben wollen, war nur noch mit einem Heftpflaster bedeckt.

Hansen paßte von Thaur ab, der die bärtigen Kameraden mit seiner privaten Kamera fotografiert hatte. »Was halten Sie von Ihrem Freund? Abgesehen davon, daß er die Linke noch nicht richtig bewegen kann, scheint er tatsächlich in Ordnung.«

»Ich glaube auch, Herr Kaleu.«

»Wenn das mit dem Gedächtnis auch noch hinkäme . . . Sie wissen ja, daß wir keine normale Werftüberholung zu erwarten haben wie in Kiel oder in Bremen oder in Schlicktau und jeden Mann, besonders jeden Offizier, brauchen werden.«

»Ich glaube, sein Gedächtnis ist wieder in Ordnung.«

»Glauben«, wiederholte Hansen skeptisch. Er sah von Thaur an. »Ihr Wort in Gottes Ohr.«

Auch als es zehn wurde, hatte sich noch nichts gezeigt. U 859 pendelte drei Meilen vor der zwischen Kap Chinchin und Kap Batu in Nordsüdrichtung verlaufenden Westküste der Insel Langkawi hin und her, bereit, entweder Butong oder Dayang Bunting anzulaufen. In der Zwischenzeit war das Boot mit den von den Japanern gewünschten Erkennungszeichen versehen worden. Vor und hinter dem Turm war je ein zwei Meter breiter Streifen aus weißen Leintüchern angebracht, und der Turm war an beiden Seiten mit einer Hakenkreuzfahne gekennzeichnet. Auf der Brücke wurde eigens ein Mann abgestellt, blitzartig mit dem Scheinwerfer das verabredete Kennwort *Richard-Karl* zu signalisieren, sobald ein schiffsähnlicher Schatten aus dem Regen tauchte. Ein zweiter stand am Flaggenstock bereit, um die Reichskriegsflagge zu hissen.

Kurt Metzler befingerte kopfschüttelnd sein ungewohnt glattes Kinn. »Also, Kaleu, irgendwie hat das Ganze ja einen Kinken. Uns müssen wir die Bärte abnehmen, um nicht irgendwelchen Spionen aufzufallen – aber das Boot takeln wir auf wie zum ›Tag der Arbeit‹. Ich hab' mir das mal auf der Karte angesehen. Bis George Town passieren wir ganze Meilen Seepromenade, und was den Hafen betrifft, der ist ein Reedehafen und liegt auch hübsch offen.«

Hansen hob Schultern und Hände an: »Metzler, ich fürchte, das ist überhaupt erst der Anfang. In *Paula* werden sie schon gewußt haben, warum sie uns ankündigten, die Werftüberholung sei problematisch.«

Palleter schob sich aus dem Luk ins Freie, auch er war nervös. »Was ist denn nun? Wie steht's?«

»Nichts ist, rein gar nichts«, antwortete ihm Rügen vom Wintergarten her. »Also fahren wir wieder nach Hause.«

Alles auf der Brücke brach in schallendes Gelächter aus. Der Witz kam genau zur richtigen Zeit, um die kaum mehr erträgliche Spannung zu lösen.

»Apropos Heimfahren«, sagte Palleter zu Hansen. »Wir haben sehr sparsam gewirtschaftet: siebzehn Kubikmeter Dieselöl sind noch in den Bunkern. Mit vierhundertzweiundvierzig Tonnen sind wir los, und zehn, zwölf Tonnen dürften wir durch die Bunkerleckage bei der Sache mit der ›Catalina‹ verloren haben.«

»Und was haben wir an Meilen zusammengefahren?«

»Runde zweiundzwanzigtausend — fast soviel wie einmal um den gesamten Erdball.«

»Früher waren die letzten Meilen immer die schönsten.«

Hansen sann seinen Worten nach, dann blickte er auf seine Armbanduhr, stieß sich energisch von der Brückennock ab und fuhr herum: »So, jetzt reicht's! Es ist zehn Uhr fünfzehn, jetzt will ich's wissen. Ich marschiere doch nicht um den Globus, um mich zum Narren machen zu lassen!«

»Eins WO an Funker«, trat Metzler sofort ans Sprachrohr. »Der Kommandant . . . «

»Nein!« fiel Hansen ihm ins Wort. »Ich gehe selber.«

Die Schlüsselmaschine stand schon auf dem Tisch, als Hansen zu Grabowski kam. Er formulierte den Funkspruch mit Grabowskis Stift. Sein FT, am 23. September 1944 um 10 Uhr 20 Ortszeit an *Paula* (Penang) gesandt, hatte folgenden Wortlaut: »Stehen seit Sonnenaufgang am Aufnahmepunkt nach unserer Berechnung. Genaue Peilung wegen schlechter Sicht nicht möglich. Geleitfahrzeuge und U 861 nicht gesichtet. Ebenso keine Arado.«

Als Grabowski die Bestätigung des FTs und die Antwort darauf in die Schlüsselmaschine gab, stand Hansen hinter ihm. Er wurde blaß, als er las, was die Maschine entschlüsselte.

»Genauso hab' ich es mir vorgestellt.«

Was *Paula* funkte, war eine einzige Litanei von Absagen. Das Flugzeug habe nicht starten können wegen der Wetterverschlechterung. U 861 werde erst einen Tag später eintreffen. Und man wisse nicht, was mit dem Begleitschutz sei, weil das in die Zuständigkeit der Japaner falle. U 859 solle also selbständig einlaufen — Kurs 150, danach minenfreier Weg ab Ansteuerungstonne North Channel.

Der Schluß war der Gipfel: »UNBEDINGT BRÜCKENWACHE VERSTÄRKEN, DA AKUTE U-BOOT-GEFAHR — ERWARTEN EUCH IN CA. 3 BIS 4 STUNDEN — DAUMENDRUCK!«

»Nein«, gab Hansen gequält von sich, dann lauter: »Nein!« Dann noch lauter, bis er schrie: »Das kann doch nicht wahr sein! Da läßt man sich zweiundzwanzigtausend Seemeilen vom Tommy an die Waden pinkeln, um dann gesagt zu bekommen: Nun sieh mal zu, wie du dich aus der Affäre ziehst!«

Auf dem Weg nach oben machte er noch einmal kehrt, um Grabowski zuzubrüllen: »Daß Sie mir das ja nicht verschludern! Das kommt ins KTB — darauf können Sie Gift nehmen!«

Als das Boot Fahrt aufnahm, war es 10.30 Uhr. Dreizehn Mann waren als Gefechtswache aufgezogen, mit dem Wachhabenden sogar vierzehn. Doch wohin sie auch sahen, sie sahen gegen eine Wand, denn die Regenfront war inzwischen durch undurchdringlichen Nebel abgelöst worden.

»Rund sechzig Seemeilen in vier Stunden, das ist leicht zu schaffen«, meinte der Obersteuermann, als Hansen zu ihm an den Navigationstisch trat.

»Du sagst das so komisch . . . «

»Nur die ersten zwanzig Meilen haben Wassertiefen von über achtzig Metern.«

»Und dann?«

»Fünfzig, vierzig. Danach nur noch dreißig.«

Der Tonfall des Obersteuermanns war begreiflich. Selbst wenn man den Feind entdeckte — gegen den man ohne Torpedos mit leeren Händen dastand —, würde man ihm im seichten Wasser nicht entfliehen können.

»Wo ist die Stelle, an der mit dem Tauchen Schluß ist?«

Der Obersteuermann zeigte es mit dem Bleistift auf der Seekarte. Er machte ein Kreuz, doch Hansen ersetzte es durch einen Punkt.

16 PENANG II

Die 21-T-Klasse war 1 575 tons groß. Nicht besonders schnell und auch nur auf einen Fahrbereich von 8 000 Seemeilen beschränkt, lag die Stärke dieses englischen U-Boot-Typs allein in seiner Feuerkraft. Die T-Boote verfügen über zehn Torpedorohre. Wenn Kommandant Brennan von der ›Trochus‹ sprach, nannte er sie gern seine ›Bulldogge‹.

Als das Boot im Fahrwasser zum Penang-Hafen auf der Lauer lag, war es tatsächlich so, als zerre ein Hund an der Kette. Da die E-Maschinen mit geringster Fahrstufe liefen, um möglichst wenig

Schraubengeräusche zu verursachen, lag man im ständigen Kampf mit der Strömung.

Jeweils zur vollen Stunde war U ›Trochus‹ vorsichtig so weit an die Wasseroberfläche gekommen, daß es die Funkantenne benutzen konnte. Um elf Uhr schließlich traf das sehnlichst erwartete Radio-Telegramm ein: U 859 war im Anmarsch. Trinkomalee informierte zusätzlich, man habe die zwischen dem U-Boot und der deutschen Funkstation auf Penang gewechselten Funksprüche abgehört. Sie legten den Schluß nahe, daß das Boot seit 10.30 Uhr mit Kurs George Town laufe. Niemand sei ihm als Hilfe attachiert. Es komme allein.

Die Hände vor der Brust verschränkt, baute sich Brennan vor der Seekarte auf, die der Navigator über seinem Arbeitstisch in den Schein der Sofittenlampe geheftet hatte. Das Mahlen der E-Maschine war zu hören, und dieses eigentümliche Schnurren, mit dem strömendes Wasser an der Außenhaut eines Unterseeboots entlanggleitet, sonst nichts. Alles blickte auf den Kommandanten.

»Also«, sagte Brennan, seine Hände in die Jackentasche schiebend, »wir korrigieren unsere Position um eine Idee südwärts: Ich möchte *hier* hin! Bei nur zwanzig Faden Wassertiefe hat ein IX D 2-Typ wie U 859, der mehr als zweihundertneunzig Fuß lang ist, keine Chance. Beim Alarmtauchen steckt das Boot mit der Nase schon im Schlick wenn die achtere Hälfte noch aus dem Wasser ragt. Und um zwölf möcht' ich es erwischen — exakt um zwölf. Denn dann wechselt die Wache, und die Männer, die aus dem künstlichen Licht auf die Brücke hinaufkommen, haben sich noch nicht an die Helligkeit draußen gewöhnt.«

Brennan drehte sich um. »Zu Mittag, Gentlemen, und an diesem Punkt ist U 859 sowohl lahm als auch blind. Wir werden einen Dreierfächer schießen und dabei Elektrotorpedos verwenden, damit die Deutschen nicht etwa die Blasenbahnen mitbekommen. In welchen Tuben haben wir E-Torpedos?«

»Tuben zwei und fünf, Sir.«

»Okay, dann laden wir ›eins‹ um. Und keine Hast dabei, wir haben Zeit.«

»Aye, aye, Sir.«

Die Offiziere hoben die Grußhand vor die Stirn und wandten sich zum Gehen. Brennan selber ging in den Peilraum. Der zuständige *RT* meldete, noch nichts aufgefangen zu haben, und Lieutenant-Commander Brennan ließ sich auf den Kommandolautsprecher schalten.

»Ich werde«, sagte er, »nachher ein paar Freiwillige brauchen, welche bereit sind, ins Wasser zu gehen – in ein Wasser, das mit Schweröl verdreckt sein wird, Jungs! –, für den Fall, daß es Überlebende aufzufischen gibt. Einer von euch müßte sich auch am ausgefahrenen Periskop festbinden lassen. Ach ja, und noch etwas – der deutsche Kommandant soll den Namen Hansen haben. Paßt auf, ob ihr diesen Namen hört.«

Der Mann, der sich für den Job als Periskopturner meldete, war Brennans Aufklärer George Swinton, ein kraushaariger Ire von knapp achtzehn Jahren.

»Das ist nicht ungefährlich, Swinton. Es kann immer etwas passieren. Und alles, was dabei herausspringt, ist, daß Sie sich dreckig machen.«

»Ich mach's nicht, weil etwas herausspringen könnte, Sir. Ich mach's nicht mal für die Deutschen.«

»Sondern?«

»Für unseren Captain Nicholson, Sir.«

Kurz darauf meldete der *Radio Technician*, daß er etwas aufgenommen habe. Der Sektor, auf dem der kreisende Peilstrich des Radargeräts dieses Objekt als einen grün phosphoreszierenden Punkt erscheinen ließ, war genau der, aus dem U 859 erwartet wurde. Das Objekt war im Begriff, die Ansteuerungstonne des Penang-Fahrwassers zu passieren, welche man als Fixpunkt angepeilt hatte. Wenig später meldete der Mann am Horchgerät, daß nunmehr auch Schraubengeräusche zu hören seien, die sich mit einer Geschwindigkeit von fünfzehn Knoten näherten.

Brennan sah auf die Uhr. Seine Berechnung war richtig, der andere hatte noch zwanzig Minuten.

»Tuben eins, zwei, fünf bewässern!«

Brennan stieg in den Turm hinauf und übernahm selber das Periskop, das nur so weit ausgefahren war, daß es immer wieder überspült wurde. Der Nebel, der die See bedeckte, war so hell und gleißend, als blicke man auf einen Tisch voll Perlen.

»Öffnungsklappen zurückdrehen! Schußfolge fünf Sekunden.«

Die drei Lämpchen auf dem Lampen-Paneel neben dem Sehrohr, die für die Bugtorpedorohre eins, zwei und fünf standen und bisher nur rot geleuchtet hatten, begannen zu blinken.

»Achtung . . .«

Erst war es nur eine Ahnung. Dann war es ein Schemen, der aber noch einmal vom Nebel verschluckt wurde. Doch dann trat deutlich ein U-Boot aus dem undurchsichtigen Gleißen hervor, dessen Turm die Nazi-Embleme trug. Die Berechnung des Vorhaltewinkels ergab, daß U 859 nicht weiter als vierhundertfünfzehn Yards vorbeiziehen mußte, eine Entfernung, bei der man sich mit dem Megaphon hätte unterhalten können.

Die Wanduhr zeigte 12.03 Uhr, und Brennan begann zu zählen. Bei neun brach er ab.

»Torpedos – looos!«

Um zwölf kamen der Obersteuermann, der auf U 859 als III. WO fuhr, und dreizehn neue Leute auf die Brücke. Von Thaur, als Vertretung für den II. WO Rügen, und die Männer, welche mit ihm zusammen auf Ausguck gestanden hatten, gingen wieder nach unten. Sie taten es mit gemischten Gefühlen. Einerseits waren sie froh, dieser gleißenden Helle, die den Augen weh tat, zu entkommen, und sie hatten auch gehört, daß der Smut zur Feier des Tages Hühnerkeulen in Aspik und Birnenkompott auftische. Andererseits waren sie sich darüber klar, daß sie im Freien die besseren Überlebenschancen besaßen, wenn etwas passierte.

»Also, dann gib mal schön acht, Dicker, daß auch alles ruhig bleibt. Das Festessen will in Muße genossen werden.«

Von Thaur fiel in diesem Moment auf, daß er sich mit dem Obersteuermann duzte, während er zu Rügen, der die ganze Zeit erstaunlich konzentriert neben ihm auf der Brücke gestanden hatte, immer noch Sie sagte. Er hatte das schon öfter ändern wollen, doch nie das richtige Wort gefunden. Als sie Schulter an Schulter warteten, daß die Männer durch Luk entschwanden, fing er an: »Bevor wir ankommen, hätte ich gern noch etwas mit Ihnen besprochen.«

»Beim Essen?«

»Gut.«

In der Zentrale unten herrschte aufgeräumte Stimmung. Die Männer führten ihre Tropenuniformen vor, rissen Witze über die kurzen Hosen und ihre bleichen Stachelbeerbeine. Als von Thaur an Holz klopfte, wollte Rügen wissen, warum.

»Seemannsaberglaube! Man läuft nicht an einem Freitag aus. Man kratzt auf einem Segler nicht am Mast. Und man feiert nicht Ankunft, ehe die Leinen fest sind.«

Der Zentralemaat sagte ihnen, daß der Kommandant sie in der Offiziersmesse erwarte. Palleter, Metzler und Dr. Krummreiß saßen dort und waren bereits beim Kompott angelangt. Auch hier schien man bester Laune zu sein, doch hatte die Stimmung auch etwas Feierliches. Rügen machte zu von Thaur eine versteckte Geste zum Hals, und auch Dietrich von Thaur hatte den Eindruck, daß man zusammenkam, um die Verleihung des Ritterkreuzes an Hansen zu feiern. Und dies war der Grund, weshalb er nicht Platz nahm – er wollte vermeiden, daß die verdammte Ruhr, die in seinen Därmen wühlte, die kleine Feier störte.

»Herr Kaleu, es tut mir leid – aber ich muß bitten, mich noch einen Moment entschuldigen zu wollen.«

Hansen sah zu Dr. Krummreiß, und Dr. Krummreiß, der feixend mit den Mundwinkeln zuckte, rief von Thaur nach: »Aber gehen Sie ja nach vorn!«

Von Thaur verließ also die Offiziersmesse und wandte sich in Richtung Bug. Er ging an Feldwebel-Messe und der Kombüse vorbei und durch den Unteroffiziersraum zu dem WC vor dem Kugelschott zum vorderen Mannschaftsraum.

Der Smut, der ihn sah, fragte über die Schulter: »Aber heute essen Sie doch mit, Herr Leutnant, oder? Nicht wieder nur Tee und Kekse.«

Von Thaur nickte ihm zu. »Heute esse ich mit.«

Er hatte eben den Riegel vorgeschoben und war noch mit seiner Hose beschäftigt, als jemand an die Tür klopfte. »Besetzt«, sagte er. »Wenn du bloß pinkeln mußt, dann kannst du es auch über Bord tun.«

Als er sich niedersetzte, blickte er unwillkürlich auf seine Armbanduhr. Es war 12.05 Uhr.

In diesem Moment ertönte ein Klicken, wie er es noch nie gehört hatte. Er wunderte sich, denn der Laut kam von draußen. Er hörte sich an, als klopfe ein Hammer gegen die Stahlwandung.

Jeder im Boot, ob unten oder auf der Brücke, hatte diesen merkwürdigen Hammerschlag mitbekommen, bis auf den Funkobermeister Grabowski, dem, ohne daß dieser ihn erkannt hätte, von Dietrich von Thaur gesagt worden war, er solle nach oben gehen. Grabowski, auf der Steigleiter stehend, streckte gerade seinen Kopf ins Freie, um zu rufen: »Frage: Ein Mann zum Austreten auf Deck?«, als es so merkwürdig klickte.

Das heißt, Grabowski wollte diese Frage stellen, hatte sie auch bereits im Kopf formuliert, doch brachte er nicht mehr heraus als ›Frage — ein Mann‹. Denn da gab es einen furchtbaren Knall, und die Schubkraft der Explosion unter seinen Füßen katapultierte ihn durchs Luk nach draußen und senkrecht in den Himmel, seine Knochen brechend, seine Eingeweide in den Brustkorb gestaucht und das Hirn unter die Schädeldecke.

Im gleichen Augenblick brach im Boot die Hölle los. Bersten und Klirren, Knistern und Zischen, Prasseln und Brechen. Finsternis. Gellendes, entsetztes Schreien. Ein unbeschreibliches Inferno, in dem die Zeit selber zu explodieren schien, in Wahrheit aber nur ganze sieben Sekunden, in denen U 859 mehr als zwei Meter hoch aus dem Wasser sprang und, unterhalb des Turmes auseinanderbrechend, wieder darin verschwand. Weiße Laken blieben zurück, eine Hakenkreuzfahne, Menschen.

Dietrich von Thaur hatte instinktiv die Hände über den Kopf gerissen und so das Aufprallen mit der Schädeldecke verhindert, als es ihn hochhob, sich aber fast das Rückgrat verrenkt, als er, immer noch in der Hocke, auf die WC-Brille zurückfiel.

Zunächst war er benommen, doch dann brachte ihn das Schreien zu sich, das scheußliche Reißen der Schweißnähte und der Knall, mit dem es achtern den Diesel auseinandersprengte. Jetzt erst bemerkte er auch, daß das Wasser schon bis zu seinen Knien reichte. Mit der einen Hand wollte er die Hose nach oben, mit der anderen den

Riegel zurückreißen, doch beides mißlang. Er konnte nicht zufassen – er hatte sich beide Handgelenke verstaucht. Bis die Hose endlich oben war, vergingen kostbare Sekunden. Er hörte vor der Tür Schreien und Laufen, doch als er selber schrie, weil dieser verfluchte Riegel klemmte und mit seinen kaputten Händen nicht aufzukriegen war, blieb er ohne Antwort. Niemand schien mehr da, der ihm hätte helfen können.

Immer wieder knallte es im Boot – die Akkubatterien, die das Meerwasser zur Explosion brachte – und wenig später war dann auch Chlorgas zu riechen. Da fiel von Thaur das Quecksilber ein. Wenn das Boot torpediert worden war – und daran bestand kein Zweifel –, mußte auch der Kiel etwas abbekommen haben.

Er schrie wieder, schrie vor Todesangst, aber obwohl vor der WC-Tür Stimmen zu hören waren, kümmerte sich niemand um ihn. Erst als ihm das Wasser schon bis über die Hüften reichte, fiel ihm ein, daß es ja einen Vierkantschlüssel gab für den Fall, daß die Verriegelung klemmte. Er fand ihn, schlug den Riegel zurück und war frei. Im Licht der Notbeleuchtung sah er Kojen samt Bettwäsche, Bretter von Transportkisten, Fotos, Papier und Kombüsengerät umherschwimmen und dann auch Tote. Plötzlich riß wieder irgendwo eine Schweißnaht mit sägendem Ton, und sofort stieg das Wasser höher, so hoch, daß es ihm schon bis zur Brust reichte und er schwimmen mußte. Ohne sich Rechenschaft zu geben, warum, versuchte er in Richtung Kombüse voranzukommen, und er hatte plötzlich das grausige Gefühl, der einzige Überlebende zu sein. Dann stieß er auf zwei Männer, die sich abmühten, das Kombüsen-Luk aufzubekommen.

»Wo ist der Alte?«

Sie zeigten nur stumm über die Schulter.

Die Kombüse war der letzte einigermaßen unversehrte Raum in der Schiffsmitte. Was dahinter kam – die Offiziersmesse, der Funkraum, das Kommandantenschapp, die Zentrale –, war ein einziges Gewirr aus verworfenem Stahl, verbogenen Rohren und aus der Wand gerissenen Leitungen. Hier schwamm keine Leiche auf dem Wasser, nur dickes schimmerndes Dieselöl. Bis an die Decke war alles mit Blut bespritzt und beklebt mit Fetzen von Uniformen, Dichtungsmaterial, Schreibpapier und Hirnmasse.

Dietrich von Thaur wurde übel. Und während er sich erbrach, bis die Galle kam, mußte er an Hansen denken, an dessen Frau, die nun eine Tochter hatte, und daran, daß er ihr alles erzählen wolle, wenn er hier je lebend wieder herauskam.

Als er zu den Männern in der Kombüse zurückwollte, kam ihm jemand in die Quere, der in seinen winzigen Spind zu kriechen versuchte, um dort mit dem Bild seiner Frau im Sterben vereint zu sein. Er ließ sich auch mit Gewalt nicht davon abbringen, und von Thaur gab schließlich auf, der Verzweiflung nahe.

Die beiden am festgerosteten Kombüsen-Luk mühten sich immer noch.

»Hört auf, wir probieren es vorn beim Torpedoluk.«

Sie achteten nicht auf ihn.

»Aufhören, hört ihr nicht?! Hier läuft nichts.«

Ohne es zu wollen, hatte er die Männer geduzt, und das war richtig. Sie ließen von dem Luk ab und kamen mit ihm. Während von Thaur sich mehr plantschend als schwimmend zum Bug hin bewegte, mußte er an Jost Rügen denken und daran, daß sie beide sich nun nie mehr duzen würden.

Durch den schwimmenden Unrat, das Öl und die Chlorgasschwaden war der Einstieg in den Bugraum nicht zu sehen. Und wenn dieses Kugelschott nun geschlossen war? Wenn sie im Boot gefangen waren? Doch das Kugelschott war begehbar — glücklicherweise von einer verklemmten Matratze offengehalten.

Zwölf Mann hatten sich im Bugraum versammelt, zwei davon, Bootsmannsmaate, versuchten verzweifelt, das Luk zu öffnen, das für die Torpedos der Bugraum-Rohre in die Decke eingelassen war. Doch auch hier rührte sich nichts. In 176 Tagen war alles hoffnungslos festgerostet.

»Wer von euch hat Tauchretter?«

Es stellte sich heraus, daß es fünf Tauchretter zuwenig waren. Doch erst jetzt wurde denen, die keinen hatten, dieser Mangel bewußt. Bisher war ihr Denken und Hoffen einzig auf das Luk gerichtet gewesen. Zwei begannen zu heulen, einer zu beten und ein anderer gar heldische Sprüche loszulassen von wegen ›ehrenvollem Tod für den Führer Adolf Hitler‹.

»Halt die Schnauze!« schrie einer der Maate am Luk. »Thaur, befiehl du ihm doch, daß er die Schnauze halten soll.«

Es war nicht nötig. Plötzlich explodierten achtern sämtliche noch unzerstörten Akkubatterien auf einen Schlag, und sofort begannen entsetzlich stinkende, gelbgrüne Schwaden das bißchen noch verbliebene Luft zu verpesten. Alle husteten, zwei Männer mußten sich erbrechen.

Als von Thaur sagte, daß auch die ohne Tauchretter eine Chance hätten, weil die Wassertiefe höchstens vierzig Meter betrage, meldete sich Widerspruch. »Gar nicht wahr. Es sind mehr, viel mehr — mindestens hundert.«

Der Maat am Luk sagte: »Wenn er sagt, daß es vierzig sind, dann sind es vierzig!«

Bisher an den Deckenventilen verklammert, ließ er sich ins Wasser zurückgleiten. »Hat keinen Sinn. Wir brauchen etwas Spitzes. Ein Messer, ein Stemmeisen, oder so.«

Der Maat tauchte in die Brühe und durch das Kugelschott zurück in den Unteroffiziersraum. Niemand sprach ein Wort, bis er zurückkam. Als er aus dem Wasser tauchte, war er schwarz von Öl. Aber er hielt etwas in der Hand: ein Brotmesser.

»Aus der Kombüse.«

»Mann!«

Der Raum zwischen Wasser und Decke, in dem die Luft zusammengepreßt war, betrug nur noch dreißig Zentimeter. In dieser Luftblase hatten sich die Männer an Ventilen, Leitungen und dem Kojengestänge verklammert. Von Thaur mußte daran denken, daß hier ein Überdruck von sechs Atü herrschte und daß diese sechs Atü genügten, um einen Preßlufthammer zu betreiben — aber auch jede körperliche Arbeit unmöglich zu machen. Was die Maate am Luk leisteten, war unglaublich.

Und noch kleiner wurde die Luftblase. Das Wasser erreichte die batteriegespeiste Notbeleuchtung, überspülte sie und löschte sie aus. Jetzt herrschte Finsternis. Die Geräusche des in sich zusammenbrechenden Bootskörpers waren verstummt, und längst auch alle Schreie. Nur noch das Gluckern des Wassers war zu hören, dazu das Geräusch, welches das Messer in der Fassung des Torpedoluks verursachte.

»Thaur! Wir haben es! Wie ist das jetzt mit dem Druckausgleich?«
Dietrich von Thaur erläuterte die Funktion des Tauchretters. Er
erklärte, immer wieder von Husten unterbrochen, daß es darauf
ankomme, ihn nicht sofort aufzublasen und immer wieder Luft
abzulassen. Er fragte die Männer sogar ab und sie antworteten ihm
wie beim Unterricht.

»Alle die keinen Tauchretter haben: Auf keinen Fall vorm Aussteigen noch einmal tief einatmen, sondern im Gegenteil – raus mit der
Luft! Das bißchen, was in der Lunge bleibt, ist so komprimiert, daß
es bis oben reicht. Also Zeit lassen, schön Zeit lassen!«

»Achtung! Ich mache auf.«

»Festhalten jetzt, sonst reißt euch die entweichende Luft mit raus!«
Man hörte den Lukendeckel aufgehen, hörte ihn wild hin und her
schlagen, während mit einem wüsten Brausen, das durchs gesamte
Boot ging, die vom Wasser zusammengepreßte Luft entwich. Und
nicht nur diese Blase schoß nach oben, sondern mit ihr Zigaretten,
Holzsplitter, Uniformstücke, Leichenteile, Nudelpakete aus der
Kombüse. Auch drei von den Männern, die sich nicht fest genug
verankert hatten, wurden mitgerissen.

Das Luk rastete ein, und das Wasser, das nun alles ausfüllte,
beruhigte sich. Der Weg nach draußen zeichnete sich im Luk als
scharf umrissener Kreis ab. Er war von einem fahlen Dunkelgrün,
obwohl er doch eigentlich heller hätte sein müssen, wenn die
Wassertiefe wirklich nur vierzig Meter betrug. Plötzlich machte sich
wieder Angst breit.

Dietrich von Thaur wußte auch keine Erklärung – außer, daß das
Wasser schmutzig war. Möglicherweise bestand der Meeresboden
aus Schlick, der durch die Explosion aufgewirbelt worden war. Von
Thaur war fest überzeugt, daß man nicht tiefer als vierzig Meter lag,
doch er hatte nun keine Möglichkeit mehr, es zu sagen.

Der Maat, der das Messer aus der Kombüse geholt hatte, faßte als
erster Mut. Dietrich von Thaur war der letzte. Er mußte daran
denken, daß er damals in Kiel auch der letzte gewesen war, der an
Bord ging. Und ihm war bewußt, daß er nun die verließ, die seine
Kameraden und Freunde gewesen waren und hier für immer im
Stahl begraben blieben. Ganz still war es zuletzt um ihn herum, und
von dieser Ruhe ging etwas Feierliches aus.

Als von Thaur nach oben kam, verlor er zunächst das Bewußtsein, doch die Rufe der anderen holten ihn aus der Ohnmacht zurück. Er erblickte ein Unterseeboot, das auf ihn zukam, und sah am Umriß des Turmes und an dem doppelten Sehrohrbock darauf, daß es ein englisches war. An dem einen Sehrohr, welches ausgefahren war, hatte sich ein Mann festgebunden und hielt nach Überlebenden Ausschau. Von Thaur winkte diesem Mann zu.

Zunächst im U-Boot selber, dann in Trinkomalee und schließlich in Colombo, wo er mit den Abwehrleuten des Hauptquartiers der *Eastern Fleet* zu tun bekam, wurde der Kriegsgefangene von Thaur befragt, was er vom Quecksilber auf U 859 wisse. Seine Antwort lautete, er wisse gar nichts, und dabei blieb er, auch als man ihn dafür ins Gefängnis steckte. Er hörte, daß die geheime Fracht den Engländern von Anfang an durch ihren Geheimdienst bekannt gewesen sei, sagte aber dennoch nichts. Man zeigte ihm Aussagen von Leuten, welche in Singapur und Penang die Japaner ausspionierten. Darin hieß es, die Japaner planten, das U-Boot-Wrack wegen seiner kriegswichtigen Fracht zu heben, doch er schwieg weiter.

Schließlich erklärte er: »Ich weiß nicht, wie viele Kameraden gefallen sind, aber sie sind für dieses Unternehmen gefallen, und ich werde sie nicht verraten.« Danach wurde er in das POW-Camp Fayid in der ägyptischen Wüste abgeschoben.

Am 27. Oktober 1944 um 10.15 Uhr startete in Kharagpur westlich von Kalkutta ein Verband von fünfzehn *Liberator*-Langstreckenbombern, die nach über neun Stunden Flug und zurückgelegten 5 579 Kilometern im Frühnebel in die Malakkastraße niederstießen und sechzig Treibminen über dem Hauptfahrwasser nach George Town abwarfen, und so dafür sorgten, daß Japan nicht nur den Stützpunkt Penang, sondern auch jedwede Hoffnung aufgeben mußte, an das Quecksilber in U 859 zu kommen.

Im selben Oktober bekam der Lieutenant-Commander Peter Brennan, Kommandant von U ›Trochus‹, den Orden des Britischen Empire verliehen. Den gleichen Orden erhielt Captain Nicholson. Da er als verschollen galt, schickte man das Päckchen an seine Eltern.

Wenn Marco DeLucci nicht vor den Spiegel in der ›Miss Melia‹-Sportboutique getreten wäre, hätte er Anja wohl kaum gesehen. Er hatte mit der bemerkenswert hübschen, bemerkenswert herausfordernden braunhäutigen Besitzerin über den Charter eines seegängigen Motorboots verhandelt und sich kurz die Haare gekämmt, als sie ihn, um zu telefonieren, allein ließ.

Betroffen bemerkte er das hilflose Erschrecken in Anjas Gesicht, bemerkte er, daß sie sich brüsk abwandte hinter der Scheibe des Schaufensters, und wußte, während er zur Tür eilte, daß er zu spät kommen würde. Tatsächlich, sie war nirgends zu entdecken. Wohin konnte eine mit nichts als einem Tanga bekleidete Europäerin am Strand von Batu Ferringhi verschwinden? Da er nicht an Zufälle glaubte, und schon gar nicht daran, daß sie sich wiederholten, ging er nicht ins eigene Hotel, sondern ins *Golden Sands*.

Er betrat es durch das nur noch von frühstückenden Spätaufstehern besetzte, zum Strand hin offene Terrassen-Café. An der Rezeption erfuhr er Anjas Zimmernummer, nahm den Lift und traf in derselben Sekunde vor 618 ein, als dort von innen der Schlüssel herumgedreht wurde. Er klopfte sacht – in der Art wie etwa ein asiatisches Zimmermädchen klopfen würde –, und der Schlüssel wurde wieder zurückgedreht.

Die Tür ging auf. Anja, hinter einem großen Badetuch, starrte ihn an. »Oh . . .!«

Er trat ein, ging einige Schritte in das mit dunklen Rattanmöbeln eingerichtete Zimmer und drehte sich um, als er hörte, daß hinter ihm die Tür ins Schloß fiel.

»Bevor Sie etwas sagen«, bat er mit einer kleinen Geste. »Ich weiß, daß etwas mit Ihnen ist – und deswegen bin ich hier. Gestern nachmittag angekommen, eben unterwegs, um zu erfragen, wie ich zu einem Schiff kommen kann, um zu Ihnen zu gelangen. Ein Glück, daß wir uns getroffen haben.«

Er wiederholte die kleine Geste, die sowohl um Entschuldigung als auch um Geduld bat.

»Wie ich Ihnen schon einmal in Hamburg gesagt habe: Sie müssen Gefühl und Geschäft voneinander trennen! Ich glaube, ich weiß, warum Sie nicht mehr von sich hören lassen haben, kein Telegramm, kein Brief, nichts — aber ich kann es nicht verstehen. Dies Quecksilber ist eine Sache — das, was mit uns zu tun hat, eine ganz, ganz andere.«

Anja hatte bewegungslos zugehört, bis er geendet hatte. Dann schlüpfte sie ins Bad, um das Badetuch mit einem Bademantel zu vertauschen. Als sie zurückkam, standen sie, weil Marco sich umdrehte, unversehens einander auf Tuchfühlung gegenüber.

»Anja«, sagte Marco leise; »das war nicht schön.«

Sie sagte nichts, konnte nichts sagen, sich nicht einmal bewegen, fühlte sich wie noch nie in ihrem Leben. Als Marco sie zart berührte, ließ sie ihren Kopf gegen seine Schulter sinken.

Marco spielte mit den Lippen in ihrem Haar, nur um dessen Duft aufzunehmen, ohne es wirklich zu küssen. Er spürte die Spitzen ihrer festen Brüste, im Ohr nichts als das Rauschen des Meeres draußen. Schließlich preßte er sie an sich, während das Rauschen in seinen Ohren rasch zunahm.

Anja war wie betäubt. Nicht einmal den Kopf konnte sie heben, um Marco zu küssen. Aber sie fühlte sich wunderbar ruhig.

Marco küßte sie aufs Haar, erst leicht, dann heftiger, während sich seine Arme noch fester um Anja legten. Wenn es ihm schmeichelte, daß ihm kein Widerstand entgegengesetzt wurde, so irritierte es ihn wiederum, daß nicht das geringste Entgegenkommen zu spüren war. So lockerte er seine Arme schließlich wieder. Doch als er Anja loslassen wollte, drängte sie unerwartet nach: »Nein, halt mich! Halt mich ganz fest.«

Marco tat es.

Er wollte Anja nicht überrumpeln. Noch war die Zeit nicht reif. Das Rauschen in seinen Ohren war leiser geworden. Es war wieder das Rauschen des Meeres, nicht das seines Bluts.

Plötzlich sagte Anja etwas. Sie sagte: »Warum bist du gekommen?«

»Ich wollte dich sehen, dich sprechen. Ich wollte . . . « Er stockte und sagte, wie es war. »Ich wollte dich holen.«

Anja legte den Kopf zurück, um ihn anzusehen. Sie lächelte. Es war nicht Koketterie, aber es war auch nicht nur Freude. Eine gewisse Lockung war schon in diesem Lächeln.

»Es ist die Zeit«, sagte Marco, »in der ich sonst immer ein bißchen

Urlaub mache. Saint-Barthélemy stand diesmal auf dem Programm, mit Abstechern nach Martinique, Trinidad und Acapulco, aber ich hatte plötzlich keine Lust mehr. Und schließlich merkte ich auch, woran es lag — und da hab' ich in Linate Bescheid sagen lassen, und als mein Pilot alle Unterlagen komplett hatte, sind wir losgeflogen. Eine Zwischenlandung in Teheran, eine in Bombay — und hier bin ich.«

Anja lächelte immer noch, aber anders, tiefgründiger und mehr mit den Augen als mit dem Mund. Und es war auch nur noch ihr Kopf, der, in den Nacken gelegt, von ihm entfernt war. Ihr Körper war dichter denn je, viel dichter, und nicht nur mit den Brüsten.

»*Belleza . . . Belleza di me!*« sagte er — wie damals, als er sich von Anja in Hamburg verabschiedete.

Sie blieb, wie sie stand. Sie machte nur die Schultern ganz schmal und ließ, mit einer raschen schlängelnden Bewegung, ihren Bademantel zu Boden gleiten. Ihr Körper war sonnenbraun und glänzte seidig.

Als Marco Anja umarmen wollte, löste sie sich von ihm, um zwei, drei Schritte zurückzugehen. Sie stellte sich nicht zur Schau. Sie stand nur so da. Sie hatte genau die Art Brüste, die Marco sich vorgestellt hatte, sogar diese zimtfarbenen, ziemlich großen glatten Spitzen, einen flachen Magen und ein gelocktes Dreieck. In seinen Augen war sie perfekt.

Marco begriff. Dies war Liebe. Es war eine Antwort, die alles, was noch gesagt oder gefragt werden könnte, in sich einschloß.

Er sagte: »Wir können fliegen, wann immer du willst — und wohin du willst.«

Anja wandte sich zum Nachttisch, wo eine Weckeruhr stand. »Die beiden sind nach George Town — der ›Stützpunkt Paula‹ ist noch unbesichtigt. Sie werden frühestens in eineinhalb Stunden wieder hier sein, und vorher mag ich nicht weg.«

Dann nahm sie die Uhr und stellte auf der Rückseite den Wecker. »Besser ist besser . . .«

Ihre unverklemmte, gelöste Art riß ihn mit. Er mochte das Gesicht, das sie machte, als sie sich vereinigten — wie wenn sie auf etwas horche —, und er mochte die leisen Laute, die sie dabei ausstieß. Er mochte sehr, wie sie hernach entspannt seufzte.

»Belleza di me.«

Als sie dann beieinanderlagen in der kühlen Brise, die die Gardine auf ihrer Bambusstange klappernd bewegte, sagte Marco: »Wo möchtest du denn nun hin? Saint-Barthélemy ist etwas Spezielles, eine von Weißen bewohnte Insel in der schwarzen Karibik. Ein Freund von mir, ein Hamburger Bankier, würde mir seine Villa zur Verfügung stellen.«

»Ich weiß nicht«, sagte sie. »Wieder Hitze, wieder Ferien.«

»Oder wir könnten auch nach . . .«

»Lach nicht, aber weißt du, wonach ich mich sehne — nach Schnee!«

»Dann fahren wir nach Courmayeur, im Aostatal, auf der italienischen Seite des Montblanc.«

»O ja, gern. Ist das etwas Besonderes?«

»Nicht eigentlich. Skifahren, Spazierengehen, ein paar nette Bars und ein paar nette Freunde, gleich auf der anderen Seite des Straßentunnels liegt Chamonix. Ich habe dort ein Haus. Meine Mutter wird da sein.«

Die ›Boston Raider‹ sah manierlicher aus, als es von einem Trampdampfer, der seine Fracht nahm, wo er sie kriegen konnte, zu erwarten war. Hugh ›Snatch‹ Bandemer hatte sich kaum verändert, Brennan erkannte ihn sofort wieder. Der Hongkonger Hafenkommandant trug natürlich nicht Uniform, sondern Zivil auf dieser Fahrt außerhalb seiner Dienstobliegenheiten. Doch wie er da die Jakobsleiter des Frachters herunterturnte, war er ganz der alte ›Snatch‹ der ›Trochus‹.

Von Thaur stand schon mit dem Scotch parat: »Na, alter Freund, hättest du je geglaubt, daß wir uns auf See wiedersehen würden?«

»Und dazu noch an der alten Stelle!«

»Wie geht's? Was macht deine Frau? Warum hast du sie nicht mitgebracht?«

»Besser nicht, ich wollte kein Aufsehen. Ich habe auch nur knappe vierundzwanzig Stunden Zeit. Morgen um halb zwölf geht meine Maschine. Wäre mir lieb, wenn ihr mich dann mit eurer Barkasse nach Penang brächtet.«

Von Thaur machte ihn mit Findley bekannt, er seinerseits mit

Ioannes Sulonias, dem Kapitän der ›Boston Raider‹, einem krausköpfigen Griechen, der ihm auf der Jakobsleiter gefolgt war. »Besprecht ihr zwei schon mal, wie ihr's machen wollt.«

Sein Blick ging zu Brennan: »Mein guter Ioannes hat nämlich Angst, daß ein Wetter kommt. Und in der Tat braut sich im Golf von Bengalen etwas zusammen, während sich über Sumatra ein Hoch aufbaut, und das heißt, daß wir entweder ein Sturmtief kriegen mit allem Zubehör oder Seenebel. Beides können wir, glaube ich, absolut nicht gebrauchen.« Er sah sich um: »Wo steckt denn euer Zeug?«

Sie folgten den beiden Kapitänen zum Vordeck. Mit bedenklicher Miene betrachtete der Grieche die Quecksilberflaschen. Sulonias sah Schwierigkeiten, wenn das Ladegeschirr benutzt würde. Die Flaschen müßten dann wie Stückgut in Netzen von Schiff zu Schiff verfrachtet werden, und das würde − weil eine Flasche über siebzig *pounds* wog − zuviel Zeit in Anspruch nehmen. Außerdem könnten Flaschen, an welchen der Rost genagt hatte, durch das Gewicht der anderen zerquetscht werden.

»Bei aller Freundschaft, Captain Bandemer, aber ich möcht' nicht, daß sich dieses Teufelszeug auf meinem Schiff verdünnisiert. Wenn es erst einmal in der Bilge ist, könnte ich auch gleich Gift laden.«

»Also, was schlagen Sie vor?«

»Ich sehe nur eine Lösung: Längsseits legen, Seitenpforte auf − und das Quecksilber ohne Baum und Talje, Flasche für Flasche von Hand verladen. Mit der Höhe käme es hin, die ›Manning‹ ist ja verhältnismäßig niedrig.«

»Sie müssen es wissen. Wieviel Flaschen sind es denn?«

»Eintausendachthundert und einige. Aber wenn wir in die Hände spucken . . .« Kapitän Sulonias tippte einen Finger an die Schläfe: »Wenn ich mich schon mal empfehlen darf, Gentlemen.« Er zeigte nach oben: »Ich traue dem Frieden nicht, es war schon zu lange schön.«

Bandemer wandte sich an Brennan: »Und so, Sir, mit der Hand, haben Sie das alles auch heraufgeholt? Die Zeitungen haben ja ganze Seiten darüber gebracht, aber Einzelheiten sind doch leider zu kurz gekommen. ›Bergwerk auf dem Meeresgrund‹, schrieb ein Reporter der *South China Morning Post*.«

»Freund Thaurs geniale Idee. Erzähl du, Dieter.«

»Weißt du, was ein ›Blaster‹ ist?«

»Hmm.«

»Dasselbe wie ein ›Prop-wash‹.«

»Und was ist das? Ach, ich weiß! Es hat etwas mit dem Schiffspropeller zu tun, stimmt's?«

»Richtig. Also, das Quirlen des Schiffspropellers wird mittels Röhren zum Meeresgrund übertragen und zerbläst dort die Ablagerungen. Dieser Abraum wird dann mit einem Gerät beiseitegeschafft, das sich ›Airlift‹ nennt und nach dem Prinzip des Staubsaugers arbeitet.«

»Gut, verstanden. Aber wieso ›Bergwerk‹?«

»Wir haben einen Graben ausgehoben, rund zwei Meter fünfzig — also acht Fuß — tief, um erst einmal bis zum Bootskiel zu kommen, und dann noch einmal einen Meter fünfzig tiefer, damit ein Mann darin stehen konnte, um am Kiel zu arbeiten. Bequem stehen, verstehst du, mit Schwimmflossen, umgeschnallten Tauchflaschen und Schneidbrenner. Tja, und so haben wir uns dann vorangearbeitet — erst ›Blaster‹, dann ›Airlift‹, dann Schneidbrenner — und den Kielkasten Meter um Meter von der Seite her aufgeschnitten und die Flaschen herausgeholt.«

»Und nicht bloß Flaschen!« sagte Brennan und schüttelte sich. »Manchmal lagen da, wo die Schneidflamme angesetzt wurde, auch Granaten.

»Und jetzt gibt es da also einen Graben am Boot entlang?«

»Ja, mehr als am halben Boot entlang, aber natürlich an einigen Stellen schon wieder eingesackt. Kannst ja mal runtergehen und es dir ansehen.« Von Thaur grinste. »Soll ein prickelndes Gefühl sein, unten im Graben zu stehen und die riesige Tauchröhre wie einen Balkon über sich zu haben. Es knirscht immer noch darin — denn da unten herrscht eine ganz hübsche Strömung.«

Bandemer bückte sich nach einer Flasche, um sie anzuheben.

»Das ist also das Zeug, weswegen wir damals hinter euch her mußten . . .«

Er hielt inne und schaute zur ›Boston Raider‹ hinüber, die sich gerade an die ›Manning‹ heranmanövrierte: »Na, bitte, das läuft ja schon.«

»Sprechen Sie getrost weiter«, sagte Brennan. »Oder lassen Sie mich sprechen, denn vielleicht wissen Sie ja einiges. Sie — kennen Sir Henry Crocker?«

»Ich würde sagen, wir sind Freunde.«

»Mit anderen Worten: Sie wissen, daß er mit jenem ›Lieutenant Brown‹ identisch ist, der zu der Kommandoeinheit *Codfish* gehörte?«

»Vom ersten Moment an.«

»Und?«

Hugh ›Snatch‹ Bandemer atmete tief, und als er die Rechte hob, zuckte auch der Amputationsstumpf der Linken.

»Ich kann Ihnen nicht sagen, Sir, ob noch mehr *Codfish*-Leute überlebt haben außer ihm, aber ich nehme es an. Doch eines kann ich Ihnen mit Bestimmtheit sagen: daß Sir Henry Crocker nicht von ungefähr seit Jahr und Tag hier unten lebt, obwohl er alles andere als gesund ist. Er hat einen Draht nach China — einen so guten, wie nur der ehemalige ›Lieutenant Brown‹ ihn haben kann . . .«

Brennan starrte ihn an.

»Bitte, Sir, es ist unbewiesen, aber doch mehr als nur Gerücht.«

»Sie meinen: Captain Nicholson lebt? Lebt in Rotchina?«

»Captain Nicholson ist damals schwer verwundet worden — sein Gesicht verbrannte bis zur Unkenntlichkeit. Chinesische Soldaten haben ihn mitgenommen, und in Peking ist er dann wieder zurechtgeflickt worden, in vielen Jahren und mit immer neuen Operationen — zu einem Menschen, wie chinesische Gesichtsplastiker ihn sich vorstellen. Er soll dann einen anderen Namen angenommen haben und heute, wenn auch im Hintergrund, eine große Rolle in der Regierung spielen . . .«

Sir Peter Brennan lächelte. Er hatte begriffen. Die hohe Politik! Und Swinton, sein guter alter Freund George Swinton, hatte es von Anfang an geahnt. Er sehnte sich nach ihm und dem grauen Steinhaus in Ventnor, dem Ausblick auf die inzwischen wohl schon von Winterstürmen gepeitschten Wasser des Ärmelkanals. Er hatte die Hitze satt und die Feuchtigkeit, das ewige Schwitzen, die ewig klammen Sachen, das Leben aus einem Kabinenspind.

Der Admiral Sir Peter Brennan drehte sich um. Die anderen beiden waren schon gegangen.

Er folgte ihnen nicht, sondern sah dem Schiffsmanöver zu.

Die ausgehängten Fender jaulten und quietschten, als die Schiffe sich nebeneinander legten, die ›Manning‹ von der Stahlmasse der ›Boston Raider‹ wie angezogen, die dreimal so groß war und nach Verdrängungstonnen gerechnet sogar zehnmal. Es gab einen dumpfen polternden Schlag, und dann sangen die Fender nur noch, während die Schiffe sich, Leib an Leib, in der Dünung wiegten.

Findley hatte mit gemischten Gefühlen verfolgt, wie der Laufsteg herübergesenkt wurde und wie sich drüben die rostblättrige Seitenpforte öffnete. Abenteuerliche Gestalten wurden sichtbar. Chinesen, Malaien, Inder und Neger, gekleidet wie für ein Strandfest. Sie bildeten eine Kette und ließen die Quecksilberflaschen im Rhythmus eines Shantys von Hand zu Hand wandern – in den ersten zehn Minuten, wenn er sich nicht verzählt hatte, mehr als sechzig. Das war nicht übel, in spätestens fünf Stunden konnte alles erledigt sein. Gerade rechtzeitig zum Mittagessen.

Das erste, woran Findley merkte, daß etwas nicht geheuer war, waren die Fender – sie waren still. Sangen nicht mehr, gaben nicht einmal – diese schweren korkgefüllten Korbbälle – dies für sie typische Geräusch von sich, das sich anhört, als ob man einen satten Schwamm zusammenpreßt. Die Schiffe wiegten sich nicht länger – sie lagen ebenfalls still. So still wie rundum die See, die einem bleifarbenen Spiegel glich.

Findley wandte sich ahnungsvoll zur Brücke, aber da erschien schon Kapitän Sulonias mit dem Megaphon in der Brückennock der ›Boston Raider‹: »Hallo, Sir – schauen Sie sich mal Ihr Barometer an, Sie werden Augen machen.«

»Sturm?«

Ioannes Sulonias zeigte mit dem Megaphon hinter sich. »Ich verdecke Ihnen ja die Sicht, denn sonst könnten Sie auch schon sehen, was da kommt: von Nordwesten her alles pechschwarz . . .«

Findley hatte sich das eigene Megaphon reichen lassen: »Was schlagen Sie vor?«

»Weitermachen. Mit *full speed.* Und Männer an die Leinen für den Fall, daß es plötzlich losbricht. Und Sie, der Kleinere, sind es dann, welcher vom anderen ablegt, sonst kriegen Sie noch etwas von uns mit. Na, wir reden noch.«

»Aye, Freund.«

Das war um 11.25 Uhr.

Als das Wetter losbrach, war es 12.15 Uhr. In diesen fünfzig Minuten waren Deck und Frachtraum der ›Manning‹ geleert bis auf einen kleinen Rest von rund zwei Dutzend Flaschen.

Es kam nicht schlimm, aber schlimm genug. Die Männer arbeiteten noch, als die Leinen schon los waren, dann sprangen sie im letzten Moment auf den Laufsteg, der wie ein Sprungbrett am Joch des Ladebaumläufers über dem schon heftig gekräuselten Wasser schwebte. Sie hatten ihre Seitenpforte noch nicht richtig zu, als eine Sturmbö urplötzlich die im Abdrehen begriffene ›Manning‹ wieder auf die hoch überragende Stahlwand der ›Boston Raider‹ zutrieb. Beide Kapitäne reagierten augenblicklich. Die ›Boston Raider‹, auf AK-Zurück gehend, holte sich eine Schramme, und die ›Manning‹ verlor zwei Fender. Doch in dem Rauschen des Regens und dem Heulen des Winds, dem Lärmen vor allem auch, den die hochschäumende Hecksee der ›Boston Raider‹ machte, bekam der alte Findley noch einen anderen Laut mit: ein merkwürdiges Rumpeln wie nicht von dieser Welt. Er hatte eine Ahnung, was die Ursache sein könnte, und wollte es dennoch nicht wahrhaben.

Als es am Nachmittag so rasch wieder ruhig wurde, wie es unruhig geworden war, forderte Kapitän Findley seinen Cheftaucher auf, er solle doch noch einmal nach dem Wrack sehen.

Dulgin maulte: »Jetzt noch? Wozu?«

»Nur mal nachsehen. Nun mach schon!«

Brennan sah Findley fragend an, der aber sagte nichts. Zu viert – Findley, von Thaur, Brennan, Bandemer – standen die Männer an der Reling unterhalb des Radioraums, wo sie durch die geöffneten Bullaugen Francis Dulgin auf seinem Weg zum Meeresgrund über Funk schimpfen hören konnten.

Aber dann auf einmal brach das Schimpfen ab. Stille, nicht einmal mehr Atmen, so schien es. Findleys Finger umkrallten die Reling, und er hatte die Augen geschlossen.

»Bob!« krächzte im Radioraum der vollaufgedrehte Lautsprecher, »Bob! – Mensch, Käpt'n, ich werde verrückt! Hier ist alles nur noch ein riesiger Haufen Schlick – das U-Boot ist nicht mehr da! Ja Menschenskind, das gibt es doch . . .«

Findley drehte sich um: »Ist gut, Funker, Sie können wieder leise stellen.«

Er ließ die Reling los und zuckte mit den Achseln.

»Es hat sich selbst beerdigt«, sagte er leise, »in dem Graben, den wir ausgebaggert haben. Die Hecksee der ›Boston Raider‹ hat ihm den entscheidenden Schubs gegeben, als sie so plötzlich auf Äußerste Kraft ging. Ich schätze, daß es kopfüber gegangen ist. Aber das, meine Herren, wird uns alles Mr. Dulgin erzählen.«

Findley legte Dietrich von Thaur die Hand auf die Schulter, während sie aufs Meer hinaussahen. Der Himmel war grau, doch es regnete nur noch leicht. Ein ganz leichter, feiner Regen, welcher im Gesicht angenehm war.

Roman

Als Band mit der Bestellnummer 10 401 erschien:

Joachim Lehnhoff

DIE KOMMANDANTIN VON PLATTFORM XR 2

Ein Roman voller Action, Spannung und – Liebe.

Die außergewöhnlich hübsche Chris Barness hat
es nicht leicht, als sie die Leitung der Bohrinsel
»Rosefish« in der rauhen Nordsee übernimmt. Die
im Vergleich winzige Plattform ist nicht nur den
Naturgewalten ausgesetzt, sondern bestimmte
Kreise der OPEC wollen mit aller Macht verhindern,
daß »Rosefish« weiter fördert. Sie schrecken dabei
sogar nicht vor Erpressung und Sabotage zurück.
Schafft es Chris, zu beweisen, daß Ölbohrungen
nicht nur Männersache sind, ohne dabei ihre Liebe
zu verleugnen?

Roman

Als Band mit der Bestellnummer 10 379 erschien:

Jack Higgins

SOLO

Ein klug durchdachter Agenten-Thriller. »Note eins für Jack Higgins«, urteilte WELT AM SONNTAG.

Niemand ahnt, daß der weltberühmte Konzertpianist John Mikali einer der gefährlichsten Männer Europas ist. Bis er in seinem ungeheuerlichen Doppelspiel auf einen gnadenlosen Gegner trifft.
Zwischen zwei gleichwertigen Geheimdienst-Spezialisten kommt es zum Kampf. Die Jagd wird immer furioser, die Schlinge immer enger. Bis zu einem Finale, das so verblüffend nur ein Higgins zu präsentieren versteht.

Monatelang auf der Internationalen Bestsellerliste.